ШИМОН ГАРБЕР

ИММИГРАНТЫ

ЛЮДИ И СУДЬБЫ

ТОМ 3

SHIMON GARBER

IMMIGRANTS

PEOPLE AND DESTINIES

VOL 3

Published by Newcomers
Authors Publishing Group

2019

ШИМОН ГАРБЕР

ИММИГРАНТЫ

ЛЮДИ И СУДЬБЫ

ТОМ 3

SHIMON GARBER

IMMIGRANTS

PEOPLE AND DESTINIES

VOL 3

Copyright © 2016 Семен Кубланов
Редактор: Владимир Белинкер
Компьютерная графика: Владимира Белинкера
Publishing by Newcomers Authors Publishing
Group
ISBN- 13. 978-1732261181

Дочери моей посвящается

ОГЛАВЛЕНИЕ

АННОТАЦИЯ

Этот роман, «ЛЮДИ И СУДЬБЫ», третий том трилогии «ИММИГРАНТЫ». В центре повествования, судьба семьи Гардовых, эмигрировавших из России, когда ненадолго, благодаря внесённой в Американский конгресс, поправке о режиме благоприятствования в торговле с США, вошедшей в историю, как поправка «Джексона-Вэника», появилась возможность выезда из страны на постоянное место жительства. «ПМЖ». Гардовы выехали в последний, 1979 год. После этого, возможность выезда, была прекращена, до момента развала Советского Союза. За эти несколько разрешённых к выезду лет, страну покинуло значительное количество граждан, осознающих что это уникальная возможность начать жизнь сначала, и пытаться найти свою дорогу в жизни.

Большинство уехало из-за детей, в надежде что они смогут прожить свою жизнь, не так, как прожили их родители. Многие, из подавших документы, не смогли уехать и попадали в психиатрические клиники и трудовые лагеря. Их называли «отказниками», и они становились париями, бесправными и гонимыми.

В те годы счастливчикам, кому повезло уехать, отправились в США. Большинство сумело найти своё место в этой новой, для них стране. Они учили новый язык, осваивали новые специальности, растили детей и гордо называли себя, «НОВЫМИ АМЕРИКАНЦАМИ». Иммигранты работали, создавали новые бизнесы, платили налоги и становились такими, как и все, на этой новой Родине.

Были и такие, кто не смог адаптироваться на американской земле. Они жаловались на судьбу, считали, что их обманули. Кто-то оббивал пороги Российских консульств и просился обратно. Но таких было немного. Дети, привезённые совсем маленькими, становились настоящими американцами и забывали язык своих родителей. Шла смена поколений. Многие становились успешными, но были и такие, кто падал и снова вставал. Никто не гарантировал успех. Дерзай и пробуй. Проигравший, платит. Кто не хочет рисковать, работает на других. Американский образ жизни и возможности свободного общества, были потребностью, детей вчерашних эмигрантов. Большой плавильный котёл, под названием Америка, создавал из людей разных национальностей, различного вероисповедания и различного происхождения, один гордый и свободолюбивый американский народ!

ГЛАВА I

ПРАЗДНИЧНЫЙ СЕЗОН

Адам смотрел из окна такси, на мелькающий за окном ночной пейзаж, украшенного к осенним праздникам города, и осознание того, что он наконец приехал домой, делало его счастливым. Он знал здесь всё. Улицы, толпы людей на них. Витрины знакомых магазинов и разукрашенные цветными огоньками дома. Всё здесь было ясно и понятно. Куда идти, что делать и о чём говорить. Здесь его дом, семья и любимая работа. Его здесь ждут, и он здесь нужен. Мир чужой и враждебный остался позади. Адам понимал, что возможно ему ещё придётся уезжать из этого, столь привычного и уютного мира. Но каждый раз, возвращаясь, он будет радоваться тому, что он вернулся наконец домой.

Такси остановилось у подъезда дома, где жил Адам. Швейцар распахнул дверь.

- Добро пожаловать домой, мистер Гардов!

- Спасибо, Ден. Я рад вернуться! С наступающими праздниками!

- Спасибо! И вас тоже, с праздниками! Это лучшее время года в Нью Йорке!

- Это уж точно!

Адам поднялся на лифте на свой этаж и подошёл к дверям квартиры. Там была его семья, и он знал, что его ждут. Он постоял мгновение, и решил позвонить, а не открывать своим ключом. За дверью послышались голоса и лёгкий топот шагов.

- Это дэдди! Я знаю!

- Подожди, котёнок. Сначала спроси, кто там.

Дверь распахнулась и Надя с Мурзиком на руках, радостно заверещала.

- Я сказала - это дэдди! Я правильно сказала.

Адам подхватил её на руки, вместе с котом.

- Конечно ты правильно всё сказала! Как я соскучился! Ужасно.

- Я тоже скучилась! Очень.

- А я, очень, очень, очень!

- А я много, много очень!

- Хорошо, хорошо, все много очень, - прервала их диалог Ната. - Закрывайте двери, пока соседи не пришли встречать.

- Ната, дай поиграть с ребёнком. Я её столько дней не видел и тебя тоже, - улыбнулся он жене.

- Ладно. Я тоже рада, что ты вернулся. Целый и невредимый.

- Вот уж точно. Эта страна стала ещё мрачней и опасней, чем 10 лет назад.

- Я тебе об этом говорила. От них всех, лучше держаться подальше. Мы тебя ждали и даже приготовили ужин. Мы с котёнком ездили в «Зейбарс» и купили всяких вкусностей.

- Вы девочки, большие молодцы! Давайте быстро ужинать и спать. Завтра у всех рабочий день, а у ребёнка школа. Кстати, как дела в школе? Да отпусти ты этого кота.

- Мурзик, иди. Школа хорошо. Один гёрл позвал на берздэй парти. - Надя, как всегда, говорила смешивая языки, на одном, ей понятном наречии.

- Подожди, подожди. Одна девочка, с твоего класса, позвала тебя на день рождения.

- Иес, дэдди. Девочка Кэрол. Бефор Кристмасс!

- Ясно. Перед Кристмассом. Надо купить хороший подарок.

- Да. Надо подарок, а меня найс дресс.

- По поводу дресс, то есть платья и подарка, это всё к маме. Я могу вас только отвезти.

- Давайте это всё, не сейчас. Действительно всем завтра рано вставать. Так что быстро ужинаем и спать. Надя, иди мой ручки и садись со всеми за стол.

За ужином, Адам веселил семью рассказами, как он, после застолья с полу глухим танкистом, бегал по столице Белоруссии, в поисках туалета. Надя очень веселилась.

- Герлс! Я забыл в чемодане подарки. Я же привёз, сувениры и баночки с икрой, чёрной.

Адам достал, для Нади 2 большие куклы и для Наты красивую большую книгу с иллюстрациями Санкт Петербурга.

- Смотри бэби. Эта русская гёрл, а эта белорусская. Тебе нравится?

- Спасибо, дэдди.

Но было видно, что эти куклы не вызывали у неё особого восторга.

- Если они тебе не нравятся, можешь подарить твоей подружке гёрл, на день рождения.

- Адам. Ты что, хочешь, чтоб наша дочь опозорилась? Мы купим нормальный американский подарок, и все будут довольны.

- Согласен. Извини бэби. Я не подумал. Сегодня в России, купить нечего.

- Я знаю, дэдди. Я буду играть с этих кукол.

- Адам. Ты убираешь со стола. Беби, мыться и спать. Дэд отвезёт тебя завтра в школу. Мне надо ещё немного позаниматься. У меня завтра презентация новой книги.

В квартире наступила тишина. Только Ната, сидя за компьютером, тихонько возилась или вставала за чашкой горячего чая. Адам лежал с закрытыми глазами и перед ним проходили картины виденного.

- Адам. Ты не спишь?

- Пока нет. А что?

- Если ты завтра повезёшь Надю на машине, отвези меня на работу. Не хочу с кучей папок добираться на сабвее.

- Хорошо. Ты скоро?

- Ещё часик. Спи.

Адам знал за ней эту манеру, забывать обо всём на свете, когда она занята любимым делом. Поначалу, это его обижало. Но со временем он привык. Ссориться из-за всякой мелочи, глупо. А изменить человека, невозможно.

Как обычно, Адам встал раньше всех. После душа, принялся готовить нехитрый завтрак. Наде, всё что едят американские дети на завтрак, молоко и хлопья на выбор. Нате кофе, а себе чай и бутерброд с сыром.

- Герлс! Подъём. Завтрак готов.

- Ты дашь поспать. Топаешь как бегемот.

- Ну извините. Я старался. Бэби, пора вставать в школу.

- Не хочу школу. Хочу дома, спать.

- Мы с мамой уходим. Что же, ты одна будешь дома?

- Нет. Я хочу с вас.

- Тогда вставай. Мыться, чистить зубки.

Наконец, все собрались за столом.

- Бэби, ты какой хочешь «сереал»?

- Шоколадный с молочко.

- Ната, будешь бутерброд с сыром?

- Нет. Только кофе.

- Всё. Я иду в гараж, за машиной. Через 10 минут внизу. И не опаздывайте, пожалуйста, как обычно.

- Ой, дэдди. Ты всегда ругаешь.

- Я не ругаюсь, а прошу. Я терпеть не могу опаздывать, куда бы то ни было.

- Адам. Иди уже наконец. Мы всё знаем. Опаздывать очень плохо.

Так было каждый раз. Но они всё равно опаздывали. А Адам чертыхался и гнал машину, стараясь наверстать упущенное время. Он пытался говорить и по-хорошему, и методом убеждения, и ругался, но всё было напрасно. Ната, хронически была не в состоянии рассчитать своё время и опаздывала всегда и везде.

Адам одним из последних подъехал к школе. Взяв Надю за руку, подвёл к её классу

- Здравствуйте, мистер Гардов. Я рада что вы вернулись. Ваша жена, говорила, что вы уезжали из страны. Надя постоянно опаздывала и задерживала класс. Я беседовала с вашей женой, но всё было бесполезно.

- Прошу нас извинить. К сожалению, это наша беда. Но я вернулся и буду сам привозить Надю, и вовремя.

В машине, он, в который раз, пытался говорить с Натой, о том, что опаздывать нельзя. Она соглашалась, но он понимал, что это только для того, чтоб он отстал и не донимал её нотациями

Адам подвёз её к зданию издательства, где Ната работала.

- Удачи тебе с презентацией!

- К чёрту!

Адам развернул машину и поехал на работу, где его давно ждали его «ихос», Царевич и множество дел, которые не терпели отлагательств.

Его окружили. Каждый старался пожать ему руку и он, искренне радуясь встрече, хлопал всех по плечам, пожимал руки, называя каждого по имени.

Адам раздал привезённые сувениры, и все понемногу вернулись к своим привычным делам. Один Вильям крутился поблизости, явно выжидая возможности поговорить с Адамом.

- Вильям! Ты чего-то хочешь спросить?

- Папа. Я хочу перейти на работу официантом.

- С чего это вдруг? Ты очень хороший повар, а в зале работают Эухенио и Маленький Мальчик.

- Я знаю. Но я хочу работать официантом, а не поваром.

- Слушай, Вильям! Я не знаю, какая муха тебя укусила. Я только вошёл. Давай сделаем так. Ты иди пока работай, а я, когда разберусь с делами, мы с тобой поговорим. Договорились?

- Значит я не могу сейчас перейти в официанты?

- Сейчас нет. И перестань меня доставать.

- Тогда я ухожу совсем. Рассчитайтесь со мной, и я пошёл.

- Ну знаешь. Ты меня достал. Хочешь уходить? Уходи. Вил, выплати ему всё что положено и пусть катится на все четыре стороны.

Всё произошло слишком быстро и неожиданно. Вильям, обиженно сдернул с себя белую куртку, собрал свои вещи и получив положенные деньги, ушёл, провожаемый всеобщим недоумением.

- Кто-нибудь мне может сказать, что это было? С чего он вдруг взбесился?

Все вокруг молчали, не поднимая глаз. Ребята знали взрывной характер Адама, и никто не хотел попасть под тяжёлую руку.

- Вил. Что произошло здесь, без меня? С чего это Вильям, вдруг захотел в официанты? Он был прекрасный повар. Наверно самый талантливый из всех.

- Он последнее время, что-то был совсем смурной. Всё спрашивал, когда ты приедешь. Они все о чём-то по-испански межу собой говорили.

- Так это не просто, Вильям взбесился. Что-то произошло, и я должен это выяснить.

К Адаму подошёл Маленький Мальчик. Он явно что-то знал.

- Ты хочешь мне что-то сказать?

- Да. Но не здесь.

- Хорошо. Пойдём на улицу.

Всё оказалось очень просто и неприятно. Он рассказал Адаму, что Вил выдавал официантам чаевые, в конце рабочего дня. Все работники собирались вместе и повара видели, что официанты получают чаевые каждый день и получалось что они зарабатывали больше поваров.

-Теперь всё ясно. Поэтому Вильям захотел стать официантом. Ладно, иди работай.

Адам вызвал Царевича на улицу и передал свой разговор с Маленьким Мальчиком

- Это правда? Ты выдавал чаевые официантам, на глазах у других ребят?

- Да. А что здесь такого? Это их заработанные чаевые.

- Вил. Ты сколько лет в Америке? Ты что, не знаешь о том, что здесь неприлично спрашивать у людей, сколько они зарабатывают? Ты вызвал у ребят элементарную зависть к другим парням. Здесь зарплату выдают в конвертах. Каждый получает столько, сколько он заслужил. А если сейчас все потребуют перевести их в официанты? Я уехал на неделю, а ты сумел за это время развалить ресторан. Это же настолько элементарно, что мне даже в голову не приходило тебя предупреждать о том, что такие вещи не делают. Ладно, я пошёл разбираться с поварами, а ты постарайся не делать таких очевидных глупостей.

Адам вызвал Луиса. Он был толковее всех остальных и давно работал с Адамом.

- Послушай, Луис. Я догадываюсь что произошло, но хочу услышать это от тебя. Ты давно со мной работаешь, и я тебе доверяю.

- Папа. Мистер Вил, выдавал вечером деньги официантам. Ребята это всё видели и им было очень обидно. Они получают меньше чем официанты. А Вильям, так совсем взбесился. Он хотел стать официантом.

- Я так и понял. Повара получают зарплату раз в неделю, как все работники в Америке. Официанты получают гораздо меньшую зарплату, чем все те, кто не имеет чаевых. Закон разрешает платить им так потому, что у них есть чаевые, 15% от счёта костюмера. Это не значит, что они получают больше других. Я понимаю, почему вам это показалось обидным. Жаль, что я не знал о вашей проблеме и уволил Вильяма. Он был хороший работник и неплохо говорил по-английски. Официант не только обязан хорошо и правильно говорить, но ещё нравиться костюмерам и уметь обслуживать и предлагать людям такие блюда, которые им понравятся. Вообще эта профессия, как и любая другая, где надо общаться с разными людьми, очень непростая. В любой профессии нужен талант и умение. Ты понимаешь о чём я говорю?

- Да, папа. Я понимаю. Я не смогу работать официантом. Мне нравится кухня.

- Об этом я и говорю. Каждый выбирает то, что ему нравится и что он умеет делать. Я уже давно собирался, поднять всем зарплату. Скажи ребятам, что они будут получать на $100 в неделю больше, а ты на $150.

- Мучас грацияс, папа! Большое спасибо. Я пойду, расскажу всё «ихос».

Он убежал, обрадованный. Адам понял, что проблема решена.

- Вил. Я надеюсь проблема решена. Мне это стоило денег, но ребята заслуживают прибавку. Жаль конечно, потерю Вильяма, но значит не судьба. Рассказывай, как прошла работа, пока меня не было.

- Всё нормально. Работы было много. В основном кредитные карты. Наличные я сдавал в банк. Вот посмотри записи приходов и расходов. Документы приходные и расходные в папках. Вот всё, проверь пожалуйста.

Они просидели ещё какое-то время над документами. Адам знал, что Вил порядочный человек и не возьмёт чужого, но принцип, доверяй, но проверяй, дисциплинировал отношения. Адам проверил приходные накладные на товар.

- Всё привозили нормально?

- Да, без проблем. У нас всё есть для работы.

- Ну и прекрасно. Ты возвращаешься шефом на кухню, тем более что мы потеряли Вильяма, а я займусь залом. Проверь всю заготовку. Я подойду попозже помочь.

- Ты хоть расскажи, как съездил? Моих видел?

- Всё расскажу за обедом. Мне надо ещё пару звонков сделать.

Всё последнее время, Адам обдумывал, как и к кому нужно обращаться за решением таких неподъёмных задач, перечисленных в списке правительства Санкт Петербурга. Никто, кроме Стива не приходил ему на ум, но он не знал, как ему это преподнести. Стив, конечно человек со многими связями, но эти задачи были вне его компетенции. Впрочем, выбора особого не было и Адам набрал его номер.

- Алло, Стив? Привет! Это Адам.

- Рад тебя слышать Адам, - бодро ответил Стив. - Как дела? Я уже успел соскучиться по гречневой каше, с московским соусом.

- В чём проблема? Приезжай, буду рад тебя видеть. Кстати, есть тема для разговора.

- О чём речь? Нужны автомобили для России?

- Бери выше. Я только вчера вернулся из Петербурга. Есть интересные предложения. Но это не телефонный разговор. Подъезжай днём, когда я свободен и мы сможем спокойно пообщаться.

- Очень хорошо. Завтра днём тебя устроит? Где-то в час.

- Более чем. За ланчем и поговорим.

- Окей. Тогда до завтра.

Адам отправился на кухню, помочь с заготовками и посмотреть своими глазами, как идут дела. Он вообще любил всю эту кухонную работу и с удовольствием общался со своими «ихос».

- Ещё раз привет! Как дела? Луис, что надо делать?

- Папа. У нас почти всё готово. Я готовлю обед, а «ихос» заканчивают с салатом.

- Вил, тебе надо чем-то помочь?

- Да вроде всё готово. Стейки готовы, рыба тоже. Все соуса готовы.

- Тогда пошли в зал. Я расскажу тебе о поездке. Луис что на ланч?

- Ароз кон поллё.

- Круто. Я это очень люблю. И миску борща.

- Через полчаса всё будет готово.

Адаму очень нравилось, как Луис делал курицу с рисом. Он готовил это так, как его учили дома. Что-то вроде плова с куриным мясом, но заправленное различными специями, шафраном и с кукурузными зёрнами. Рецепт борща Адам отрабатывал вместе с Луисом и это пользовалось заслуженным успехом.

- Ну рассказывай, Адам как съездил? Кого ты видел в Питере? Как там Виктор?

- Подожди, Вил. Это разговор долгий. Давай присядем. Во-первых, меня встретил Вилен и поселил на квартире своего родича на Миллионной. Это бывшая улица Халтурина. Вообще, множеству улиц вернули старые имена. Многое изменилось с той поры, когда мы перебрались в Америку. Это вообще другой город, да, наверное, и вся страна стала другая. Погода была хорошая, и это начало Октября месяца.

- А ты Виктора видел? Он в Смольном работает?

- Да работает, но он был в отпуске, и я его не видел. Что касается твоих родичей. Брат твой, понятно совсем глухой, а племянник больше не работает на таможне. Не то, что я думал проворачивать какие-то махинации. Я просто думал, что он сможет помочь найти нужных людей, но он никого и ничего не знает. Они приняли нас с Виленом, радушно. Накормили и напоили так, что я чуть не помер.

- Это у тебя с непривычки. Они любят яичницу с салом и картошку жареную.

- Вот, вот. От такой пищи, я бегал в туалет по всему Минску. Ну да бог с ними. Питер за эти годы, жутко изменился в худшую сторону. Всё и вся как-то обнищало. Кругом разруливают и открыто командуют бандиты. Народ пытается продавать всё, что только можно. Весь город, одна большая барахолка. Старые бабушки, да и молодые тётки стоят на улицах и держат всякое барахло на продажу. Здания обветшалые. Видно, что их никто не ремонтирует и не красит. В подъездах вонь от застоявшейся кошачьей и человечьей мочи. В магазинах, хоть шаром покати. Люди стоят и ждут пока что-нибудь «выбросят». По-моему, сейчас даже хуже, чем было после войны. Я плохо помню то время, был ещё маленький, но все тоже думали только о еде. Тогда были карточки и по ним хоть что-то давали. Впрочем, деловые и бандиты живут неплохо. Короче, пир во время чумы.

- Адам. Если всё так, как ты рассказываешь, то что там делать? Какой бизнес? - произнес Вил.

- А вот послушай, - продолжил свой рассказ Адам, - Вилен представил меня заму мэра Санкт Петербурга Сергееву. Тот принял нас в здании Мариинского дворца, теперь в нем находится правительство города. Вилен рассказал ему обо мне, но надо знать Вилена, он любит все приукрасить. Наплёл про меня и то и сё. Короче. Я получил список первоочередных задач правительства Санкт Петербурга. Он состоит из множества пунктов, и я даже не знаю, с чего начать. Завтра приедет Стив из «Гейнс». Может он что-то подскажет. Я понимаю, что не мне одному подкинули эти задачки. Но это настолько глобальные вещи, что я думаю это не так просто.

- Да, Адам, список впечатляет, – задумчиво произнес Вил. - Похоже, что там всё пришло в упадок.

- Естественно. Была какая-то система хозяйствования. Существовали министерства, управления. Партия всё контролировала, но были хозяйственники, которые отвечали за свои участки. А сейчас анархия. Делай что хочешь. Покупай и продавай где хочешь. Производить уже никто не хочет. Все хотят продавать, а нечего.

- А как в нашей системе? В общественном питании?

- Такой же бардак. Управление не работает. Тресты районных столовых, тоже закрыты, как и трест ресторанов. Директора предприятий чего-то ищут. Что купят, тем и торгуют. Ленснабнарпит что-то закупает за рубежом. Но все стали спекулянтами. Покупают и продают. Денег ни у кого нет. Как крутятся, темно и непонятно.

- И какие у тебя планы? Ты что, хочешь вернуться в Россию?

- С чего ты взял? Мой бизнес и моя семья здесь, в Америке. У меня нет планов возвращаться. Что касается этих космических планов в Петербурге, мне предложили найти инвеститоров, а я просто хочу свести тех, кто заинтересуется, с правительством города и при удаче, заработать свои комиссионные. Дальше, мои амбиции не распространяются.

- Возможно, что ты сможешь найти какую-то компанию, но тогда тебе придётся отрабатывать свои комиссионные и находиться, хотя бы какое-то время в России.

- Я не вижу больших проблем с этим. Ты справишься за меня здесь, если конечно не будешь делать подобных глупостей, а я съезжу пару раз в Питер. Семья не больно скучает без меня. Это мне, больше не хватало их, когда я был там.

- Извини, Адам. Я конечно, сделал большую глупость. Больше не повторится.

- Ладно. Пошли работать, скоро люди пойдут. У нас полно заказов.

Работы, как всегда было много. Постоянные костюмеры узнавали Адама и спрашивали где он был и почему не на кухне. Он радовался, тому что его помнят, шутил и принимал заказы. Дирижируя своей небольшой командой, он получал от хорошо слаженной работы, не меньше удовольствия, чем его костюмеры.

- Адам. Я рад вас видеть и давно хотел спросить, не собираетесь ли вы расширяться? У вас очень успешный бизнес и вы могли бы открыть большой ресторан.

- Добрый вечер, мистер и миссис Селиван. Я тоже рад вас всегда видеть. Что касается открытия большого ресторана, то меня довольно часто об этом спрашивают. Это довольно дорогостоящий проект, но я об этом подумываю.

- Дайте мне знать, когда решитесь. Я готов поучаствовать в инвестициях, я знаю нескольких людей, с которыми мы об этом говорили.

- Спасибо за лестное мнение! Вы будете первым, которому я скажу. В России говорят, соловья баснями не кормят. Это означает, что певчей птичке, не надо рассказывать истории, а нужно её кормить. Чем я могу порадовать вас сегодня?

- Дорогая! Ты поняла эту историю, про певчую птичку? Это надо запомнить.

Адам переходил от стола к столу и везде его встречали с вопросами и смеялись его шуткам. Это был его мир, построенный его руками.

Стив приехал на ланч, ровно к часу дня. Адаму очень импонировала эта привычка, деловых людей Америки. Адам сам не мог терпеть, опаздывать и очень ценил это качество в других. Стив, был, как обычно, элегантно одет, хотя и приехал на мотоцикле. Он любил гонять по Нью Йорку на мотоцикле, хотя и мог приехать на лимузине.

- Адам. Давно не виделись! Рассказывай, как съездил в Россию? Видел там, как его звали, а Паша? Не собирается ли он покупать больше машины?

- Привет, Стив. Давай я закажу тебе ланч и мы спокойно побеседуем.

- Согласен. Мне курицу по-московски с гречневой кашей и зелёный салат. А ты будешь есть со мной? Мне одному не хочется.

- Я выпью стакан чая.

Адам подозвал официанта и сделал заказ. Стив всегда настаивал, сам оплачивать свой счёт.

- Ну рассказывай, Адам! Как съездил? Какие такие новости ты привёз?

- Я не просто привёз новости, я привёз деловые предложения от мэрии Санкт Петербурга. Вот список объектов, которые требуют первоочередного решения. Смотри, а я буду тебе переводить.

Адам переводил пункт за пунктом, а Стив только ахал, не в силах удержать свои эмоции. Было видно, что это произвело на него ошеломляющее впечатление.

- Адам! Кто тебе это дал? Откуда ты знаешь мэра города?

- С мэром я не встречался, а дал мне этот документ его заместитель, Сергеев. Меня ему представил Рогов Вилен. Вряд ли ты его помнишь, но я вас знакомил, здесь у меня в ресторане. Он является председателем комитета по содействию бизнесменам города, или что-то в этом роде.

- Не думаю, что я могу его вспомнить, но это и неважно. А вот то, что он мог представить тебя в мэрии и получить такой документ, дорогого стоит. Они не сказали, какой пункт ты должен выбрать или рекомендовать.

- Нет. Такого в разговоре не было. Но понятно, что нужно выбрать, какой-то один, чтоб не выглядеть глупо и хвататься за всё. Там любой пункт из программы, требует огромных инвестиций и серьёзных ответственных компаний.

- Адам. Я тебе вот что скажу. Я ничего подобного не видел. Это очень мощно.

- Стив, я показываю это тебе, поскольку ты знаешь многих серьезных людей из мира бизнеса и если мы найдём кого-то, то сможем неплохо на этом заработать.

- Спасибо за доверие, Адам. Значит мы компаньоны в этом вопросе?

- Договорились. Нужно найти не только инвесторов, которые в состоянии потянуть проекты такого масштаба, но и оговорить наши комиссионные.

- За это, можешь не беспокоиться. Я этого не упущу.

- Стив. Ты только не обижайся. Я принёс тебе сделку с автомобилями, а ты перекинул её Гамбино.

- Признаюсь честно, Адам. Я тогда не поверил. Но я всё равно получил с Марчелло, свои 20 штук.

- 20 тысяч! Неплохо. Но здесь суммы могут быть, намного серьёзнее.

- За это отвечаю я. Я знаю, как это работает в Америке. Не волнуйся.

Они ещё долго говорили и обсуждали открывшиеся возможности, и Стив обещал сделать несколько звонков и держать Адама в курсе событий. Они дружески распрощались, в надежде на удачу в новых делах.

- Адам. О чём это, вы так заговорщицки шептались со Стивом? Наверно о России?

- Угадал. Он парень деловой и знает много людей в мире большого бизнеса.

- Слушай, Адам. Я вчера навещал сына и общался со своей бывшей.

- Вот как? У вас сохранились дружеские отношения? Это хорошо.

- Конечно, сохранились. Она мать моего сына, а то что жизнь не сложилась, то я сам во всём виноват. Она смотрит на жизнь как американка. Бизнес - это твои проблемы, а домой надо приносить деньги на семью.

- С этим трудно не согласиться, хотя мы привыкли, что всё общее. И радость, и беда. Но бог с ним. Так о чём ты хотел говорить?

- Да. Так вот. Я с ней разговорился о том, что ты был в России и привёз список предложений мэрии Санкт Петербурга по поиску инвесторов. Я тебе говорил где моя бывшая сейчас работает?

- Не помню, но, по-моему, нет.

- Она работает адвокатом в компании «Лиман Бразерс». Слышал о таких?

- Это что-то связанное с Уолл стрит и «Американ Экспресс», нет?

- Они конечно, связаны с Уолл стрит. Это одна из крупнейших брокерских компаний в мире. Она занимается инвестициями по всему свету и на самых высоких уровнях, поднимая деньги для больших проектов. Понимаешь?

- Всё это хорошо. Но какое это имеет ко мне отношение?

- Моя бывшая работает на начальницу Европейского отдела миссис Шерман. Она хочет ей рассказать о предложениях из Питера.

- Ты хочешь сказать, что «Лиман Бразерс» могут этим заинтересоваться?

- Вполне возможно. Это как раз их уровень проектов.

- Это было бы грандиозно, - произнес Адам, - мы все могли бы неплохо заработать.

- Об этом говорить ещё рано, но моя обещала там поговорить.

- Надо держать пальцы скрещёнными и постучать по голове.

- Если это поможет, то да. Моя экс, там на хорошем счету. Она зарабатывает 160 тысяч в год. Как ты думаешь?

- Вот это да! Так она могла бы тебя содержать.

- У них это не принято. Помимо этого, у неё куча долгов по кредитным картам. Она выплачивает кредит за машину. Я могу принести только $500 в неделю. Она так привыкла жить, и говорит, что так живут все. В кредит!

- Иначе в этой стране не прожить. Как бы я без кредита построил бизнес. Я и сегодня взял бы большой кредит и построил большой ресторан или что-то другое, но у меня пока маленькая кредитная история.

- Нет, Адам! Я на всё жизнь зарёкся брать в кредит. Мне всю жизнь придётся платить долги, если я смогу.

- Это ты сейчас так говоришь, потому что здорово обжёгся. Мы, когда ехали сюда, думали, что мы самые умные и всё умеем и знаем. Оказалось, что это не совсем так. Прошлая жизнь и прошлые удачи, здесь неприменимы. Надо учиться и приспосабливаться к этим условиям игры. Кто не рискует... Знаешь?

- Ты счастливчик! Тебе повезло, про тебя все пишут.

- Скажу по секрету, я много раз был на грани отчаяния, но чудом устоял. Жизнь продолжается и наш удел бороться и барахтаться пока мы живы.

- Завидую твоему оптимизму, Адам.

- Это не оптимизм. Это скорее отсутствие выбора. Я просто должен идти вперёд. Я не могу сегодня пойти работать на кого-то. Возраст уже не тот. Если ты на кого-то работаешь, он тебя рано или поздно уволят. Возможно потому, что найдётся моложе и шустрее. А возможно потому что, так надо для бизнеса. А после 50-и, кому я буду нужен? Да мне и трудно работать на какого-нибудь дурака. Он будет мне отдавать идиотские распоряжения, а я должен это исполнять? Нет, это не для меня. Значит выход один. Строить свой собственный бизнес, где меня никто не сможет уволить. Если я прорвусь, то это моя заслуга. А если нет? Что ж, сам дурак.

Дома разговор зашёл о Стиве и его участии в качестве компаньона в российских делах. Нате он почему-то не нравился.

- Не знаю, но мне кажется он каким-то скользким и неискренним, произнесла Ната.

- Он типичный американец, - загорелся Адам, - они холодные и рассудительные. Мы, конечно другие, душа нараспашку, дружба, так по гроб жизни. Но нам надо учиться и этому: ничего не принимать близко к сердцу, только бизнес и, главное понимать, что лишние эмоции вредят делу.

- А семья? Дети? Тоже бизнес как обычно? – настаивала на своем Ната.

- Для меня нет. Я видел, как он общался со своей женой, а потом говорил мне, что она постоянно зудит ему на уши. У них свои понятия о семье, и я их не понимаю, но и не осуждаю. Я думаю, что у них, конечно же есть чувства, но и разумный расчёт тоже присутствует. Поэтому и составляется брачный контракт.

- Семья - это тоже контракт? Каждый выполняет условия контракта?

- Ната. Я не говорю о нас. Но для них, вероятное, так правильно. В случае нарушений, контракт расторгается и каждый получает то, что оговорено в нем.

- Это их проблемы. Я тебе говорю, чтоб ты не очень обольщался на его счёт.

- Согласен. Слушай, я хочу с тобой поговорить, по поводу Надиной школы.

- Адам. Что-то случилось в школе? Она мне ничего не говорила.

- Успокойся. Ничего не случилось, пока.

- Что значит пока? А что должно случиться? Говори толком.

- Ты видела приглашение на день рождения девочки из Надиной группы?

- Видела конечно, очень милое и красиво напечатанное приглашение.

- Вот именно. Красиво напечатанное, на дорогой бумаге. Но не в этом дело.

- Так в чём же дело? Её родители богатые люди, и хотят устроить своему ребёнку красивый праздник. Я не вижу здесь ничего плохого.

- Праздник начинается с того, что весь класс приглашён в «Метрополитен Опера» на балет . А потом в ресторан, напротив Линкольн центра.

- Так в чём дело? Что Надя должна принести дорогой подарок и красиво одеться?

- Это вообще не обсуждается. Этой имениннице исполняется 6 лет. Ты можешь представить, сколько стоит посещение всем классом балета и ужин в ресторане?

- Наверное, очень дорого. Но они, наверняка могут себе это позволить.

- Ната. В этом всё и дело. Там будет много детей, примерно такого уровня. Я сталкивался с мамашами этих детей. Чванные и презирающие всех, кто не из их круга. Детишки вырастут такими же. Только они могут быть и очень злыми. Надя милый домашний ребёнок, к тому же, не из их круга.

- Ты боишься, что они могут её отторгнуть или больно ранить? Но ты же сам хотел отдать её в частную школу? Где не будет плохих детей с улицы.

- Это была ошибка. Я не понимал этого, пока не увидел этого приглашения. Помнишь, я тебе рассказывал о встрече с мамашами в первый день школы? Уже тогда меня одолевали сомнения о правильности выбора, но теперь я уверен.

- Адам, что ты предлагаешь делать по этому поводу?

- Я разговаривал со многими нашими костюмерами, с теми, которые живут здесь неподалёку. Все в один голос, хвалят городскую школу на 79 стрит и Йорк авеню. Говорят, там очень толковый директор, хорошие учителя. Там учатся дети многих дипломатов. Словом, это очень хорошая и престижная школа.

- Но прошло уже много времени. Может со следующего года перевести Надю?

- Я хочу туда подъехать и поговорить с директором, а потом мы будем решать.

Эта мысль не давала Адаму покоя, и он поехал в школу. Войдя в школу, он попросил провести его в кабинет директора. За столом сидела строгая седая дама в очках, которая взглянула на него без особого любопытства.

- Прошу! Чем могу быть полезна?

- Прошу прощения, извините, что без приглашения, миссис Штерн.

- Раз вы уже здесь, я вас слушаю.

- Моя фамилия Гардов Адам. Моя дочь Надя, в этом году пошла в школу, в подготовительный класс. Это частная школа, здесь неподалёку, на 72 и Йорк. Нам с женой кажется, что мы сделали ошибку отдав ребёнка в эту школу.

- Вы говорите о финансовой ошибке? А чем вы занимаетесь, мистер Гардов?

- Финансовая проблема лишь отчасти. У меня есть ресторан «Пирог», на 86 стрит.

- Я много слышала о вашем ресторане. Не думала, что у вас есть финансовые проблемы. Я даже как-то хотела заказать столик в вашем ресторане, но мне сказали, что на сегодня мест уже нет.

- Прошу прощения. Такое случается. У нас маленький ресторан. Как я уже говорил, финансовая проблема лишь отчасти. Просто я понял, что материальный достаток родителей детей, которые учатся в этой школе, гораздо выше моих возможностей. Я и жена, иммигранты из России и наша жизнь здесь складывается неплохо, но наш уровень и тех, кто там учится, различается в разы. Я боюсь, что это плохо отразится на психике ребёнка. Я встречался с мамашами этих детей, и они произвели на меня тяжёлое впечатление. Мне сразу дали понять, что я не ровня.

- Мистер Гардов, я сталкиваюсь с такими особами почти каждый день и хорошо вас понимаю. А ко мне вы пришли с каким вопросом?

- Я хочу попросить принять мою дочь в вашу школу. Я столько хорошего слышал о вас и о вашей школе, от своих костюмеров.

- Вы говорите она в подготовительном классе. Я поговорю с учителем, есть ли в их классе места. Если она ответит положительно, то после Нового Года мы сможем принять вашу дочь. Подойдите завтра и попросите миссис Кларенс. Она вам всё расскажет.

- Я вам так признателен, миссис Штерн!

- Подождите меня благодарить. Я должна переговорить с миссис Кларенс. Всего хорошего, мистер Гардов. И удачи вашей дочери!

На следующий день Адам подъехал в школу и встретился с миссис Кларенс. Она оказалась молодой симпатичной женщиной, с мягкими деликатными манерами. Вопрос о принятии Нади был решён.

- Мистер Гардов. Миссис Штерн, рассказала мне о вашей проблеме. Я вас понимаю, и буду рада помочь. Приводите свою дочь после Кристмассовских каникул и принесите её документы с прошлой школы.

- Миссис Кларенс! Вы не представляете, как я вам благодарен! Я уверен, что Надя будет счастлива в вашем классе. Весёлых и счастливых праздников!

- Спасибо, мистер Адам. И вашей семье тоже весёлых и счастливых праздников.

Адам рассказал дома об успешной миссии, перевода Нади в новую школу.

- Ты уверен, Адам, что поступаешь правильно? Надя уже привыкла к детям и учительнице. А теперь опять ломка. Всё новое и надо заново привыкать.

- Я понимаю, что поначалу ей будет нелегко, но она привыкнет, а потом уже всё будет проще. Давай скажем ей это, уже когда школа уйдёт на каникулы. Надо купить хороший подарок для девочки, которая пригласила Надю, а заодно что-то придумать на день рождения для нашей дочери.

- Ты же знаешь, Адам, она ждёт на день рождения поход в ресторан «Даллас ВВQ», а подарки, я думаю, мы поедем выбирать в магазин «ФАО Шварц».

- Да. Это прекрасная идея. Это самый крутой магазин детских игрушек в Нью Йорке.

- Адам. Ты помнишь, что 31 октября будет Хэллоуин и Наде нужен костюм.

- Вы выберите день, и мы поедем и сразу всё купим.

На работе всё было спокойно и Адаму никто не звонил.

- А от кого ты ждёшь звонка?

- От Стива, из Гейнс лимузин.

- Нет, он не звонил, но у меня есть хорошая новость для тебя.

- Вил. Не тяни кота, за одно место. Говори, что за новости?

- Я тебе говорил, где Дейзи работает? Так вот, она говорила со своей начальницей миссис Шерман. Короче, они заинтересовались и хотят с тобой встретиться.

- Так в чём вопрос? Пусть назначат мне апоинтмент.

- Хорошо. Я сообщу Дейзи, а она, соответственно передаст по цепи.

- Это действительно хорошая новость. Надо будет выглядеть должным образом.

Наконец прозвонился Стив. Он говорил со своим дружком из компании «Золотой Мусор», и там тоже проявили интерес. Адам рассказал о своей новости.

- Адам, ты серьёзно? «Лиман Бразерс», могучая организация. Я хочу пойти с тобой, если они назначат тебе апоинтмент. Мы же партнёры и я смогу помочь и подсказать, если возникнут какие-то вопросы.

- Возможно ты прав, но я должен предупредить, что приду не один, а с компаньоном.

Адам попросил Вила, передать Дейзи, что он готов встретиться с компанией «Лиман Бразерс» и что он придёт со Стивом Гейнс. Ответ пришёл быстро. Его приглашали встретиться на следующий понедельник, в офисе компании «Лиман Бразерс», в 10:00.

- Вил. А где их офис. Представляешь, я ни разу там не был.

- Представляю Адам. Я сам, там ни разу не был, но от Дейзи знаю, что они занимают два этажа во Всемирном Торговом Центре. На здании большая надпись: «Американ Экспресс». Это один из «близнецов». Так, что не перепутаешь. Надо прийти за 15 минут до встречи. Дейзи будет встречать вас внизу. Захватите документы, поскольку надо будет выписать пропуска.

- Надо же. Всё серьёзно. По-взрослому!

- Ты зря смеёшься, Адам. Это один из мировых лидеров в своей области.

- Да я не смеюсь. Может немного нервничаю.

В выходные дни Надя и Ната были готовы проехаться по магазинам и купить костюм для Хэллоуин и выбрать подарок для Кэрол!

- Едем в «ФАО Шварц», девочки?

- Иес, дэди! Я очень люблю этот ФАО магазин.

- Ну это понятно. Где есть столько игрушек и каких?

- Там очень хорошие игрушки и можно всё играть. Есть большие, такие!

Магазин был действительно грандиозный. Один вход был с 59 стрит и 5-й авеню, а другой с 6-й авеню. Всё это огромное пространство в два этажа, размером с целый квартал, было набито великолепными игрушками, сверху донизу. При входе стояли игрушки лошадей, жирафа, тигра и прочих представителей животного мира, в натуральную величину. На втором этаже, на полу, располагались огромные клавиши пианино, наступая ногами, на которые, можно было извлекать различные мелодии. Но самое главное, что дети могли играть любыми игрушками в магазине и бросать их где попало. Там можно было заказать день рождения ребёнка. Вечером магазин закрывался, собирались гости и накрывались для детей столы. Это стоило серьёзных денег, но богатые Нью Йоркцы, не жалели денег, для своих любимых чад.

- Девочки, мы разделим обязанности. Я вас высаживаю и еду искать парковку. Здесь, сами знаете, можно запарковаться за много кварталов, потом я приду и буду вас ждать у касс с 6-й авеню. Вы приходите с покупками, я оплачиваю и иду за машиной. Вы ждёте меня на 6-й авеню. Всё понятно?

- Иес, дэдди!

- Удачной охоты и хороших покупок.

Адам долго кружил в поисках свободного места для парковки. В Манхеттене и особенно в этой его части, была всегда проблема.

Ната и Надя встретили его, с покупками в руках и раскрасневшимися от полученного удовольствия.

- Гёрлс! Вы всё купили?

- Иес! Дэдди. Мы купляли найс биг долл, для Кэрол. Я куплял костюм на Хэллоуин и большой игрушку для мне. Ты не будешь ругаться?

- Конечно нет. Я уверен большая кукла для Кэрол, ей очень понравиться. Давайте поедем в «Зейбарс», купим разные вкусности, а напротив в магазине, купим горячие бэйглс.

- Я люблю бэйглс с крим чиз.

- Идея неплохая, Адам. А разве тебе не надо на работу?

- Надо конечно. Но я могу прийти сегодня попозже. Там есть Царевич и мои ихос. Заготовку сделают без меня.

В «Зейбарс» было, как всегда, многолюдно. Каменный пол был посыпан опилками. Везде стояли горки коробок с различными товарами. При входе был стенд с разнообразными оливками и народ, пробовал разные сорта на вкус и накладывал в пластиковые чашки те, что понравились. Цена была на все виды одна. Вся семья попробовала зелёные и черные. Надя выплюнула сразу и наотрез отказалась участвовать в дальнейшей дегустации. Ната, тоже не проявила бурного восторга и Адам набрал себе скромную баночку. Дальше располагалась большая, круглая витрина различных сыров. Там тоже стояли пластиковые баночки с нарезанными кусочками сыров, и можно было при помощи зубочистки, продегустировать сыры. Мнения разделились. Надя признавала только крим чиз, причём без всяких добавок, в виде травок или кусочков сёмги. Ната предпочитала сыры мягкие или полумягкие. Что-то типа, бри или свежей моцареллы. Адаму нравились всякие сыры, но больше всего твёрдые сорта. Пармезан или Груер. Каждый выбрал себе то, что ему нравилось. Они перешли в следующий зал. Прямо перед ними был длинный прилавок, за которым работало несколько человек. К ним стояла живая очередь и Адам пристроился последним. Здесь были выставлены мясные деликатесы со всего света. Вяленые, копчёные и консервированные. Окорока и ветчины, паштеты и блюда с салатами из морепродуктов. Продавцы предлагали попробовать тот или иной продукт, прежде чем отрезать и взвесить. Когда подошла их очередь, Адам попросил попробовать итальянской «прошютто ди парма».

Продукт был одобрен единогласно и Адам попросил нарезать половинку фунта. Продавец, который оказался бывшим россиянином, ловко орудуя острым ножом, нарезал итальянскую ветчину, тончайшими ломтиками.

- Что из салатов, вы нам порекомендуете? Я вижу салат из морепродуктов и салат из креветок.

- А вы возьмите оба, понемножку.

- Наверное, да. А ещё я вижу у вас разные паштеты.

- Есть немецкий паштет из зайчатины, но король, конечно же, французский паштет из печени гуся «фуа гра». Это не дешевый продукт, но это самое, самое, из того что продаётся в «Зейбарс».

- Уговорили. Отрежете нам небольшой кусочек на пробу.

- Гёрлс, пошли в рыбный отдел.

Этот отдел славился своей непревзойдённой слабосолёной королевской сёмгой. Адаму, его бывший партнёр Гриша, рассказывал, что в этот отдел брали на работу только тех, кто мог красиво, очень тонко, нарезать сёмгу. Народ окружил прилавок и внимательно следил, как продавцы в резиновых перчатках, длинными узкими ножами, нарезают от огромных пластов королевской сёмги, тончайшие пластинки рыбы, и виртуозно укладывают на вощённую упаковочную бумагу.

- Дэдди. Я хочу эта рыбка. Он скусный.

Один из продавцов, отрезал тоненький кусочек рыбы и протянул ребёнку. Надя спряталась за мать.

- Беби. Чего ты испугалась? Дядя тебя угощает. Не бойся. Молодец. Вкусно?

Она только мотала головой, явно одобряя вкус рыбы.

- Нам пожалуйста, половинку фунта, и также четверть фунта красной икры.

- Адам! Ты что так уставился на этот прилавок?

- Ната. У меня появилась грандиозная идея!

- Господи! Что опять?

- Вот смотри. В рыбном отделе торгуют сёмгой, красной и чёрной икрой. Понимаешь?

- Это грандиозное наблюдение! Ну и что?

- А то, что это российские деликатесы, и все знают, что россияне, едят это на Масленицу с блинами.

- А вот в чём дело? Ты хочешь предложить им блины?

- Конечно! Мы печём много, небольших по размеру, дрожжевых блинов. Но для «Зейбарс» нужна упаковка. Красивая, в русском стиле. С фотографией блинов и икры. Надо подумать, как это сделать и как предложить. Помнишь моего бывшего партнёра Гришу, он говорил, что здесь всем командует, какой-то бывший русский. Надо попробовать.

- Допустим, я смогу сделать тебе картинку. Но тебе понадобиться профессиональный изготовитель упаковок. Это не дешёвая затея.

- Надо всё узнать. Я этим займусь, а ты подумай о картинке. А пока, давайте рассчитаемся и пойдём за бэйглсами.

Они вышли из «Зейбарс» и перешли на другую сторону 80-й стрит. Здесь располагалась бейгальная H&H.

- Смотри, бэби! Здесь делают лучшие бэйглсы во всём Нью Йорке. Их всегда можно купить горячие.

- Я люблю горячий бэйглс.

Очередь начиналась от двери, но двигалась быстро. Там работала несколько человек. Кухня была открытая, так что можно было наблюдать весь процесс изготовления. От огромной и широченной печи несло жаром. Такие печи назывались люлечными. Металлические полки, люльки, на которых выпекались бэйглсы, двигались по кругу, внутри раскалённой печи. Очередная люлька подъезжала к широкой открытой пасти и с неё снимали готовые бэйглсы, и укладывали новую партию для выпекания. Свежеиспечённые немедленно поступали в продажу и два молодца непрерывно паковали обжигающиеся бэйглсы в бумажные пакеты. Обычно заказывали дюжину в ассортименте на выбор. Так было дешевле и при такой покупке, давали бесплатно тринадцатый. Подошла очередь Адама.

- Нам, пожалуйста 2 с чесноком, 2 с луком, 2 с маком, 2 с изюмом, 2 с кунжутом и 2 без ничего.

- Да. Мне без ничего.

- Дядя знает, бэби. И дополнительный тоже без ничего.

- $4.90 пожалуйста.

Выйдя на улицу, каждый получил свой бейгл и тут же принялся его есть. Привычка американцев жевать на ходу, никого не удивляла. Бейглсы были горячие и удержаться было невозможно.

- Гёрлс. Я везу вас домой, а мне пора на работу! А вы кушайте без меня, но оставьте мне чуть-чуть попробовать.

- А когда мы тебе не оставляли, Адам?

- Да я просто шучу. Ешьте и получайте удовольствие.

Адам отправился на работу, по дороге обдумывая идею упаковки блинов. Вопросов было множество. Сколько времени упаковка с блинами, гарантированно может простоять в холодильнике? Во что и как упаковать? Сколько штук должно быть в упаковке и конечная цена в магазине?

Всё это требовало проработки и обдумывания.

На работе Адам поделился своей идеей с Вилом.

- Адам. Тебе неймётся. Я тебе завидую. Ты всё время ищешь себе проблемы. Это здорово. А я уже ничего не хочу.

- Это у тебя депрессия, оттого что ты больно обжёгся. Жизнь не кончается и нужно себя заставить жить дальше.

- Сказать хорошо, а как это сделать неизвестно. Ладно, ты не забыл, что у тебя в понедельник встреча в «Лиман Бразерс»? Смотри не опаздывай, и Стива предупреди.

- Не переживай. Я знаю, что ты волнуешься за свою бывшую. Она организовала эту встречу. Я ей очень признателен за всё. Если сделка состоится, то все будут не в накладе.

В понедельник Адам был возле Центра Мировой Торговли, задолго до назначенного времени. Две высоченные башни Центра, или как ещё их называли, «близнецы», были видны с любого открытого пространства. Они настолько гармонично вписывались в «скай лайн», ночной силуэт Нью Йорка, что стали его символом. На фронтоне одного из «близнецов», выделялась надпись огромными буквами, «Американ Экспресс». Адам зашёл в большой холл и сразу увидел Стива. Тот был в деловом костюме и выглядел весьма импозантно. Адам знал, что ему это не дано от природы, но особенно по этому поводу не комплексовал.

- Хай, Стив! Выглядишь на миллион баксов.

- Хелло, Адам! Это твоё шоу, я буду помогать тебе, если понадобится. Не переживай. Мои друзья, говорят, что идея им очень нравиться и они с нами свяжутся.

- Ну что ж. Новость хорошая. Посмотрим, как это реализуется. А вот и Дейзи идёт.

- Дейзи, привет. Познакомься с моим партнёром, Стивом Гейнс. Он занимается лимузинным бизнесом.

- Очень приятно! Наша компания, пользуется лимузинами вашей фирмы. Господа, дайте мне ваши документы, и я выпишу для вас пропуска, в нашу фирму.

Дейзи отправилась с документами к стойке секьюрити, в центре большого вестибюля, и вскоре вернулась, держа в руках пропуска. Пройдя через контроль внимательной охраны, они зашли в один из многочисленных и больших скоростных лифтов. Народ входил и выходил, а они стремительно неслись всё выше и выше. Лифт остановился на 64-м этаже.

- Выходим, господа. Мы приехали.

За большой стойкой ресепшен, сидели две симпатичные девицы, бойко отвечающие на телефонные звонки и дирижирующие на большом пульте управления.

- Девочки! Передайте миссис Шерман, что мы ждём в комнате для совещаний, номер три.

- Прошу господа, следуйте за мной.

Они прошли по длинному коридору и Дейзи отворила двери в одну из комнат. Прежде всего, бросалось в глаза, огромное окно, открывающее захватывающий вид на Гудзон, и здания города на другой стороне реки, штата Нью Джерси. В комнате стоял большой овальный стол, с многочисленными глубокими креслами. Всё говорило о роскоши, но деловой.

- Могу я предложить чай, кофе или воду, пока мы ожидаем миссис Шерман? Адам?

- Нет, спасибо. Я пока воздержусь.

- А я выпью кофе. Немного молока, пожалуйста.

Дейзи нажала одну из кнопок на пульте.

- Одно кофе, немного молока, в третий зал, пожалуйста.

Стив, получив свое кофе, устроился на одном из кресел, а Адам рассматривал великолепную панораму, открывающуюся за окном.

- Я вижу, вам нравится вид на великолепный Гудзон!

Адам обернулся. В комнату вошли двое, полноватый мужчина, лет 50-и и моложавая, спортивного типа дама. Оба элегантно одетые в светлые деловые костюмы, а спортивный вид даме придавала лента, перехватившая густую гриву чёрных волос.

- Миссис Шерман и мистер Хант. Позвольте представить, мистер Гардов и мистер Гейнс.

- Спасибо, Дейзи. Прошу садиться, господа. Мистер Хант, представляет банковский сектор нашей компании. Рассказ Дейзи, нас заинтересовал, и мистер Хант решил лично с вами встретится и послушать о чём идёт речь. Как я понимаю, вы мистер Гардов, иммигрант из России и уже давно и успешно занимаетесь бизнесом в Америке. О вашем ресторане слагаются легенды. Примите мои поздравления. Далеко не все добиваются успеха. Надо как-нибудь наведаться к вам на динер.

- Благодарю за лестные слова. Ресторан работает не плохо. Добро пожаловать, но боюсь вам понадобится заранее сделать заказ на столик.

Все дружно поулыбались, оценив хорошую шутку.

- Что подвигло вас отправиться назад, на родину? Соскучились по друзьям и родным или иные интересы?

- На самом деле, я ездил в Петербург, по приглашению одного из чиновников города. Ресторан – это прекрасно, но я хотел бы найти ещё какие-то альтернативные варианты для бизнеса и нынешняя Россия, показалась мне тем самым местом, где сегодня открылось много разнообразных возможностей.

- Вы мыслите, как бизнесмен, Адам. Дейзи рассказывала нам, что вы привезли какие-то предложения от правительства Санкт Петербурга. Так ли это?

- Абсолютно верно. У меня есть список из 19 пунктов, которые требуют внимания в первую очередь. Мэрия ищет инвесторов, которые могли бы заинтересоваться такими крупными объектами.

- Можем мы взглянуть на этот список?

- Безусловно. Я прошу прощения. Он напечатан по-русски, но я могу перевести всё на-английский.

Адам вытащил сложенный лист бумаги, и развернув, передал миссис Шерман. Она вместе с мистером Хантом рассматривали текст с нескрываемым интересом.

- Простите, мистер Гардов. Не возражаете, если мы снимем копию с этого письма?

- Абсолютно нет.

Дейзи взяв лист вышла из кабинета.

- Не волнуйтесь, мистер Гардов. У нас есть специалисты, которые смогут перевести любой текст. Мы рассмотрим все изложенные предложения и непременно вернёмся к вам с нашим мнением по этому вопросу.

Вернулась Дейзи с двумя листами в руках. Адам получил оригинал, а миссис Шерман копию.

- Спасибо вам, мистер Гардов, за то, что вы поделились с нами теми проблемами и задачами, которые поручила вам мэрия Санкт Петербурга. Для вас, это не просто очередной бизнес. Это карьера. И мы смотрим вперёд, надеясь на совместное плодотворное сотрудничество.

Было ясно, что аудиенция окончена. Все встали, дружески улыбаясь и пожимая руки, демонстрируя взаимную приязнь и уважение.

- До скорой встречи, господа! Было приятно встретиться!
- До скорой встречи! Взаимно!

Дейзи проводила гостей до дверей лифта.

- Я с вами прощаюсь. Проверьте пропуска. Было приятно встретиться с вами мистер Гейнс. Адам, я сообщу новости, как только, что-то будет известно.

- Дейзи! Я тебе очень признателен за эту встречу. Надеюсь у нас всё получится.

Адам и Стив молча спускались в скоростном лифте. Адама немного смущало, что никто не обращался к Стиву, словно он и не присутствовал при встрече.

- Адам, если ты не на машине, я тебя отвезу. Я поставил свою в гараже, здесь неподалёку.

- Стив, ты не обращай внимания на то, что к тебе никто не обращался. Встреча была деловая и короткая.

- Всё в порядке, Адам. Это твоё шоу. Так и должно быть. Ты молодец. Тебе не понадобилась никакая помощь. Я пошёл на всякий случай, вдруг ты запутаешься. Но ты был молодцом. Они очень заинтересовались. Я это видел.

- Мне тоже так показалось. А ты видел, как они переглядывались, когда рассматривали текст на русском языке. Словно они умеют читать по-русски.

- Я не удивлюсь, Адам. Ты говорил, что эта, миссис Шерман, руководитель отдела Восточной Европы. Она наверняка знает русский. Да и этот представитель банковского сектора, не случайно пришёл на встречу.

- Наверное ты прав. А что ты думаешь вообще о «Лиман Бразерс»? Нам надо выбрать с кем иметь дело. Мы можем работать только с одной компанией, по одному из пунктов из этого сумасшедшего списка.

- Ребята из «Голден Гарбидж» заинтересовались. Но ты должен понимать, что это серьёзные инвестиции. Все риски, связанные с этим, должны быть тщательно выверены. Это требует времени. Давай подождём, прежде чем решать с кем мы.

- Ты прав. Но ждать, всегда труднее всего. Что мне не понравилось в этой встрече, что миссис Шерман пару раз повторила фразу о том, что это не бизнес, а карьера. Явно подразумевая меня. Я не готов бросить все дела и переселиться в Россию. Даже за очень приличные деньги. Ты бы видел, как там сейчас живут люди. Может ты Стив, захочешь представлять в Питере «Лиман Бразерс»?

- Нет, спасибо Адам! У меня тоже, есть свой бизнес и я не собираюсь его бросать. Да и в России, нужен человек, кто говорит по-русски, знает и понимает эту страну. Мы оба хотим просто заработать денег, а не менять свою жизнь и таскать каштаны из огня для кого-то.

- Согласен. С ребятами из «Голден Гарбидж», явно всё будет проще. Мы сможем говорить о комиссионных?

- Я уже об этом говорил, и они, естественно понимают.

- Тогда ждём от них ответа.

На работе, Адама с нетерпением ждал Вил.

- Ну рассказывай! Как прошла беседа? Они заинтересовались предложениями?

- Думаю, что да. Твоя бывшая, молодец. Она организовала встречу и сидела тихонько и что-то записывала. Там был ещё один человек, мистер Хант.

- Даже так! Он из банковского отдела. Дейзи мне о нём рассказывала. Он из небожителей. С верхних эшелонов компании. Это означает, что они очень заинтересовались.

- Они сняли копию с моего документа. Я хотел им помочь, перевести текст, но они сказали, что у них есть специалисты.

- Конечно, есть. Они снимают на плёнку все переговоры, чтоб потом проанализировать и ещё раз посмотреть, как человек ведёт себя на переговорах. Насколько он правдив.

- Жаль, что я не знал об этом раньше. Я бы следил за собой.

- Я позвоню вечером Дейзи и спрошу, как прошла встреча.

Приближался первый большой из осенних весёлых праздников, Хэллоуин. Все дети мастерили или покупали готовые костюмы и большинство планировало ходить по соседям и пугать их фразой: «Трик ор Трит», что означало, испугайся или откупись. Все знали правила этой весёлой игры и готовили откупного. Конфеты, сладости, иногда монеты.

Дети ходили ряжеными во всякие костюмы и с ведёрками в виде тыковки, куда и складывали добытые сладости. В этот день в школу тоже приходили ряжеными во всякие костюмы, и все веселились и радовались.

- Адам. Ты помнишь, что скоро Кристмасс и надо давать подарки работникам в нашем доме. Мы получили письмо с поздравлениями и перечень работников, его подписавших.

- Ого. И сколько же их там?

- Много. Обычно делают один конверт и вручают либо в офисе или швейцару. В нашем доме, бедных нет. Я думаю нам придётся дать $1000!

- Неплохо. Я тоже хотел бы так зарабатывать!

- Ещё дают почтальону, уборщику мусора и вообще всем, кто нас обслуживает. Это раз в год на Кристмасс.

- Ты знаешь Ната, я однажды, нечаянно подслушал разговор нашего швейцара со своим приятелем. Он жаловался, что раньше зарабатывал на Кристмасс, по $5000, а теперь жильцы приносят чёрт те что. Кто бутылку виски, кто одеколон, а если конверт с деньгами, то копейки.

- Адам. Я надеюсь, ты не хочешь, чтоб про нас так говорили?

- Нет, конечно. Не волнуйся. Я положу в конверт $500.

Прошла неделя. Всё было тихо и спокойно. Никаких новостей. Адам тяготился бездеятельностью. Работа, как прежде, не занимала его целиком. Мысли о России и открывшихся перспективах, не оставляли его ни на минуту. Для него, всегда была справедлива поговорка, ждать и догонять самое трудное. По его натуре, если есть проблема, нужно в неё бросаться и всеми возможными способами, решать. Он жаловался Нате на молчание Стива.

- Я тебе всегда говорила, и говорю опять. Он скользкий и хитрый человек. Он берёт то, что проплывает мимо или идёт прямо в руки, но он не будет рисковать и принимать на себя ответственность за что бы то ни было.

- Ты прямо рисуешь его чёрными красками. Он неплохой парень и хорошо ко мне относиться.

- Ты забыл, как принёс ему сделку, а он даже не захотел пальцем пошевелить, а отправил тебя к Гамбино. А потом, ты сам рассказывал, кусал пальцы и требовал с Гамбино комиссионные. В этом он весь.

- Ладно, посмотрим. Время ещё есть.

Пришла весть от «Лиман Бразерс». Её принёс Царевич, встречавшийся со своей бывшей женой. Они заинтересованы в восстановлении аэропорта и готовы вернуться к разговору, сразу после праздников.

Это было уже что-то и Адам воспрял духом. Он позвонил Стиву и рассказал об услышанной новости.

- Адам. Хорошо, что ты мне позвонил. Я как раз собирался тебе звонить. Мой друг из «Голден Гарбидж», связался со мной. Они подтвердили свой интерес и связались с Лондонским отделением компании. Это отделение отвечает за работу компании в Европе. Они должны изучить вопрос и определить риски и финансовые потребности для решения данной проблемы. Так что мы похоже в бизнесе.

- Наконец-то! А то я уже стал терять терпение.

- Успокойся, Адам. Это серьёзная тема и большие деньги. Так быстро дела не делаются. Это большая компания, акции которой котируются на бирже, ее капитал составляет свыше 2-х миллиардов долларов. Это серьёзные итальянские ребята.

- А что будет дальше? Когда мы будем знать результат?

- Сейчас не самое лучшее время для бизнеса. Перед праздниками деловая активность затихает. Но сразу после праздников, я уверен, появятся новости.

- Делать нечего. Придётся ждать, пока не кончатся праздники.

Приближался один из любимейших праздников Америки, День Благодарения. В Америке, по традиции, этот праздник проводили в доме родителей. Большая часть населения страны, перед праздником ехала, летела или передвигалась любым способом в дом родителей, в какой части страны они бы не жили. Деловая жизнь замирала и улицы пустели. Адам закрывался на эти дни. Все работники получали вечером зарплату, целую индейку и торт. Этот торт выпекался в кондитерском цеху, русской компании «Голден Стар». Он был сделан из шоколадной меренги, с шоколадной прослойкой и украшен шоколадными башенками в виде кремлёвских «луковичек». То, что он был популярен в ресторане «Пирог», говорить не приходится. Его любили все. Адам прощался со всеми до понедельника, благодарил за работу и после небольшого застолья, все расходились с подарками в ожидании весёлого праздника. Адам также приносил домой целую индейку, тыквенный пирог и кранбери. Эта крупная красная ягода, больше напоминавшая бруснику, чем клюкву, нужна была для приготовления соуса к индейке. В каждом доме готовилась целая индейка, сладкий картофель ямс и естественно, подавался тыквенный пирог на сладкое. Съесть целую индейку, даже маленькую, было невозможно и из неё на следующий день изготовлялись бутерброды.

Было приятно встретиться на работе после длинных праздничных дней. У всех было что рассказать, как прошёл День Благодарения и что ели за столом. Индейка получилась у всех, и все были довольны. Работы предстояло много, поскольку большая часть заготовок, нужно было делать с нуля. Адам и Вил пришли на кухню, и стоя, плечом к плечу, работали со всеми наравне.

После празднования Дня Благодарения, наступал месяц подготовки к главному празднику года, Кристмассу! По давно сложившейся традиции, все покупали, или готовили, подарки всем тем, с которыми связывали какие-либо отношения. Семейные, деловые, бытовые или просто приятельские. Не сделать какой-либо подарок, тому, кто вправе был ожидать его, означало отказ от сложившихся отношений, а то и объявление абсолютного неуважения и отказ от всякого общения. Множество людей, открывали специальные счета в банках, куда в течении года, откладывались посильные накопления, чтоб не пришлось в сезон покупки подарков на Кристмасс, залезать в долги. В эту весёлую, но хлопотливую игру, вовлекалось всё население страны. Адам получил от каждого из своих поставщиков, поздравительные открытки и конечно, подарки. Обычно, это были бутылки виски, в красивой упаковке. Адам, в свою очередь готовил подарки для всех своих работников, в первую очередь для семьи и для тех, с кем были связанны интересы в бизнесе. Время было очень весёлое. Магазины объявляли сумасшедшие скидки, везде звучали Кристмассовские мелодии, многочисленные Санта Клаусы звенели в колокольчики, призывая давать посильные пожертвования. Деньги тратились легко и весело. Праздничные настроения и ожидание чего-то чудесного царило в воздухе.

На фоне всеобщего праздничного веселья, тем более болезненнее ощущалось неожиданное происшествие. Среди ночи Адама разбудила Ната.

- Адам, проснись! Пропал Мурзик!

- Что значит пропал? Спрятался и спит где-нибудь.

- Нет, я уже везде смотрела. Он всегда отзывался на мой зов. Его нет! Пошли посмотрим его, на 34-м этаже. Я искала в нашем коридоре, его нигде нет.

- Давай отложим до утра. Я хочу спать. Утром посмотрим.

- Адам. Я чувствую, что с ним что-то случилось. Ты слышишь, как жутко воет ветер на улице. Может он выскочил на лестницу и побежал наверх. Я не могу спать, зная, что с ним что-то случилось. Пошли его искать.

Адам, кряхтя и чертыхаясь одевался, понимая, что от рыдающей Наты ему не отвертеться. Надо идти и искать этого чёртового кота, сбежавшего неизвестно куда, да ещё посреди такой ненастной ночи. Они поднялись на лифте на 34-й этаж и вышли на крышу. Дико завывал ветер и лил кошмарный дождь. Ната бегала по крыше, призывая пропавшего кота. Адам тоже покричал, понимая, что иначе ему не придётся спать всю ночь. Всё было напрасно.

- Адам. Иди спроси у швейцара, не видел ли кто-нибудь котёнка.

Адам спустился вниз и разбудил, безмятежно дремавшего швейцара. Тот понимающе и сочувственно мотал сонной головой, но помочь не смог.

- Ната. Никто ничего не видел. Давай дождёмся утра, а потом будем его искать и всех опрашивать. Сейчас, это всё бесполезно. Только ребёнка разбудим.

Ночь была окончательна погублена. Ната плакала не переставая. Она выбегала в коридор, выходила на лестницу, призывая кота по имени и возвращалась, еще больше расстроенная. Адам, пытался её как-то утешить и преодолеть желание уснуть где попало. Едва стало рассветать, Ната ушла в очередной раз, а Адам тут же заснул не раздеваясь.

Он проснулся, услышав звук открываемой двери. В квартиру вошла плачущая Ната, с коробкой в руках.

- Мурзика нашли рабочие, на крыше подземного гаража. Он выпал из окна.

Теперь, когда все сомнения в гибели котёнка отпали, плакала вся семья.

- Надо его похоронить, только где? Может пойти в АСПСА и у них спросить?

Адам и Ната, завернув коробку с разбившимся котёнком отправились в АСПСА.

- Вы можете оставить своего котёнка у нас. Мы обо всём позаботимся.

Они возвращались домой. Плакали, не стесняясь своих слёз, потерявшие близкое для них существо. Потихоньку, день за днём, боль становилась всё глуше, только иногда, возвращаясь поздно домой, Адам заставал Нату в слезах. Он не спрашивал, он знал, что она оплакивает Мурзика.

Приближался день, когда Надя должна была идти на день рождения своей одноклассницы. Мать и дочь хлопотали над красивым платьем для Нади, а Адам, захватив подарок, ждал их в машине, и нервничал, как всегда.

- Гёрлс! Мы приедем самые последние. В театре нас никто ждать не будет.

Они подъехали к «Линкольн Центру» и сразу увидели Надин класс, во главе с классным руководителем и родителями именинницы.

- Всем здравствуйте! Хэппи бёрздэй ту ю, Кэрол!

- Спасибо, мистер Гардов. После спектакля, все дети идут в ресторан, он на противоположной стороне улицы и в 10 часов вечера, вы сможете своего ребёнка оттуда забрать.

- Ната, - отъезжая сказал Адам. - Я ещё раз убедился, что правильно поступил с переводом Нади в другую школу. Ты бы видела этих родителей. Мы забираем Надю, после ресторана, в 10 часов. Надеюсь она будет трезвой.

- Ну зачем ты несёшь всякую ерунду, - раздражённо ответила Ната. - Ресторан, конечно перебор. Вот «Макдональдс», где обычно проходят детские праздники, более уместен.

- Это уж точно. Но для них слишком просто. Ресторан - это стильно! Ладно, к 10 часам вернёмся за Надей.

Поздно вечером, уставшая, но счастливая Надя, взахлёб рассказывала, как здорово было в театре и ресторане.

- А как назывался балет, на который вы ходили?

- «Наткракер»! Такой красивый! Все там танцуют, так красиво!

- Так это был «Щелкунчик»! Он всегда идёт перед Кристмассом.

Прозвонился Стив Гейнс. Компания «Голден Гарбидж», решила идти в Россию и занимается проработкой проекта. После Нового Года, надо лететь в Петербург на встречу с представителем компании.

- Адам! Мы в бизнесе! Компания готова инвестировать в этот новый проект, 100 миллионов долларов. Центральное отделение компании «Голден Гарбидж», находится в Лондоне, а непосредственную организацию проекта в Санкт Петербурге, будет осуществлять отделение в Финляндии. Тебе надо будет встретится с его представителем, в Петербурге, в середине января.

- Новость хорошая. Надо определяться с кем мы? Конечно «Лиман Бразерс», круче, но они потребуют, чтоб я находился в Питере постоянно, хотя бы первое время. Но этого не хочу я. Здесь бизнес, моя семья, и я не могу всё бросить и уехать. Так что, я за «Голден Гарбидж»

- Ты правильно всё решил, Адам. Нам будет проще и лучше с ними. Мерри Кристмасс и хэппи Нью Ер.

- Тебе и твоей семье, весёлого Кристмасса и счастливого Нового Года!

Приближался Кристмасс. По традиции, Адам, закрывал ресторан на 3-4 дня. Все работники, получали праздничные подарки и поздравления, расходились на Рождественские небольшие каникулы. Католическое Рождество, или Кристмасс, как его здесь называли, праздновали в семейном кругу, за праздничным столом. Подарки раскладывались под ёлкой и наутро все открывали красиво упакованные пакеты и хвастались своими подарками. Небольшое семейство Гардовых, не отставало от традиций новой родины. Надя получила новую куклу и красивую книжку, Ната, красивый рисунок от дочери и тонкую золотую цепочку. Адаму тоже достался рисунок и тёплый шарф.

По заведённой традиции, в день 25 декабря, после обильного неспешного завтрака, отправились на машине, осматривать праздничный Нью Йорк. Машин было немного. Народ собирался вокруг Рокфеллер Центра, с его главной ёлкой страны. Адам высадил семью на 5-й авеню и 50-й стрит и поехал искать парковку. Ему пришлось спуститься на несколько блоков вниз, до 47-й стрит и поставить машину в конце квартала. Свою семью он нашёл в густой праздничной толпе, разглядывающих огромную главную ёлку страны. Всю красиво разукрашенную, и катающихся на коньках, на большом катке, под этой сверкающей огнями ёлкой.

– Гёрлс. Вы ещё не замёрзли?

– Нет, дэдди. Не замёрзли. Здесь так красиво. Ёлочка такая большая, большая и красивая. И тёти на коньках, очень красивые.

– А ты не хочешь научиться кататься на коньках? – Глядя на каток произнес Адам, - смотри, сколько там детей на коньках.

– Дэдди. Мы с маму катались на роликах в нашем доме на крыше. Я и мама очень больно упали. Я не хочу больно падать.

– Понятно. Со спортом наша семья не дружит. Ладно, пошли смотреть окна в «Сакс, 5-я авеню». Я проходил мимо, там огромная очередь.

– Адам, а ты не хочешь занять очередь для нас?

– Там очередь огорожена верёвками, но она быстро движется. Можно зайти погреться в Собор Святого Патрика, а потом идти смотреть окна.

– Дэдди. Что это - собор?

– По-английски, «Сент Патрик Касидрал». Мы же были там в прошлом году, такой большой собор, куда ходят молиться.

– Да. Я спомнил. Такой большой и красивый. Там много свечки горят.

– Пошли в Собор греться. Я уже совсем замёрзла.

Они подошли к зданию огромного Собора, на 5-й авеню. Множество народа входило и выходило из больших дверей. Внутри было торжественно и тихо. Множество людей, молилось. Кто-то зажигал свечи, другие просто рассматривали великолепие главного храма Нью Йорка.

- Ну что? Готовы идти смотреть окна магазина «Сакс»?

- Мамми. Мы готовы?

- Да. Я уже отогрелась. Мы можем идти.

Они вышли из дверей собора и перейдя улицу, влились в длинную очередь, неспешно двигающуюся к большим витринным окнам магазина. Этот, известный во всём мире магазин, занимал громадное многоэтажное здание, на 5-й авеню, напротив Рокфеллер Центра. Этот, один из старейших громадных универсальных магазинов Нью Йорка, был известен не только изысканным выбором товаров, но вероятно и самым дорогим из ему подобных. Реальную славу магазина, представляли его огромные окна-витрины, где каждый Кристмасс создавались двигающиеся жанровые сценки, на различные темы.

Средства массовой информации, пытались заранее предсказать, что за картинки будут представлены на следующий год. Но информация была строго засекречена и всё сооружение декорации, происходило за завешенными окнами. Это были настоящие постановочные жанровые сценки, с двигающимися фигурками, поставленным светом и музыкой. Живой кукольный театр.

Толпа продвигалась от окна к окну, вдоль натянутых верёвок и восторгу детей, а подчас и взрослых, не было предела. Это был настоящий своеобразный театр. Посмотреть на окна магазина «Сакс 5-я авеню», люди приезжали издалека. Магазины «Лорд энд Тейлор» и «Блюмингдейл», тоже стали делать двигающиеся окна-витрины, но ни в какое сравнение с «Сакс 5-я авеню» не шли.

- Всё гёрлс. Вам понравилось?

- Очень, очень мне понравилось! А тебе мамми?

- Мне тоже, бэби, понравилось. А теперь пошли в машину, пока я не окоченела.

- Я запарковался на 47-й стрит. Хотите, подождите меня здесь, или пошли все вместе к машине.

- Мы пойдём с тобой. Я не хочу стоять и ещё больше замёрзнуть.

На улице было действительно холодно, и они направились к машине, стараясь подстроиться, под шаги ребёнка. Улица становилась пустыннее, и когда они завернули за угол 47-й стрит, то на ней никого кроме них не было. Они шагали посреди улицы, держа ребёнка за руки. Внезапно Адам почувствовал в своём кармане, чужую, хозяйничающую руку. Сперва он подумал, что это Надя балуется, запустив руку ему в карман, но тут же осознал, что рука была грубая и наглая. Всё происходило в мгновенья и Адам понял, что бежит за грабителем, отчаянно ругаясь, на всех знакомых ему языках. Грабитель был явно моложе, бежал быстрее и к тому же, что-то бросил на дорогу. Расчёт был точен. Адам остановился, увидев смятые денежные купюры. Он подобрал три, все однодолларового достоинства. Адам обернулся, ища глазами семью. Они были довольно далеко и около них, крутился какой-то плечистый парень. Ещё ничего не соображая, Адам рванулся к семье, и незнакомец поспешил ретироваться.

Всё произошло так быстро, что никто не успел испугаться. Только, уже сидя в машине, они осознали, что подверглись нападению грабителей. Адама колотило от пережитого страха за семью, и от мерзкого ощущения чужой, нагой руки, шарящей в его брючном кармане. Никто не успел толком испугаться.

- Я не боялся, дэдди. Я не знал, почему ты бежал?

- Действительно, Адам. Ты хоть бы крикнул.

- Я просто ничего не соображал. Я гнался за этим мерзавцем, чтоб убить. Меня и сейчас трясёт от бешенства и отвращения.

- А что он сделал то?

- Он нагло, залез ко мне в карман. У меня там были деньги.

- И сколько там было денег?

Адам остановил машину и стал шарить по карманам. Из брючного кармана, он вытащил небольшую стопку денег. Стал пересчитывать и вдруг разразился смехом. Жена и дочь, смотрели на него с испугом.

- Всё в порядке, гёрлс. Я ещё не свихнулся. Меня кто-то научил складывать деньги таким образом, самые крупные, затем помельче, а затем самые мелкие.

- Ну и что здесь, такого гениального? Все так делают.

- Да. Но надо свернуть пополам, чтоб самые мелкие, были сверху. Этот грабитель, успел прихватить только несколько однодолларовых купюр. Я пытался схватить его за руку. Вот он спешил и вырвался. Представляю его рожу, и рожу его партнёра.

- Откуда партнёр то взялся?

- А чего я, обратно-то к вам побежал? Там тёрся ещё один тип.

- О, Господи! Вот теперь я напугалась. Я видела кого-то, но не поняла.

- Он поэтому и слинял сразу, когда увидел, что я к вам бегу. Ладно, гёрлс. Мы отделались лёгким испугом. Праздник продолжается. Сегодня день рождения нашей дочери и Кристмасс. Едем в Даллас BBQ.

- Что-то у меня пропало настроение праздновать.

- И что? Позволить каким-то мерзавцам испортить нам праздник? Ни за что! Бэби! Ты хочешь рибс, на свой день рождения?

- Да, дэдди. Я люблю кости!

- Вот и ответ. Мы едем праздновать!

В Даллас BBQ, стояла большая очередь. Адам попросил администратора, записать на его имя, столик на троих, в секции для некурящих. Огромный зал, а вернее, несколько залов, могли посадить одновременно, 450 человек. Адам каждый раз хотел посмотреть кухню, но без разрешения хозяина, его понятно никто не пустит.

Проезжая днём, мимо помещения ресторана, Адам увидел большой грузовик, разгружающий капусту.

- Ната. Представляешь, полный грузовик капусты. И это только, для салата «коле слау». Сколько же кур и свиных рёбер они продают в день? Какая там должна быть кухня? А холодильники? Это всё надо где-то хранить?

- Я не представляю и меня это не занимает. Ты же дружишь с хозяином, вот и задай эти все вопросы ему.

- Да я только вспоминаю, когда мы приходим сюда.

Очередь двигалась быстро. Имена вызывались по громкой связи.

- Адам! Стол на троих.

Они зашли в зал. Их встретила одна из администраторш, и проводила к освободившемуся столу. Тут же подлетел, один из помощников официанта и на пустом столе, появились бумажные салфетки, заменяющие меню, приборы и толстые бокалы для воды.

- Господа желают что-нибудь из бара?

- Моя дочь хочет кока колу. Что для тебя, Ната?

- Наверное, Вёрджин Мери.

- Мамми. Что это - Вёржен мери?

- Это такой безалкогольный коктейль. Если захочешь, можешь попробовать.

- Мне бокал красного вина. Гёрлс, что будем есть?

- Дэдди. Я хочу кости с френч фрайс.

- Бэби. Я бы не догадался.

- Дэдди. Я всегда хочу кости и френч фрайс.

- А мне, четвертинку курицы и половинку рибс. Смотри, Адам. У них появились овощи в кляре. Возьмём на пробу.

Появился помощник официанта, с заказанными напитками. Ната и Надя получили свои напитки в огромных бокалах, размером с маленькую детскую головку. Это всегда вызывало восторг у Нади. Адам получил обычный бокал.

- Добрый вечер! Я ваш официант, Итон. Готовы заказать?

- Да. Для юной леди, порцию рибс с френч фрайс, а для нас две порции комбо. Четверть курицы и половинку рибс, обе с печёной картошкой. Леди предпочитает белое мясо, а для меня, тёмное. Для начала, мы хотим порцию салата коле слау, запечённые бобы по-техасски и овощи в кляре.

Добавьте ещё порцию жареных куриных крылышек.

- Дэдди! Я не могу всё это кушать!

- Не волнуйся. Мы с мамой тебе поможем. А что останется, возьмём домой.

Вскоре на столе появились заказанные закуски. Перед каждым поставили большую пустую тарелку, бумажные салфетки в бокале и прибор со специями.

- Гёрлс. Всё только пробуем. Берегите место для горячего.

- Зачем ты, Адам, всегда заказываешь так много. Ты знаешь, что я не могу отказаться от здешнего салата «коле слау» У них он самый лучший.

- Согласен. Давайте есть и веселиться! Хэппи бёрздэй ту ю, беби!

Всем было весело, чокались бокалами, ели вкусную еду и шумели, как и все вокруг. Сюда приходили большими компаниями, сдвигали столы, ели и пили в своё удовольствие.

Принесли горячее. Сдвинув в сторону, всё что стояло на столе, перед каждым поставили по огромной овальной тарелке с заказанным. Надя с восторгом смотрела на свою порцию рёбрышек, едва помещавшуюся на тарелке и большую горку из соломинок жаренной картошки. Адам и Ната, с сожалением понимали, что всё это пряное великолепие, съесть невозможно. В каждой тарелке, лежало по большому куску, горячего кукурузного хлеба. Официант добавил на стол бутылку с кетчупом и бутылку с острым соусом BBQ. Надя, налив густую лужицу кетчупа, рядом с горкой картошки, с наслаждением макала каждую соломинку в кетчуп и медленно это съедала. Как все американские дети, она могла есть с кетчупом жареную картошку каждый день.

Пиршество продолжалось довольно долго, но большая часть осталась на тарелках. Адам съел куриную ножку и пару рёбрышек. Больше места не было.

- Гёрлс, я сейчас приду.

Адам отправился искать своего официанта. Он столкнулся с ним у входа в кухню.

- А я вас ищу. У моей дочери сегодня день рождения. Её зовут Надя.

- Я понял, сэр! Но у нас нет десерта. Можно воткнуть свечку в кукурузный хлеб.

- Я знаю, что у вас нет десерта и принёс небольшое пирожное.

- Хорошо, сэр! Я всё сделаю.

- Ну что, гёрлс? Вы будете ещё что-нибудь есть?

- Дэдди. Я не могу ничего есть.

- Я так объелась, что не смогу проглотить ни крошки.

- Нам, пожалуйста, счёт. А всё что осталось на столе, «доги бэг».

К столу подошли три официанта. Один из них держал тарелочку с пирожным, в котором горела маленькая свечка. Они запели традиционное приветствие. Адам и Ната тоже запели и их поддержал практически весь зал.

«Хеппи бёрздэй то ю, хеппи бёрздэй ту ю! Хеппи бёрздэй диар Надя! Хеппи бёрздэй то ю! – Зал аплодировал, поздравляя раскрасневшуюся именинницу!»

- Как они знают, как меня зовут? - раскрасневшаяся, с горящими от счастья глазками, произнесла Надя.

- Они догадались, бэби. Такую красивую девочку, зовут Надя.

Праздничный ужин удался на славу, и только Ната иногда становилась грустной. Адам понимал, что она вспоминала Мурзика.

Новый год, в Америке, не воспринимался как праздник. Дата в календаре. Американцы выбрасывали ёлки после 25-го декабря. Заканчивались каникулы, и Надя пошла в новую школу. Вероятно, это было непросто, но миссис Кларенс говорила, что Надя потихоньку привыкает, хотя и держится в стороне от других детей. Адам и Ната переживали, но помочь ничем не могли.

- Она сама должна научиться общаться с другими детьми.

- Мне её очень жалко. Она приходит домой такая тихонькая.

- Ты же знаешь, Ната. Я пытался отдать её в детский садик. Но она так рыдала, что у меня просто сердце разрывалось. Она росла одна, без всякого общения с детьми. Это следствие нашей иммигрантской судьбы. Мы тоже одиноки, но мы взрослые и умеем бороться. Она же совсем одна, и маленькая. То, что мы есть не считается. Мы её любим и оберегаем от всего, но мы не научили её общаться. Пройдёт какое-то время, и она всему научится.

Адам позвонил Вилену и рассказал о компании «Голден Гарбидж».

- К концу января жди в гости. Решение уже есть, они прорабатывают детали. Инвестиции в районе 100 миллионов доллаflorов. Это требует серьёзной проработки. Я должен встретиться в Петербурге с представителем их компании из Финляндии. Как только мне назначат дату, я тебе сообщу. Поставь в известность Сергеева.

- Я в тебе не ошибся, Адам! Молоток! С мусором у нас действительно, кошмар. Я всё сделаю, что надо. Приезжай, жду!

В первых числах января, позвонил Павел из Москвы.

- Адам. Привет, Павел. Помнишь меня?

- О чём речь? Мы со Стивом тебя недавно вспоминали.

- А кто этот - Стив? Чего-то я не помню.

- Да, действительно, извини, разве я тебя с ним не знакомил? Это мой хороший товарищ, он владелец большой компании лимузинов в Нью Йорке.

- Это очень полезное знакомство. Мы ещё об этом поговорим. А сейчас у меня есть один заказик. Нужна бронированная машина для банка. Ты можешь всё узнать по этой теме? Стоимость, что за модель, сроки изготовления и прочие подробности. Как узнаешь, позвони мне. Можем немного заработать.

- Я за. Дай мне несколько дней, и я с тобой свяжусь.

Закончив разговор с Павлом, он сразу набрал Стива:

- Стив, привет. Адам! Есть шанс убить медведя. На самом деле, медведь небольшой, но это по твоей части. В Москве хотят купить бронированный автомобиль для банка. Можешь узнать всю информацию. Что, когда и сколько?

- Я знаю одного человека в Пенсильвании, он делает бронированные машины. А мы в доле?

- А то! Зачем же мы станем этим заниматься?

К концу недели появился ответ.

- Привет, Адам, - произнес Стив. - Есть человек, который делает бронированные автомобили для банков. Со всеми делами, бронированный корпус, пуленепробиваемые стёкла, специальная резина на колёсах. По спецификации НАТО, 4-ый класс защиты, от пуль, бутылок, камней. Цена $ 48 тысяч. Я думаю, 10% надбавки, будет наш кат.

- Согласен. Я передам информацию и посмотрим если срастётся. А что за машина. Модель, марка? Сроки изготовления?

- Это большой пассажирский вен «GMC», мощный и выносливый. Вес 3,5 тонны в полном оснащении, мотор 250 лошадиных сил, усиленная коробка передач. Сделают в течении 30 дней, после предоплаты.

Адам перезвонил в Москву и передал всю полученную информацию.

- Нормалёк. Мне нравится. Я всё понял. Жди ответа.

Ответ пришёл через две недели.

- Адам, запиши номер факса. Пришли оферту и номер счёта, на который переводить деньги. Я приеду получать автомобиль, когда будет готов.

- Стив. Мы в бизнесе. Пиши номер. Нужно скинуть предложение с данными и номер счёта, куда перечислять деньги.

- Я рад, что всё оказалось не болтовнёй. Я всё сделаю.

Всё шло по плану, и Павел собирался приехать в начале Февраля на приёмку автомобиля. В «Голден Гарбидж» пока ещё не были готовы и перенесли встречу представителя в Петербурге, на март месяц. Приходилось ждать и Адам нервничал. От Стефана, тоже приходили не очень радостные вести. Он раздал мех по швейным мастерским, но не за валюту, а за рубли. Естественно в кредит и неизвестно, когда они будут рассчитываться. На упреки Адама, он отвечал, что никто не понимает цены в долларах и он тоже. Надо было ехать самому, но Адам надеялся всё совместить в одной поездке, а отсрочка в «Голден Гарбидж», смешала все его планы.

- Адам, я тебе всегда говорила, что мне не нравится этот Стив. А теперь, я убедилась ещё больше.

- Ну при чём здесь Стив, Ната? Это большие инвестиции, и компания готовится к этому очень серьёзно.

- Ты отказался от «Лиман Бразерс». Вероятно, это была ошибка, но я понимаю почему ты так поступил. Я просто говорю, что Стив, скользкий тип. Будь осторожен. Ты завязан на него, и он может тебя подставить.

- Ладно, Ната. Я тебя слышу. В начале Февраля, приезжает Павел из Москвы, на неделю. Мы должны поехать в Пенсильванию, забирать бронированную машину, и Павел говорил, что у него есть заказы на 3-4 автомобиля. Я буду с ним занят всю неделю. Надеюсь ты не против, если он будет ночевать у нас?

- А нельзя ему снять недорогую гостиницу?

- Можно. Но он не хочет тратить деньги, пока не купит машины и не отправит их в Россию. Он будет приходить только ночью.

Деньги были перечислены на расчётный счёт «Гейнс», и Стив оплатил оговорённую сумму за бронированный автомобиль.

ГЛАВА II

БРОНЕВИК ДЛЯ ПЕТЕРБУРГА

Адам ожидал Павла в аэропорту Джей Эф Кей. Увидев знакомую широкоплечую фигуру, приветственно помахал руками.

-Адам, рад тебя видеть!

- Взаимно, Паша! Как долетел?

- Всё путём. Я спал всю дорогу. Просыпался, когда кормили. Устал и нанервничился. Отпустило, когда сел в самолёт.

- Пошли. Моя машина на стоянке. По дороге всё расскажешь.

Павел прилетел налегке. Они вышли из здания аэровокзала и обойдя густую толпу, стоявших в очереди на такси, подошли к машине Адама.

- Я смотрю, ты поменял машину.

- Я давно хотел стейшен-ваген. А то приходилось по два раза ездить за товаром.

Сейчас уже большую часть товара привозят, а раньше всё возил сам.

- У нас такие машины называют, универсал. Есть «фиатовские», но немного. Народ всё больше любит седаны. А сейчас, стали появляется мини-вэны.

- Я сам хотел купить мини-вэн, но этот практичнее. Значит так. Бронированный вэн готов. Можем ехать забирать, хоть завтра.

- Слушай, Адам. Буквально перед отъездом, я получил ещё один заказ. Вернее, не заказ, а предложение. В одном из префектур Москвы хотят купить два седана «Вольво». Я уговорил их купить американский вариант. Они и сидят повыше и бампера другие, и спецификация по американским стандартам. Они согласились. Послезавтра прилетает зам префекта одной из префектур Москвы, на четыре дня. Я должен его встретить и всё организовать. Он хочет посмотреть машины у дилера «Вольво», а я хочу отвезти его в Атлантик Сити, он мне, так тихонько намекнул. Ты, мне сможешь помочь?

- Да не вопрос. А где он будет жить?

- Ему заказали номер в гостинице. Так что, с этим проблемы нет.

- Уже хорошо. Давай тогда сейчас, заедем к дилеру «Вольво», а завтра поедем в Пенсильванию, забирать броневик. Я уже договорился со Стивом. Нас туда отвезут на лимузине, а обратно погоним в Нью Йорк броневик.

- Здорово! А куда мы его поставим?

- У Стива большая площадка. На ней стоят много лимузинов, там мы и поставим твой бронированный банковский вэн. Паша, а что я имею с гуся, за все мои страдания? С броневиком ясно, я говорю о двух седанах для Москвы?

- Я думаю, если всё срастётся, можно накинуть процентов 10.

- Глупо было бы, таскать каштаны бесплатно. Едем к дилеру. Я видел одного в мидтауне, на 11-й авеню, с ним мы и будем договариваться.

Хозяин дилершипа, встретил их очень любезно, и пригласил в кабинет.

- Как я понял, вам нужны два седана для отправки в Москву. А почему бы вам не заказать их на месте, в Европе?

- Мой товарищ, Павел, хочет заказать американскую комплектацию автомобилей. По его мнению, она лучше приспособлена для российских дорожных условий.

- Переведите ему, что я полностью с ним согласен. Вольво, великолепная машина в условиях хороших дорог, но я слышал, что в России, дороги оставляют желать лучшего.

- Послезавтра приезжает непосредственный заказчик автомобилей. Если его всё устроит, то вы сможете выставить счёт на оплату. Есть небольшой нюанс. Помимо ваших расходов и СИФ доставки в Москву, мы хотели бы получить комиссионные в размере 10% от стоимости автомобилей.

- Разумеется, господа. Я вас понимаю. Я добавлю эту сумму в счёт продажи.

- Прекрасно. Значит мы с вами встречаемся через день. Подготовьте контракт и счёт, и дайте пожалуйста, каталог автомобилей.

Они распрощались весьма дружески, довольные итогом встречи.

- Одно дело сделали. Поедем в ресторан, поедим и решим, что дальше. Паша, ты ещё мне должен рассказать, как в Москве прошла приёмка той партии машин. Птица вернулся сам не свой. Говорил, что попал под разборку.

- Так и есть. Я тебе говорил, что я с этими педиками разберусь. Но мне, даже не пришлось трудиться. Эта гнида, Пётр, ещё и «крысятничал». Динара назначила разборку. Я рассказал, как всё было. Динара хотела его «кончить», и Птицу заодно. Но Чиж, не разрешил. У них отняли машины и выгнали.

- А я слышал, что дружок Птицы, сумел машину угнать.

- Так и было. Я говорил Чижу, ты же вор в законе! Как, какой-то сявка, может у вора украсть? Но Чиж, торчит на наркоше, ему всё до фонаря. Там Динара разруливает. С этими машинами, началась стрельба по всей Москве. Чечены отбивали у московских, а там ещё другие подключились. Вообщем, беспредел.

Я из-за этих разборок, закрыл свой гараж.

- А гараж то причём?

- Да эти бандюганы, наглые. Ездить не умеют. Автомобили поубивали. Приезжают в гараж, и всегда без очереди. Да ещё на халяву хотят ремонтироваться. Нормальные клиенты ушли. Я гараж закрыл, что смог продал, только «Бронко» и остался.

- Кстати. Как «Бронко»? Ты доволен машиной?

- Очень. Это самый лучший автомобиль, что у меня был. Я посадил водителя и рассекаю по всей Москве.

- Ну ты, барин! А сам что, уже за руль западло?

- Да нет. Мне так удобно. Не надо искать парковку и следить, чтоб не украли или не разбили стёкла. В Москве беспредельщиков хватает.

- А что это, беспредельщик?

- Ну это те, которые никаким законам не подчиняются. Ни ментовским, ни воровским. Их кончают прямо на месте.

- Так ты теперь ищешь заказы на машины?

- Пока на этом можно заработать, почему нет? У меня есть заказ на три автомобиля, «Шевроле» седан, мини-вен «Караван» и «Форд» седан. Все конечно, не новые. Подскажешь где лучше купить?

- Самые хорошие и недорогие машины в Пенсильвании. Хорошие потому, что машины хайвейные, а не убитые в городе. Недорогие, наверное, потому, что там огромные дилерские площадки и аукционы. Многие россияне зарабатывают на жизнь тем, что возят туда желающих купить машину. Причём бесплатно. Им платят дилеры за каждого привезённого покупателя. Но понятно, что за всё платит клиент. Бизнес, есть бизнес.

- А ты сможешь меня туда отвезти?

- Я конечно, могу, но думаю надо взять одного из этих деловых и пусть он нас туда отвезёт. Мы можем покупать и выбирать у кого захотим. А вот перегнать купленные машины, это стоит денег. Или можно перегонять самим.

- Но если мы поедем вдвоём, то две машины мы сможем перегнать.

- Это так. Остаётся ещё одна машина, придётся ещё раз ехать туда.

- Адам. Мы с тобой разберёмся. Я понимаю, что тебя напрягаю, но я отработаю.

- Ладно. Для первого раза, просто заправишь машину, а потом посмотрим.

- Спасибо, Адам. Но сначала, нужно прокрутить сделку с замом префекта.

- Хорошо. Пошли обедать, а потом тебе придётся погулять по городу, пока я работаю. Ты уже однажды ждал меня, помнишь?

- Я конечно помню. А завтра едем забирать броневик?

- Да. Надо выехать рано. Это часа 3-4 в одну сторону.

После обеда, Павел отправился бродить по городу, а Адам, забыв обо всём, погрузился в работу, которая приносила не только уверенность в завтрашнем дне, но и душевное равновесие и удовольствие.

- Вил. Я завтра еду в Пенсильванию. Когда вернусь не знаю. Так что всё на тебе. Заготовки я наделал. Ребят на кухне предупредил. Я поговорю с Натой. Может она подойдёт на пару часов, помочь.

- Я понял. Не переживай. Всё сделаем. А кто это, такой здоровый парень, с тобой обедал?

- Это Павел из Москвы. Я тебе о нём рассказывал. Мы едем забирать броневик из Пенсильвании. Вообще вся неделя у меня будет суматошная. Ещё приезжает гость из Москвы, и Павел хочет купить машины на отправку. Я должен с ним ездить.

- Я понял. Всё будет нормально. Я уже отошёл понемногу. Тебе всё равно придётся ехать в Россию. Я не подведу.

Поздно вечером, Адам и Павел пришли к Адаму домой. Все уже спали, и они тихонько, по очереди помылись и завалились спать. Адам проснулся рано, после душа разбудил Павла.

- Вставай. Нам надо ехать. Только тихо. Мои ещё спят.

Павел быстро собрался, едва сполоснув лицо. Адам, давно живущий в Америке, не представлял, как это можно, не принимать душ с утра. Живя в России, где далеко не всегда была горячая вода и у многих не было ни ванной, ни душа, люди мылись от бани до бани, раз в неделю. Запах немытого тела и несвежего белья, был нормой. Никто этого не замечал. Это было очень неприятно, но Адам стеснялся сказать об этом Павлу, боясь его обидеть.

Они забрали машину из гаража, и выехали на север в сторону Бронкса. Стив ждал их в своём офисе.

- Привет! Познакомься с моим товарищем из Москвы, Павлом.

- Хелло. Найс ту мит ю.

- Чего он сказал, Адам?

- Он сказал, что ему приятно с тобой встретиться.

- Понятно. Скажи, что и мне тоже.

- Сам ти ор кофе?

- Знаешь Стив, мы не завтракали, так что кофе и, если есть бутер-броды, было бы кстати.

- Пошли, ты мне поможешь, Адам.

- Павел, посиди. Мы сейчас принесём кофе и бутерброды.

По дороге на офисную кухню, Стив, брезгливо поморщившись, заметил, что от гостя, здорово пахнет потом.

- Извини, Стив. Я с ним поговорю. Понимаешь, в России, многие живут в общих, коммунальных квартирах. Нет ванной и моются в общественных банях. Но не очень часто.

- Римляне тоже мылись в общественных банях, но я уверен, от них не пахло. В Америке его не поймут. Ладно, наливай кофе, а я попро-шу сделать нам сэндвичи.

После небольшого завтрака, они спустились вниз, где их ждал лимузин с водителем. Стив устроился рядом с водителем, а Адам и Павел заняли весь громадный салон, с баром, телевизором и шикар-ными кожаными диванами.

- Класс! Я уверен, что в России можно сегодня продавать лимузи-ны. Адам, ты можешь со Стивом поговорить? Нужно привезти один лимузин, поставить в салоне и народ будет заказывать.

- Я могу подкинуть ему идею, но не знаю, захочет ли он.

Комфортабельная, плавная машина неслась на разрешённой скорости и вскоре наши бизнесмены, спали, убаюканные тишиной.

- Адам. Просыпайтесь, мы приехали.

- Так быстро. Хорошо ехать в лимузине. Очень убаюкивает. Я раньше сидел только за рулём. Там было не до сна.

- Пошли искать хозяина. Надеюсь он нас ждёт. Я отпустил водите-ля, так что выбираться сможем только на бронированном автомоби-ле.

Их ждали. Владелец, этого небольшого, но хорошо оснащённого предприятия, поднялся навстречу гостям. Небольшого роста, лет 50-ти, одетый в рабочую униформу, предложил гостям присесть.

- Я, Стенли. Приятно вас встретить, в нашем цеху. Ваш автомо-биль готов, и после того как я вам его покажу, мы подпишем все необходимые документы, и он ваш. Насколько я понял, автомобиль предназначен для использования в России.

- Абсолютно верно. Я Стив, компания «Гейнс». Здесь представи-тель Российской стороны, который и будет собственно принимать автомобиль. Документы должны быть выписаны на его имя. Адам, переведи всё это, твоему другу.

Адам, добросовестно перевёл всё Павлу и попросил паспорт.

- Прекрасно! Я отдам паспорт бухгалтеру и пока мы осматриваем машину, он впишет все данные получателя. Мы можем пройти в цех.

Цех, оказался длинным высоким ангаром, где в две линии, несколько рабочих трудились над различными автомобилями. Машины были в разной степени готовности и зияли вскрытыми кабинами и кузовами. Практически все работы велись вручную, хотя под потолком двигался мост с подъёмным механизмом и рабочие пользовались различными пневматическими инструментами.

- Как вы видите, мы собираем бронированные машины под заказ. В основном вэны и седаны. Мы не делаем бронированные лимузины. Есть специализированная компания, которая этим занимается. Возможно, вы Стив, из знаете.

- Да, Стенли. Я с ними знаком, но не был у них на производстве. Покажите нам, как оснащаются ваши автомобили.

- С удовольствием. Вот посмотрите на аналогичный автомобиль. Он ещё в процессе сборки и всё абсолютно видно. Мы добавляем практически, почти тонну металла к базовой модели. И это специальный, бронированный металл, рассчитанный противостоять угрозам извне по спецификациям, разработанным НАТО. Лобовое окно защищено специальным армированным стеклом с усиленной рамой. Кабина водителя, отделена от второй кабины для инкассаторов. Задняя часть представляет собой один большой бронированный сейф, с отделениями для денежной массы и монет. Специальные колёса, выдерживают прямое попадание пуль и осколков, а также бутылок и камней. Вы видите с обеих сторон, бойницы, через которые сидящие внутри могут вести огонь по нападавшим. Бронированная решётка защищает усиленный, 8-и цилиндровый мотор. Устанавливается бронированная усиленная коробка передач. Автомобиль оснащён радио, для связи с базой и мощной сигнальной системой в случае атаки.

Вот и ваш автомобиль, можете всё осмотреть, а затем мы выгоним его наружу. После подписания документов.

Готовый автомобиль, выглядел ещё массивнее и мощнее. Павел облазил его весь и было видно, как ему всё это нравится. Адам и Стив отошли в сторону, и Стив прошептал ему на ухо, стараясь говорить тихо:

- Слушай, Адам. Всё это так просто. Мы можем организовать такое производство в России. На этом можно неплохо заработать.

- Хорошо, Стив. Поговорим на обратном пути. У Павла тоже есть идеи.

Документы были подписаны, кофе выпито и Стенли выехал на автомобиле из цеха.

- Спасибо, друзья за бизнес. Надеюсь ещё увидимся. Здесь два набора ключей. Не выходите из автомобиля, не вынув ключей из замка зажигания. Всегда держите ключи в руках. У нас был случай, когда двое молодых людей, из штата Аризона, въехав в абсолютно пустынную территорию, почувствовали зов природы. Выйдя на эту самую природу, они избавились от своих проблем, но обнаружили, что автомобиль закрыт и попасть туда нельзя. Они провели ночь, под покровом красивой южной ночи и только на следующий день, пополудни, их заметил проезжавший шериф. Нам позвонили, и мы послали машину с водителем и дубликатом ключа. Это было дорогостоящее посещение туалета. Двери автоматически защёлкиваются и даже динамит не поможет. Надеюсь, с вами этого не произойдёт. Счастливого пути!

Первым за руль сел Стив, а когда они выехали на 95-ое шоссе, его сменил Павел. Стив отправился спать, в отделение для инкассаторов, а Адам и Павел, коротали время за разговорами.

- Стив предлагает открыть производство бронированных машин в России. Он говорит, что это очень просто и готов поучаствовать.

- Он не знает, что происходит сейчас у нас. Анархия, бардак и произвол. Наезжают все, кому не лень. Чиновники, менты, бандиты. Иногда и не поймёшь кто хуже. А чаще они все заодно. Тебя кто-то «крышует», платишь деньги, а он сдаёт тебя другим, чтоб ещё снять «бабла». Налоги могут доходить до 95%. Каждый день новые правила игры. Сегодня строят торговые ряды на твои деньги, а завтра говорят, надо менять. Проект был плохой. Да везде беспредел. Сейчас крутятся на том, купил, продал. «Бабки» оставил за бугром. Что успел спрятать, то твоё. Кидают всех, кого смогут. Много народа поприезжало. Немцев, англичан, французов. Их поначалу зазывали, организовывать совместные предприятия. Потом кидали на «бабло» и выгоняли из страны. Иди ищи правду!

- То, что ты рассказываешь, просто ужасно. Я хочу затеять бизнес в России, но после твоих слов, всякое желание пропадёт. У меня появилась возможность поучаствовать в серьёзном бизнесе в Питере.

Адам рассказал о своих делах и компаниях, пожелавших участвовать в Российском бизнесе.

- Я тебе так скажу, Адам. Ты подобрался слишком близко к большим деньгам. Дай бог, чтоб у тебя всё получилось. Но если ты перейдёшь кому-нибудь дорогу, то тебя могут найти в канаве, с дыркой в башке.

- Но я же не с какими-то бандитами затеваю бизнес. Это мэрия Санкт Петербурга!

- Ты давно не живёшь в России. Всё изменилось. Люди стали другие. Повылезали, неизвестно откуда, подлые, хитрые и очень жестокие люди. Ты для них никто, а скорее враг, мешающий снять «бабло». Это хуже, чем было в Америке 30-х годов. Когда-нибудь может и изменится, но я сам хочу свалить. Я боюсь за свою семью.

- Знаешь, Павел. Ты нагнал на меня страху. Я должен серьёзно всё обдумать. Но я уже завязан, и мне придётся поехать в Петербург, месяца через два.

- Приезжай потом в Москву. Я тебе наковыряю бизнесов, сколько хочешь. Я тебя встречу и всё покажу.

- Я подумаю. Может быть, почему бы и нет?

- Адам. Давай поменяемся местами. Я покемарю немного, а то у меня глаза слипаются

Машина съехала с дороги, они поменялись местами и Павел, едва прислонил голову к двери, тут же заснул. Адам осторожно выехал на шоссе, немного прибавив скорость. Автомобиль слушался, но чувствовалось насколько он тяжёл и управлять им совсем не просто. Было тихо, все спали и Адам, боясь потерять управление, осторожно и аккуратно управлял, непривычно тяжёлым автомобилем. Через пару часов они приближались к Бронксу и Адам, въехав на площадку компании «Гейнс», с облегчением запарковался.

- Господа, просыпайтесь! Мы прибыли к месту назначения. -Стив, приехали!

- Адам. Ты был всё время за рулём?

- Ну не всё время. Часа полтора, вёл Павел, а затем вы дружно храпели. Стив. Ты не возражаешь, если машина постоит на площадке, до конца недели. Павел имеет заказ на три бэушные машины. Я хочу съездить с ним в Пенсильванию и купить там. А потом, мы все машины отгоним в порт на погрузку.

- Пусть стоит. Места не жалко. А что, насчёт сборки бронированных машин в России? Ты с ним говорил?

- Да, конечно. Он говорит, что сейчас очень неподходящее время. Очень много криминала, а государство не только не помогает, но наоборот, либо в доле с бандитами, либо обкладывает жуткими налогами. Бизнес, в основном, купля - продажа, а деньги прячут на западе. В основном чёрные схемы.

- Нет. Я не могу себе это позволить. Так можно весь бизнес потерять.

- Павел предлагает привезти один лимузин в Москву и выставить в автомобильном салоне. Многие крутятся и полно чёрных денег. Он уверен, что лимузины будут заказывать.

- Не знаю. Надо поговорить с отцом. Какие гарантии, что лимузин просто не отберут или угонят? Это $45 тысяч.

- Деньги серьёзные. Я спрошу у Павла, какие могут быть гарантии?

Оставив Стиву один набор ключей от автомобиля, друзья поехали в ресторан. Работа была в самом разгаре, и Адам, включился в процесс, отправив Павла погулять. Время летело быстро и по окончании, все разошлись, оставив Адама и Павла одних.

- Паша, давай поужинаем, а то кроме кофе и бутербродов с утра, в желудке ничего не было.

- Я не против. А то ложиться на голодный желудок не в кайф.

За ужином, Адам обдумывал как поделикатней начать, этот не очень приятный разговор.

- Паша. Я хочу с тобой поговорить на одну тему, но ты должен понимать, что речь идёт не конкретно о тебе, а вообще о россиянах.

- Это что за тема такая? Стив не хочет иметь с нами дело?

- Нет, нет. Речь не об этом. Я просто хочу сказать, что у каждого народа есть свои привычки и правила. Русские не понимают, когда иностранцы в России, не хотят бухать по полной. А у американцев, свои заморочки. Они помешаны на гигиене тела. Мне рассказывали, что российским женщинам, когда они поступали на работу в большие американские фирмы, кто-то из сотрудников проводил, ну скажем, разъяснительную лекцию. О том, что ноги принято брить, пользоваться приличными духами, не приходить на работу во вчерашней одежде.

- А одежду то почему нельзя одевать вчерашнюю?

- Можно. Но тогда все будут думать, что она не ночевала дома.

- А где я возьму столько одежды? Я приехал на неделю.

- Ты не женщина. Ты просто должен принимать душ каждый день, желательно утром и вечером и менять рубашку, если она пахнет потом.

- Ну хорошо. Допустим я буду мыться в душе каждый день, но я не могу мыть волосы так часто. Говорят, они от этого вылезают.

- Паша. Я мою волосы дважды в день, а когда жарко и чаще. Как видишь, я не облысел. Надо мыть не хозяйственным мылом, а приличным шампунем. А если рубашка одна, завтра ещё прикупим.

На следующее утро, Павел выглядел как новая монета.

- Паша! У тебя даже русые волосы рассыпаются. Круто выглядишь. Едем в аэропорт, встречать твоего префекта?

- Во-первых он зам префекта, а во-вторых его зовут Сергей Васильевич Попов. Ты ему, пожалуйста только ничего такого не говори.

- Я тебе сказал по-дружески, для твоей же пользы.

В аэропорту было как всегда людно и шумно. Адам проверил световое табло с информацией полётов. Рейс Аэрофлота прибыл вовремя, и было понятно, что пассажиры проходят паспортный контроль и таможню. Рейс встречала многочисленная толпа, с цветами и табличками с фамилиями пассажиров. Друзья пристроились к этой шумной группе встречающих.

В дверях, отделяющих таможенную зону, появились первые пассажиры и толпа встречающих задвигалась и замахала, приветствуя прибывших. Павел всматривался в появляющихся пассажиров. По тому как он напрягся, Адам понял, что важный гость прибыл.

- Сергей Васильевич, Сергей Васильевич! С благополучным прибытием в Америку.

- А, Павел. Рад тебя видеть.

- Сергей Васильевич. Познакомьтесь с моим товарищем, Адамом. Я вам про него рассказывал. Он живёт здесь, всё знает и нам поможет.

-Здравствуйте, Сергей Васильевич. Очень приятно познакомиться.

- Мне тоже. А как по отчеству величать?

- Да мы здесь привыкли без отчества. Для вас, просто Адам.

- Я здесь с небольшой группой товарищей. Нас отвезут в гостиницу. Я немного отдохну, приведу себя в порядок, а часика через три я вам позвоню. И тогда я в полном вашем распоряжении.

- Прекрасно. Вот моя визитка. Это рабочий телефон, мы будем ждать вашего звонка.

Но Сергей Васильевич позвонил только поздно вечером. Он был занят с группой товарищей.

- Завтра с утра, подъезжайте к гостинице «Лексингтон», к часикам к 10.

Адам передал приказ Павлу.

- Они были заняты, и приказали прибыть завтра, к 10:00 к отелю «Лексингтон», – важно произнес он.

- Адам, кончай издеваться. Он мужик неплохой.

На следующее утро, ровно в 10, они подъехали к отелю.

- Паша. Ты иди, ищи его. Здесь парковаться нельзя, я объеду блок и вернусь сюда. Ждите меня прямо у отеля.

Отель располагался в центре Манхеттена и множество машин едва двигались. Подъезжая к отелю, Адам увидел, призывно махающего Петра. Невысокая фигура, полноватого московского гостя, торжественно возвышалась на тротуаре. Адам постарался подъехать как можно ближе, и Павел распахнул дверь.

- Сергей Васильевич! Садитесь, эта машина Адама.
- Доброе утро, Сергей Васильевич! Как отдохнули?
- Спасибо Адам. Куда мы едем?
- Я думаю, нам надо подъехать к дилеру «Вольво». Вы посмотрите образцы и каталоги и, если вас устроит, сделаете заказ.
- А я не знаю американского языка. Как я буду делать заказ?
- Не волнуйтесь, я буду переводить.
- Адам всегда переводит хорошо. Никаких проблем.

Автомобиль, пробираясь через городские пробки, запарковался перед зданием дилера «Вольво». Множество красивых, новых машин, произвело на гостя воодушевляющее впечатление. Он весь зарумянился и волнение перешло на его пухлые щёчки. Он вообще производил впечатление Вини Пуха. Толстенький, мяконький, с глазками пуговками.

- Адам. Вы скажите ему, что я хочу белую машину. Я люблю беленькие машинки. У меня, раньше была тоже беленькая.
- Конечно, Сергей Васильевич! Какую захотите.

Хозяин дилершипа, был сама любезность. Предупреждённый о высоком статусе гостя, в кабинете предложил удобное кресло и кофе. Адам, добросовестно переводил.

- Да. Кофе я выпью. А спроси его, могу я выбрать цвет машины?
- Разумеется. Я сказал, что одна машина должна быть белая, а вторая, вы говорили чёрная.
- А когда привезут машины?
- Он говорит, что сразу после проплаты, машины через месяц будут в Москве. Их привезут из Европы, но сделанные по американской спецификации. Он приглашает нас в салон, посмотреть модели, и так сказать, пощупать руками. Они спустились в салон, где стояли разнообразные модели автомобилей «Вольво». Белой к сожалению, не было, но дилер клятвенно утверждал, что одна из заказанных машин, будет непременно белой. Сергей Васильевич, с достоинством, посидел в пассажирском кресле, рядом с водителем, а затем и на заднем сидении. Автомобиль ему явно нравился. Это отражалось на его пухлом лице.

- Адам. Что нам надо для оформления?
- Имя заказчика и все соответствующие документы. Он выпишет счёт. Кто получатель груза? К примеру, можно указать данные Павла, с дальнейшей передачей на баланс префектуры.

- Паша. У тебя паспорт с собой?

- Как всегда. Меня же предупредили.

- Адам. Скажи этому дилеру, чтоб оформлял заказ. Вот письмо от нашей префектуры со всеми реквизитами.

- Наш московский гость, возвращается домой через пару дней, и проплата пройдёт, очевидно в течении недели.

Они поднялись наверх, в кабинет хозяина дилершипа и пока готовились документы, все ещё раз попили кофе.

Документы были готовы и подписаны. Сергей Васильевич в очередной раз удостоверился, что один из двух автомобилей заказан белого цвета. После многочисленных рукопожатий и благодарностей за бизнес, гостей проводили вниз, где все, ещё раз дружески распрощались.

- А что он тебе сказал, Адам?

- Он спросил, когда ждать оплату за заказ. Я объяснил, что вы возвращаетесь домой и в течении недели пройдёт оплата.

- Да, да. Бухгалтерия в курсе. Так что проблем не будет. Куда мы едем дальше? Я хочу посмотреть Нью Йорк.

- Нет вопросов. Я когда-то сидел за рулём лимузина и зарабатывал на жизнь, рассказывая туристам о городе.

В течении двух часов, Адам возил Сергея Васильевича и Павла с севера города на юг, и с запада на восток, показывая наиболее интересные места. Но основной интерес и оживление, на Сергея Васильевича, произвело здание городской мэрии.

- Мы завтра встречаемся с одним из заместителей мэра. Я могу сказать, что уже видел здание, правда снаружи.

- Павел говорил мне, что вы хотели бы съездить в Атлантик Сити.

- Сергей Васильевич, так у них называется город, где есть казино.

- А это далеко от Нью Йорка?

- Прилично. Часа 2,5-3 туда и столько же обратно.

- Ого! А я послезавтра уезжаю. Когда же туда ехать?

- Я думаю, единственный вариант, ехать завтра вечером.

- Я думаю вы правы, Адам. Приезжайте за мной в гостиницу, часов в 8 вечера. Я думаю, что мы уже освободимся.

На этом и порешили. Адам отвёз гостя в отель, а Павел решил тоже остаться и походить с Сергеем Васильевичем по магазинам. Вздохнув с облегчением, Адам поехал на работу. Это было непросто, нянчить высокопоставленного гостя. Павел старался всячески ему угодить, у с укоризной смотрел на Адама, когда тот сбивался на юмористический тон. Понять Павла было можно. Знакомство с городским чиновником, имело коммерческий интерес. Для Адама, он был инфантильным и немного смешным человеком, волей судьбы, вдруг поднявшийся на небольшую ступень власти. Ему хотелось ездить на красивой белой машине и чувствовать себя важной персоной, от которого зависит много всякого мелкого народа. Адам старательно играл роль радушного хозяина, понимающего, что ему выпала честь принимать ВИП персону, так называли в российской новоречи, важных людей.

Домой Адам всегда приходил поздно, а теперь и того позже. В доме все спали и вероятно на него сердились. Присутствие постороннего человека всегда в тягость. Адам это понимал, но менять сейчас что-либо, было уже поздно. Это в России было принято, что друзья или родственники, вправе расчитывать на гостеприимство и могли жить неделями. В Америке, это казалось варварством. Есть отели, мотели. В гости, пожалуйста. Да и то лучше пригласить в ресторан. Все заняты, у всех работа или бизнес, и создавать ещё и бытовые проблемы для семьи, казалось дикостью.

Утром, Адам и Ната встретились на кухне.

- Слушай, Ната! Ты меня извини. Всё. Я больше никого в дом не приведу. Это в последний раз.

- Хорошо, что ты хоть это понимаешь. Ладно. Мне надо будить Надю и вести её в школу. Вы не вставайте, пока мы не уйдём.

- Как у неё в школе дела?

- Говорит, что привыкает. Ладно, мне некогда болтать.

Адам прислушивался к тихому разговору между Надей и Натой. Вскоре хлопнула входная дверь и он пошёл мыться.

- Павел, вставай! Мы одни. Мои уже ушли.

На улице было, не по сезону, тепло. Иногда даже проглядывало солнце. Они забрали машину из гаража и поехали в ресторан.

- Паша. Я приготовлю завтрак и обсудим что делать сегодня.

- Я понимаю, что тебе надо работать. Во сколько ты хочешь ехать в Атлантик Сити?

- Чем раньше, тем лучше. Твой дружок, идёт сегодня на встречу в мэрию. Я думаю его забрать часов в 6-7 вечера. Туда пилить долго, а я хочу пораньше вернуться и хоть пол ночи поспать в кровати.

- Я пойду погуляю по магазинам, а к 5 часам подойду.

- Я могу 3-4 часа повозить тебя, а потом уж ты сам.

- Спасибо, Адам. Ты уж извини, что я тебя напрягаю. Я понимаю, тебе надо работать. Но я скоро уеду.

- Ладно. Свои люди, сочтёмся. Что тебе надо купить?

- Жена мне составила список. Что-то из детских вещей и ей всякие мелочи.

- Поедем на Деленси. Это такая улица, ну и весь этот район так называют. Там очень много небольших, недорогих магазинчиков. Мы иногда там покупаем. Можно поехать в район Бродвея и 20-х улиц. Там продают всё. Это для оптовых покупателей, но мы можем купить и по одной штуке. Косметика, часы, спортивная одежда и многое другое.

- Как скажешь. Адам. Ты сам решай.

- Ладно. Сначала поедем на Деленси, а потом на Бродвей.

На Деленси было как всегда многолюдно. Магазины все открыты и вещи висели на вешалках или стояли в коробках по всей улице. Павел терпеливо и тщательно осматривал каждую приглянувшуюся вещь, переспрашивал у Адама, сколько она стоит. После долгой сверки со списком, что-то покупал.

- Ты, Павел молодец. Хозяйственный мужик. Всё делаешь тщательно.

- Знаешь, Адам. Меня так приучил отец. Он меня всему научил. Вот кто, мастер на все руки. Он руками умеет делать всё. А я выбираю ребёнку и не хочу получить от жены по шее.

- Так я тебя не осуждаю. Наоборот, завидую. Я только в кулинарии делаю всё осторожно и аккуратно, а так, у меня нет терпения.

- Ты понимаешь, здесь такой сумасшедший выбор и цены, которые нам и не снились. Я хочу выбрать самое лучшее и недорогое.

Обойдя все прилегающие улицы, друзья сложили покупки в машину и поехали в сторону Бродвея и 20-х. Они бродили по всем улицам, пересекающим Бродвей в этом районе. Павел, вслед за Адамом заходил в магазины, предлагающие косметику, торгующие часами и различными украшениями, магазины, забитые от пола до потолка бижутерией, и просто таращил глаза, от обилия товаров и безумных, невероятных цен.

- Здесь тысячи часов! Они правда по $5?

- Не все. Есть всякие разные. Ты что хочешь купить?

- Жена просила что-то из косметики, но я ничего в этом не понимаю.

- Как и я. Возьми какие-нибудь неплохие духи и красивый набор косметики. Не прогадаешь.

- Знаешь. Я рад что поехал один. Она здесь, да с ума бы сошла!

Новые покупки, также сложили в багажник.

- Адам. Ты поезжай на работу, я ещё здесь погуляю, а к 5 часам подъеду.

Павел появился в ресторане, раньше времени, с пакетами в руках.

- Хвастайся. Чего прикупил?

- Да нет. Я взял бутылёк и закусочки, в дорогу.

- Предусмотрительно. Но ты же вроде в завязке?

- Был. Я по чуть-чуть, по-грамулечке принимал, и всё рассосалось. Но я так, меру знаю. Не то, что раньше принимал до поросячьего визга.

- Я очень надеюсь. А если наш гость из Москвы не пьёт?

- Такого не бывает. Как бы он работал на такой должности?

- А что, должность подразумевает умение пить?

- А как ты думал? Человек, который в компании не пьёт, вызывает подозрение. А вдруг он компромат собирает на всех, или что ещё? Да вообще, непьющий человек вызывает подозрение. Все бухают, а он что, самый умный? А может больной? Нам таких не надо.

- Паша. Ты меня убедил. Нам пора ехать за нашим гостем.

Все шло по плану. Автомобиль пробился, через городские пробки, к туннелю Линкольна, и въехав в штат Нью Джерси, направился на юг по 95-ой дороге.

- Адам. Ты где-нибудь остановись. Мы немножко закусим, а потом уже поедем прямо в Атлантик Сити.

- Сейчас подъедем к какой-нибудь заправке или Макдональдсу, я сверну на парковку, и мы сможем подзаправиться.

Вскоре представилась и первая возможность. Адам поставил машину и вышел прогуляться. Павел развернул, заботливо приготовленную закуску и бутылку водки.

- Сергей Васильевич! Давайте за удачу, чтоб всё было хорошо.

- Согласен, Паша! Надеюсь мы выиграем в казино. Будем здоровы!

Под ветчинку и солёные огурчики, дело шло в хорошем темпе.

Когда Адам вернулся, в бутылке оставалось по последней рюмочке.

- А вы не хотите, Адам, с нами за компанию?

- Спасибо, Сергей Васильевич, но здесь права отберут в два счёта, да ещё такой штраф припаяют, что мало не покажется.

- Ну тогда, Паша, наливай по последней.

- Что бы елось и пилось, и конечно, чтоб моглось!

Адам вырулил обратно на шоссе, и машина плавно отсчитывала километры. Голоса на заднем сиденье, понемногу затихли, вскоре раздались храпящие звуки. Адам поёрзал, устраиваясь поудобнее. Впереди была длинная дорога, и только звуки радио не давали задремать за рулём.

- Просыпайтесь, друзья! Мы приехали.

- Уже? Так быстро? А мне кажется, что я только вздремнул.

- Вы, Сергей Василевич, вместе с Павлом, поспали пару часиков. Выходим из машины, и я объясню, что и как. Я привёз вас на парковку, в самом большом казино в Атлантик Сити. Запомните номер этажа и где стоит наша машина. Когда определитесь, где вы будете играть, я сюда вернусь, посплю в машине. Иначе, я завтра буду никакой. Сейчас идём в лифт, опускаемся до главного зала казино. Всё запоминайте, иначе потом мы не найдёмся. Здесь играют тысячи людей.

В огромном зале, сверкали огнями сотни игральных автоматов. Люди сидели за различными столами, многие бродили по залу, в поисках счастливого автомата или стола. Весь этот огромный игральный дворец, обслуживали сотни людей в различной униформе. Кто-то разносил напитки, другие меняли доллары на фишки. За каждым столом, помимо крупье, наблюдали различные смотрящие и контролирующие. Весь этот механизм, работал чётко и слаженно, зорко отслеживая желания играющих, и мгновенно приходя, к ним на помощь. Вновь прибывшие, растерянно оглядывались, ошарашенные невероятно роскошной картиной игорного храма.

- Друзья! Будьте внимательны. Если что-то непонятно, спрашивайте сейчас. В казино есть различные автоматы. Начиная от 25 центов, которые обменивают на $10 купюру. Автоматы разные. Можно опустить одну монету или больше. Там указано сколько монет, для максимального выигрыша. Самые популярные автоматы, 25-и центовые. Есть 50 центов и $1. Это наиболее экономный способ поиграть в казино. Это не значит, что здесь нельзя проиграть. Но не так быстро. Дальше столы для рулетки, «блэк джек», покерные, для игры в кости и много разных других, типа лотереи. Всё это призвано забрать ваши деньги, за сомнительное удовольствие поиграть. Казино выигрывает всегда. Говорят, что это казино, выплачивает до 95% от собираемых денег. Кто-то выигрывает, может это будете вы. Но не поддавайтесь иллюзиям. Определите сумму, которую вы можете проиграть, не испытывая горьких сожалений и вперёд. Да поможет вам бог. Удачи!

- Адам, я хочу попытать счастья в рулетку.

- Сергей Васильевич! На всех столах стоят таблички, на которых написано минимальная ставка, за игру. Начинается, как правило, с $5. Но ставка может быть поднята в любой момент. Следите за этим и не попадайтесь. Казино – это бизнес! Жестокий бизнес! И он себя защищает от слишком удачливых игроков. Делайте минимальные ставки и старайтесь не поддаваться азарту.

- Всё ясно. Пошли выберем стол. А вы будете играть, Адам?

- Ну уж нет! Я им достаточно денег своих подарил.

- Ну поставьте, хоть один раз, а мы посмотрим, как это делать.

- Хорошо! Но только одну ставку. Проиграю или выиграю, неважно. После этого я иду спать. Вы на какую сумму хотите купить фишек?

- На $300!

- А ты, Павел?

- Нет. Я играть не буду. Я буду болеть за Сергея Васильевича.

- Хорошо. Выбирайте стол, за которым вы хотите играть. Не спешите!

Они походили по залу, присматриваясь к различным крупье и игрокам, сидящим вдоль стола.

- Вот за этим столом можно, Адам?

- Конечно, если вам здесь нравится.

- А тебе, Паша, придётся стоять сзади. За столом могут сидеть, только те, кто играет.

Сергей Васильевич, торжественно сел за стол и вытащил из кармана $300. Адам подвинул деньги к крупье.

- $5 чипс, пожалуйста!

- Что ты ему сказал, Адам?

- Я попросил разменять на $5 фишки. Их называют, чипс.

Сергей Васильевич, гордо рассматривал стопки чипсов, пододвинутых к нему.

- Адам. Ты обещал поставить одну ставку.

- Хорошо. Вот вам $5. Дайте мне одну фишку.

Адам бросил на стол, полученную фишку, норовя поставить на номер, совпадающий с днём его рождения, но она скользнула в следующий ряд. Адам решил переставить её на намеченный номер, но крупье объявил, что ставки закончены. Пришлось оставить всё как есть.

- Вы слышали? Когда крупье говорит, что ставок больше нет, ничего на столе менять нельзя. Шарик крутился и жужжал, сопровождаемый десятком внимательно смотрящих глаз, и наконец соскочил и подпрыгивая упал в одну из лунок с номерами. Адам, удивлённо таращился на кучки чипсов, появившихся перед ним.

- Вот как надо играть! – сказал голос рядом.

- Адам! Ты выиграл! Сегодня твой счастливый день!

- Нет, Сергей Васильевич! Уговор, дороже денег. Я случайно поставил не на тот номер, а он и выпал. Желаю вам удачи, я пошёл спать.

Адам разменял фишки на наличные деньги, и гордясь собственной волей, отправился спать. Он долго ворочался на сиденье, стараясь пристроить голову поудобнее и наконец заснул.

Проснулся он от боли в затёкшей шее и оттого, что в окно стучали вернувшиеся игроки.

- С чем вас можно поздравить?

- Поздравлять особенно не с чем. Сначала я немного выиграл, потом проиграл и в общем при своих.

- Сергей Васильевич! Я вас от души поздравляю. Это самый лучший вариант. Поиграть и не проиграть, самое хорошее что может быть.

- Но жалко, что никто не обыграл по-крупному это казино.

- А Адам же выиграл!

- Но это так. По мелочи.

Они ещё пообсуждали перипетии игровых моментов, но вскоре притихли и заснули. Адам всматривался в ночную темь, вспоминая бывшую профессию водителя, и радуясь, что всё это давно позади.

Город спал, когда машина подъехала к гостинице, где остановился, московский гость. Адам и Павел попрощались.

- Счастливо вам долететь, Сергей Васильевич! Как только проплатится счёт за автомобили, ждите их через месяц в Москве.

Друзья поехали досыпать ночь, а вернее то, что от неё осталось.

На следующий день предстояла поездка за автомобилями, в Пенсильванию. По предварительной договорённости, за ними приехал дилер, занимающийся посредничеством, при продаже автомобилей.

Его услуги были бесплатными, но было ясно, что они оплачивались дилерами, к которым он привозил клиентов. В машине сидел ещё один человек, который тоже хотел приобрести машину. Он сидел рядом с водителем, а Адам и Павел устроились на заднем сидении.

- Паша! Ты понимаешь, что мы едем, практически в одно и тоже место, третий раз за эту неделю.

- То-то я смотрю, мы выруливаем опять в этом же направлении.

- Первый раз мы ездили в Пенсильванию, забирать броневик. Это километров на 30 подальше, чем мы едем сейчас. Вчера мы ездили в Атлантик Сити. Тоже недалёко от поворота на Пенсильванию. И сегодня, опять на бис, едем в Пенсильванию

- А обратно поедем сами, на двух машинах.

- Надеюсь. Ты держись за мной, и всё будет нормально. Давай покемарим, пару часиков. Я так, толком и не поспал.

Площадка, куда их привезли, была большая, с огромным выбором машин, с различным пробегом. Парень, который их привёз, занимался третьим пассажиром, вероятно чувствуя, что там он сможет быстрее заработать. К друзьям подошёл один из продавцов. Павел объяснял, что он ищет, а Адам добросовестно переводил.

- Паша. Он говорит, что у них на этой площадке таких машин нет. У них есть другая площадка. Он может нас туда отвезти.

- Так поехали. Чего тут толкаться.

Вторая площадка была неподалёку. Там Павел сразу нашёл седан «Шевроле». Машина была в приличном состоянии, и Павел принялся её придирчиво осматривать. Он попросил поднять машину на подъёмнике, поездил с продавцом вокруг площадки и остался доволен.

- Адам. Спроси сколько они хотят за машину, и, если цена нормальная я её куплю. И спроси за мини-вэн «Додж Караван», и фордовский седан.

Адам добросовестно перевёл.

- Паша. Цену он предлагает обсудить с хозяином площадки. Нам надо будет вернуться назад, откуда мы уехали. «Додж Караван» у них есть, он нам сейчас покажет, а вот фордовских седанов у них нет.

Мини-вэн «Додж Караван», после длительной проверки и пробной поездки был одобрен, и они возвращались на основную площадку.

- Мы выбрали два автомобиля. Если цена нас устроит, то мы их возьмём.

Адам, уже не раз покупал в Пенсильвании автомобили с пробегом. Торговаться было принято. Если покупатель уходил, не согласившись на названную цену, то дилер предлагал цену ниже. Если он позволял покупателю уйти, означало, что ниже цену он предложить не может.

Все эти немудрёные правила игры, были понятны Адаму, после первых посещений рынка поддержанных автомобилей. Дилеры покупали автомобили, на дилерских аукционах. Приводили их в порядок и продавали, добавив определённую «маржу».

Всё это Адам рассказал Павлу, и тот естественно мог только доверять своему, более опытному товарищу.

Адам переводил взад и вперёд, предложения дилера и пожелания покупателя. По «Шевроле» они согласились, а вот мини-вэн Павел хотел купить дешевле.

- Послушай! А что ты на меня так давишь? Я же тебе ещё должен дать.

- Мне можешь ничего не давать. Скинь ещё немного на «Караван», и мы заберём обе машины.

Сделка состоялась. Павел оплатил оговорённую сумму, получив взамен документы на машины и транзитные номера, сроком на 30 дней.

- Адам. А что делать с «Фордом»? Мне нужен ещё один седан.

- Слушай, что я предлагаю. Эти две машины, мы отгоним прямо шипшандеру в Нью Джерси. А завтра приедем опять сюда. Покатаемся по площадкам и найдём тебе фордовский седан. Потом поедем в «Гейнс», заберём броневик и тоже отвезём в Нью Джерси. И всё, ты свободный человек. Как тебе мой план?

- Здорово! Ты башковитый, Адам. А то я всё думал, как собрать это в одну кучку. Я твой должник.

- Ладно. Рассчитаемся. Есть одна проблемка. Как из Нью Джерси добраться в Нью Йорк, но я думаю, мы на месте определимся. Сейчас едем на двух машинах. Стой за мной и не отставай. Я тоже буду смотреть за тобой. Через пару часов будем на месте.

Поездка прошла без осложнений. В офисе шипшандера, Адама встретили как старого знакомого.

- Адам, привет! Ты снова отправляешь караван машин в Россию?

- Привет, рагацци! Рад вас видеть снова! В этот раз, только четыре машины. Две сегодня, и две мы пригоним завтра. А это хозяин машин.

- Адам. Он похож на русского мафиози! Он понимает английский?

- Он хороший парень. Но общается с мафиози. Он получал все машины, которые мы отправили в прошлый раз.

- Ты разобрался с мистером Гамбини? Ты же вернул несколько машин.

- Я ему принёс чек, почти на миллион долларов, а он ещё пытался подсунуть машины, которые нужно ремонтировать.

- Мама мия! Если б ты мне принёс чек на миллион долларов, я не знаю, что бы я для тебя сделал.

- У нас всё впереди. Давайте оформим эти две машины, а завтра мы привезём бронированный вэн и седан. Нам нужно два 40-а футовых контейнера. Всё СИФ Москва.

Через час, все документы были оформлены и Адам спросил, как им добраться до Нью Йорка.

- Адам. По старой дружбе, мы подбросим тебя до метро, которое довезёт вас до Гран Централ, в Нью Йорке.

- Спасибо, рагацци. До завтра.

Вскоре друзья, выходили из здания Гранд Централ, на 42 стрит. Здесь всё было привычно и знакомо.

- Паша. Поехали в ресторан, пообедаем. Я голоден как собака.

На следующий день всё шло по намеченному плану. Они выехали рано утром, и за разговорами время летело незаметно. На первой же площадке бывших в употреблении автомобилей, они нашли седан компании «Форд» и после длительного осмотра и небольшого торга, они уезжали на двух автомобилях.

- Паша. Мы сначала едем в «Гейнс». Забираем броневик и гоним их в порт Нью Джерси.

- Я помню. Ты ведущий, я ведомый.

В таком порядке они въехали на территорию компании «Гейнс». Стив встретил их радушно, и как всегда, предложил кофе.

- Адам. Скажи Павлу, что он хорошо выглядит. Ты над ним поработал?

- Да так, немного. Объяснил, что в Америке принято следить за собой.

- Конечно. Это и правильно. Я говорил с отцом по поводу отправки лимузина в Россию. Он сказал, что подумает. Я его сейчас позову.

- Паша. Стив пошёл за своим отцом. Я тебе говорил, что он хозяин компании. Стив рассказал ему о твоей идее, по поводу лимузинов.

Вернулся Стив, а с ним вошёл Гейнс старший. Было видно насколько они похожи.

- Знакомьтесь! Мой отец, Эндрю! Адама ты видел, а это его друг из России, Павел.

- Мне Стив рассказывал о вашей идее. Она неплохая. Вопрос в том, кто отвечает за сохранность лимузина. Как я понимаю, страхование в России не работает и много криминальных элементов. Лимузин стоит $45 тысяч. Мы Со Стивом дадим $30 тысяч. Если Павел может внести $15 тысяч, можно подумать об отправке автомобиля. Подумайте.

Гейнс старший, также стремительно вышел, как и вошёл. Он был очень стройный, элегантный и подтянутый. Несмотря на его возраст, ему можно было только позавидовать. Адам перевёл Павлу всё, о чём говорил старший Гейнс.

- Я понимаю, что он хочет свести риски к минимуму. Но у меня нет таких денег. Я кручусь на то, что мне дают на дело. Я знаю, что с машиной ничего не случится, но какие гарантия я могу дать?

Адам перевёл все это Стиву, но и так было понятно.

- Скажи ему, пусть привозит побольше заказов, тогда может будет больше шансов. Вы забираете бронированный вэн?

- Да. Спасибо, Стив что разрешил постоять здесь. Приезжай в ресторан. Павел через пару дней уезжает, и я буду посвободней. Ты не против, если я оставлю свою машину на стоянке, а попозже приеду и заберу.

Друзья распрощались со Стивом и пошли забирать машины. Павел сел за руль бронированного вэна, а Адам повёл «Форд».

Бронированный вэн, вызвал в офисе шипшандера большой фурор. Сбежались все работники и каждый хотел посидеть за рулём такой машины.

- Адам. Сколько весит этот монстр?

- 3,5 тонны. Надеюсь это не будет проблемой?

- Нет. Просто я подумал, что он весит гораздо больше. Тоже СИФ Москва?

- Да. Всё оформляем вместе. Павел дай паспорт и приготовь деньги. Все четыре машины на одного получателя.

- Ваши контейнеры завтра уйдут на судно и через пару дней будут в море. Подвезти вас до метро?

- Да, спасибо за всё, рагацци!

- Тебе спасибо за бизнес. Приезжай ещё.

Когда они добрались до «Гейнс», то Стива уже не было. Адам забрал автомобиль, и они поехали в ресторан.

- Ну ты доволен, Павел? Твоя миссия выполнена.

- Спасибо тебе, Адам. Без тебя, я бы ничего не сумел. Приезжай в Москву. Там я всё знаю. Сделаю всё что смогу.

- Спасибо, Паша. Но не сейчас. Я скоро должен ехать в Питер. Там намечаются крутые дела. Но кто знает, что будет? Поживём, увидим.

Через два дня, Адам вёз Павла в аэропорт.

- Давай, Паша. До новых встреч. Узнай, что с проплатой по «Вольво». За деньги не беспокойся. Я или передам с оказией, или буду держать у себя.

- Я за это, меньше всего волнуюсь. Я приеду и ещё не раз. Бывай здоров и извинись за меня, перед твоими.

Адам возвращался домой и чувствовал, словно гора спала с его плеч. Только сейчас он понял, как устал за эти дни.

Дни проходили за днями, но новых вестей от «Голден Гарбидж», не было слышно. Он понимал, что подготовка к освоению новой страны, тем более, как сегодняшняя Россия, требует серьёзной подготовки и больших финансовых затрат. Проводя большую часть времени на работе, он старался отгонять негативные мысли и верил в свою звезду.

Случившееся неожиданное происшествие выбило его из привычной колеи, и серьёзно напугало, да так, что он вспоминал это всегда. Началось с того, что в квартире появились люди, о которых Адам никогда не подозревал.

Ната отводила Надю в школу, и затем ехала на работу. Адам

приходил домой и ложился спать поздно, любил эти утренние часы, когда никого не было дома. Он долго и с наслаждением, мылся под горячим душем, а потом бродил по квартире, неспешно собираясь на работу. Раздавшийся в квартире звонок, застал его врасплох. Обычно, все кто приходил в этот билдинг попадали к швейцару, а тот, в свою очередь, звонил по телефону в квартиру, выясняя, расположен ли находящийся в квартире принимать гостей.

Раздавшийся в двери звонок, мог означать либо соседей, либо кого-то из работников билдинга. Адам открыл дверь. На пороге стояли две женщины, одна явно афроамериканка, а другая, скорее азиатского типа. Обе неопределённого возраста и со строгими выражениями на лицах.

- Вы мистер Гардов? Отец Нади Гардовой?

У Адама дрогнули колени и ему стало нехорошо.

- Что? С ней что-то случилось?

- Нет. Она в порядке. Мы представляем комитет защиты детей, от проблем в неблагополучных семьях.

- Господи! Слава богу. С ней всё в порядке. А какое отношение мы имеем к неблагополучным семьям? У нас всё хорошо, и помощь не требуется.

- Мы по жалобе директора школы, в которой учится ваша дочь.

- Директора школы? Как это? На что она может жаловаться? Я не так давно с ней общался, и всё было прекрасно.

- Она обратилась в наш комитет, с просьбой обследовать домашние условия, в которых пребывает ребёнок, есть ли у неё возможность спокойно заниматься, отдыхать и другие условия пребывания в доме. Мы обязаны всё обследовать и сделать заключение.

- Простите за глупый вопрос. Что если вы что-то найдёте, на ваш взгляд, не соответствующее предъявляемым требованиям? Что тогда?

- Если это случается, ребёнок изымается из неблагоприятных условий и помещается в специальное учреждение, где опытные педагоги и психологи, помогают ребёнку перенести психологическую травму.

- То есть, это тюрьма для неблагополучных детей, беспризорных или живущих в плохих семьях, где их обижают?

- Это не тюрьма, а учреждение где детям оказывают необходимую помощь. Покажите где ребёнок спит, готовит уроки и отдыхает.

Адам показал визитёрам Надину комнату, где помимо кровати, стоял небольшой письменный стол со стулом, а в углу стояли два огромных плюшевых медведя, оставшихся от небольшой картинной галереи, которую Адам открыл для Наты, и которая просуществовала недолго. Адам давно хотел их выкинуть, но Надя любила с ними играть.

- Мы видим, что условия для отдыха и занятий есть. Но со слов вашей жены, ребёнок часто задерживается в ресторане, где вы работаете и именно поэтому она не высыпается и опаздывает в школу.

- Извините меня. Я не понимаю, откуда взялась эта глупая чушь.

Я действительно забираю ребёнка из школы и привожу её в ресторан, где я работаю. Мне там проще приготовить ей обед, какой она хочет, а затем я отвожу её домой. Вечером ребёнком занимается мама. Никаких проблем никогда не возникало. Я сегодня же пообщаюсь с директором школы, и постараюсь разобраться, что за проблема вдруг возникла.

- Безусловно, это ваше право. Мы составим отчёт о проделанном обследовании и напишем свои выводы и рекомендации.

Адам закрыл за ними дверь, и только когда они ушли, он по-настоящему испугался.

Он слышал разные истории, о том, как эти ретивые защитницы прав угнетённых, меньшинств, женщин, детей и многого другого, руководствуясь благими намерениями, вторгались в хрупкую жизнь семей и несли с собой горе и трагедии. Одна мысль о том, что его нежная домашняя дочь, может быть насильно увезена и помещена в приют, сводила его с ума. Он понимал, что надо ехать и умолять всех и доказывать, что всё это нелепо и он берётся всё исправить что потребуется, но страх не отпускал его ни на минуту. Что-то случилось между его женой и директором школы, значит надо ехать в школу и умолять, не губить жизнь ребёнка и его самого.

Приехав в школу, Адам постарался взять себя в руки.

- Прошу прощения, миссис Штерн. Не знаю, помните ли вы меня? Я Гардов, отец Нади Гардов.

- Я вас помню. Проходите садитесь, я вас слушаю.

- Миссис Штерн! Произошло ужасное недоразумение. К нам домой приходили инспекторы из комитета защиты детей. Насколько я понял, вы направили им письмо, о том, что моя дочь нуждается в помощи.

- Не совсем так. Я действительно направила им письмо, поскольку ваша жена, заявила о проблеме ребёнка, посещать школу в назначенное время.

- Миссис Штерн. Я прошу у вас прощения, за эту, не знаю, как назвать, очевидно сказанную в запальчивости нелепость. Я не могу представить себе, почему это было сказано, но смею вас заверить, что я даю вам слово, ничего подобного не существует в природе и я лично, буду приводить мою дочь в школу, к назначенному часу. Поверьте, я очень сожалею, о доставленных вам неприятных моментов, но больше этого не случится!

- Мистер Гардов. Держите вашу жену подальше от школы. Наша школа, не зря считается одной из лучших в нашем городе. Я лично положила на это немало сил. Ваша жена постоянно опаздывала, и когда я сделала ей замечание, что опоздания непозволительны, она встала у дверей и записывала имена всех, кто приводил детей после неё. А когда я заметила ей, что она должна отвечать только за себя, она сказала, что вы оба тяжело и поздно работаете и ребёнок не высыпается.

- Миссис Штерн! Не обращайте внимания. Это не так, и было сказано в пылу. Я твёрдо обещаю, приводить мою дочь лично и вовремя. Я вас умоляю, позвоните в комитет защиты детей и скажите, что инцидент улажен. Пожалуйста!

- Хорошо. Я посмотрю отчёт и, если там всё в порядке, надеюсь, что это так, мы сможем это забыть, но при условии, что ребёнка приводите в школу вы лично.

Адам вышел из школы, не уставая благодарить провидение, за то, что он, не так давно, перевёл Надю в отдельную спальню, а свою постель перенёс на её место. Ната, постоянно по ночам сидела за компьютером, осваивая это новое детище и Надя жаловалась, что свет ей мешает. Однажды Адам не выдержал и поменялся с дочерью местами. Наде отдельная комната очень нравилась, и она даже закрывалась изнутри на защёлку. Кто знает, что могло бы произойти, найди инспекторы, что жалоба имеет основания. Поздно вечером состоялся очень неприятный разговор с Натой, окончившийся первой серьёзной ссорой.

- Ты что, не понимаешь, чем это всё могло кончиться? Не знаю, что бы делала ты, но я даже думать не хочу, чтоб сделал я. Миссис Штерн директор школы и она имела право требовать соблюдения правил при посещении школы. Зачем ты устроила демонстрацию, с записыванием фамилий опоздавших? Что ты хотела доказать? Ты её унизила. А заплатить за эту несусветную глупость могла наша, ни в чём неповинная дочь. Не думай, что всё уже кончилось. Мы в списке, как неблагонадёжная семья и при первом же случае, нам всё это припомнится.

- Я просто хотела ей доказать, что она ко мне придирается. Там было полно, тех кто пришёл после нас!

- Какое нам дело до них? Наша дочь могла пострадать и очень жестоко. Ты это понимаешь?

Адам знал за ней эту жуткую упрямую черту, не уступать ни в чём, и давно перестал спорить по любым поводам. Ради мира в семье он уступал во всём. Но здесь речь шла о судьбе ребёнка, да и об их общей судьбе. Спорить с Натой было бесполезно.

- С завтрашнего дня Надю в школу буду отводить я. Неважно, что я работаю допоздна и хотелось бы немного поспать с утра. Я буду раньше приходить на работу и там немного посплю. Ничего со мной не сделается. Спокойствие и жизнь ребёнка, дороже сна.

На следующее утро, Адам встал раньше всех. После душа он пошёл будить Надю.

- Бэби! Вставай! Нам пора собираться в школу.

- Дэдди. Я иду школу не с маму?

- Нет. Теперь я буду водить тебя в школу. Всегда! Иди мыться, и мы будем завтракать.

Подходя к школе, Адам увидел фигуру миссис Штерн, встречающую всех школьников. Увидев Адама, она приветливо кивнула ему головой.

- Бэби. Хорошего учебного дня. Я приду за тобой, как всегда.

Первым пришёл Царевич.

- Адам! Ты чего в такую рань? Тебе не спиться?

- Я отводил ребёнка в школу, и теперь буду приходить раньше.

- А что Ната? Она больше не хочет, или не может?

Адам рассказал всё историю, заново её переживая и нервничая.

- Ната не умеет расчитывать время, всегда и везде опаздывает, но то, что она сцепилась с директором школы, могло кончиться трагически.

- Моя бывшая, она же адвокат, рассказывала какие кошмарные случаи бывают. В Америке полно неблагополучных семей. Алкоголики, наркоманы, просто уроды, обижающие детей. Эта организация, забирает детей и пока суд не вынесет решения, держит их в специальном приёмнике. Я наслушался душераздирающих историй.

- Давай не будем об этом. Я до сих пор вздрагиваю от страха. Ты передал мои извинения своей бывшей? Она организовала встречу, а мы решили иметь дело с другой компанией. Иногда я об этом жалею.

- Адам. Это было твоё право. Надеюсь ты не ошибся.

- Я тоже надеюсь, но что-то всё это так затянулось. Я конечно, не рвусь ехать зимой в Петербург, но время уходит и теперь уже говорят о мае месяце. Идёт 1991 год. Время летит незаметно. Кстати, у тебя там есть родственница. Можешь с ней связаться и узнать, не поможет ли она снять квартиру у знакомых людей. В России сейчас всё так неспокойно. Полно бандитов и просто гопников. Грабят на улицах, в поездах. Да везде опасно. Я не хочу особенно рисоваться, как американец.

- Хорошо. Я с ней свяжусь. А что с твоим друганом, Виленом?

- С ним всё нормально, но я не хочу от него зависеть. Он тот ещё тип. Ладно, давай завтракать и за работу. Вон, уже мои ихос подтягиваются.

Время шло быстро. Адам отводил ребёнка в школу, затем шёл на работу. После школы, приводил Надю в ресторан обедать. Её все любили и старались угодить. Они называли её мисс Надя, и, хотя Адам говорил, что в Америке называют или по имени, а если начинают со слова мисс, то надо называть фамилию. Надя особенно привязалась к Луису и Эухенио, и они платили ей тем же. После обеда, Адам отводил её домой, делать уроки и ждать, когда придёт мама. Адам никогда не заговаривал о происшедшем, но думал, что делать с Надиной школой, когда он уедет в Россию, хотя и ненадолго.

Иногда в ресторан приезжал Стив. Поесть гречневой каши с московским соусом и стейком, а заодно пообщаться и поддержать Адама. «Голден Гарбидж» по-прежнему заинтересован в бизнесе в России, и уже очень скоро, они дадут отмашку, когда надо ехать в Санкт-Петербург, на встречу с представителем.

- Стив. Ты надеюсь понимаешь, что там тоже надо согласовывать встречу. Там никто не сидит, и не ждёт в тоске и кручине. Жизнь продолжается. Кто не успел, тот опоздал. Я понимаю, что от тебя ничего не зависит. Но постарайся донести до них, что время, немаловажный фактор, для создания деловых отношений.

- Я всё понимаю, Адам. Нам остаётся только ждать.

Наконец пришла долгожданная весть. Готовиться к встрече в середине мая.

ГЛАВА III

СНОВА ПЕТЕРБУРГ

Адам связался со своим тур агентом.

- Здравствуйте. Адам Гардов. Мне необходим полет в Санкт-Петербурге в середине мая, на на неделю. Посмотрите, пожалуйста, оптимальный вариант.

- Можем предложить вам, «Эйр Франс». На сегодня, у них лучшие предложения в этом направлении.

- Ну, хорошо. Мне в принципе всё равно. Это прямой рейс?

- Нет, с пересадкой в Париже, там вы проведете ночь. Вылет на следующий день в 13:30. А обратно, тоже через Париж, но ожидание всего 3 часа.

- А где я должен ночевать? В аэропорту? Это очень тяжело. Я приеду совсем разбитый и уставший.

- Мы можем забронировать вам ночь в гостинице, неподалёку от аэропорта. Это может вам стоить $70-75. Вы отдохнёте и на следующий день, продолжите свой путь.

- Хорошо. Забронируйте мне билет. Я завтра подъеду и всё оплачу.

- Адам. Тебя можно поздравить? Ты наконец получил ответ?

- Вил! Остаёшься за хозяина. Не делай глупостей, пожалуйста! Меня не будет неделю, и я очень на тебя надеюсь.

- Не переживай. Я всё помню и больше такого не случиться.

- Очень надеюсь. Помнишь, я просил тебя поговорить со своей родственницей по поводу проживания?

- Конечно помню, и даже говорил с ней. Она пообещала всё узнать, и ждёт моего звонка с конкретными числами. Я ей сегодня позвоню.

Дома, сообщение Адама, встретили без всякого энтузиазма.

- Все эти твои поездки в Россию, на мой взгляд, просто пустая потеря времени и денег. Кто тебе оплатит расходы? Стив? Не думаю, - сказала Ната.

- Ты неправа. Я же не еду гулять или потешить моё самолюбие. Я надеюсь что-то заработать. Но поначалу надо потратить какие-то деньги. Если что-то сложиться, мы сможем жить лучше и не зависеть только от ресторана. А если нет? Значит не судьба, хотя и очень жаль.

- Адам. Я сегодня уже зарабатываю неплохие деньги и могу прокормить семью. Страха, который был, уже нет. Но я не верю ни на йоту ни Стиву, ни этим людям из «Голден Гарбидж», а уж тем более тем, в России.

- Ната, я согласен. Но я не хочу всю жизнь просидеть в ресторане. На большой, серьёзный ресторан денег нет. Я бы лучше строил сеть «фаст-фуд», но это тоже серьёзный инвестмент. Мы об этом, много раз говорили. Я хочу заработать серьёзные деньги. Это мой шанс.

- Поступай как знаешь. Я попрошу Веру, отводить Надю в школу, пока тебя не будет. Я знаю, что ты не хочешь, чтоб это делала я.

- Это не я не хочу, а директор школы. Передай Вере, большое спасибо.

- Ты что? Мне не доверяешь? Моего собственного ребёнка?

- Не говори ерунды. Я не хочу проблем с директрисой школы. Всё только наладилось. Давай, не будем ничего усложнять.

Адам позвонил Вилену и предупредил о своём приезде:

- Готовь встречу в мэрии. Я еду встречаться с представителем компании, о которой мы говорили. Это заняло много времени, но теперь всё решено и я надеюсь, мы будем двигаться вперёд быстрее.

- Я рад, Адам! А то я совсем уже было, поставил на тебе крест.

- Рановато хоронишь. Это всё зависело не от меня. Это большие инвестиции, для такой страны, как Россия. Но теперь мы в игре. Запиши число и время прилёта. Квартиру мне подготовила родственница моего шефа. Так что Лёню беспокоить не надо. До встречи в Питере.

Затем был еще один звонок:

- Степаша! Привет, Адам. Жив курилка! Скоро увидимся. Лечу в Питер. У меня появилась идея. Твой дружок, работает в Апраксином дворе, в магазине ковров. Узнай у него, можно ли купить Кумранские ковры? Я тут общался с людьми и мне сказали, что эти ковры пользуются спросом.

- Адамаша! Я рад тебя слышать! Про ковры всё узнаю. А когда ты будешь в Петербурге? Может остановишься у нас?

- Приеду через несколько дней. Сразу отзвонюсь. Квартира у меня есть, но я естественно приеду, и мы ещё понаделаем пирожных александровских.

Подошёл день отъезда. Прощаться было всегда тяжело, но мысль что всё это ненадолго, скрашивало расставание. Предвкушение от возможных изменений в жизни и страшило, и возбуждало одновременно. Беспокойная натура Адама требовала перемен, и теперь, когда такая возможность была столь близка, он был весь нетерпение. Он был полон желания, самому подталкивать, медленно ползущее время и события.

Его самолёт вылетал в Санкт Петербург в 15:00, на следующий день. Он взмыл в небо и Адам, откинувшись на спинку кресла, воображал себя, гуляющим по Парижу, городу, где никогда не был. Отель был забронирован и оплачен и Адам планировал встать как можно раньше и идти знакомиться с Парижем!

Самолет приземлился в аэропорту Шарль-де-Голль. Вместе с пассажирами Адам прошёл в здание аэропорта, и следуя указаниям стрелок, для транзитных пассажиров опускался и поднимался по разным эскалаторам, окончательно запутался и стал искать глазами стойку информации.

В просторном здании кружилось множество народа, но в отличии от Адама, они знали куда идут и спешили, уверенно шагая в нужном направлении. Наконец, он увидел, долгожданную буковку «i», что означала информацию, и устремился туда, в надежде обрести спасительную помощь.

- Хай! Я из Штатов. Лечу в Россию, но мой самолёт только завтра, в 15:00. Мой турагент забронировал для меня в отеле «Ибис», номер. Мне сказали, что это очень близко к аэропорту. Подскажите как туда добраться?

- Месье, выйдите из здания вокзала, через 20 метров вы увидите остановку автобуса, он делает развозку по ближайшим отелям. Скажите водителю какой отель вам нужен и вас отвезут.

- Прекрасно! А мне нужна какая-то отметка в паспорте или справка, чтоб меня впустили обратно в здание вокзала?

- Нет, месье. У вас американский паспорт. Вы можете спокойно входить и выходить, в удобное для вас время.

- Это здорово! Мерси боку.

Девушка за окошечком мило улыбнулась, и Адам ободрённый своей решительностью и находчивостью, бодро отправился к указанному выходу.

Показав равнодушному полицейскому свой паспорт, Адам вышел на улицу.

Здесь капризная удача от него отвернулась. Было уже достаточно поздно и темно, а где искать желанный автобус, непонятно. Людей было мало и все куда-то спешили. На вопрос: «говорят ли они по-английски?», некоторые отрицательно качали головой и, как показалось Адаму, не совсем доброжелательно. Другие просто поворачивались и уходили. За время проживания в Штатах, Адам привык к отзывчивости людей, если к ним обращались с вопросом. Здесь, к американцам относились с плохо скрываемым неприятием, возможно, справедливо полагая, что, если ты ступил на эту землю, изволь говорить по-французски. Адам совсем уж было впал в отчаяние, но спасительные огоньки появившегося автобуса, вновь взбодрили его погасший дух. Он устремился навстречу огонькам, призывно размахивая руками и помогая себе голосом. Автобус проехал мимо и остановился на остановке. Адам помчался за ним, полный отчаяния и страха, что этот недружественный автобус, специально уедет у него из-под носа. Он влетел в открытую дверь, задыхаясь и бормоча слова благодарности.

- Мне нужно в отель «Ибис»! Ду ю спик инглиш?

Хмурый водитель, в ответ отрицательно помотал головой.

- Месье, отель «Ибис», плиз!

Неприветливый автобус, долго петлял по тёмному пригороду Парижа и наконец остановился у небольшого неосвещённого здания. Водитель помахал рукой, явно предлагая Адаму, выметаться по-хорошему.

- Месье! Это «Ибис», отель?

Водитель, вновь махнул нетерпеливо рукой, пробормотав что-то под нос. Едва Адам ступил на землю, автобус злобно фыркнул и умчался в ночь. Адам подошёл к неосвещённому подъезду, и не найдя кнопки звонка, постучал в стеклянную запертую дверь. Это был глас вопиющего в пустыне. Вокруг было темно и тихо. Адам принялся, в отчаянии барабанить в запертую дверь, и он был услышан. Где-то в глубине загорелся тусклый свет, и заспанный человек приоткрыл дверь. Адам немедленно всунул ногу, в образовавшуюся щель.

- Сэ кье эст ла кьюстион, месье?

- Ду ю спик инглиш?

- Нон, нон месье.

- Слушай сюда, месье. Я забронировал номер. Это отель «Ибис»?

- Уи, месье. «Ибис». Резервацион нон, нон.

- Вот смотри, господин француз! У меня есть бумажка! Резервацион, отель «Ибис». Компренде, «Ибис». И я хочу дормир. Спать хочу.

Заспанный работник отеля, тупо пялился на подсунутый лист бумаги, а Адам тоскливо вспоминал сцену из романа «Дубровский», где герой искал хоть какие-то слова из французского, чтоб выжить в кошмарной ситуации. Вдруг лицо служащего озарила слабая улыбка.

- Месье! Отель «Ибис», уи! Нон «Ибис»!

Он принялся загибать пальцы, приговаривая «Ибис». После четвёртого загнутого пальца, до Адама стала доходить горькая правда. Этих треклятых «Ибисов» много, и он попал не в тот который нужен. Это было больно. Хотелось не только спать, но встать пораньше, чтоб успеть погулять по городу. Разбираться придётся в Нью Йорке, а сейчас надо устроиться на ночлег. Адам показал заспанному портье кредитную карту и показал жестами, что хочет спать. Он хотел продемонстрировать другие жесты, более соответствующие, сиюминутным желаниям, но побоялся быть неправильно понятым. Увидев кредитную карту, портье немедленно стал догадливым. Сумма в $75 была начислена и ключ от номера вручён владельцу волшебной карты. Адама даже сопроводили до номера.

- Ладно, басурман! И на этом спасибо. Я тут посплю до 6 утра.

Портье осклабился в улыбке, разделяя чувства временного постояльца.

Адам спал тревожно, просыпаясь каждый час и сверяясь с часами.

Ровно в 6 часов он встал и пошёл в ванную. Горячий душ привёл в чувство раненное тело и душу. Покидая «Ибис», никем незамеченный, Адам был тем не менее благодарен за то, что его не выставили на улицу. Бредя по тёмной улице, он обдумывал планы страшной мести, тупому турагентству, но дальше скандала и требования возврата денег, фантазия не шла. Нужно было найти ближайшее метро, но спрашивать было не у кого. Но счастье было близко. Первый же встреченный человек, оказался понимающим слово, метро. Он тоже шёл туда и помахал Адаму рукой. Теперь они уже вдвоём брели по тёмному городу, но ближайшее будущее, уже не казалось таким мрачным.

Адаму снова повезло. Угрюмый спутник, оказался не мелким грабителем или просто аферистом, а честно привёл его к станции метро и тут же растворился в жидком ручейке, спешащих на работу. Адам заплатил за вход и в вагоне метро приник к карте, пытаясь понять где он, и где надо выйти. Увидев название Лувр, он понял, что ему туда, и принялся сверять станции, к которым они подъезжали, с намеченной станцией, на которой надо выходить. Вскоре он уже выходил из метро, оглядываясь по сторонам, и думая в какую сторону надо идти. Он пытался у прохожих что-то спросить, но все спешили и отмахивались от него, как от назойливой мухи. Он находился на широкой улице с большими окнами, закрытых магазинов. С правой стороны, шла длинная и высокая стена из красного кирпича. Адам отправился вперёд по улице, заглядывая в большие витринные окна шикарных магазинов. Цены на выставленные товары, поначалу потрясли всякое воображение, но потом он вспомнил, что это во франках и перевёл дух. Но даже уменьшенные во много раз, они всё равно казались заоблачными. Он шёл долго, пытаясь найти какой-то ориентир.

Слева оказалась набережная реки, одетая камнем. А справа, на поперечной улице показалось большое здание, из которого торчала часть автомобиля. Адам подошёл поближе, раздумывая как авария могла произойти так высоко, но вскоре понял, что это такая задумка. Пройдя мимо этого странного здания, Адам попал на широкую улицу, с многополосным движением и высокой аркой вдали. Что-то знакомое было в образе этой улицы, с катящимся потоком машин и высокой аркой впереди.

- Да похоже на Триумфальную арку, а что это за улица?

Он подошёл к перекрёстку и прочитал надпись: «Чампс Елисей».

- И чего? Елисейские поля, знаю. А это какой-то, Чампс? Ладно, можно пойти к реке. Это наверняка Сена. Надо поискать Собор Парижской Богоматери.

Адам вернулся к зданию, с торчащим наружу автомобилем и подошёл к широкому мосту. Он был невероятно красив. Широкий, со старинными фонарями и скульптурами. Внизу текла тёмная, почти чёрная вода.

Слева с моста открылся вид на огромный дворец и Адам понял, что видит Лувр. Казалось сейчас появится королевская карета и мушкетёры с Д'Артаньяном во главе. В ответ, как найти Собор Парижской Богоматери, кто-то махнул рукой вдоль Сены. Ободрённый Адам двинулся по набережной, любуясь Лувром, на другой стороне реки. На парапете набережной, на небольших расстояниях, висели длинные зелёные ящики, закрытые на большие висячие замки. Они скорее напоминали большие сколоченные гробы.

Снизу, от реки, послышался какой-то дикий рёв. Адам перегнулся через парапет, стараясь рассмотреть источник этого жуткого звука. Им оказался лохматый, полуголый человек с огромной всклокоченной бородой. Он жутко ревел, проклиная всех наверху и чего-то требуя. Адам в ужасе отшатнулся.

- Да это же клошар! Их так называют. Бездомные парижские алкоголики, живущие в каменных норах, вдоль Сены. Сердобольные граждане, опускают вниз еду и бутыли с вином. Кошмар, да и только.

Адам хотел увидеть Собор Парижской Богоматери. Книги и фильмы об этом соборе, сопровождали всё его детство. Ему представлялось что-то огромное и таинственное, где прячутся в тёмных углах Квазимодо, Эсмеральда и возможно мерзкий священник. Хорошо бы ещё побывать на Эйфелевой башне, но хотя её силуэт был виден, но явно далеко. Он думал, что ему пора двигаться в обратном направлении. Надо успеть к самолёту, а кто знает сколько может занять времени обратная дорога. Открывались различные магазинчики и многочисленные кафешки. Из них выносились на улицу небольшие столы и стулья. Город оживал и кафешки заполнялись людьми, пьющими кофе со свежими круассанами. Адам почувствовал голод, и зависть к этим людям, которые явно никуда не спешили, листая газеты.

- Нет, сначала Собор, а потом можно съесть что-то, но не рассиживаясь в кафе, а такое, что можно жевать на ходу.

Впереди показалось высокое здание Собора. Это было явно оно, и сердце Адама забилось сильнее, в предвкушении долгожданной встречи. Он перешёл через мост к ограде Собора и его ошарашил громкий и требовательный нестройный хор нищих, во множестве окружающих вход. Они нагло, громко и настойчиво требовали мзду, ни на мгновение, не сомневаясь в своём праве, и громко возмущаясь на скаредность, проходящих мимо людей. Нищие орали прямо в лицо и тянули руки, едва не хватая за одежду и руки. Адам поёжился от отвращения и чувства гадливости, уклоняясь от этих наглых и грязных рук, и его возвышенное настроение от встречи с мечтой своего детства, улетучилось. Внутри Собора было темно и тихо. Горели свечи и сквозь цветные витражи окон проникал дневной рассеянный свет. Вероятно, оттого, что Адам представлял себе Собор Парижской Богоматери, невероятно огромным и таинственным, он почувствовал некоторое разочарование. Да большой, да красивый. Но кафедральному Собору Святого Патрика в Нью Йорке, явно уступает.

Уже покидая Собор, Адам, вновь проходя через толпу назойливых нищих, размышлял о причине своего, некоего разочарования от увиденного.

Вероятно, ожидание чуда, пронесённое через всю жизнь из далёкого детства, не совпадало с увиденным. А толпа наглых мытарей, только усилила отторжение того, что так не соответствовало лелеемой мечте.

Адам решил, что пора возвращаться, но пройти другими улицами, и увидеть Париж как можно больше. Он наткнулся на фургон, приспособленный под продажу еды. Это было то, что он искал. Внутри работал молодой парень.

- Говоришь по-английски?

- Немного.

- Уже хорошо. Сэндвич с ветчиной и сыром и бутылочку воды.

- Окей! 35 франков.

- Это сколько в долларах?

- 7 долларов.

- Ни хрена себе. В Нью Йорке это стоит 3-4 доллара.

- А это Париж!

- Ясно. Давай!

Получив свой сэндвич и воду, он двинулся по параллельной Сене улице, оглядывая дома и жуя свой ланч. Сэндвич оказался очень вкусным. В отличие от американских сэндвичей, где хлеб намазан майонезом или горчицей, этот горячий сэндвич, был с расплавленным сыром и это было вкусно.

Улица была пустынная и тихая. Дома, больше похожие на старинные дворцы, прятались за чугунными решётками и обильной зеленью. Через какое-то время, Адам вышел на площадь, где возле большого красивого дворца, находилась большая толпа народа. Адам подошёл поближе. Надпись гласила, что это Дом Инвалидов. Адам где-то читал, что там находятся несколько музеев и могила Наполеона Бонапарта. Жаль конечно, но может быть в следующий раз. А сейчас надо идти искать метро и ехать в аэропорт.

Адам вышел к Сене. А вот и мост, по которому он переходил. Адам перешёл на другую сторону, вновь прошёл мимо здания, где высоко вверху торчала половина корпуса, неясно как туда попавшей машины и вновь оказался на углу бульвара, с названием Чампс Елисей. Там же оказался вход в метро.

Адам спустился вниз и подойдя к окошку кассира, просунул сквозь решётку банкноту и показал один палец. Получив жетон и сдачу, спросил на удачу:

- Ду ю спик инглиш?

Та в ответ злобно фыркнула и отрицательно мотнула головой. Его обтекала густая толпа спешащих пассажиров и все отмахивались от его попыток, выяснить какая ветка приведёт его в аэропорт.

Адам подошёл к карте метро и после тщательного изучения, продираясь сквозь французские названия, определился с маршрутом.

А если я чего-то напутал? Опоздаю на самолёт, что тогда? Да, но у кого спрашивать. Эти французы - из принципа, не хотят говорить по-английски. А большинство в метро, вообще приезжие. Не то из Африки, не то из Ближнего Востока. Все какие-то злые и неприветливые. Полицейских вообще не видать.

Можно, конечно, было поймать такси, но существовала проблема общения.

Адам размышлял, раскачиваясь в движущемся вагоне метро и вскоре остался в вагоне один. Судя по названиям станций, он едет в правильном направлении и вскоре он прибыл на конечную станцию и выйдя из поезда, он понял, что прибыл в аэропорт. Испытывая понятное облегчение, он прошёл в здание вокзала, предъявив свой американский паспорт на входе. До самолёта ещё оставалось пару часов и Адам прогулялся по магазинам «дюти фри».

Да! Цены здесь атомные. У нас на Бродвее и то дешевле.

Сидя в самолёте, Адам испытывал облегчение от того, что его парижские приключения остались позади, а впереди встречи с незнакомыми, но нужными и важными людьми и переговоры, которые возможно изменят навсегда его жизнь.

Самолёт приземлился в Пулково. Долго и медленно рулил по лётному полю аэродрома, пока наконец не остановился неподалёку от небольшого здания. Глядя в окошко иллюминатора Адам, в очередной раз подумал о том, что он вероятно совершил ошибку, отказавшись от предложения с «Лиман Бразерс». И аэропорт наверняка был бы иной, и не пришлось бы за свой счёт лететь в Россию. Но, ставки уже сделаны и только будущее сможет показать, правильно ли был сделан выбор!

Вилен стоял за дверями таможни, среди небольшой кучки встречающих. В основном, это были представители «извозщецкой профессии», пытающиеся захомутать доверчивого интуриста и раскрутить его на валюту.

- С приездом, Адам! Я же говорил, что ты вернёшься!

- Ты оказался прав, Вилен. Тогда я был уверен в обратном.

- Поехали. Лёня нас уже ждёт. А по дороге расскажешь, кто эти люди? Что они собираются делать? И вообще все подробности.

- Ты знаешь, я не был уверен, что Лёнина квартира свободна и поэтому попросил своего шеф-повара связаться со своей родственницей в Питере. Та с кем-то договорилась и ждёт моего звонка.

- Ерунда. Позвонишь из дома и скажешь, что тебя встретили.

- Ну как скажешь. У Лёни, конечно удобней и телефон есть. Теперь о тех, с кем нам возможно придётся работать. Это крупная международная корпорация. Их акции торгуются на бирже. Компания стоит сегодня 2 миллиарда долларов. Головной офис компании расположен в США, в Чикаго. В Европе отделение компании находиться в Лондоне. Я должен завтра встретиться с представителем компании, которая находится в Финляндии. Его зовут Тойво Ойнонен. Финское отделение компании и будет занимится бизнесом в России, если все придут к соглашению.

- Ты говорил, что они занимаются вывозом и переработкой мусора!

- Так и есть. Компания называется «Голден Гарбидж», что можно перевести как «золотой мусор».

- Это очень хорошо. У нас мусор гниёт и воняет во дворах.

- Вилен. Это не просто уборщики мусора. Это большой и серьёзный бизнес. Они собираются инвестировать 100 миллионов долларов. В планах построить несколько перерабатывающих заводов. Они хотят собирать заражённый мусор из больниц и госпиталей. Для бытового мусора они планируют привезти сотню специальных машин и обучать людей работать на них. Это очень серьёзные ребята и они готовы вложить много денег.

- Я понял, Адам. На, когда, я должен назначить встречу в мэрии?

- Думаю дня через два. Точно скажу, когда свяжусь с Тойво. Я ему звонил из Штатов. Мы завтра встречаемся в «Европейской». Он остановился в этой гостинице. Как ты понимаешь, ребята не из бедных. Приедем, я ему позвоню и спрошу, если он готов ко встрече. Как ты понимаешь, он должен сам видеть, что предлагает местная власть и готовить отчёт о встрече. Окончательное решение принимает не он, но от него зависит впечатление о встрече, на которую мы его повезём.

- Понятно. Я завтра поеду в «Мариинский дворец» и ещё раз поговорю с Сергеевым. Он уже в курсе и очень заинтересован.

- Очень хорошо. Я ещё должен встретиться с двумя американцами. Я их не знаю, но один из них ищет в России металл, для заводов своего отца и попутно бизнес связи для себя, а его дружок представляет здесь какую-то крупную компанию, которая ищет возможности для инвестиций. У меня есть телефон Бреда и я ему позвоню.

- А ты молодец! Откуда ты знаешь этого, как ты сказал, Бреда?

- Это дружок Стива. Помнишь моего приятеля, из лимузинной компании?

- Конечно, помню. Он к тебе приезжал на мотоцикле. Я ещё тогда говорил, вот молодец, миллионер, а гоняет по городу на мотоцикле.

- Он вообще помешан на мотоциклах. Хотел закупать мотоциклы на Кубе. Говорил, что там много сохранилось раритетных «Харлей Дэвидсон».

- А ты ему предложи наши «Уралы». Они большие, как медведи неуклюжие.

- Возможно, это неплохая идея. Я ему обязательно расскажу.

- Всё, приехали. Пошли наверх, а то Лёня нас уже наверно заждался.

Встреча была тёплая и объятия дружеские.

- А мы тебя ждём, Адам! Стол накрыт, так что мой руки и за стол.

- Спасибо, Лёня! Я тоже рад тебя видеть. Но мне надо сделать пару звонков и затем я в вашем распоряжении.

Адам позвонил в гостиницу «Европейская» и попросил соединить с номером, в котором остановился Тойво Ойнонен.

- Хелло! Это Тойво? Это Адам, из США. Я тоже уже в Петербурге и хотел бы договориться о встрече, до того, как мы встретимся с официальными представителями Санкт Петербурга.

- Хелло, Адам. Спасибо что позвонил. Да, я тоже хочу встретиться. Может завтра вечером? Здесь в «Европейской»? Часов в семь вечера?

- Договорились! В семь часов в холле гостиницы.

Говорил Тойво с характерным финским акцентом, достаточно легко выговаривая английские слова, но было понятно, что говорит прибалт.

Бред на телефонный звонок не отвечал, и Адам решил позвонить попозже.

- Господа! Я освободился и готов принять по рюмке.

- Садись, Адам. Всё готово и ждём только тебя. Пока мы тебя ждали, Вилен рассказал мне, что помимо официальных встреч, у тебя есть ещё друзья, которые ищут возможности для инвестиций в России.

- Я бы не сказал друзья. Один из них, дружок моего дружка, Стива. Он мне дал имя и телефон и попросил по возможности ему помочь. Кто второй, я просто не знаю. Мне сказали, что он представляет группу инвесторов, которые думают о возможных инвестициях в России. Я пока не представляю, что они ищут и как я смогу чем-то помочь?

- Адам. Я так и говорил Лёне. У него есть несколько бизнесов и если ты сможешь его познакомить с этими ребятами, и что-то состоится, то ты в доле.

- Телефон Бреда не отвечает, но я попробую позвонить позже. Завтра вечер у меня забит. Я встречаюсь в «Европейской» с представителем из Финляндии.

Когда я поймаю Бреда, мы решим, что, как и когда. Договорились?

- Прекрасно! Давайте выпьем за приезд Адама. И, конечно за удачу в делах!

Они ещё посидели за столом и разговор вертелся в основном, о главной встрече в мэрии, ради чего собственно и приехал Адам. Американский гость, от усталости клевал носом, и все решили разойтись и созвониться утром.

Адам провалился в сон, едва прикоснувшись подушки, и спал без сновидений, до самого утра. После душа и завтрака, снова набрал Бреда.

- Хелло

- Бред? Это Адам! Мне твой телефон дал Стив Гейнс.

- Привет, Адам! Стив говорил, что ты приезжаешь в Санкт Петербург. Может мы сможем быть полезными друг другу. Стив говорил о вашем проекте. Я тоже ищу возможности для бизнеса здесь.

- Почему бы нет. Можно встретиться и обсудить различные идеи.

- Было бы здорово! Я здесь с другом. Его зовут Грегори. Он представляет в России серьёзную компанию. Я очень плохо знаю город. Мы живём на каком-то пароходе, переделанном под гостиницу. Здесь неплохой завтрак за $8. Если хочешь, подъезжай. Позавтракаем вместе и познакомимся.

- Спасибо, Бред. Идея неплохая, но я уже позавтракал. Можем встретиться в центре, скажем в гостинице «Европейской». Её знает каждый таксист. Там, в холле, можем пересечься и за чашкой кофе обо всём поговорить.

- Прекрасно! Скажем часа через полтора, устроит?

- Более чем! До встречи!

Адам пришёл первым. Сидя в кресле он рассматривал входящую и выходящую публику, пытаясь угадать, кто из них может быть, его новыми знакомыми. Он узнал их сразу, едва они возникли в дверях. Типичные американцы. Оба высокие, спортивного телосложения, энергичные и весёлые. Один был явно англосакского происхождения. Элегантно одет, светлые волосы разделял ровный пробор. Другой, скорее относился к семитской расе. Курчавый, с большой, пышной шевелюрой. Адам поднялся навстречу гостям. Заметив его, блондин приветливо махнул рукой.

- Привет! Адам, как я понимаю? Мой друг, Грегори Скотт. А я, понятно Бред.

- Рад встрече, господа! Я действительно Адам. Мы можем побеседовать здесь, а можем подняться на второй этаж. Там есть открытое кафе, и мы можем спокойно побеседовать. Выбор за вами.

- Я полагаю, нам лучше пройти в кафе. Мы следуем за тобой, Адам. Не возражаешь, Бред?

Ясно. Главный в этом тандеме, Грегори. Интересно, чем он занимается?

- Давайте я пойду вперёд. Я здесь иногда бывал. Правда, это было давно.

Они поднялись по мраморной лестнице на второй этаж. Слева, как и раньше, был вход в ресторан, а справа, прямо на открытой площадке, были накрыты столы для посетителей кафе. Гости одобрительно осматривали громадный холл, этой великолепной гостиницы, доставшейся советской власти, от царских времён.

- Какая роскошная гостиница! А что здесь раньше было?

- Я честно не знаю. Но мне кажется и раньше, до революции, здесь тоже была гостиница. Когда я стал зарабатывать деньги, мы с друзьями любили сюда приходить. Здесь, тогда было два превосходных ресторана. Один на этом этаже, и даже с отдельными кабинетами, а второй наверху. Его называли «Крыша». Это всё принадлежало акционерному обществу ВАО Интурист и торговало за валюту. Здесь был ночной бар за валюту. И естественно, охранялся спецслужбой и курировался КГБ. Проститутки, которые здесь «работали», тоже предъявляли счёт в валюте.

- Адам! Откуда ты всё это знаешь? И как ты мог здесь гулять, если всё было на валюту? Как мы понимаем, за это давали тюремный срок.

- Это так. Интуристы платили валютой. Ночной бар был исключительно за валюту и простым гражданам вход был закрыт. Один из моих друзей, работал там барменом, а я приходил к нему в гости. Дежурный от спецгруппы всегда был там. Но, надо знать советскую власть, она была прижимиста, и денег на кутежи не давала. Оперативники всегда дружили с барменами, а проститутки, просто, отстёгивали процент от своих доходов. И всем было хорошо. Что касается ресторанов, то они были открыты для широкой публики. Вечером играл оркестр, и публика любила танцевать.

- Адам! Ты прекрасный рассказчик, и у тебя превосходный английский.

- Спасибо за комплимент, но я как раз в своём английском, не очень уверен, а вот с русским всё хорошо. Ну давайте закажем кофе и поговорим о деле.

- Адам. Бред рассказал мне о твоей миссии в Санкт Петербурге, не скрою, меня это очень заинтересовало. Я в России работаю, не очень давно. До этого, много лет я проработал в компании «Голдман Сакс». Сейчас представляю компанию «Северная Звезда», созданная специально для размещения инвестиций в России. Это достаточно серьёзная компания и в совете директоров, сидят известные люди, среди которых есть бывший Государственный Секретарь США. Мы размещаем активы пенсионных фондов в надёжные проекты. Бред рассказал мне о тебе, Стива я знаю давно. Мы все вместе учились в одном колледже. Я наслышан о твоих контактах в мэрии Санкт Петербурга и надеюсь, что ты нас познакомишь. Мне сказали, что ты отказался от услуг «Лиман Бразерс». Это смело, хотя возможно и наивно. Я знаю людей с «Голден Гарбидж». Это серьезная компания, и я уверен, что ты сделал неплохой выбор. У Бреда свои интересы, но лучше он сам расскажет.

- Грегори прав. У меня есть свои интересы. Не такие масштабные, но я тоже ищу возможности для бизнеса. Какие-то контракты на поставку сырья и металлов. У моего отца большое металлургическое предприятие и он заинтересован в контрактах на поставку, то что вы здесь называете «чушки». Помимо этого, я ищу для себя возможности для небольших инвестиций.

- Я вас понял, ребята. Что касается моих контактов в мэрии, то я должен переговорить с человеком, с которым я связан. А если Бред, тебе интересны небольшие инвестиции, то есть человек, с которым возможно, будет интересно встретиться. А вот когда и где, я смогу сказать или сегодня попозже, или завтра с утра. Вечером у меня встреча, здесь в гостинице с представителем «Голден Гарбидж». Так что сегодня вечер исключается. Я свяжусь с людьми, о которых говорил, и затем перезвоню и скажу когда и где мы сможем с ними встретиться.

- Адам, ты разумный человек, и я рад нашей встрече. Уверен, что мы сможем в наших общих интересах, что-то найти.

- Ребята! Я тоже был рад с вами познакомиться. Я не прощаюсь, в любом случае отзвонюсь.

Адаму действительно понравились новые знакомые. Это были молодые, но уже деловые и серьёзные бизнесмены. Настоящие американцы, которые знают, чего они хотят, и которые не побоялись приехать в чужую для них страну, не зная языка, в полной уверенности, что они здесь разберутся.

Адам вернулся домой, чтоб сделать несколько звонков и пере-одеться к вечерней встрече. Он предполагал, что это будет ужин в ресторане, и он хотел произвести на гостя благоприятное впечатле-ние.

- Вилен, привет! Какие новости? Когда мы встречаемся в мэрии?

- Привет, Адам! Мы встречаемся послезавтра, в 10 утра.

- Это очень хорошо. Сегодня вечером я встречаюсь с Тойво. Я тебе о нём говорил. Он представитель «Голден Гарбидж» в Финляндии.

- Да, я помню. А что с этими американцами? Ты дозвонился до них?

- Не только дозвонился, а даже сегодня, с утра встречался. Один из них, очень крутой парень. Он представляет в России, серьёзную группу бизнесменов, которые ищут надёжные возможности для инвестиций. А второй, помимо конкретных заданий своего папаши, найти контракты на поставки металла, в виде «чушек», но и для себя, возможности вписаться в какой-либо бизнес. Ребята молодые, но очень неглупые.

- А нам дураков и не надо. Этого у нас хоть отбавляй. Давай мы забьём стрелку. Я позвоню Лёне, и мы все вместе соберёмся у тебя завтра.

- Идея неплохая. Я им отзвонюсь, и мы обговорим время.

Адам попробовал набрать Бреда, но там никто не отвечал. Гуляют, ребята молодые. Чего им дома сидеть? Надо позвонить Стефаше.

- Стефаша, узнаёшь?

- Адамаша! Богатым будешь! Я только что о тебе вспоминал.

- Богатым – это хорошо. За этим я и приехал. Как здоровье? Как Лиля?

- Какое здоровье у пожилого человека? А Лиля, ничего. Всё бегает.

- Ты кончай прибедняться. Ты же как дуб. Тебе сносу не будет.

- Адамаша. Это всё в прошлом. Когда ты приехал и когда будешь у нас?

- Приехал вчера. У меня есть несколько деловых встреч, а когда смогу, обязательно приеду, наверное, дня через 2-3. Лиле передавай привет.

Адам подошёл к «Европейской», за 10 минут до назначенного времени.

Он не любил опаздывать и высоко ценил в людях это качество. Ему нравилась поговорка: «Пунктуальность - вежливость королей». Ровно в 7:00, он вошёл в вестибюль гостиницы. Тойво он узнал сразу, хотя не видел его ни разу. Это был высокий, худощавый, типично финский тип, явно выделяющийся на российском фоне.

- Тойво?
- Да! Хелло, Адам.

Он произнёс «да», по-русски, а прозвучало это как, «та».

- Приятно встретить тебя, Тойво! Ты говоришь по-русски?
- Мне тоже приятно! По-русски я знаю только «да». На этом мой запас русских слов исчерпан. Но мы можем говорить по-английски.
- Разумеется. Мне всегда нравился финский акцент. В молодости мне доводилось встречаться с финскими туристами, и я даже знал немного слов, что конечно, помогало в общении.
- Ты, наверное, Адам, был как это говорили, «фарсовщик»!
- Ты угадал. Это называлось, «фарцовщик»! В России, тогда ничего нельзя было купить, я дружил с моряками с двух финских пароходов. Один назывался «Какси Бора», другой - «Юкси Бора». Они регулярно приходили в Петербург. Я покупал большие банки чёрной икры, и мы обменивались на золотые часы «Докса». Всем это было выгодно, иногда заказывал им что-то из вещей. Было здорово.
- Здорово. За банку чёрной икры, золотые часы! Хороший бизнес!
- Уверен, что они были не в накладе. Банка чёрной икры, весом почти два килограмма, наверняка стоила в Финляндии неплохие деньги.
- Сегодня, такая банка чёрной икры, стоит очень много денег.
- Безусловно. Как насчёт того, чтобы подняться в ресторан, и продолжить столь приятно начатый разговор о деликатесах за ужином?
- Адам! Ты читаешь мои мысли.

Продолжая беседовать на столь благотворную тему, они поднялись на второй этаж и были приглашены метрдотелем в практически пустой зал. Все столы были накрыты тяжёлыми льняными белоснежными скатертями. Великолепное стекло, фарфор и мельхиоровые приборы, говорили о высоком классе предлагаемого сервиса. Но увы, ресторан был пуст. Вышколенный персонал, приветствовал долгожданных гостей и предлагал любой стол на выбор. Всё было необычайно торжественно.

- Тойво! Выбор за тобой.
- Адам! Ты хозяин, ты и выбирай.
- Раз так, мы садимся за этот.

Адам ткнул в стол посреди зала. Официанты кинулись отодвигать и придвигать стулья, всем своим видом, стараясь угодить высоким гостям. Для Адама, всё это действо было довольно смешно. Напыщенность и утрированное внимание, посреди пустынного зала, явно говорили об отсутствии какого-либо бизнеса и это было понятно, учитывая общую разруху в стране. Но «Европейская», не снижала своего класса, аристократически гордо, выдерживая стиль, посреди вселенского хаоса. Меню было подано сразу, что было отмечено Адамом как минус. Возможно это просто разные культуры, и то, что неправильно в Америке, в Европе – высший класс.

Тойво, не обращая внимания на окружающее, погрузился в изучение меню. Адам полистал страницы, попутно отмечая, как и блюда русской кухни, так и позднейшие новшества из итальянской и французской кухонь.

- Тойво! Ты решил, что хочешь заказать?

- Я хочу борщ и котлету по-киевски. А ты?

- Я тоже, наверное, возьму борщ и стейк по-деревенски. Когда-то, мы ходили сюда ужинать и этот стейк был превосходный. Было много народу, играл оркестр и можно было занять отдельный кабинет. Видишь по правому ряду стена, задрапированная красным бархатом. За ним, раздвижные двери в отдельные кабинеты. Их по желанию можно было отодвигать и выходить танцевать в общий зал.

- Мне кажется, что ты неплохо жил при советской власти!

- Можно и так сказать. Всё ведь в сравнении.

- Господа, сделали свой выбор?

- Да. Пожалуйста. Наш гость будет котлету по-киевски, а мне бифштекс по-деревенски. Скажите повару, что я хочу не очень прожаренный, с кровью. И мы оба хотим борщ. Тойво! Ты хочешь что-то выпить?

- Та! Водку.

- Моему другу, 100 граммов водки, а мне бокал красного вина.

- Я буду кушать, как русский. Борщ с водкой.

- Я бы сказал, как украинец. Но борщ, уже давно, для всех, ассоциируется с русскими. Хотя это, традиционный украинский суп.

- Вот как! Я тоже был уверен, что это русский суп.

- Нет. Но бог с ним, с борщом. Мы встречаемся с заместителем мэра, господином Сергеевым, послезавтра в 10 утра. Если ты не против, мы заедем за тобой, в гостиницу, в 9:30. Там будут и другие люди. В принципе, все в курсе. Я тебя представлю и буду твоим переводчиком. Есть какие –нибудь возражения или пожелания?

- Нет. Всё хорошо. Моя задача, написать об этой встрече и своих впечатлениях. Выводы будут делать другие люди.

- Вот и прекрасно. А вот и наш борщ, и твоя водка. А что случилось с моим бокалом вина? Его кто-то отпил по дороге?

- Нет. Так у нас подают.

- Четверть бокала? Оригинальный способ нажить денег.

- Если хотите, я отнесу это в бар и вам дольют ещё вина.

- Нет уж. Спасибо. Проследите, чтоб никто не откусил от моего стейка.

- Адам. Тебе не понравилось вино?

- Нет. Я просто удивился, что его так мало в бокале.

- В Европе так принято. В большой бокал, наливают немного вина.

- В Америке, если ты заказал бокал, тебе принесут бокал.

Борщ был неплохой, в отличие от стейка, поданного с большой помпой в мельхиоровом «баранчике». На вкус, он был жестковат и пережарен. Горка жаренного лука фри, щедро наваленного сверху, отдавала жирным, перекалённым маслом. Возможно так и раньше было. А мы просто не понимали, как это должно быть. Поход в «Европейскую», всегда был чем-то праздничным, при этом мы пили. И пили много. Как же давно это было!

- О чём ты задумался, Адам? Наверное, о женщинах?

- Ты почти прав, Тойво. Но не о женщинах, а о давно ушедшей молодости.

- Ещё всё впереди. Хороший бизнес, новое дело и надеюсь много денег!

- У нас говорят, «Твои слова - да Б-гу в уши»!

- Я понимаю. У нас тоже есть такое выражение. Может мы пойдём в кафе и выпьем там по чашке кофе?

Адам подозвал официанта и попросил принести счёт. Он был несколько удивлён, увидев сумму в $76! Однако! За 2 борща и два вторых, сомнительного качества, здесь считают по высшему разряду. Он оставил щедрые чаевые и они перешли напротив, через площадку, в кафе, где и продолжили приятную встречу. Тойво попыхивал сигарой и весь его вид, говорил о том, что он неплохо провёл вечер. Они дружески распрощались, ещё раз подтвердив время и место встречи.

Поздно вечером, Адам дозвонился Бреду.

- Привет! Как насчёт встречи завтра, у меня дома, днём часа в три? Будет человек, у которого несколько бизнесов и есть какие-то предложения и мой человек, через которого я связан с мэрией.

- Привет, Адам! Подожди, я спрошу у Грегори. Всё нормально, но он просит перенести на 4 часа.

- Нет проблем. Если они появятся, я перезвоню.

Затем был короткий звонок Вилену.

- Привет, это Адам. Как насчёт встречи с американцами, завтра в 4 часа, здесь, на Миллионной?

- Очень хорошо! Я предупрежу Леонида. А как прошла твоя встреча с финским представителем.

- Всё нормально. Посидели в ресторане, пообщались. Я пообещал ему, заехать послезавтра, в 9:30. А потом все вместе поедем в мэрию.

- Очень хорошо. Так мы и сделаем. Тогда до завтра.

Всё шло по плану. Вилен и Леонид, приехали пораньше. Лёня вытаскивал из портфеля, стандартный набор, который ему казался приличным. На столе появилась бутылка водки, нарезанная ломтиками колбаса, разноцветные большие перцы, которые в России называли голландскими. Завершала, это холостяцкое хлебосольство, буханка чёрного хлеба.

- Адам. Я надеюсь, твои американские друзья не против русского застолья?

- Лёня, уверен, что нет. А если против, то надо сидеть дома и пить виски.

- Молодец, Адам! Это по-нашему! Хотя я тебе говорил, Лёня. Возьми чего-нибудь поприличнее. Всё-таки гости заморские.

В квартире раздался звонок и Адам, на правах хозяина дома, пошёл встречать гостей. В дверях стояли Грегори и Бред.

- Прошу господа! Проходите, знакомьтесь! Хозяин квартиры Леонид. Наш друг, партнёр по контактам в мэрии Вилен. А это наши американские бизнесмены Грегори и Бред. Я буду переводить, поскольку с обеих сторон есть проблема с языком. Давайте все сядем за стол, по русскому обычаю, выпьем за знакомство и за встречу.

После взаимных рукопожатий и приветствий, все расселись вокруг, скромно накрытого стола. Поднявшийся Леонид, торжественно и громко произнес тост, Адам, стараясь смягчить обороты, переводил.

- Уважаемые американские гости! Я счастлив приветствовать вас в нашем родном городе Санкт Петербурге. Я всегда мечтал встретиться с настоящими американскими бизнесменами и наконец, моя мечта сбылась. Давайте выпьем за то, чтоб такие встречи были как можно чаще, и мы смогли бы работать вместе. Делать бизнес вместе на благо Америки и России! Ура!

Все весело чокались гранёными стопками и выпив, дружно захрустели нарезанным перцем. От колбасы, американские гости отказались. Вилену, торжественная речь Лёни не понравилась.

- Ты чего как на партийном собрании выступаешь? Им это не интересно. Ты же хотел заинтересовать своим бизнесом? Вот и говори по делу.

- Вилен. Ты же понимаешь? Я хотел сначала их поприветствовать, а уж потом, говорить о делах и бизнесе.

Грегори обратился к Адаму.

- Переведи, пожалуйста. Ничего, если я буду говорить сидя? Я хочу от нашего имени поблагодарить хозяина этого дома за гостеприимство. Насколько мы, от тебя Адам, поняли наша встреча состоялась потому, что есть взаимные бизнес - интересы. Если это так, то мы хотели бы услышать о чём может идти речь, и чем мы можем быть друг другу полезны?

Адам переводил сказанное, под одобрительные возгласы Вилена.

- Сразу видно американцы. Не размазывая каши, а по существу вопроса. Это деловые люди. Ты, Лёня, налей по второй, а потом говори по делу.

- Ладно! Адам, скажи им. Мы сейчас выпьем по второй, а потом я расскажу какие бизнесы у меня есть и если им будет интересно, то я могу представить все необходимые документы и вообще всю информацию. Давайте, друзья. За совместный бизнес и удачу в делах. Сейчас, только бутербродиком закушу.

- Лёня. Ты не торопись. Закуси нормально, а потом спокойно, не торопясь рассказывай, а я буду переводить.

- Спасибо, Адам. Я готов. Есть несколько разных бизнесов. Первый бизнес. У меня есть в Карелии очень большой песчаный карьер. Там у меня работают два самосвала и небольшой экскаватор. Там не просто песок. Этот песок мы продаём фабрике по производству стекла.

Фабрика - очень старая и мне предлагали её купить. Можно её выкупить, модернизировать и имея собственный карьер производить стекла, в десятки раз больше, чем сегодня. У меня есть все расчёты по капиталовложению и за какой срок можно их вернуть и с какой прибылью. Очень скоро возобновится строительство домов и тогда потребность в оконном стекле увеличится многократно. Если интересно, то я могу представить все расчёты и документы.

Адам переадресовал вопрос слушателям.

- Ты спроси у него, есть другие предложения? Насколько я понимаю, речь шла о разных бизнесах. Пусть Леонид, расскажет обо всех, а мы подумаем.

- Лёня. Они предлагают, чтобы ты рассказал о всех своих предложениях, а они подумают и выберут то, что им покажется интересным.

- Хорошо. Там же в Карелии, у меня есть деревообрабатывающая фабрика. Она тоже нуждается в модернизации, поскольку всё оборудование старое и требует замены. Территория фабрики большая, а используется всего 10%.

- Лёня. Это очень интересно. Есть другие проекты?

- Да, конечно. У меня есть доля в гранитном карьере. Мой компаньон не заинтересован в расширении бизнеса и хочет его продать. Когда вся компания будет принадлежать нам, можно заниматься расширением бизнеса. Гранит требуется всегда. Народ умирает и многим нужны памятники.

Когда Адам перевёл очередное предложение по бизнесу, в ответ раздался весёлый смех и рукоплескания. Все последующие предложения встречались аналогичным образом. Заморские гости по-настоящему веселились, встречая каждое новое предложение. Леонид, возбуждённый подобным вниманием, начал сыпать предложениями, начиная с одной и той же фразы.

- А вот ещё один бизнес! – Всеобщее веселье. – Есть небольшой завод по производству алкоголя. Если мёртвым нужен гранит, то живым нужна водка!

- Адам! Я больше не могу! Откуда он всего этого набрался?

- Ребята! Я понимаю, что вам весело. Но он этого не понимает. Давайте дослушаем, раз мы уже здесь. Может быть что-то дельное услышим.

- Адам. Ты прав. Но скажи, как может один человек управлять всеми этими бизнесами, да ещё расположенными бог знает где? Но пусть рассказывает.

- Что они говорят, Адам? Им это неинтересно?

- Наоборот. Очень интересно. Они удивляются, как ты можешь управлять столькими бизнесами одновременно!

- А вот ещё один бизнес. – Смеялись и хлопали все. И Адам тоже. – Есть такой город, Петрозаводск. Крупный промышленный центр. Мне принадлежат там несколько небольших домов, и я подумываю прикупить ещё несколько. Город растёт и цены на недвижимость тоже растут. Есть район, близкий к центру, но недостаточно застроенный. Я думаю, это хорошая инвестиция. Давайте сделаем небольшой перерыв, а потом я расскажу о других бизнесах.

- Лёня, ты не перестаёшь нас удивлять. А перерыв нам нужен.

Леонид открыл свой бездонный портфель и извлёк ещё одну бутылку водки.

Возражений не было и очередной тост за многочисленные бизнесы был выпит. Закусывали все, включая гостей из Америки.

- Ещё один бизнес. – Аплодисменты и смех. – Есть в Петербурге мастерская, где художники рисуют матрёшки, шкатулки и другие разные деревянные сувениры. У нас много хороших художников и наши изделия продаются наравне с палехскими и хохломскими расписными деревянными сувенирами.

Мы можем производить много хороших товаров, но нам нужен выход за рубеж, чтоб торговать нашей продукцией за валюту.

- Есть ещё один бизнес. – Аплодисменты. – это тоже народные промыслы. В Петербурге есть множество мастеров, которые работают с цветным стеклом и делают из него различные фигурки. Зверей, птиц, насекомых и прочих обитателей флоры и фауны. Наши фигурки из цветного стекла не уступают итальянским. А что касается цены, то они не могут с нами равняться. Мы покупаем цветное стекло в виде трубок, в Чехословакии. Это дороже, чем наше отечественное, но качество значительно выше. Наши мастера работают по всему городу. В разных мастерских, где есть цеха и где можно работать с газовыми баллонами и печами, для разогрева и закалки изделий. Они все высококлассные специалисты и я думаю собрать их всех на одной площадке. Сейчас мы просто скупаем всё, что они производят, а я хочу, чтоб они работали на нас и получали хорошую зарплату.

- Есть ещё один бизнес. – Смех, аплодисменты. – Есть несколько хозяйственных магазинов. Центральный склад, который закупает и складирует товары, а затем развозит в наши магазины.

- Лёня, заканчивай. Народ больше не выдержит.

- Да я в принципе, уже почти всё рассказал. Остались небольшие несколько бизнесов, но они не очень интересны, я думаю, нашим гостям.

Адам перевёл сказанное. Все ещё немного посмеялись, но уже с облегчением. Леонид разлил остатки водки по рюмкам и поднялся для тоста.

- Уважаемые господа! Спасибо за то, что вы меня выслушали. Немного посмеялись, но я думаю, вам было весело. Предлагаю продолжить нашу, такую приятную встречу в хорошем ресторане. Я приглашаю!

Это предложение было встречено, уже подвыпившими гостями, аплодисментами и одобрительными криками. Выпив по последней, всей гурьбой вывалились на улицу, погрузились в машину Вилена и понеслись по вечернему городу навстречу новым приключениям.

- Лёня! А куда мы едем?

- Ресторан «Пулковский»! Сегодня - это самое крутое место в Питере.

На въезде в город, построили гостиницу «Пулковская», а при ней ресторан.

- Понял. Я никогда там не был, а нашим гостям всё равно.

В машине было весело и шумно. Все, кроме Вилена, были возбуждены от выпитого и от рассказов весельчака Лёни, который чувствовал себя важным и нужным, и который развлекает самих американцев.

Такой же возбуждённой гурьбой, ввалились в большой холл гостиницы.

- Адам, переведи ребятам, я пойду и выясню насчёт свободного стола. Вы пока посидите в холле.

Оставшиеся, заняли свободные кожаные диваны вокруг круглого стола.

Напротив них, за такими же диванами, вокруг небольшого стола собралась большая и разношёрстная группа молодых людей. Они были явно разбиты на две многочисленные группы. Они сидели и стояли вокруг двух, явно постарше людей, о чём-то споривших за столом. От них веяло агрессивностью и угрозой. Казалось, что они готовы вступить в смертельную схватку в любую минуту, и только ждут отмашку вожаков.

- Адам! – прошептал Грегори. – Это кто? Гангстеры?

Только сейчас Адам осознал, что они присутствуют при сцене, которую можно было увидеть только в кино или прочитать в книге. Теперь он видел, что так неосознанно смущало его в этих людях. Молодые, накаченные, явно агрессивные, уголовные типажи в наколках, готовые к бою. Вожаки, напротив были небольшого роста и тщедушного сложения.

- Тихо ребята! Мы попали на бандитскую стрелку. Если начнётся разборка, мы тоже можем попасть под раздачу. Я предлагаю, потихоньку смыться от греха подальше.

В этот момент появился возбуждённый Леонид.

- Всё! Пошли господа! Наш стол прямо около эстрады.

- Лёня, Лёня! Тише. Не оборачивайся. Напротив, нас идёт бандитский сходняк. Я думаю, нам лучше отсюда смыться.

- Да этих разборок мы видим каждый день, сколько хочешь. Пошли в ресторан, а эти, хоть тут поубивают друг друга. Нам то что?

Адам спросил у Грегори и Бреда, а им было даже интересно посмотреть на российских гангстеров. Они видели в кино, разборки американских гангстеров в 30-х годах, а здесь и сейчас, всё было по-настоящему.

- Вилен! Что ты скажешь?

- Я думаю, ничего страшного. Отсюда лучше, конечно, уйти, ну а в ресторане нам никто не помешает.

Все, вслед за Леонидом, перешли в зал ресторана.

- Вот наш столик! Прямо у эстрады. У музыкантов пока перерыв, но они сегодня играют и будет весело.

Адам хотел поспорить, зная, как громко играет оркестр в России, но все уже рассаживались и делать было нечего, кроме как присоединиться. Вскоре подошёл официант и раздал всем меню.

- Адам! Здесь всё написано по-русски. Так-что, ты закажи для нас с Бредом.

- Лёня. Меню написано по-русски. Наши друзья просят, чтоб ты сделал заказ за всех нас. Тем более что ты здесь завсегдатай, как я понимаю.

- Это правда! Я здесь бываю часто. Я знаю, что всем понравится. Вилен, ты не возражаешь? Что для тебя заказать?

- Давай, Лёня! Заказывай, что хочешь. Мне на второе, котлету по-киевски.

Было заметно, что Лёня был слегка подобострастен по отношению к Вилену, в то время как последний, был снисходителен.

- Господа, готовы сделать заказ?

- Да, мы готовы. Нам бутылочку холодной столичной, для начала, и боржомчику запить. Теперь из закуски. Значит так, всем по порции икры, красной и чёрной. Селёдочку с горячей картошечкой. Салатик столичный на всех и осетринки заливной, с хренком. На горячее, всем котлеты по-киевски, но это потом. И побыстрее, а то мы проголодались. Не обидим!

Официант, осчастливленный обещанием хороших чаевых, убежал. Адам перевёл Грегори и Брэду то, что заказал Леонид.

- Он щедрый, и явно небедный человек. Всем по порции красной и чёрной икры и ещё другие закуски. Как всё это можно съесть?

- Лёня! Наши друзья сказали, что ты очень щедрый хозяин. Ты поразил их тем, что заказал каждому столько закуски. Они не смогут столько съесть.

- Пусть знают наших. Скажи, по русскому обычаю, мы любим хорошо выпить, и хорошо закусить!

Появился официант с бутылкой запотевшей водки и несколько бутылок Боржоми. Он разлил минеральную воду по фужерам.

- Ты, милок, не воду разливай, а неси что из закуски готово. Остальное донесёшь потом.

Леонид разлил водку по рюмкам. Вновь появился официант, с креманками с икрой и корзинкой нарезанного, белого и чёрного хлеба.

- Господа! Я предлагаю выпить за дружбу между нашими народами и за...

Пламенная Лёнина речь, потонула в грохоте, вернувшего на сцену оркестра.

Говорить было невозможно. Оркестр лупил во все тяжкие, заглушая даже голос, появившейся певицы. Официант продолжал подносить закуски, менять пустые бутылки на полные и весь зал загудел и заплясал на танцплощадке, перед эстрадой. Наша компания, поддавшись всеобщему забубённому веселью, пила и закусывала, не отставая от всеобщей вакханалии.

Единственным человеком, остававшимся спокойным и трезвым, был Вилен.

Он выпил пару рюмок, а затем твёрдо заявил нет, порывавшемуся налить Леониду. В зале появились обе команды бандитов, вероятно пришедших к согласию. Они, как и все, пили, горланили и требовали водки и еды. На них уже никто не обращал внимания и только официант дежурил около их стола, пытаясь предупредить все просьбы и приказы. Бандиты заказывали «Мурку» и «Таганку». Весь зал подпевал оркестру, точно зная все слова, и особенно громко, во время припевов. Как долго это всё продолжалось, а когда и как, они уехали оттуда, как он попал домой, Адам вспоминал уже ранним утром. Голова трещала неимоверно. Во рту было так противно, словно он накануне, съел дохлую мышь. Раздавшийся телефонный звонок, громом прозвенел в воспалённом мозгу. Он не сразу понял, что это телефон.

- Ало... – Прохрипел Адам, едва ворочая, опухшим языком.

- Живой? Надо же так нажраться на халяву.

- Вилен? Ты што ли? Погодь, башка не варит. Как же мы так нажрались? О, Господи! А что с ребятами? Они вообще попали как кур в ощип! Мама!

- Не бойсь. Я их отвёз на какой-то пароход. Они мне карточку всё совали. Пароход «Нева». Я их довёз и там оставил. А ты вообще ничего не помнишь?

- Пока нет. Мне надо в душ.

- Ты давай, приводи себя в порядок. Надеюсь помнишь, что мы должны быть у Сергеева, к 10 часам.

- О, Господи!

- Давай, приходи в себя и через пол часа, будь внизу.

Это было тяжёлое похмелье. Адама ещё потряхивало, когда он ёжился на ветру, ожидая Вилена. Горячий душ и обжигающий стакан чая помогли, но внутри ещё всё дрожало.

- Садись, алкаш! На тебя смотреть, и то страшно.

- Хорош прикалываться. Мне реально не по себе.

- Ты давай, приходи в себя. Мы сейчас подберём твоих дружков, а потом ещё ехать за этим финном.

- А мы говорили, что они тоже с нами идут?

- Ну, Адам! Тебе пить вредно. Ты же рассказывал, как вы молодыми гуляли за всё масть. Выступали по полной.

- Это когда было? Да я был молодой. В Америке, я отвык пить и жрать, как сумасшедший. Там или пьют, или едят. А здесь всё вместе и до поросячьего визга. Нужно лошадиное здоровье иметь.

- Всё. Мы подъехали. А где твои дружки? У нас мало времени. Иди, ищи!

Адам прошёл по трапу на пришвартованный пароход, служащий временной гостиницей и спросил у дежурного, где искать его друзей.

- Идите на корму. Они там завтракают в ресторане.

Адам нашёл своих друзей, оживлённо беседующих за завтраком.

- Адам! Доброе утро! Что-то ты не очень, выглядишь. Хочешь позавтракать с нами? За $8, ешь что хочешь!

- Нет. Я есть не хочу. Да и времени у нас нет. Вот кофе выпью и пошли. Нас Вилен ждёт в машине.

- Вилен. Он родственник, того сумасшедшего, Леонида?

- Да, точно. Нам надо заехать ещё в «Европейскую», забрать Тойво.

Машина подъезжала к гостинице «Европейская». Адам издалека увидел высокую фигуру Тойво, невозмутимо попыхивающего сигарой у входа.

- Доброе утро, Тойво!

- Доброе утро, Адам!

- Садись рядом с водителем, я познакомлю тебя с остальными.

- Это, как вы все поняли, наш финский друг, Тойво. За рулём, наш хозяин, он же наш представитель в мэрии Санкт Петербурга, Вилен! Прошу любить и жаловать. Кстати, Вилен. Откуда такое имя? Оно вроде не русское?

- Очень даже русское! Мой отец был коммунистом. Когда я родился, модно было давать всякие такие имена. Вилен, в честь Владимира Ильича Ленина.

Адам перевёл присутствующим, суть предмета разговора. Американцы старались не смеяться, а Тойво невозмутимо кивал головой.

- Рядом со мной сидят наши американские гости, Грегори и Брэд. Теперь, когда мы все знакомы, мы все вместе, едем в Мариинский дворец, где сейчас работает мэрия Санкт Петербурга. Мы все встречаемся с одним из заместителей мэра Собчака, господином Сергеевым. Вилен докладывал Сергееву об интересе компании «Голден Гарбидж», в осуществлении проекта по организации уборки и переработке различных отходов в этом большом мегаполисе. Грегори и Брэд, представляют американские деловые круги, заинтересованные в инвестициях в России. Мы все, следуем за Виленом. Если возникнут вопросы, то естественно, решать будет он. Я выступаю в роли связного между всеми вами и представителем власти города. Я также буду, по мере возможности выполнять роль переводчика. Мы уже подъезжаем к зданию Мариинского Дворца. Выходим все вместе, и идём за Виленом. Возможно будет проверка у поста охраны. На всякий случай, приготовьте паспорта. Удачи нам всем!

Вилен гордо шагал впереди, за ним гуськом потянулась команда. Они были остановлены дежурившим у входа милиционером. Вилен протянул ему свой документ, и что-то принялся рассказывать, размахивая руками и тыкая в сторону сбившихся в кучку визитёров. Вероятно, то, что он говорил, оказалось убедительным и они все, беспрепятственно были пропущены в здание дворца. Поднявшись по широкой лестнице на второй этаж, они вошли в приёмную мэрии. За небольшой конторкой, сидела немолодая и строгая секретарша, но при виде Вилена, сменила строгость на улыбку.

- Евгения Васильевна! Вы всё молодеете с каждым разом! Расскажите, какой секрет вы знаете? Я бы своей жене рассказал.

- Ну вы скажете тоже, Вилен Петрович! Всё вы выдумываете.

Адам сунул в руку Вилена, один из привезённых на эти случаи, небольшой сувенир. Тот, понимающе глянул и положил это на стол секретарши.

- Ей богу, говорю чистую правду. А это вам небольшой сувенирчик.

- Ну вы прямо всегда, такой кавалер, Вилен Петрович! Я знаю, вам назначено на 10 часов. Но там кто-то есть. Я пойду узнаю, сколько надо подождать.

Когда секретарша скрылась за высокой дверью, Вилен обратился, а Адаму.

- Ты не привёз Сергееву, какой-нибудь сувенир?

- Конечно, привёз. Мы же об этом говорили. Я купил такую красивую шариковую ручку, в красивом футляре. Сейчас модно дарить такие ручки, сделанные из камня. Эта сделана из малахита.

Вернулась секретарша и пригласила всех проходить в кабинет шефа. Вилен, а за ним и все остальные, цепочкой вошли в кабинет Сергеева. Сам хозяин сидел за большим Т-образным столом. К нему примыкал длинный стол, с рядами кресел с обеих сторон. В одном из кресел сидел полноватый человек, с круглой кошачьей физиономией. Увидев входящих, они оба поднялись.

- Вилен Петрович! Рад вас видеть. Вы, я вижу, с гостями. У меня тоже есть гость. Знакомьтесь, Юрий Николаевич Куликов, директор дорожно-транспортного департамента города. В его сферу, также входят вопросы санитарного состояния городского хозяйства. А это, Вилен Петрович Рогов. Да вы его наверняка знаете.

- Мы встречались, так сказать в коридорах, Пётр Дмитриевич. Но общаться не приходилось.

- Вот сейчас и пообщаетесь. Вилен Петрович! Представьте нам своих гостей.

- Пётр Дмитриевич! Вы конечно, помните Гардова Адама. Так сказать, нашего человека в Америке. Он и представит наших зарубежных гостей.

- Здравствуйте, уважаемый Пётр Дмитриевич и Юрий Николаевич. Позвольте мне представить наших гостей. Поскольку они, пока не владеют русским языком, я буду должен переводить все вопросы и ответы. Заранее прошу прощения. Я не профессиональный переводчик, но буду стараться быть как можно точнее. Первый наш гость, мистер Тойво Ойнонен. Он является представителем международной корпорации «Голден Гарбидж», его финского отделения. Поскольку его страна, расположена наиболее близко к Санкт Петербургу, на это отделение возложена миссия подготовки и, в случае успешного завершения переговоров, непосредственного управления, связанные с решением проблемы мусора в городе.

Тойво приподнялся на стуле и достойно склонил голову. У Адама, уже в который раз, появилось ощущение, что он понимает по-русски. Этот хитроватый финн, не так прост, как кажется, подумал Адам.

- Следующий наш гость, мистер Грегори Скотт. Он представляет в России, корпорацию «Северная Звезда». Это новая корпорация, она специально создана для работы в России. В совет директоров корпорации, входят много известных представителей бизнеса и политики, есть даже представители предыдущего правительства Соединённых Штатов. Корпорация располагает значительными финансами и ищет инвестиционные возможности, для вложения капитала. И наконец третий наш гость, также из Соединённых Штатов, мистер Брэд Холмс, ищет возможности для инвестиций в России. Его сфера интересов, от контрактов на поставку металлов до любых возможных инвестиций в хозяйство нашей страны. С вашего разрешения, я быстренько переведу нашим гостям то, что я только-что вам рассказал.

- Господа! Я просто вас всех представил, а сейчас, я думаю будут вопросы. Человек, который здесь был вместе с Сергеевым, управляющий дорожно-транспортным хозяйством, и я думаю, он будет руководить всеми вопросами, которые связанны с решениями проблемы мусора.

- Прошу прощения Пётр Дмитриевич! Прежде чем будут заданы вопросы нашим гостям, я бы хотел вручить вам, небольшой сувенир.

Адам вытащил из кармана небольшой свёрток, красиво упакованный. Внезапно Сергеев вспыхнул, словно чего-то испугавшись.

- Это что такое? Какой сувенир? Зачем это завёрнуто?

Он стал лихорадочно разворачивать обёртку, под которой обнаружился кожаный мешочек- футляр.

- Что это? Какой-то кожаный мешочек! Что это, там внутри?

Он также нервно открыл футляр и вытащил красивую малахитовую ручку.

- Это что? Ручка?

- Пётр Дмитриевич! Это просто ручка. Небольшой сувенир.

Адам был уже не рад, что послушал Вилена. Но все потихоньку успокаивались, не особенно понимая, что произошло. Чего на него нашло? Может он подумал, что я ему взятку туда закатал. А если и так? И что? Возможно, он испугался, что это произошло при свидетелях, а может этот Юрий Николаевич нехороший человек? Чёрт их разберёт. Пусть Вилен сам подносит эти подарки. Его то они не боятся.

- Пётр Дмитриевич! Адам, по американскому обычаю, хотел подарить вам сувенир. Сейчас такие ручки очень популярны в Америке.

- Ну хорошо, хорошо. А то понаворачивали в какие-то пакетики, мешочки. Ладно, все в курсе происходящего. Кто нам доложит о сути предложения?

- Разрешите мне, Пётр Дмитриевич. Поскольку Тойво Ойнонен, представляет корпорацию «Голден Гарбидж», то он и изложит суть предложения.

Тойво медленно поднялся и принялся меланхолично произносить заготовленный текст, по временам останавливаясь, давая возможность Адаму переводить его речь.

- Господа! Благодарю вас за возможность, предоставленную мне, выразить вам большую благодарность от имени нашей корпорации. Мы счастливы, что ваш выбор пал на нашу, известную во всём мире и несомненно мирового лидера в нашей области. Наша корпорация обладает капиталом в размере 2-х миллиардов долларов. Наши акции торгуются на мировых биржах. Центральное отделение корпорации расположено в США, в городе Чикаго.

Мы успешно работаем во множестве стран мира, и Европейское отделение корпорации, расположено в Лондоне, Англия. Я руковожу финским отделением корпорации, и наше отделение было выбрано для работы в Санкт Петербурге, поскольку у нас сходные климатические условия и мы расположены ближе всех, к вашему прекрасному городу. Наша корпорация провела тщательное исследование, настоящего состояние дел, связанных со сбором и утилизацией различных отходов. Исходя из современных требований к экологической ситуации в мегаполисе, которым несомненно является Санкт Петербург, существует множество проблем, которые требуют немедленного решения. Для создания законченного цикла, от сборов различных отходов, с дальнейшей полной их утилизацией, мы предлагаем детальный план решения всей проблемы, как на сегодняшний день, так и в долгосрочной перспективе. Наш инженерно-экономический отдел произвёл детальный расчёт требуемых инвестиций. Их общий объём составляет 100 миллионов долларов. Мы запланировали построить 2 мусороперерабатывающих завода, завезти в Санкт Петербург 100 специальных мусороуборочных автомобилей, обучить персонал, для работы на этих, современных машинах. Конкретные детали реализации данного проекта, будут готовы для изучения, как только мы подпишем протокол о намерениях. Если я что-то упустил, готов ответить на ваши вопросы.

- Ну что же! Звучит неплохо. Впрочем, мы уже в курсе предложений. Юрий Николаевич, это так сказать ваша епархия. Готовьте протокол о намерениях и прорабатывайте детали. Дела с уборкой мусора в городе обстоят из рук вон плохо, так что давайте не затягивать решение этой серьёзной проблемы. Вилен Петрович будет посредником при переговорах с заокеанскими партнёрами. Если у вас есть вопросы к докладчику, задавайте их сейчас.

- Пётр Дмитриевич! У меня, конечно, есть множество вопросов, но я не понимаю при чём здесь Вилен Петрович и зачем нам нужен посредник.

- А притом, это я нашёл и привёл этих людей. А вы только сидели в своём кресле и не занимались своими прямыми обязанностями.

- А вы кто такой, Вилен Петрович? Может вы уже мой руководитель? Почему вы суёте свой нос в дела моего департамента?

Перепалка только набирала обороты. Оба противника, уже не сдерживаясь орали друг на друга, обвиняя всех и вся. Сергеев попытался угомонить буянов, но они уже закусили удила и выливали всё больше и больше грязи, в пылу перепалки. Сергеев, схватив со стола пачки документов, сбежал в одну из дверей и там закрылся. Тойво смотрел на все происходящее, несколько удивлённо, не понимая что происходит. Американцы напротив, пришли в большое возбуждение и засыпали Адама вопросами о ссоре.

- Адам! О чём они спорят? Ты можешь нам сказать?

- Да они просто льют грязь друг про друга.

- Значит этот, начальник департамента, не хочет, чтоб Вилен отнимал у него бизнес. Ведь в России, все служащие, считают, что его работа – это его бизнес.

А Вилен хочет этот бизнес отнять? Правильно?

- Вроде так оно и есть. Теперь это явный враг, и навсегда. Чем это кончится, пока неясно. Сергеев убежал, поскольку явно не хочет вмешиваться.

Понемногу накал страстей утихал. Противники ещё поругивались, но вероятно большая часть взаимных обвинений была высказана, а новых пока не находилось. Вилен находился явно в выигрышной позиции, и с превосходством оглядывал противника.

- Адам, пойдём со мной. – Они подошли к двери, за которой скрылся Сергеев. Вилен постучал. – Пётр Дмитриевич! Откройте, пожалуйста.

- Вы успокоились наконец. У меня полно работы, а я вынужден слушать вашу брань. Здесь посторонние люди. Иностранцы. Что они о нас скажут?

- Виноват, Пётр Дмитриевич! Не я начал. Но надо как-то заканчивать.

- Хорошо! Я сейчас приду. А вы, пока помиритесь с Юрием Николаевичем.

- Адам. Скажи нашим иностранцам, что Сергеев сейчас подойдёт и мы продолжим наш разговор. А ты, Юрий Николаевич, вместо того, чтобы задавать деловые вопросы, затеял ссору.

- Я тебя вижу насквозь, Вилен Петрович. На тёпленькое место захотелось.

- Да брось ты! Мне и на моём неплохо. Я ни за что не отвечаю и с меня никто не спрашивает, а вот ты, во всём виноват, и ничего не делаешь.

- Ну вот я пришёл! А вы всё своё продолжаете. Немедленно прекратите.

- Извините, Пётр Дмитриевич. Просто я считаю, что Вилен Петрович лезет не в своё дело. Он нашёл инвесторов? Спасибо! Но не мешай нам работать. А почему эта корпорация. На такие контракты должен проводится тендер. Кто предложит лучшие условия для города, тот и выиграет контракт.

- То то я вижу, сколько желающих вы нашли, господин директор департамента. Расхватали – не берут. Я привёл настоящих инвесторов. Слышали? Люди хотят внести 100 миллионов долларов. Вы должны в ножки поклониться, а вы кочевряжитесь, как красная девица.

- Вилен Петрович! Вы же обещали прекратить ссору. Всё. У меня нет больше времени на дискуссии. Делайте как я говорил. Юрий Николаевич готовит протокол о намерениях. Вилен Петрович держит контракт с американской стороной. Держите меня в курсе, больше ни на что времени нет. Я должен подготовить доклад мэру города. Адам, извинитесь за меня перед нашими гостями и до следующих встреч.

Встреча была закончена и после обмена рукопожатиями все вышли на улицу.

- Адам, тебя отвезти?

- Нет, Вилен. Отвези Тойво в гостиницу, а ребята попросили погулять с ними по городу. Попозже созвонимся.

- Тойво! Тебя отвезёт в гостиницу Вилен. Теперь от нас ничего не зависит. Мы должны ждать от мэрии, протокол о намерениях. Как только он будет готов, я его получу и отправлю в центральный офис «Голден Гарбидж». Они будут решать, что и как. Так что, до будущих встреч!

Оставшись втроём, новые друзья отправились гулять по городу.

- Адам. Теперь толком расскажи всё, что это было? Чем всё закончилось и о чём спорили Вилен и этот чиновник департамента?

- Я расскажу, как я это понимаю. Для города, проблема утилизации отходов является серьёзной проблемой. Поэтому она была включена в план насущных проблем, которые требуют первоочередного решения. Я показал этот лист в компании «Лиман Бразерс». Стив, кстати, ходил туда со мной. Там заинтересовались проектом преобразования Петербургского аэропорта. И мне, практически предлагалась карьера, при решении этой огромной задачи.

- Так ты что, извини, испугался грандиозности планов «Лиман Бразерс»?

- Нет, но я прекрасно понимал, что, работая над этим проектом, я буду вынужден, большую часть своего времени находиться в России. У меня семья и маленький ребёнок, плюс мой бизнес, который сегодня кормит семью. Во-вторых, я не хочу жить в России, из которой много лет назад уехал. Сегодня, конечно это другая страна, но жизнь в ней стала ещё хуже. Произвол и бандитизм. Зашкаливающая коррупция и сплошная нищета. Жуткая медицина и продовольственный голод. Страна практически погружена в хаос и неясно, чем это всё кончится. Я люблю Америку и не хочу из неё уезжать.

Конечно, в России, можно сегодня заработать много денег и быстро. Но также быстро можно очутиться в канаве с дыркой в башке. Банковские работники выдают бандитам информацию о клиентах. За деньги или из-за страха. Милиция крышует бандитов и в доле с ними разводят тех, кто что-то смог нажить. Власть абсолютно беспомощна и думает только о том, как самим получить долю с любого дела, к которому она имеет отношение. Каждый пытается урвать любой кусок, до которого он может дотянуться. В стране идёт большой передел, и никого не интересует судьба маленького человека. За время Советской Власти, а это почти 75 лет, люди разучились быть самостоятельными. Им нравилось жить, не о чём не заботясь. Быть бедными, нормальное состояние. После многих лет тяжёлого труда, власть давала комнату, а иногда квартиру. Она была государственная, а человек был там просто прописан. Очень умным или несогласным, были приготовлены тюрьмы и психбольницы. Могли просто расстрелять, после садистских истязаний. Милиция, а самое страшное, органы КГБ, осуществляли тотальный контроль, над жизнью и смертью людей. Теперь эта система подавления захватит полный контроль в стране. Если раньше они подчинялись партии, то теперь контроля нет. Идёт делёжка и чем это кончится, сегодня предсказать нельзя. Во всяком случае, я в такой стране жить не хочу, а подвергать семью опасности и уговаривать переехать сюда, даже на время, не могу и не хочу.

- Ты Адам, наговорил столько страстей, что хочется хоть сегодня бежать отсюда. Но я думаю, что ты преувеличиваешь. Наверняка, многое из того, что ты говоришь, имеет место быть. Наш офис в Москве, мы не афишируем. Работаем, так сказать, потихоньку. Но в Москве жизнь бурлит. Всё время появляется что-то новое. Мы с Брэдом ходили в модный московский клуб, называется «Полёт». Там полно очень красивых девушек и много иностранцев. Американцы пользуются большим спросом.

- Для меня – это пир во время чумы. Вы все на крючке у КГБ. Вас не трогают, пока. Но как только придёт нужный момент, заметут всех, за милую душу.

- Хорошо, Адам. А зачем ты здесь? Чего ты хочешь?

- Я просто хочу немного заработать, но не влезать сюда по самые уши. Я надеюсь, что если состоится контракт с «Голден Гарбидж», я получу свои комиссионные, а дальше видно будет. Во всяком случае, мы об этом говорили со Стивом. Он так же смотрит на это, как и я. Он не хочет бросать свой бизнес и лезть в Россию, а просто неплохо заработать.

- Стиву повезло. Он работает у отца в прекрасной компании. Неплохо зарабатывает и со временем станет её владельцем.

- С Брэдом понятно. Он ищет контракт на поставку металла, для своего отца и попутно, небольшие возможности для себя, а что ищет «Северная Звезда»? Какие инвестиции для вас интересны? Как я понимаю, Лёня не тот случай.

- Правильно понимаешь, Адам. Мы ищем гарантированные инвестиции, под 35%, на небольшие сроки. Скажем на год. У нас есть несколько проектов в разработке и некоторые уже работающие. Мы проводим тщательную проверку всего, что связанно с инвестментом, чтоб исключить любые риски.

У нас работают классные специалисты маркетологи, профессионалы знающие рынки и умеющие оценивать риски. В России, дикий, хаотичный, ещё не сформировавшийся рынок, но именно сейчас можно зарабатывать большие деньги. Если будешь в Москве, приезжай к нам в офис. Тебе будет интересно. С твоим знанием России, ты можешь здесь неплохо зарабатывать. Кстати, мы с Брэдом, едем послезавтра в Москву. Поехали вместе. Побудешь там несколько дней, а оттуда улетишь в Нью Йорк.

- Предложение, конечно, интересное, но у меня вылет из Питера.

- Ну это проблема небольшая. Ты какой компанией летишь?

- «Эр Франс»!

- Можно позвонить или заехать в офис этой компании и поменять билет.

- Ладно, я подумаю. А что вы хотели посмотреть в Петербурге? Что-то конкретное, или вообще город?

- Город. Мы много про него слышали, но здесь впервые.

- Смотрите! Мы сейчас были В Мариинском дворце, названом так, в честь Марии, дочери царя. Прямо, Исаакиевский собор. Видите, золотой купол? Говорят, на позолоту этого купола ушло почти 50 кг червонного золота. Справа от нас гостиница «Астория». Раньше она называлась «Англитер». Это вторая, после гостиницы «Европейская». Она входила в систему ВАО Интурист и соответственно, жили там только иностранцы. Очень красивая внутри, с хорошими ресторанами и барами. Когда-то там жил известный российский поэт, Сергей Есенин. Там в номере он и повесился, а кто-то говорит, что его повесили чекисты.

- Грегори. Я читал об этом русском поэте. Он выступал у нас в Нью Йорке и был женат на известной танцовщице Айсеодоре Дункан.

- Брэд прав. Правда, это было очень давно. За Исаакиевским Собором, в котором сейчас расположен музей, находиться Сенатская площадь. Там слева, здание Сената, но это при царе было, а сейчас находится архив, а не самой площади знаменитая скульптура Петра I, работы скульптора Фальконе. На большой скале, сам Пётр, поднявший коня на дыбы. Вся композиция сделана так, что конь, опирается на две задние ноги и на хвост. Как бы символизирует Петра I, поднявшего Россию на дыбы.

- Ты, Адам молодец. Рассказываешь, как профессиональный экскурсовод.

- Я в Нью Йорке, зарабатывал на жизнь, крутя баранку лимузина и рассказывая туристам о городе, и местах, по которым возил.

- Вот и прекрасно. Води нас по Петербургу, и показывай интересные места.

- Надеюсь, вы мне нальёте, хотя бы бокал вина, за мои труды?

- Брэд. Как ты считаешь? Заслужит Адам целый бокал вина?

- Ну я не знаю, Грегори! Надо посмотреть, послушать, а потом решим.

- У меня есть идея получше. Ты говоришь Адам, в этой гостинице, как ты сказал: «Австрия», есть бар. Мы зайдём и выпьем по бокальчику. Согласны?

- Я за. Только гостиница называется «Астория».

- Я тоже за, и не важно, как она называется.

Подойдя к «Астории», они увидели рекламу офиса «Эр Франс».

- Смотри Адам! Тебе повезло и искать не пришлось. Это хороший знак. Иди, поменяй билет, и все вместе поедем в Москву.

- А почему бы и нет? Я узнаю сколько это стоит, и вообще если это возможно. У меня есть в Москве дружок, заодно и его повидаю.

- Я уверен. Поменяют билет без проблем. Мы тебя подождём в баре.

Адам зашёл в офис, показал свой американский паспорт и ему любезно, проверив билет и паспорт, поменяли аэропорт вылета, правда попросив $50.

Своих спутников он нашёл, сидящими за стойкой бара. Они ждали его.

- Как твои успехи, Адам? Мы пока ничего не заказывали.

- Всё оказалось гораздо проще, чем я ожидал. Вылетаю в Нью Йорк, из Москвы. Имеем права выпить по стаканчику вина, по этому случаю. Давайте пересядем за столик и закажем бутылку вина. Как оказалось, в России, наверное, по европейской моде, наливают в бокал на донышке вина, а счёт выставляют по цене бутылки.

Они попросили бармена открыть бутылку Шардоне, и забрав бокалы и бутылку, пересели за один из уютных столиков.

- Друзья! Выпьем за удачу в бизнесе и за счастливое возвращение домой.

- Адам! Я всё-таки уверен, что ты перегибаешь палку и в России, можно будет жить и заниматься бизнесом. Сейчас, я согласен, идёт тяжёлый период. Но практически все страны через это прошли. Вспомни Америку 30-х годов. Гангстеры, коррумпированные полицейские и чиновники. А крах биржи? Люди выбрасывались из окна, потеряв в один день состояние, нажитое поколениями. Всё это было и прошло. Нация выстояла и новый курс, начатый Рузвельтом, сделал страну самой могущественной и богатой в мире. Я уверен, что и в России, произойдёт нечто такое, и она станет могучей и богатой.

- Ребята! Вы американцы! – Начал разговор Адам. - Вы совсем из другого мира и не знаете этой страны. Вся история этой страны, полна кровавыми и жестокими потрясениями. И это при том, что в стране, было множество по-настоящему умных и благородных людей. Но также справедливо, что существовала огромная масса забитых, униженных рабов. Их, так же, как и в Америке рабов, продавали как скот, за деньги. И это продолжалось много веков. Эта тёмная, бесправная и безграмотная масса, создавала богатство России на полях и в рудниках. Их властители, подчас настоящие скоты, обращались с этими людьми гораздо хуже, чем со своими собаками. Благородные офицеры, насмерть забивали солдат и матросов, забранных из семей на 25 лет. Безусловно, были порядочные и совестливые люди, которые сочувственно относились к жуткой участи этих рабов и пытались как-то помочь. Были безусловно, такие, которые призывали к восстанию и уничтожению этого общества и созданию государства справедливости и равенства. Взрыв, который произошёл в 1917 году, снёс всё и вся. На поверхность выплеснулась огромная тёмная масса, которая много веков унижалась и мучилась от произвола господ. Эта масса жаждала мести. Это не было похоже на войну в Америке, за права чернокожих рабов, между белыми северянами против белых южан. Это была жажда мести униженных и оскорблённых против ненавистных угнетателей. Все кто к ним принадлежал, неважно хорошие или плохие, должны быть уничтожены. Кто смог, тот убежал. Остальные подлежали уничтожению.

Кровавая вакханалия, продолжалась не один год. На волне этой всеобщей ненависти и жажды мщения, выбился наверх тиран, садист и убийца, с извращённой восточной хитростью Сталин. Созданный аппарат подавления и уничтожения в лице ЧК, оно же ОГПУ, НКВД, КГБ исправно уничтожал любой росток свободомыслия и сопротивления. Вчерашние рабы, тёмные и забитые, нашли своего вождя, которому поклонялись как новому божеству. Не важно, что были замучены и уничтожены миллионы людей, неважно что были голод и холод. Тяжёлая каторжная работа и абсолютное бесправие. Они обожали своего вождя. И он говорил, что их любит, что они свободные люди, почти равные ему. А как было его не любить, или не дай Бог, сомневаться. Впереди было светлое будущее всеобщего счастья и радости. Раньше любили царя, помазанника Божьего на земле. Оказалось, что царь дурак и поделом его расстреляли вместе с семьёй. А вот теперь человек, то есть он сам, равен Б-гу. Есть вождь, он не спит. Он думает за всех, за нас. Вот надо только потерпеть, подождать и придёт коммунизм. Потом пришли враги. Они всегда были вокруг нас, а теперь вероломно напали. Вставай страна огромная, вставай на смертный бой. А трусам стреляют в спину славные чекисты из загранотрядов. Ура! Только вперёд! Поделом. Пришло суровое время. Страна в смертельной опасности

Враг разбит и повержен. Голод и разруха кругом. Ничего, надо всё восстанавливать. По карточкам дают крупу и пайку хлеба! Ура! Живём! Мы привычные. Наши предки как жили? Как скоты! А мы теперь свободные люди. Вождь знает всё. Каждый год, с замиранием сердца, слушали радио, о снижении цен на проценты. А будет ещё лучше. Вот только враги кругом. Но наши славные чекисты, не дремлют, и каждый день раскрывают их замыслы.

И вдруг случилось немыслимое! Помер вождь! Погас светоч надежды. А как теперь жить? Кто будет вождём нашего племени? Всеобщее отчаяние и растерянность охватила народ. Что теперь будет?

Поползли какие-то жуткие слухи. Их не то, что передавать, а и слушать было страшно. Мол вождь, оказался совсем не великим и могучим. Дошло до того, что его стали обвинять во всех смертных грехах. Оказывается, всё это было враньё. Верные ленинцы, которые привели вождя к власти, а потом оказались отпетыми мерзавцами и шпионами разных, плохих стран и были справедливо расстреляны, были невиновными. А главные чекисты: Ежов, Абакумов, да и сам товарищ Берия, мерзавцы и негодяи. Страна, в которой четверть сидела в тюрьмах и лагерях, другая четверть их охраняла, третья четверть состояла в партийном руководстве, а все остальные были обмануты и ничего не знали.

Выжившие и реабилитированные, в массе своей были сломлены, и старались меньше говорить. Жизнь научила их никому не верить и ждать только худшего. Партийные руководители клялись, что они ни сном ни духом не знали о таких беззакониях. Это они так называли массовый террор, уничтожения лучшей части населения славными чекистами, массовый голод, как орудие уничтожения, концлагеря смерти, разбросанные по всей территории огромной страны. Партийные товарищи, скопом отказывались от своей партийной принадлежности, каясь в том, что были сами обмануты.

- Адам. Разумеется, всё это было ужасно. Но зачем ты нам всё это рассказываешь. Это всё уже в прошлом. Наступили другие времена.

- Во-первых, я пытаюсь ответить на вопрос, почему я не хочу воспользоваться ситуацией, и не вернуться, хотя бы на время в Россию? Да, я согласен, что сегодня, когда страна открылась после 50 лет полной изоляции от внешнего мира, и она нуждается практически во всём, можно на этой волне заработать много денег. Почему бы и нет? Вы мои сограждане и просто симпатичные ребята, но я уверен, что вы не понимаете с чем вы имеете дело. Для этого я вам и рассказываю, а попутно и себе, чтоб понять, что может ждать тех, кто, не зная истории этой страны и тех людей, что её населяют сегодня, вляпаться по самые уши, не в состоянии предвидеть, что может случиться завтра. Если это вам не интересно, я больше не буду терзать ваши уши.

- Нет! Продолжай, Адам. Ты рассказываешь интересно, и возможно полезно. У нас есть время и я думаю, что нам это, не раз пригодится.

- Я постараюсь быть краток. После революции и гражданской войны, когда «Каин убивал брата своего Авеля», а дети предавали родителей, лучшая часть нации, её цвет, культура и искусство, были уничтожены. Те, что уцелели, стали изгоями в своей стране и иммигрантами на чужбине. Жизнь в иммиграции – это вообще отдельная тема. Параноидальный тиран, захвативший власть, за 30 лет своего царствования, беспощадно уничтожавший вокруг себя всё, что, по его мнению, могло поколебать его власть, вырастил совершенно новую формацию человека. Выживали и получали определённые блага только те, кто умел приспосабливаться, лицемерил, угадывал желания, и не боялся испачкать руки в крови. Такие тоже уничтожались, время от времени. Это, чтоб оставшиеся понимали, ничто не спасёт от гнева вождя. Трепет, благоговение и безусловное послушание, могли в какой-то мере, предполагать безопасность. Когда другой тиран, Гитлер - параноик, садист и убийца, поддерживаемый благоговением и безусловным послушанием своего народа, залив кровью всю Европу, бросился на своего соперника, в борьбе за мировое господство и сотни миллионов людей, перемалывались в мясорубке войны, Сталин был напуган до смерти, абсолютно понимая, мотивы и звериные повадки своего врага, он выпустил из контрационных лагерей высших военачальников, ожидавших свою расстрельную участь. Там же, из уголовных элементов, были сформированы батальоны смерти, которые назывались штрафными батальонами. Только кровью, можно было искупить свою вину перед Вождём и их посылали на явную гибель. Для надёжности, за штрафными батальонами, располагались чекистские заградительные отряды с пулемётами. Тех, кто отступал, расстреливали из пулемётов. Пять кровавых лет сражались два Вождя. Миллионы трупов и несчётное количество инвалидов, результат борьбы за мировое господство. Кошмарная послевоенная разруха. В награду за победу - голод, нищета, забвение. Инвалидов куда-то повывозили из городов, чтоб не портили картину. Надо работать, восстанавливать всё, что было разрушено. После смерти Вождя и неминуемой свары за власть, победил его клоун. После 10 лет правления, остались обидные клички: «Кукурузник» и «Волюнтарист». Обидно и непонятно. В Кремле воцарился другой товарищ. После 10 лет правления остались обидные прозвища: «Бровеносец в потёмках», а годы правления, застойные годы. Последовала чехарда смены властителей, со скоропостижной кончиной и к власти пришёл молодой и непредсказуемый. В народе кличка: «Меченый». Он был растерян и не знал, что делать.

Началась новая эра. Перестройка и гласность. Всё что не запрещено, разрешено! Открылись тюрьмы и свобода, всех встретила у входа.

Перефразируя слова, известного русского поэта: «Города наполнились бандитами и жертвами. Никому и ничему не верящий народ, понимал - грабь награбленное. Пока надо красть, а потом разберёмся что и как». Иностранцы полезли как мухи на мёд. Красота! Давайте ваши деньги, господа! Вы же наши партнёры. Ну бывает, не получилось! А где денежки? Да нету денежек. Всё растратилось. А у вас же, нет уже визы! Поезжайте восвояси. Судиться с нами? Да вы чего? Судитесь! Вот смеху то!»

Адам допил свой бокал и посмотрел на погрустневшие лица друзей.

- Я вам рассказал, что я обо всём этом думаю. А решать вам!

- Ты хочешь сказать, Адам, что это другие люди, не «гомо сапиенс»?

- Молодец, Брэд! Они сами, про себя говорят, «гомо советикус»!

- И что это значит? По-моему, ты что-то преувеличиваешь, Адам! Я много раз разговаривал со всякими людьми. Они такие же как мы. Обыкновенные люди. Хотят есть, любить, зарабатывать деньги и нормально жить.

- Ты - на 100% прав, Грегори! Но их генетика помнит о всех пережитых столетиях несправедливости, унижениях и неуверенности в будущем. Ты просыпаешься весёлым и счастливым с утра. Какой прекрасный день для бизнеса, думаешь ты. Они просыпаются угрюмыми и встревоженными. Что сегодняшний день готовит? Как прожить и не потерять то что есть? Верить никому нельзя! Все лгут и обманывают. Надо делать это, первым, чтоб не развели как «лоха». А эти, всё у них окей! А сами, нож в спину норовят.

- Допустим, ты прав! Это ничего не меняет. Я буду помнить то, что ты рассказывал, но я должен делать своё дело. Мне люди доверили вести дело в России. Я не могу их доверие обмануть.

- Грегори! Я тебя не призываю, к тому чтобы всё бросить и бежать. Но понимать, с какими людьми тебе придётся иметь дело, ты обязан. Иначе тебя разведут как «лоха» и кинут.

- Что это за выражения? «Лоха, кинуть»?

- «Лох» - дурак, простофиля! А кинуть – это значит обмануть, обобрать. И это считается за доблесть. «Кинуть лоха» - значит быть молодцом, крутым.

- Это какая-то логика наоборот. То, что постыдно, не по-джентельменски считается правильным. Но так говорят и думают гангстеры!

- Наконец-то! Практически в каждой семье, кто-нибудь сидел в тюрьме. Большей частью, несправедливо. Тюремный опыт подсказывает - не надейся, не бойся, не проси. Это логика для выживания. Но хватит на сегодня мрачных тем. Мы в красивейшем городе страны. Он построен как столица Российской Империи. Цари и его приближённые строили и украшали город, не жалея ни средств, ни людей. Россия была богатейшая страна. Торговала лесом, зерном, мехами, и многими другими вещами. Лучшие архитекторы, скульпторы из Европы, создавали здесь свои шедевры. Правда, сегодня всё в запустении и потускнело. Всё ждёт новых хозяев. Когда это будет кому-то принадлежать, тогда и найдутся средства на восстановление и реставрацию. Но всё равно, зрелище величественное и на это стоит посмотреть.

Они отправились бродить по городу, и Адам, как заправский экскурсовод рассказывал то, что ещё помнил с детских лет. Они обошли величественный Исаакиевский Собор, мимо здания Сената, долго стояли у памятника Петру I, любуясь удивительной композиции, всадника на вздыбленной лошади. Вид на открывшуюся, широкую, одетую в гранит реку Неву, со Стрелкой Васильевского острова и Петропавловскую крепость мог поразить любого, кто видел это в первый раз. Они шли по набережной, направляясь в сторону Зимнего Дворца. Здание Адмиралтейства с высоченным позолоченным шпилем, мосты через реку Неву, которые разводятся по ночам, всё говорило о размахе, с которым отстраивалась столица России.

- Друзья! Мы подошли к Зимнему дворцу. Раньше здесь размещалась резиденция русских царей, а нынче музей «Эрмитаж».

- Да, Адам! Мы в курсе, и даже завтра идём сюда на экскурсию. Нас ведёт один из друзей Брэда. Он работает в американском консулате.

- Это точно. Мы с Мартином, друзья детства. Выросли вместе. Если хочешь, Адам, можем пойти вместе.

- Ну уж нет, спасибо! Я был там много раз. Для советских школьников, посещение музея, входило в обязательный курс. Потом я был там с многочисленными друзьями, которые при посещении города, непременно хотели побывать в «Эрмитаже». Так что без меня, пожалуйста. Помимо этого, я на завтра планировал посещение моего старого друга. Так что, давайте купим сегодня билеты на поезд, и завтра встретимся на Московском вокзале, прямо у первого вагона поезда, минут за 10 до отправления. Ночных поездов идёт в Москву много. Надо выбрать такой, чтоб не в 6 утра приходил, а попозже. Лучше поспать с утра. Согласны?

- Наверное, ты прав. Давайте купим билеты, чтоб не бегать завтра.

- Пошли погуляем по Невскому проспекту. Это центральный проспект Петербурга. И наверняка самый красивый. Там же есть билетные кассы, или можно прогуляться до самого вокзала.

Они вышли на огромную Дворцовую площадь. Посреди возвышался Александрийский Столп и великолепное здание с квадригой коней на самом верху. Оно окружало площадь полукольцом с великолепной аркой, для прохода на Невский проспект.

- Пошли, друзья! Пройдём через эту красивую арку, глубиной во всё здание. В фильмах про революцию, есть сцена, когда солдаты и матросы, лезут на решётку, закрывающую эту арку, и берут штурмом Зимний дворец. Правда говорят, что всё это, мягко говоря, приукрашено. Зимний дворец охранял женский батальон, полностью деморализованный. Да и штурма тоже никакого не было.

- Значит взятия «Бастилии» не существовало в природе.

- Не знаю, как там было в «Бастилии», но про Зимний, так говорят. Мы выходим на Невский проспект. Здесь, как и на набережной реки Невы, всё застроено великолепными дворцами.

- Так что, Адам! Каждое из этих зданий принадлежало одной семье?

- Безусловно. Тогда ещё не придумали кооперативов или других форм социального жилья. Существовали доходные дома, где сдавались комнаты в наём, но не на Невском проспекте. Здесь жили только богатые и именитые.

Всё это было экспроприировано после революции, то есть попросту отобрано, а хозяева либо бежали, либо были уничтожены. В этих дворцах, нынче расположены различные учреждения, либо кинотеатры или торговые предприятия. Петербург – это город, расположенный на множестве островов. Мы будем проходить по различным мостам, через реки и каналы, украшенные великолепными фигурами. Справа дворец графа Шувалова, был когда-то естественно, а дальше мы увидим великолепный Казанский собор. Теперь там музей религии. А напротив него, на берегу канала Грибоедова, находится дом Зингера. Это имя известно всем. В каждом доме была швейная машинка, названная в честь изобретателя челнока. В народе ходили рассказы, как во времена, после разрухи от Гражданской войны, люди привозили чемодан со швейными иголками, для швейных машинок Зингера, а увозили чемодан денег. Понятно, что купить ничего было нельзя, а дыры зашивали все. Сейчас время, чем-то похожее на то что было. Не разруха и голод, но множество проблем с питанием, ничего не ремонтируется и неизвестно, что будет завтра.

- Ты пессимист, Адам. Самое страшное уже позади. Эта страна, уже открыла «железный занавес». Будет свободная торговля и всё наладится.

- Будем надеяться. Здесь, неподалёку есть кассы, продающие билеты на поезда. Пошли, купим билеты на завтра. Я предлагаю выкупить всё купе, чтоб избежать нежелательных соседей.

Возражений не было и Адам, отправившись в павильон со множеством касс, купил билеты на Москву, без всяких проблем.

- Вот, держите два билета. Шестой вагон, третье купе и мы едем одни. Встречаемся в 0:20, завтра в начале поезда. В 8:00 утра, будем в Москве.

- Прекрасно! Давай мы с тобой рассчитаемся и пойдём дальше гулять. Ты так интересно рассказываешь, ты можешь не только по Нью Йорку возить экскурсии, но и по Санкт Петербургу. Попроси Стива прислать тебе лимузин, и вот тебе готовый бизнес.

- Спасибо, друзья, за грандиозную идею, но не в этой жизни. Я в Нью Йорке наелся этой профессией по самое некуда, а здесь даже врагу не пожелаю. Лимузин просто отберут, а то и башку прострелят. Кстати, у меня в Москве есть друг, который предлагал Стиву прислать один лимузин, для выставки в автомобильном салоне, как образец, особенно бронированный. В Москве, полно бандитов, готовых заплатить 250 тысяч баксов, за такой аппарат. Но Стив побаивается, пока это тема для разговоров.

- Я тоже уверен, что в Москве полно людей с большими деньгами. И такие вещи, скоро понадобятся местным богачам.

- Пошли дальше, друзья! Это здание со шпилем и большими часами, раньше занимала Дума, а напротив большой, двухэтажный торговый комплекс, который называется «Гостиный Двор». Это громадное сооружение, которое занимает целый блок, как говорят в Нью Йорке. Этот комплекс, практически квадратный, со множеством входов и выходов со всех четырёх сторон. Раньше он назывался универмаг «Гостиный Двор», с сотнями магазинов и открытым проходом по всему периметру. Что сейчас не знаю, но тут вечно толчётся множество народа. Во времена моей юности, на втором этаже паслись фарцовщики, валютчики, скупщики всякого добра и, конечно, «наружка» - это спецгруппа, по борьбе с подобными явлениями. Созданная при милиции, но подчинённая КГБ. Они внедряли своих людей во всевозможные группы «нарушителей социалистической законности», и когда приходила команда - брать, быстро ее выполняли.

- Что-то я не понимаю! А зачем нужно было собираться в этом месте, если все это знали, и могли арестовать в любой момент?

- Я думаю, что так или иначе, все стучали. То есть у каждого был свой куратор. Люди крутились не в безвоздушном пространстве. Нужно было общение. КГБ имело картотеку на всех, кто так или иначе был замечен во встречах с иностранцами. Их вызывали и предлагали писать доклады о всех контактах и встречах. Тех, кто отказывался заметали первыми. Брали по нужде и своих, но это когда уже была команда.

- Что-то я не понимаю, Адам! Если КГБ, знало обо всех этих нарушителях, почему же их не арестовывали?

- Надо знать нашу власть и наших людей. Было несколько причин. Во-первых, власть никогда не платила достаточно денег, чтоб люди служили просто за идею. Так что они неплохо подкармливались у этих валютчиков, фарцовщиков, контрабандистов, валютных проституток и прочих нарушителей социалистической законности. А другая причина, связанна с тем, что они поддерживали рост нарушителей. Допустим они выкорчевали бы всех нарушителей. Значит, делать больше нечего и КГБ, можно ликвидировать. Этого допустить было нельзя. Они охраняли этих людей, ну как пастух бережёт стадо. Коз можно доить, стричь, резать, когда кушать хочется и продавать, когда их становится много.

- Хорошо! Это понятно. Но откуда ты, Адам, так хорошо всё это знаешь? Ты наверняка, был одним из этих нарушителей и тоже писал докладные, на тех, кто с тобой общался. Или с тобой было по-другому?

- Было всякое. Мне повезло, если это назвать везением. Я был совсем молодой и работал в ресторане «Метрополь». Надо сказать, что в те годы, этот ресторан, не считая «Европейской» и «Астории», был единственным рестораном первого класса, с хорошей кухней и хорошей репутацией. Там с 8 вечера и до 11 играл оркестр и можно было танцевать. Этот ресторан, построенный во времена НЭПа - был такой короткий период, когда власть разрешила частную собственность, в погибающей от голода стране. Говорят, что чуть ли на следующий день появились продукты и жизнь закипела. Так вот - «Первое Товарищество Официантов» построило этот великолепный ресторан. Огромный зал, со сценой и более чем 50-ю столами и огромными зеркалами во всю стену. Несколько банкетных залов, балкон с отдельными кабинетами. Множество цехов и подсобных помещений. На первом этаже, сообщаясь с кухней, располагались кафе «Лакомка» и большой магазин кулинарии. Кондитерское производство «Метрополь», славилось своей выпечкой и кондитерскими изделиями. Этому ресторану, было поручено обслуживание 10-и правительственных дач, расположенных на Каменном острове. Это вообще отдельная тема и я расскажу как-нибудь в другой раз и в другом месте. Я очень хотел купить машину. Как все молодые ребята, я мечтал, как я сяду за руль и все девчонки, будут видеть какой я парень. Купить новую машину было тогда невозможно, но и старые стоили подчас, дороже новых. Заработать такие деньги было нереально, а вот приобрести валюту и продать её морякам, которые ходят в загранплавание, или тому, кто едет в заграничную командировку, давало хорошую прибыль. Было понятно, что это опасно и можно сесть в тюрьму на долгие годы, но желание купить автомобиль и вообще одеваться, и жить лучше, этот страх отодвигало.

- Неужели желание жить лучше, сильнее страха сесть в тюрьму?

- А вы помните времена «сухого закона» в Америке? Сесть тоже было просто, но сколько народу занималось контрабандой и изготовлением алкоголя? Они не были дураками или бесстрашными. Хотелось жить лучше, и всё!

- Ты прав, Адам! Извини, что я тебя перебил.

- Свои ребята! Так вот. Я старался быть очень осторожным. У меня было несколько постоянных контактов, купить и продать. Я понимал, что, если арестуют любого из них, они расскажут обо мне. Но на Руси, существует такое слово, авось! Что означает, а вдруг, пронесёт!

- Это как в казино! Ставишь деньги, а вдруг повезёт, и ты выиграешь. Но там, ты рискуешь деньгами. А здесь свободой!

- Жить вообще рискованно! А то, что вы, в бандитской России, пытаетесь заработать денег, не опасно? Но вы же рискуете, осознавая опасность.

- Он прав, Брэд! Риски есть, и не малые. Мы всё просчитываем. У нас работает целая группа аналитиков. Но всегда может случиться непредвиденное. Мы здесь гуляем, а на офис налетели бандиты или милиция? Как мы теперь знаем, может быть и то, и другое. Я часто об этом думаю. Но есть, это русское, авось! Теперь я понимаю. Ладно, продолжай, Адам.

- Я видел, что и другие ребята, иногда покупают валюту у иностранных туристов. Мы работали все вместе, и тяжело было спрятаться и утаить что-либо, друг от друга. Однажды, после работы ко мне подошёл один из ребят.

- Слушай, Адам! Я сегодня купил очень много финских марок. Мне не хватит рассчитаться с кассой. Возьми у меня, по номиналу 200 марок.

Я работал с этим парнем, бок о бок больше года. Мы видели и знали друг о друге почти всё. Его фамилия была Шутов. Симпатичный парень, всегда улыбается, рассказывает анекдоты. Я подумал, а почему бы и нет? Я отсчитал нужную сумму и получил 200 финских марок. Сумма была маленькая, но неясные сомнения одолевали меня. Надо сказать, после смерти Тирана, времена установились, не то чтоб вегетарианские, но спокойные. К власти пришёл Хрущёв, который, как казалось, разрушил «царство тьмы». Но это всё, было кажущимся. Совсем недавно, расстреляли валютчика, по фамилии Рокотов. И это уже после принятия закона о валютных операциях. Слухи доносились, что именно Хрущёв настоял на расстреле. Те же слухи, говорили, что у Рокотова изъяли на 3 миллиона валюты. Ну мы то по-мелочи крутимся. За $100-200, ничего не сделают. Поначалу все притихли, но потом всё опять пришло в движение. И всё-таки, какие-то неясные сомнения не давали покоя.

Носить валюту в кармане, было как-то стрёмно, и я решил припрятать на время где-нибудь в ресторане. Я поднялся наверх, и в большой кладовой, где стояли старые не рабочие холодильники, всякая хозяйственная утварь и прочий хлам, я скрутил банкноты в трубочку и засунул за решётку холодильника. Было поздно и я поехал домой спать. Надо сказать, что тогда мы все жили в городе, который ещё тогда, назывался Ленинград. Народ жил в коммунальных квартирах. Ютились как могли. Стирали в корытах по очереди и развешивали бельё на чердаке. На кухне, у каждой семьи, был свой стол и керосинка. Там хранились кастрюля и сковородка. Иногда крупа.

Общая кухня, общий туалет и у каждой семьи по комнате. Ванной, естественно не было, и раз в неделю мы ходили в общественные бани. Отстояв длинную очередь, можно было попасть в горячий рай, с парилкой и берёзовыми вениками, которые можно было купить у спекулянтов. После бани, пили пиво из больших кружек, а зимой пиво подогревали. Это был праздник для тела и для души. В нашей квартире было 6 комнат, и соответственно, 6 семей, 20 человек. При входе в квартиру был дверной звонок и от руки написанная табличка с фамилиями. Гости звонили столько раз, сколько было написано в табличке. Двери шёл открывать тот, к кому пришли.

- Извини, Адам! Ты сказал керосинка. А что это и для чего?

- Это такая керосиновая лампа. В неё наливался керосин. Внутри находился такой тряпочный фильтр. Его поджигали и подкручивали, по мере сгорания. Наверх ставилась ёмкость, которая грелась от пламени. Можно было сварить суп, или на сковороде нажарить картошки. Там же грели воду для стирки белья. Бывало, что они взрывались и вызывали пожар, но редко.

- Так что? Все одновременно готовили обед, на одной кухне?

- У всех была семья, дети. Всех надо было накормить и все варили к приходу домочадцев с работы или со школы. У каждой семьи свой стол и свои продукты. Все знали у кого, что на обед. Иногда жутко ругались, иногда вместе гуляли во время праздников или семейных торжеств.

- А откуда наливали керосин? В квартире была труба?

- Такого, ещё у меня никто не спрашивал! В каждой семье было два бидона. Один алюминиевый для молока, а другой железный для керосина. Меня мама посылала за керосином или за молоком с 5-и лет. Давала деньги, и я гордо шёл или в керосиновую лавку, или в магазин. Керосин хранили в большой железной ёмкости и наливали специальным мерным черпаком. Молоко привозили в магазин в больших 50-и литровых алюминиевых бидонах и тоже мерили специальным черпаком. Надо было приходить пораньше, а то молоко могло кончиться и приходилось ждать до следующего привоза.

- А где тогда стояли холодильники? В комнате?

- Очень наивный вопрос. Никаких холодильников не было. В окнах были такие небольшие форточки, которые открывали чтоб проветрить комнату. Вот в эти форточки вывешивались продукты, если они были. Зимой это всё замерзало и могло храниться долго. Так люди жили десятками лет. Умирали и их хоронили все соседи.

- Извини, Адам! Всё это очень странно и непонятно. А как же вы грелись в квартире. Как я понимаю, здесь большая часть года, очень холодно.

- Это правда. Во дворе стояли двухэтажные сараи, в которых хранились напиленные и наколотые дрова. У каждой семьи свой маленький сарайчик с замком, чтоб дрова не воровали. Осенью все покупали машину дров. Их привозили в брёвнах и сбрасывали посреди двора. Сосед помогал соседу, напилить чурбаков, а потом каждый рубил их на поленья. Кто не мог этого сделать нанимал других. Наколотые дрова сносились в сарай. В нашей квартире, на 6 комнат были три печки. Одна половина на одну комнату, а другая на другую. Топили по очереди. Нам повезло, поскольку дверца для топки дров, находилась в нашей комнате. Можно было открыть дверцу и греться, глядя на огонь. А когда огонь прогорал, можно было печь картошку в золе. Главное было, вовремя закрыть вьюшку трубы. Закроешь слишком рано, можно отравиться угарным газом. Закроешь слишком поздно, и всё тепло улетит в трубу. Мы жили поначалу вчетвером, в 12 квадратных метрах.

На ночь раскрывали раскладушку для дедушки. Мама и сестра спали на кровати, а мне раздвигали диван. Ещё в комнате стоял большой шкаф. Потом дедушка уехал, а мама умерла. Мы с сестрой перегородили комнату шкафом, и у каждого получилось по комнате.

- Можно, конечно, жить и в более худших условиях, но так десятками лет. Без всякой надежды на лучшую жизнь. По-моему – это ужасно.

- Так жили все. У одного из моих дядей, родились три девочки. Одна за другой. Было бы четыре, но первая умерла. Они жили вместе с сестрой его жены. У неё тоже была маленькая дочь. Одна комната, перегороженная верёвкой, на которой висели простыни. Тогда не существовало, детских «памперсов». Все пользовались пелёнками из нарезанных тряпок. Всё это надо было постоянно стирать и сушить. И всё это в одной комнате.

- Не знаю, Адам! Я не в состоянии всё это представить, а жить? Мне кажется невозможно. Люди должны ненавидеть друг друга.

- Такое тоже было. Но куда деваться? Терпели и на что-то надеялись.

- Ладно. Мы ушли в сторону от основного рассказа. Что было дальше?

- Друзья! Смотрите! Мы прошли мимо «Гостиного Двора». Смотрите на эти толпы тёток и пожилых мужиков с красными флагами.

- Я как раз хотел у тебя спросить. Чего они такие агрессивные? Орут, размахивают красными флагами. Мне сунули бумагу. Что здесь написано?

- Это коммунисты! Они возмущены всем происходящим. Они ненавидят все то, что сейчас происходит в стране и требуют вернуть

Советскую власть и обещанный коммунизм. Они любят Сталина, и требуют вернуть ему былое уважение и почитание. Они были уважаемыми людьми, в той бывшей державе, а сейчас над ними потешаются. Раньше они диктовали всем, что делать и как жить, а что сейчас?

- От них так и несёт агрессией и угрозой. Пошли отсюда.

- Друзья! Вот эта улица, она называется Садовая. Напротив нас, на другой стороне улицы, видите вывеску? Ресторан «Метрополь». Я вам о нём рассказывал. Предлагаю пойти туда и пообедать. Лично я проголодался. А за столом мы и побеседуем.

- Идея хорошая. Иди вперёд, а мы за тобой.

Адам толкнул тяжёлую дверь, и они оказались в полутёмном длинном вестибюле. Они прошли дальше, до многочисленных вешалок для верхней одежды посетителей, никого!

- Что стряслось? Темно и ни души. Раньше в дверях стоял импозантный швейцар, в шикарной шинели и форменной фуражке. За стойкой вешалок, стояли бравые бывшие вояки, с орденами на груди. В туалете дежурил человек, подающий свежее полотенце. А сейчас хоть шаром покати. Может они не работают. Да и со светом, что-то не так.

- Адам! А почему верхнюю одежду принимали люди с орденами? Это такой прикол? Или это было традицией?

- Всё гораздо проще. У ветеранов войны, был мощный профсоюз. Они вообще любили громко требовать, уповая на свои подвиги во время войны. Их старались не брать ни на какую работу, вот они и заключили договор со всеми организациями, где требовались швейцары или гардеробщики.

- В Америке, как ты знаешь, в гардеробах работают девушки. А о ветеранах заботится государство.

- Это в Америке! А в России они сами о себе заботились. Их нельзя было уволить или заменить другими. Швейцар мог закрыть дверь, и не пускать, пока ему не дадут «в лапу». Гардеробщики пили на работе, и требовали чаевые с посетителей. Самые вежливые, работали в туалете.

- Странно всё это!

- Как говорил поэт: «Умом Россию не понять...». Ладно, пошли наверх.

Они поднялись по широкой мраморной лестнице на второй этаж, где находился громадный обеденный зал ресторана. Там тоже был полумрак, и казалось, что всё закрыто, и ничего не работает. Столы, как и прежде, были накрыты крахмальными белыми простынями.

Фужеры для воды, тарелки и мельхиоровые приборы, украшали каждый стол. Льняные, крахмальные салфетки, свёрнутые конусом, создавали торжественное и красочное зрелище. Внезапно, словно ниоткуда, появился пожилой официант, одетый в белый китель и чёрные брюки. На белой рубашке, повязан галстук-бабочка.

- Добрый день, господа! Желаете пообедать? Выбирайте любой стол!

- А что случилось? Почему так пусто и темно? Вы только открылись?

- Нет. Ресторан работает, как всегда. Но стало очень мало посетителей. У нас теперь нет оркестра, а люди хотят потанцевать. Вот и идут туда, где есть музыка. А темно, потому, что экономят на всём.

- Мы что, будем сидеть одни, в тёмном огромном зале? Это как-то неуютно.

Раньше, наверху на балконе были отдельные кабинеты. Что там сейчас?

- Да так и осталось. Если желаете, я накрою стол там.

Адам перевёл весь разговор, своим гостям.

- Ты здесь хозяин! Ты и решай.

- Хорошо! Пошли наверх. Посмотрим, как там сейчас.

Они поднялись по лестнице наверх и зашли в первый кабинет. Там стоял голый стол и кресла. Оттуда открывался великолепный вид, на огромный зал ресторана и эстраду. Всё это было больше похоже на театр. Или даже на декорации к какому-то фильму из жизни высшего общества.

- Адам. А раньше здесь было много народу?

- Вечером, к 8 часам мест уже свободных не было. Если за столом сидело два человека, то к ним подсаживали ещё двоих.

- Как это? А если они хотели сидеть вдвоём?

- Мало ли, кто чего хочет? Есть столы на 6 и на 8 человек. Все места должны быть заняты. На улице всегда вечером, стояла очередь. Официант спускался вниз, показывал швейцару 2 или четыре пальца, и тот, получив мзду, пропускал счастливчиков. А здесь, на балконе, сажали либо большую компанию, либо «блатных». Не бандитов, а по блату.

- Всё так странно, в этой России. А нельзя зайти, сесть за бар, выпить чего-нибудь. И ждать пока место освободится.

- Во-первых, никакого бара здесь нет, и выпить просто, нельзя. Во-вторых, если места все заняты, то они до конца вечера не освобождались. Люди танцевали, пока играл оркестр. А он заканчивал в 11:00.

Ресторан закрывался по закону в 11:30 вечера и народ расходился.

- А если кто-то не хотел уходить и хотел ещё посидеть?

- Тогда его выгоняли. Иногда силой, если пьяный.

Пока компания обсуждала своеобразные порядки, существовавшие в России, официант накрыл стол скатертью, бокалами и приборами.

- Присаживайтесь, господа. Вот меню, выбирайте, что вашей душе угодно, я буду внизу в зале. Вы мне махните, и я тут же приду.

- Адам! В этом меню, всё написано по-русски. Ты сам всё выбирай и заказывай. Мы заранее с тобой согласны.

- Я могу всё вам перевести, но если хотите, чтоб я сам всё заказывал, потом никаких претензий ко мне. В России едим по-русски.

Адам подозвал официанта.

- Любезный! А как тебя зовут, а то неудобно махать руками?

- Зовите меня просто, Пётр.

- Слушай, Петя! Это мои гости из Америки. Я хочу их угостить настоящим русским обедом. Мы никуда не спешим. Так-что горячее, скажи поварам не ставить пока я не скажу. Договорились?

- Не волнуйтесь! Всё будет по высшему разряду!

- Значит так, Петя! Принеси нам бутылочку холодной водки в ведёрке для шампанского со льдом. Пару бутылочек «Боржоми». Теперь закуски. Селёдочку с горячей картошечкой, маринованные грибочки, салат «Столичный» и винегрету. Хлеба белого и чёрного, только подогрей, ну и масла сливочного. Горячее я потом скажу. Что готово, неси сразу. Не тяни кота...

- Всё будет в лучшем виде. Не беспокойтесь!

- Друзья! Я заказал обычную русскую еду. Если не понравится, пеняйте на себя. Но можно всегда до заказать.

- Это даже интересно! Попробуем, что едят простые россияне.

Пётр оказался расторопным малым, несмотря на возраст. На столе появилась водка в мельхиоровом ведёрке со льдом, напитки и закуски.

- Спасибо, Пётр! Ты молодцом! Я позову тебя, когда понадобишься.

- Итак начнём, господа! По первой, за удачу в делах! Закусываем селёдочкой с горячей картошечкой с укропчиком и сливочным маслицем. Будем здоровы!

Какое-то время все молча закусывали, отдавая должное закускам.

- Как говорят в России: «Между первой и второй, перерывчик небольшой!»

- Всё это конечно хорошо! Но если пить с такой скоростью, то мы всё будем скоро пьяными. Может нам поесть сначала хорошо, а потом мы можем пить?

- Можно, конечно, и так. Но вы же хотели русское застолье. А у россиян так принято: сначала есть, а потом пить, вас никто не поймёт.

- Согласны! В Риме, делай как римляне делают! Будем гулять по-русски. Но только не так быстро.

- А мы никуда не опаздываем. Давайте выпьем ещё по одной, закусим и я продолжу свой рассказ.

- Так, а что там осталось в бутылке? Давайте допьём, и сделаем перерыв.

- А мне очень понравилась эта селёдка с горячей картошкой. В Америке такой селёдки нет. У нас продают маринованную. Она не такая вкусная.

- А ты, Брэд, сходи в русский магазин. Они есть везде. Или съезди на Брайтон Бич. Там такие шикарные магазины. Есть всё. Так на чём я остановился? А то у меня в голове, уже всё перемешалось.

- Ты рассказывал в каких кошмарных условиях вы жили.

- Точно, я вспомнил. Мы с сестрой жили в одной комнате, перегороженной шкафом. Ночью меня разбудила сестра.

- Адам! Проснись! Нам кто-то звонит!

- Спи. Тебе снится. Кто может нам звонить, посреди ночи.

- Ты что? Глухой? Вот опять, три звонка. Это к нам!

- Какой идиот, может звонить? Сколько сейчас время?

- 5 часов утра. Да иди же открой! Соседи с утра нас съедят.

- Это наверно Костя, с первой комнаты. Нажрался и трезвонит. Ну гад!

Иду открывать двери. На пороге стоит мужик в цивильной одежде. Не спрашивая кто я, показывает, в развёрнутом виде, красные корочки.

- Сотрудник Голубев из управления. Одевайтесь, поедете со мной.

- Адам! Что такое, красные корочки и из какого управления?

- Сразу понятно, что вы не россияне. Наши люди всё понимают. Красные корочки – это удостоверение сотрудника милиции. Всем работникам КГБ, выдавали и милицейские удостоверения, но на один чин выше. Это для того, чтоб зря не светить, сотрудников грозного ведомства. А слово, управление, означало, городское управление Комитета Государственной Безопасности!

- И что ты сделал? Я бы, наверное, наделал в штаны.

- Я, конечно, не обрадовался. Наверное, спросонья, не удивился, а спросил, можно ли помыться. Он кивнул головой, но шагнул в квартиру, наверное, чтоб я не захлопнул дверь. Я отправился в комнату, оделся, ополоснул холодной водой лицо, и мы вышли во двор. Там стояла легковая машина «Победа» с водителем. Меня усадили на заднее сиденье, сотрудник Голубев, молча сел рядом с водителем, и мы поехали.

- А куда мы едем?

- Увидишь!

Говорить было не о чем. Я понял, что на вопросы никто отвечать не будет. Так молча мы и доехали до угла Литейного проспекта и улицы Воинова. Я понял, что меня привезли в «Большой Дом».

- Адам! Что такое, «Большой Дом»?

Во времена правления городом Ленинград, Сергеем Мироновичем Кировым, был построен и облицован серым гранитом, это сооружение, управление КГБ и тюрьма. Когда-то, у входа с Литейного проспекта, стояли два вооружённых винтовками солдата. Они проверяли пропуска, у всех входящих и выходящих. Потом вход перенесли на улицу Воинова. Сотрудник Голубев, завёл меня в здание, передал дежурному и больше я его не видел. У меня забрали ремень с брюк и шнурки с ботинок и отвели куда-то вниз. Я оказался в небольшой, глухой камере, с привинченной к полу железной кроватью с матрасом. Со мной никто не разговаривал, просто обыскали при входе. Я сел на кровать и стал ждать. Час шёл за часом, была абсолютная тишина и никто за мной не приходил.

- Неужели тебе не было страшно? А ты мог спросить, почему тебя забрали?

- Было страшно. Это на Западе, заключённый требует один телефонный звонок, адвоката ответы на вопросы. Я был советский человек, а значит понимал, кто я и где я. За любой вопрос или требование, меня могли жестоко и молча избить. Сломать кости, но ни на один вопрос не ответить. Конечно, я боялся. Поначалу, спросонья, я был просто оглушён. Сидя в камере, я понемногу приходил в себя и стал обдумывать, как себя вести, что говорить. Проблема заключалась в том, что я не знал за что меня забрали. То, что кто-то меня сдал, было ясно. Но кто, и за какой эпизод надо расплачиваться, оставался неясным. Понятно, что нужно казаться глупее, чем я есть на самом деле, было ясно. Но если начнут выбивать знания, грубыми физическими методами, никакая хитрость не поможет. Значит надо ждать первого вопроса и тогда понять, что им от меня нужно, и попытаться их обыграть. Всё это было глупо и наивно. Я понимал, что здесь и не таких ломают, но сознание отказывалось понимать жуткую правду, и наверное мозг, не выдержав такого напряжения, просто меня отключил.

Я проснулся от громкого окрика.

- Встать! Руки за спину! На выход!

Меня провели куда-то наверх, затем по длинному коридору со множеством дверей, в одну из них, конвойный постучал и втолкнул меня внутрь.

- Задержанный Гардов доставлен.

- Можете идти, а ты садись, вот сюда, на стул.

- Я оказался в небольшом, казённом кабинете. Стол, с лампой и телефоном. Большой сейф в углу. За столом сидел небольшой человечек, с серым невыразительным лицом. Он полистал папку, лежавшую на столе. Лениво перебирая несколько листочков, попутно задавал стандартные вопросы и сверялся с записанными ответами.

- Фамилия, имя, отчество? Год рождения, где прописан и где работаешь?

- Я старался отвечать чётко и быстро, глядя ему в глаза.

Раздался стук в дверь, и все невольно вздрогнули. В дверь просунулась голова официанта. Он как бы извинялся, за своё вторжение.

- Прошу прощения, господа! Я подумал, что вам может, чего-нибудь надо?

- Да, Петя! Молодец что пришёл. Ну что господа? Ещё водочки не желаете?

- А нам плохо не будет, Адам?

- Нет! Нам будет хорошо! Пётр. Давай голубчик, ещё бутылочку холодненькой «Столичной» и запить, водички минеральной. Закуска у нас ещё есть, а вот через полчасика, давай горячее. Киевскую котлету, бифштекс по-деревенски и бефстроганов с картофелем пай. Принеси лишние тарелочки, мы будем всё пробовать. А водку давай сейчас.

Официант исчез за дверями, а все зашевелились и заговорили.

- Не могу себе представить, что бы я чувствовал, попав в КГБ?

- Я могу тебе сказать, что, Брэд! Ты бы пытался лихорадочно понять, за что тебя забрали и попытаться отыграть любой вопрос и думать о том, что хочет от тебя твой враг. То, что это враг, естественно сомнений быть не может. Ты у него в руках. Он может опрокинуть на твою голову, всю мощь этой громадной машины подавления. Но, ты для него мелкая песчинка. За тебя не дадут повышения по службе или очередное звание. Поэтому, ему даже лень с тобой заниматься. Он, просто выполняет свою, нудную, работу следователя. А награды получают другие. Он простая посредственность, и именно это, может сделать ещё более опасным для тебя. Он должен понять, что ты никто, и толку от тебя никакого нет. Пустая потеря времени.

Появление официанта внесло некоторое оживление. Рюмка холодной водки, добавила бодрости, и несколько минут все молча закусывали.

- Давай, Адам! Что было дальше?

- Я ждал, что он хотя бы намекнёт, за что меня забрали и чего надо опасаться.

- Давно валютой балуешься?

- Да что вы? Как я могу этим баловаться?

- Ты Ваньку то не валяй! Ты понимаешь, где ты находишься?

- Конечно, я понимаю! Я просто голову ломаю, зачем меня вызвали в «Большой Дом»? Может, кто-то на меня напраслину возвёл?

- Ишь ты! Овечкой невинной прикидывается! А у Шутова, кто валюту купил? 200 финских марок? Или ты забыл? Он уже всё рассказал. И где эти марки?

Всё стало понятно. Меня сдал Шутов. Теперь надо спасаться.

- Дак мне эти марки дал он сам. Он подошёл ко мне вечером и попросил денег в долг. Он сказал, что у него сидели финские туристы и у них не хватало денег рассчитаться. Они оставили ему марки в залог, а послезавтра принесут русские деньги и выкупят эти марки.

- Ну, допустим. А ты у него эти марки купил?

- Да нет. Он мне сам сунул. Мол залог, чтоб я не волновался.

- И где эти марки сейчас?

- Я их там в ресторане и оставил. Люди придут, им же надо деньги отдать.

- Где в ресторане-то?

- Там на втором этаже есть подсобка. Там хранят старые холодильники, всякие хозяйственные товары. Я свернул эти марки в трубочку и засунул в решётку холодильника. Он самый первый, у дверей.

- Мы проверим, правда ли всё, что ты здесь наговорил. А пока тебя отведут в камеру. Ты посиди и подумай.

Сколько я просидел в камере не знаю. Я обдумывал всё, что наговорил и вроде всё получалось складно. То, что Шутов провокатор, было очевидно. Зачем ему иначе, наговаривать на себя ещё один эпизод. То, что его замели, тоже было ясно. А я наоборот, ему помогаю, подкинув логичное объяснение. Кому-то этот Шутов, стал неугоден, или пришло его время. Есть план раскрытия преступлений и легче всего раскрыть тех, кто под рукой.

- Подъём! На выход! Руки за спину!

Тот же конвойный, тот же кабинет. Тот же, но несколько повеселевший следователь. Пообедал что ли? Мне небось даже воды не дали.

- Мне сказали, что ты спал! И утром тоже. Ты вообще понимаешь, где ты?

- Конечно понимаю. Но я же ничего плохого не делал. Дал товарищу денег в долг. А он сунул мне эту валюту. Вы её нашли?

Что-то блеснуло в прищуренных глазах следователя.

- Нет, не нашли. Там сегодня делали ремонт. Всё выносили оттуда. На нашего сотрудника, упало ведро с краской, и он весь перепачкался. Ну ладно. Сейчас ты дашь подписку о невыезде. Ты проходишь свидетелем по делу, обвиняемого Шутова. Жди повестки в суд. Распишись на каждой странице протокола. Вот пропуск на выход. Отдашь дежурному на первом этаже. Тебе вернут твои вещи. Можешь идти. Свободен, пока.

Я шёл по вечернему Литейному проспекту, и не мог поверить, что я снова свободный человек. Правда, этот следователь сказал пока, но я понимал, что этот этап я выиграл. История о том, что они ничего не нашли, казалась мне явно придуманной. Чёрта два, они бы меня выпустили, если бы не нашли. А так, всё логично. Ремонт, краска, сотрудник испачкался. Нашли и поделили. И чёрт с ними. Я свободен! Как хорошо, просто идти по улице.

Появился официант Пётр.

- Господа, ваше горячее готово! Могу я убрать лишнее со стола?

- Давай, Петя! Можешь всё убирать. Мы уже проголодались.

На чисто убранном столе, появились подогретые большие тарелки и чистые приборы. Затем, Пётр, торжественно внёс три круглых мельхиоровых баранчика с крышками и один продолговатый. В просторечии, называемый «гробиком». В «Метрополе», всегда придавали большое значение, красивой и элегантной подаче блюд. Крышки были подняты и любопытным взорам были представлены, свежеприготовленные блюда. Толстый бифштекс из филейной вырезки, обложенный вокруг картофелем «Пушкин» и сверху пышная горка жаренного лука фри. Киевская котлета, установленная на специальный постаменте и выпеченного из слоенного теста, овального по форме изделия. На косточку, торчащую из котлеты по-киевски, был одет белоснежный поварской колпачок. В «баранчике» с бефстроганов, лежало нарезанное брусочками мясо в сметанотоматном соусе, а рядом, в «гробике» располагался гарнир, тоненькие соломинки жаренного картофеля, под названием «пай». Вид был отменный.

- Господа, кушать подано! Пробуем каждое блюдо. Но предварительно, по-русскому обычаю, по рюмочке под горячее.

- Я думаю, вы здесь пьёте так много, потому что у вас здесь холодно. А водка согревает. Как и такое большое количество еды. Выглядит всё так красиво, что даже жалко портить. Если ещё и вкусно, то это лучший русский ресторан.

Некоторое время все отдавали должное, кулинарным изыскам, приготовленным поварами «Метрополя».

- Очень вкусно, а подача блюд, просто шикарная!

- «Метрополь», всегда держал класс. Здесь работали лучшие повара и кондитеры. Здесь же была создана, спецгруппа, для обслуживания 10-и правительственных дач, расположенных на Каменном острове. В эту группу, входил и я, до поры, до времени.

- Что это значит? И что делала эта спецгруппа?

- Выражение, до поры, до времени, означает до определённого момента. А спецгруппа, обслуживала правительственные дачи, когда в них жили гости страны. Там же проходили банкеты в честь высокопоставленных гостей.

- А кого ты видел из сильных мира сего?

- Например, Государственный Секретарь США, Дин Раск. Шах Ирана с женой. Дэвид Рокфеллер и многие другие. Никита Сергеевич Хрущёв, во время большого приёма, серьёзно поддатый, поднялся и стал говорить о том, что у китайцев много солдат, но у нас есть такое оружие...

Тут нас всех, охрана повыгоняла. Много чего было, но об этом надо писать целый роман. Я там проработал больше года.

- А почему ты ушёл?

- Не по своей воле. Однажды, во время приёма, начальник московской охраны позвал нашего хозяина. Был такой директор, Николай Иванович Тихонов, но все звали его, «хозяин». Так вот ему было сказано: «Там у тебя еврей работает, убери». Он меня вызвал и все честно рассказал. Да я и сам хотел оттуда сбежать. Когда кто-то на правительственной даче жил, приходилось работать по 24 часа. А если гости спали, то гуляла охрана. Играли на бильярде и всегда чего-то требовали. То коньяку принеси, то кофе.

- Интересная у тебя биография, Адам! Ты хороший рассказчик. Тебе бы книги писать. Ты многое видел и встречался с интересными людьми.

- Может быть, когда-нибудь напишу, а пока надо зарабатывать на семью. Кто-нибудь хочет десерт, или чай?

- Лично я, не в состоянии съесть ни кусочка.

- Может ты, Брэд?

- Я даже думать об этом не могу!

- Пётр! Всё было очень здорово! Дай нам счёт.

- Ты, Адам. Так и не рассказал нам как всё кончилось? Тебя вызывали в суд?

- Да! Я получил повестку и пришёл в суд. Когда меня вызвали, я повторил, всё то, что говорил следователю. Этот, недостойный человек Шутов, услышал мои показания и тут же стал подтверждать их. Меня отпустили, и я остался в зале, послушать чем всё это кончится. Я смотрел на Шутова, но он избегал встретиться со мной глазами. Прокурор потребовал для него 5 лет лишения свободы. Было не очень понятно, за что его хотят посадить. Прокурор, в своей не очень осмысленной речи, обвинял его за то, что он деньги называл «капустой». Это был просто обычный уличный жаргон. Но прокурор, обращаясь к суду, говорил о цинизме и развращённости обвиняемого, относившегося к деньгам с такой пошлой развязностью.

- В тот момент, когда весь советский народ, трудится для построения светлого будущего, кучка отщепенцев, стиляг и валютчиков, спекулируют иностранной валютой, которая для них просто «капуста»!

Суд внял доводам прокурора и Шутову, дали 4 года заключения, с отбыванием в колонии общего режима. Он выслушал приговор, с опущенной головой, но мне почему-то, его не было жалко.

Официант принёс счёт и положил его перед Адамом.

- Сколько там, Адам? Давай, мы разделим это на троих.

Адам посмотрел счёт. Сумма была небольшая.

- Ребята! Я вас пригласил. Я угощаю!

Он оставил официанту щедрые чаевые и они вышли, на уже потемневшую улицу. Народ был только на Невском проспекте, остальные улицы казались вымершими. У Гостиного Двора всё ещё размахивали красными флагами.

- Адам! Спасибо за вкусный ужин в хорошем ресторане. А главное, за интересный рассказ о нравах в России, тех лет.

- Спасибо за компанию. Внешне Россия изменилась, а по сути осталась, такой, как и была. Посмотрите на этих возбуждённых тёток и стариков. Они хотят обратно, туда, где им было хорошо. Они размахивают красными флагами и искренне страдают, от невозможности вернуть вспять, столь дорогой их сердцу, социалистический строй.

- До встречи послезавтра, Адам! Увидимся на Московском вокзале, за 10 минут до отхода поезда. Пока!

Придя домой, Адам позвонил Вилену.

- Привет! У меня планы немного изменились. Я завтра встречаюсь со своим другом, а послезавтра, вместе с американцами еду в Москву. Здесь, мне всё равно делать пока нечего. Теперь всё в твоих руках. Нам нужен протокол о намерениях и затем контракт, между мэрией и «Голден Гарбидж».

- Я это знаю. Удачи в Москве. Этот Юрий Николаевич, боится, что он не в доле и будет ставить нам палки в колёса. Но, я и не таких шустрых видал. Будем на связи. Как только, что-нибудь новое появится, я сообщу.

Второй звонок был Стефану.

- Привет, мой старый друг!

- Адамаша! А я думаю, где ты пропал?

- Я в Питере! Завтра жди в гости. Не возражаешь?

- Зачем ты так говоришь? Ты же знаешь, как мы к тебе относимся.

- Я шучу, Стефаша! Конечно, я знаю. Я высплюсь и подъеду.

Последний звонок, был в Москву, Павлу.

- Паша привет, Адам! Не ожидал?

- Честно говоря, нет. Но я рад тебя слышать.

- Я сейчас в Питере, по делам. Но послезавтра ночью, выезжаю поездом в Москву. Вообще-то я не собирался, но так уже получилось. Ты сможешь забронировать мне номер в гостинице, на три дня? И встреть, если свободен.

- О чём речь? Давай время прибытия и номер вагона. Только зачем в гостинице? Ты можешь остановиться у меня.

- Спасибо, Паша! Но я не люблю никого стеснять. Я знаю, что у тебя жена и дочка. В гости прийти, другое дело, а стеснять не хочу.

- Приедешь, а там посмотрим. Я всё записал, встречу на вокзале.

ГЛАВА IV

МОСКВА

Несмотря на прилично выпитое, Адам спал без сновидений и проснулся выспавшимся и бодрым. Соорудив и отведав нехитрый завтрак, неспешно отправился к станции метро. Через час он уже звонил в квартиру Стефана.

- Адамаша! Я так рад тебя видеть! Проходи!

- Стефаша! Выглядишь молодцом. Говори, что пьёшь?

- Ты знаешь, после нашей встречи, я как-то весь встряхнулся. Захотелось что-то делать, куда-то идти. Даже Лиля заметила.

- Наверное, это потому, что у тебя появилось какое-то дело.

- Я тоже так думаю. А ты надолго в Питер? Опять по своим делам? Ты всегда, что-то изобретал. Всегда что-то придумывал.

- Ты прав! Я встречался в мэрии с заместителем Собчака, Сергеевым. Есть проект развития одной из областей хозяйства Санкт Петербурга. Я нашёл американских инвесторов, и очень надеюсь, что всё срастётся. Если да, то тогда, я буду бывать в Питере часто. Как у вас дела?

- Как тебе сказать? Сейчас очень трудно работать. У людей нет денег, и все экономят на чём можно. С другой стороны, наезжают все, кому не лень. Бандиты, менты, СЭС и государство не отстаёт.

- А Санитарно Эпидемиологическая Станция попрежнему рулит общепитом? Но всегда, всё решали «бабки».

- Там Лиля решает все вопросы. Платит бандитам, как они говорят за «крышу». Чего это даёт, я не очень понимаю. Разве, чтоб не наезжали. СЭС, у них какое-то новое название, но все привыкли их так называть, тоже не отстают. Теперь нам говорят, что мы неправильно приватизировали «стекляшку». Она стоит на земле, которая принадлежит государству, так что мы можем всё забрать оттуда, и вывезти куда хотим. А что там вывозить? Старое оборудование, и куда его девать? А как здание перевезти? Это же не передвижной фургон? Кому-то понадобилась эта земля. Пока Лиля воюет, но неизвестно, чем всё это закончиться.

- В каком районе ваша стекляшка находится? Напиши мне адрес. Я попробую поговорить с человеком. Вдруг поможет.

- Поедем на работу, Адамаша. Ты лучше с Лилей поговори на эту тему. Заодно, я покажу тебе ковры которые я для тебя купил. Настоящие Кумранские. Помнишь моего товарища, татарина, он так и работает в «Апраксином Дворе», в комиссионном магазине ковров. Я, по твоей просьбе, купил у него 4 ковра. Они не дешёвые.

- Поехали! Я заодно и поработаю у тебя, что-нибудь спечём, вкусное!

Ковры были свёрнуты в огромный рулон и хранились в одной из подсобных помещений. В развёрнутом виде, они уже не казались такими большими.

- Стефаша! Это и есть, знаменитые Кумранские ковры?

- Мне так сказали, меня обманывать он не будет.

- Я знаю, что вы дружите много лет. А я, честно сказать, ничего в этом не понимаю. У меня есть партнёр, в Америке. Он мне подбросил эту идею. Теперь надо думать, как вывезти. У меня есть человек в Москве. Его зовут Павел. Он бывает в Питере. Приезжает на машине. Я поговорю с ним, и, если он возьмётся, я дам ему твой телефон.

- Как скажешь, Адамаша! Я твой заказ выполнил.

- Ты мне лучше скажи, как дела с мехом? Как я понял, ты раздал его по разным ателье. Когда они отдадут «бабки»? Я просил тебя, продавать только за валюту. А ты, как я понял, раздал за рубли.

- Адамаша! Ну никто не понимает, как это в валюте? Все хотят только в рублях. Надеюсь к зиме всё разойдётся. У меня в сейфе, есть десять тысяч. Пойдём я тебе отдам.

В кабинете их встретила расстроенная Лиля.

- Привет, Лиля! Что-нибудь случилось? На тебе лица нет.

- Радоваться нечему. Все эти уроды только денег хотят. Я всем плачу. Всем. Но толку от этого, ни хрена. Все обещают помочь. Я им говорю: «Засуньте свои обещания себе в ..., мне нужны не обещания, а дело». Мы приватизировали эту долбаную «стекляшку». Столько денег вложили. Всё отремонтировали. Работаем с утра до ночи, и людям даём работу. А эти твари, прислали предписание, освободить и вывезти всё что есть в течении месяца. Но я подам на них в суд. Посмотрим, кто кого.

- А с кем ты собираешься судиться? Кто прислал тебе предписание?

- Да наша районная мэрия. Мало я этим ... денег носила!

- Дай-ка, мне эту бумагу. Я попробую позвонить одному человечку.

- Вилен! Привет, Адам. У меня есть вопрос к тебе. Мои друзья, год назад, приватизировали ТБЦ. Но, они приватизировали по документам, только второй этаж. На первом какой-то магазин хозтоваров. Они получили письмо из районной мэрии, что это здание подлежит сносу и они обязаны его освободить. Поскольку, земля им не принадлежит. Дать тебе адрес?

Адам какое-то время помолчал, слушая, что ему говорят.

- Я всё понял. Ладно. Скажи Лёне, чтоб подъехал завтра вечером, за ключом.

Нет, спасибо! Я доберусь до вокзала на метро. Давай! До связи!

- Новости, дерьмо! Мой человек, работает в Смольном. С хорошими контактами. Он говорит, что сейчас идёт передел имущества. Идёт, как это он назвал, рейдерский захват. Поскольку земля не приватизирована, те, кому хочется построить здание, дают серьёзную взятку. Бывшие владельцы изгоняются и права переходят новому владельцу. Там всё схвачено. Суд, милиция, бандиты! Как не жаль, но вас тупо, кинули.

- Суки поганые! И что теперь нам делать?

- Мне очень жаль, ребята! Но тут ничем помочь нельзя. Найдите какое-то недорогое место и перевезите всё что сможете. У вас есть клиентура, будете по-прежнему работать, только придётся платить ещё и аренду.

Настроение у всех было паршивое. В тишине отработали весь день.

- Мне очень жаль ребята, что я не могу вам помочь. Сожалениям, здесь не место. Жизнь продолжается. Вы пережили и более худшие времена. Помните, когда я уезжал, я вам предлагал сделать тоже самое. Не знаю, когда в этой стране, что-либо изменится, но явно не при нашей жизни.

- Адамаша! Я пожилой больной человек. Поздно что-то менять и начинать всё с нуля. Да и кому мы там нужны? Будем доживать жизнь здесь.

- Ты, Адам, всегда был как перекати-поле. Всё бросил, поехал туда. Теперь приезжаешь и даёшь советы. А что делать со всем, что нажито моими родителями? Мною и Стефаном? Бросить и переться неизвестно куда. Стать там нищими, с протянутой рукой?

- Лиля! Я тебя прекрасно понимаю. Конечно, страшно. Конечно, невозможно представить себе, как это всё бросить и ехать в неизвестность. Но если вы приедете в Америку, я смогу вам помочь. Конечно, вы уже не молоды, но я видел людей, ещё старше вас. А что вас ждёт здесь?

- Спасибо, конечно, Адам. Но мы будем доживать в этой стране.

- Ладно, ребята. Надеюсь всё образуется. Главное, было бы здоровье. Переедете потихоньку, и будете работать, как и сейчас. Друзья! Я был очень рад встрече. Надеюсь, мы сможем немного зарабатывать на бизнесе. Я могу ещё прислать товару. Но это попозже, когда всё продастся. Надеюсь, мы будем видеться, поскольку я планирую бывать в Питере часто.

Они грустно прощались, как прощаются близкие люди, надеясь и не веря, в будущую встречу. По дороге домой, Адам думал о Стефане, единственному человеку, в этой стране, к которому он был искренне привязан. Он помнил его молодым, полным сил, а теперь стал сломленным стариком, просто ждущим своей очереди. От того, что он не может ему ничем помочь, было ещё горше.

На следующий день, Адам позвонил домой. Этот недолгий разговор с женой и дочерью, смыл всю горечь вчерашнего дня и вернул хорошее настроение и желание двигаться вперёд. Поздно вечером приехал Лёня.

- Привет, Адам! Вилен сказал, что ты уезжаешь.

- Привет! Так и есть. Мои новые американские друзья, уговорили проехаться вместе с ними в Москву.

- Они что-нибудь говорили о моих предложениях?

- Да, говорили. Им многое понравилось, и они хотят всё обдумать.

Адам знал, что это не так. Но, он очень не хотел расстраивать Леонида, и немного покривил душой. Они вместе вышли из квартиры и дружески распрощались. Время до отъезда было много, и Адам решил прогуляться до Московского вокзала, пешком. В отличие от других улиц, Невский проспект был освещён, и несмотря на отсутствие гуляющих, казался безопасным. Адам прошёл пустое и гулкое здание вокзала и вышел на перрон. Своих спутников, он увидел сразу. На перроне, в отличие от здания вокзала, толпилось множество народа. Было множество, как тогда говорили, лиц кавказской национальности. Всякие подозрительные личности, плохо одетые и явно подпитые, располагались кучками, как у себя дома. Многие, возможно, и жили здесь, во всяком случае промышляли. Немногочисленная милиция, ни на кого не обращала внимания, иногда хозяйски осматривала разношерстную толпу.

- Адам! Как хорошо, что ты пришёл. Пошли в вагон, а то тут такие типы вертятся. То ли бомжи, то ли гангстеры.

- Думаю, здесь и тех, и тех хватает. Вокзалы всегда были прибежищем для всякой нечисти. Воров, жулья, мошенников всех мастей.

- А что эта милиция? Стоят и ничего не делают.

- Да здесь всё схвачено. Менты, так в России называют милиционеров, крышуют всю эту шушеру. Они не только снимают мзду, но ещё и должны приносить долю, в своё отделение, от которого они работают.

- Мне кажется, что ты преувеличиваешь, Адам.

- Грегори. Пусть тебе не кажется. Только пошли сначала найдём наш вагон, а то осталось немного времени до отправления. А там и поговорим.

Они шли вдоль состава, отыскивая свой вагон. Номера почему-то начинались с больших номеров, уменьшаясь к началу состава. У каждого вагона стоял проводник, проверяющий билеты пассажиров, подсвечивая их фонариком. Найдя свой вагон, наши пассажиры предъявили билеты строгой, неулыбчивой проводнице и были пропущены в вагон.

- Друзья! Вот наше купе. Прошу! Чур, я сплю на нижней полке.

- Я тоже хочу на нижней. Брэд, как самый молодой, лезет наверх.

- Давайте подождём, пока поезд тронется, и проводница предложит желающим постели.

- А что значит желающим? Разве это не входит в стоимость билета?

- Нет. Постель, так же, как и чай, за дополнительную плату.

- А кому надо за это заплатить?

- Проводница и собирает плату. Я уверен, что эта мзда не только делится между работниками состава, но и часть идёт вышестоящему начальству.

- По-твоему, Адам, во всех областях есть коррупция и взяточничество.

- Я в этом уверен. По крайней мере, это было так, когда я здесь жил. А сейчас, похоже, это усилилось стократно. Вся система была построена на поборах с низовых организаций и шла всё выше и выше. Я думаю это простиралось до уровня министров или преподносилась в виде дорогих подарков. Одна из моих знакомых, работала экспертом в ГАИ. Эта знаменитая служба, расшифровывалась как «Государственная Автомобильная Инспекция». Её, как эксперта, вызывали в случае аварий со смертельным исходом. Она рассказывала мне, что боялась смотреть на изуродованные трупы. Сотоварищи по группе, оставляли её в машине, а сами работали с виновником аварии, если он был жив. Ему объясняли, что ему грозит и сколько стоит их помощь, оказаться пострадавшей стороной.

- А разве это возможно?

- В России всё возможно. Мне рассказывали случай, когда на

схеме, которую рисовали работники ГАИ, по каждой аварии, троллейбус сдвинули так далеко, что там даже не проходили электрические провода, от которых питался троллейбус. Так вот, моя приятельница, рассказывала, что она только подписывала документы, составленные по случившейся аварии и получала свой, оговорённый процент. Ещё она рассказывала, что каждая бригада ГАИ, а она состояла из двух человек, должна сдать в отдел, определённую сумму денег, за рабочую смену. И все понимали, что определённая часть идёт наверх. Вышестоящему руководству. По этому принципу была выстроена вся советская система. Ничего не изменилось, только стало ещё циничнее.

- Ты говоришь, Адам, что весь народ страны, одна большая коррупционная банда? Нет порядочных, честных и справедливых?

- Безусловно, это не так. Есть множество приличных людей. Но один мой знакомый говорил: «Не берёт тот, кому не дают». А другой, кстати он был метрдотелем в «Метрополе», и был старшим в спецгруппе. Кстати, он участвовал в первой Советской выставке в Брюсселе и привёз много изящных приключений, как например, первый поход в публичный дом и секс с темнокожей женщиной. Он говорил, что всегда мечтал испробовать это ощущение. Но меня что-то далеко занесло. Так вот, Владимир, по кличке Метр, очевидно связанной как с профессией, так и с ростом, во время банкета спецгруппы, на правительственной даче...

- Прости, Адам, что я тебя перебил. Ты говорил, что вы там работали?

- Так и есть. Но после того как гости разъезжались, мы накрывали банкет для своих. Алкоголя и еды было вволю, и после стрессовой нагрузки, требовалась разрядка. Так вот, «Метр», уже поддатый сказал:

- Не понимаю я работяг! Они так тяжело работают, ничего не видят в этой жизни и мечтают под конец жизни получить комнату, а если очень повезёт, отдельную квартиру. Да если бы они, хоть раз посмотрели, как гуляют слуги народа, что было бы?

Он был прав. Я иногда об этом думаю. Народ забитый и замордованный этой, уже много лет, лгущей и лицемерящей властью, молчит, тащит свою лямку, уверенный, что так и должно быть. Он не знает, как должно быть. Он не жил в свободном обществе. Власть сделала всё, чтоб вытравить дух бунтарства и свободомыслия. Сейчас происходит отрыжка, всего того, что происходило больше 50-и лет. Никто, ни во что, и никому не верит. Хватай что можешь, и держи пока не отняли.

В дверь купе постучали, и раздался крик проводницы: «Постель! Постель»!

- Нам три, пожалуйста!

Через минуту, в купе появились три скатанных тюка с постельным бельём.

Плоский ватный матрас, небольшая, тоже набитая ватой подушка и влажное постельное бельё. Пассажиры зашевелились, устраивая на ночь, каждый в своё гнездо. Наконец все устроились и приглушили свет.

- Друзья! Нам надо привязать дверь. Ночью двери не открываем. Кто-бы не стучал. Мне говорили, что по ночам, в поездах шарят бандиты.

- О, Господи! Только этого нам не хватало. А если надо в туалет?

- Иди сейчас, а потом терпи.

Все, по очереди сходили в туалет. Потом возились, устраиваясь на ночлег.

- Всё! Я дверь завязываю, и никому не открываем.

Адам смотрел на чёрный пейзаж, убегающего леса. Соседи посапывали, убаюканные однообразным, слегка покачивающимся движением. Незаметно для себя он заснул, иногда просыпаясь во время небольших остановок. Поезд трогался, издавая тоскливый свисток. Вагоны противно лязгали буферами, а затем набирали заданный ритм, постукивая на стыках рельс. За окном всё тот же пейзаж, из убегающих чёрных деревьев и он вновь проваливался, в тяжёлый тревожный сон.

Адам проснулся от стука в дверь и крика проводницы.

- Сдаём постель! Чай, кому чай?

- Никак подъезжаем? Просят сдавать бельё, и кто хочет чай?

- И тебе доброе утро, Адам! Почему она так противно кричит?

- Вы не понимаете! Это её работа. Она должна собрать постельное бельё и проверить, всё ли на месте. Да ещё надо продать чаю. Сверните бельё в тюк.

- А что тут надо проверять? Кто-нибудь украдёт это жуткое бельё?

- Вам этого не понять! Вы рассуждаете как богатые люди. Во времена моего детства, после стирки белья, его развешивали на чердаке дома. Это было старое, стиранное перестиранное тряпьё. Были чердачные воры, которые шарили по чердакам и воровали это тряпьё. Бедные обкрадывали бедных, больше украсть было нечего. И продавали за гроши, чтоб напиться.

- Ну это когда было? Ты, Адам, вспомнил древние времена.

- Согласен! Но бедных осталось в стране немало. И я их видел везде.

- Сдаём бельё. Чай будете?

- Нам, пожалуйста три чая.

Вскоре в купе появились три железных подстаканника, с тонкими стаканами с чаем и кусочками пиленого сахара.

- Голубушка! А можно у вас купить подстаканники?

- Я должна спросить старшего. Тебе сколько-то надо?

- Если можно, то я бы купил десяток.

- Тебе зачем так много? Семья что ли большая?

- Да нет. На сувениры хочу привезти домой.

Вскоре в купе появился суровый мужчина в форменной шинели и фуражке.

- Вы интересуетесь подстаканниками?

- Да, я. А можно их купить?

- Я могу вам продать, но только пять! И они стоят 5 долларов!

- Состоялся обмен валюты на вожделенные изделия.

- Адам! Зачем тебе столько этих железных штук? И ещё по 5 долларов?

- У меня в Нью Йорке, есть русский ресторан. Мы подаём чай в самоварах и с подстаканниками. На Брайтон Бич их продают в русских магазинах по 10 долларов. Люди иногда уносят их, как сувениры. Я официантов ругаю, но толку мало. Я хочу ещё прикупить десяток.

- Тебя кто-нибудь встречает, Адам? Ты где, остановишься в Москве?

- Меня должен встретить мой дружок и партнёр. Я попросил его снять мне номер в гостинице.

- У тебя есть номер нашего офиса в Москве. Приезжай! Тебе будет интересно. А если вдруг, будут какие- то предложения, звони!

Поезд двигался вдоль перрона и народ потянулся к выходу. Выходя из вагона, Адам сразу увидел высокую и широкоплечую фигуру Павла. Увидев Адама, он приветливое замахал рукой и двинулся навстречу. Оба были искренне рады встрече и хлопали друг друга по спине.

- Адам! Мы видим, ты встретил своего товарища. Звони не пропадай.

- А вы как добираетесь до офиса?

- Возьмём такси. Так быстрее.

- Подождите! Паша, ты на колёсах?

- Да. Меня водитель ждёт на стоянке.

- Ну ты даёшь! Водителя завёл. Мы можем подбросить моих американских друзей до офиса?

- Не вопрос! Скажите водителю куда ехать и все дела.

- Ребята! Пошли с нами. У Паши есть машина и мы вас отвезём.

- Адам! Я тебе говорил и говорю ещё раз, тебе надо работать в России. Ты здесь как рыба в воде. Всё знаешь и умеешь.

- Спасибо, Грегори! Я подумаю над этим. Но сначала, здесь должно всё измениться. Судя по тому, что происходит сейчас, пока это иллюзии.

На стоянке они подошли к большой машине.

- Адам. Узнаёшь машину?

- А то! Это же «Бронко»! Ты доволен автомобилем?

- Это лучший автомобиль, из тех что у меня были! Круче не бывает!

- Я рад, что помог тебе его купить. Скажи водителю адрес и сначала отвезём ребят, а потом меня, в гостиницу.

- Все погрузились в машину и поехали, по ещё сонной Москве.

- А в какой гостинице, ты забронировал мне номер?

- В «Центральной». Но может ты передумаешь, и остановишься у меня?

- Спасибо, Паша! Но нет. В гостинице спокойней и никому мешать не буду.

Они ещё немного поспорили, но Адам стоял на своём. Он познакомил ребят с Павлом и вкратце рассказал о том, чем Павел занимается. За разговорами машина подъехала к зданию, в котором располагался офис.

- Может зайдёшь к нам на минуту. Познакомишься с ребятами и посмотришь, как мы работаем?

- Паша! Не возражаешь, я на минуту зайду к ребятам в офис?

- Какие проблемы! Я жду тебя здесь.

Офис располагался в большом помещении, со множеством компьютеров и людей, работавших за ними. Это были молодые ребята, американцы и они приветствовали шефа весёлыми возгласами. Адам со всеми поздоровался и они, широко улыбаясь, называли своё имя. Было видно, что им всё нравиться и офис представлял деловую, типично американскую компанию, где приятно работать и всё это одна дружная семья. На стенах висели графики, с именами компаний и вероятно цифрами обозначалась динамика, инвестированных средств. Все вернулись к работе и визитёру предложили чашку кофе.

- Как тебе наш офис, Адам?

- Во-первых, очень впечатляет и очень по-американски. Во-вторых, спасибо за кофе, но надо идти, а то Павел меня ждёт. Но, я думаю, мы не последний раз видимся и ещё встретимся не раз.

- Я с Брэдом были рады с тобой познакомиться, мы уверены, что ещё не раз пересечёмся. Надумаешь приехать, позвони. Мы здесь, стараемся не афишировать, чем мы занимаемся. Держим, как говориться, двери закрытыми от любопытных глаз.

Было видно, что ребята говорят искренне, да и Адаму они очень нравились. По-американски улыбчивые и открытые. Они знали, чего хотят, работали и целеустремлённо добивались своего.

- Всё! Спасибо, Паша! Можем ехать, – вернувшись сказал Адам.

- А чем твои американцы занимаются?

- Вообще они стараются не афишировать своё пребывание в Москве. Здесь всяких, скажем нехороших, людей хватает. Они занимаются инвестициями в прибыльные проекты. Это очень серьёзная контора, с большим связями и серьёзным капиталом. Они вкладываются в проекты с большой прибылью.

- У меня есть человек, серьёзный учёный. Он работает в институте океанографии. Молодой, но уже имеет учёную степень. Сейчас в институте делать нечего. Денег нет и никакой научной работы не существует. Все, кто могут, ищут себе применения в этой новой жизни. Так вот, его зовут Виталий Григорьевич Авдеев. Он помешался на теории инвестиций. Он это называет, инвестиционные ёмкости. Разработал целую концепцию. Если хочешь, я тебя с ним свяжу, а ты посмотришь, будет ли из этого толк.

- Идея хорошая, Паша! У меня есть три дня, и если у тебя есть какие-то идеи, или люди которые могут быть интересны, давай встречаться. Это лучше, чем осматривать достопримечательности Москвы.

Они подъехали к большому зданию гостиницы. Большая надпись: «Центральная», была видно издалека. Множество народа входило и выходило из здания гостиницы. Адам и Павел подошли к стойке регистрации. Там работали две не приветливые девицы, отбиваясь от многочисленного и назойливого народа. Наконец подошла их очередь.

- Для меня забронирован номер, под фамилией Гардов.

- Паспорт.

Адам протянул свой заграничный паспорт. Дежурная полистала его дважды и раздражённо швырнула его обратно на стойку.

- Дайте гражданский паспорт. Здесь нет прописки.

- Девушка. У меня нет другого паспорта. Этот мне выдали в Российском Консульстве в США. Там стоит штамп консульства. Как мне объяснили, я прописан на их территории.

Дежурная принялась куда-то звонить и объяснять ситуацию. Её несколько раз отправляли в другие инстанции и Адам уже подумал, что его выставят на улицу, и придётся жить у Павла, но, наконец, всё разрешилось.

- Вот ключ от номера. 4-й этаж. Паспорт остаётся у нас, до момента выписки.

Адам и Павел подошли к лифтам. Народу в холе было много и все хотели воспользоваться лифтом. Было множество народа, как сейчас говорят, кавказской национальности. Вероятно, прибывших по торговым делам. Другие были похожи на явные типы, с уголовным прошлым. Они лезли вперёд и нагло осматривали оробевшую толпу. Павел оттёр одного широким плечом и шагнул в подошедший лифт. Адам прошмыгнул вслед за ним.

Они вышли на 4-м этаже и стали отыскивать дверь, совпадающую с номером, указанным в квитанции. Номер оказался казённым, маленьким и очень неуютным. Адам прошёл в ванную. Всё было серо и уныло.

- Адам! Как тебе номер?
- Как тебе сказать? Я видел и лучше.
- Понятно. Какие у тебя планы? Хочешь отдохнуть или поспать?
- Какой там отдых? В самолёте отосплюсь. Давай, я приму душ и потом мы можем поехать куда скажешь.

Адам вернулся в ванную. Из смесителя торчала длинная труба с лейкой для душа наверху. Он залез в ванну, задёрнул штору и повернул кран горячей воды. Потекла едва тёплая вода, но ею можно было мыться. На середине длинной трубы душа торчала ручка переключателя воды, которая должна литься сверху. При повороте этой ручки, кран вырвало из гнезда, и из образовавшейся дырки, тёплая струя воды ударила Адама, прямо в пупок. А вся длинная душевая труба завибрировала, грозя вырваться из материнского гнезда. Это могло быть чревато не приятными последствиями. Вырвавшаяся на свободу труба, могла треснуть по голове, а столб тепловатой воды мог залить весь пол, с угрозой затопить нижний этаж. Процедура приёма душа могла стоить серьезных физических проблем и финансовых потерь.

Адам осторожно закрыл кран и вылез из ванной, подальше от греха. Держа в руках, ручку, выпрыгнувшую вместе с краном, он обмотался полотенцем и вышел в комнату. Павел сидя на стуле, просматривал газету.

- Ты чего так быстро? Уже помылся?

Адам, молча показал ему кран, зажатый в руке.

- Ты чего? Кран отломал? Или он сам вывалился?
- Я его просто повернул, чтоб вода пошла сверху, а он вывалился, и

вода ударила струёй, прямо в пузо. Там всё такое дремучее. Вот-вот развалится.

- Может позвонить вниз, чтоб прислали водопроводчика?

- И что? Я буду сидеть и ждать, когда придёт бухой водопроводчик? Вся эта гостиница, одна большая рухлядь. Нет я не хочу здесь жить. Если ты не передумал, я лучше у тебя поживу эти три дня?

- Ну и правильно. Тебе там будет удобней. Я сейчас позвоню домой и предупрежу Нину, что ты будешь жить у нас. А ты пока собирайся.

Адам прошёл по номеру и собрал свои пожитки в небольшой чемодан.

- Я готов. А вдруг мне паспорт не отдадут? И что с этим краном делать.

- Да положи ты этот кран в ванную. Скажи, тебя срочно вызывают.

Они спустились вниз и подошли к стойке регистрации.

- Девушка! Вы извините, я заселился полчаса назад. Но у меня возникла проблема. Меня вызывают назад, и я должен уехать. Могу я получить паспорт?

Вы что, издеваетесь? Приехал, уехал! Я уже на вас номер записала. Что теперь я должна делать?

- Я понимаю. Но что делать? Я же не жил здесь даже часа. Мне надо срочно на самолёт. Дайте мне паспорт, пожалуйста.

Дежурная, опять долго куда-то звонила, с кем-то говорила и наконец, в сердцах, швырнула на стойку его паспорт.

Адам и Павел, спешно ретировались, словно дежурная могла передумать. Надо было заплатить за сутки проживания, да и дело с концом.

- Ты, Адам? очень плохо помнишь Россию. Во-первых, она бы сказала, приходите за паспортом завтра. А назавтра могла сказать, приходите через три дня. И ничего ты с ней не сделаешь. Так что, радуйся что паспорт отдали.

Водитель честно спал, упершись лбом в стойку двери.

- Алё! Проснись, нас обокрали!

Водитель, заполошно подскочил, спросонья не соображая, где он.

- Паша! Ты зачем его пугаешь? Небось встал ни свет, ни заря.

- Ничего. Злее будет. Он всегда или спит, или чешет по всем кочкам, как сумасшедший. Я прихожу, а он газету с лупой читает. Ни хрена не видит. Я ему сказал, придёшь без очков, уволю.

- Ты, Павел, совсем барином стал. Ты что, так много зарабатываешь, что водителя нанял? А сам за рулём, западло?

- Ну, во-первых, водитель, небольшой расход. Во-вторых, он

охраняет машину, когда я куда-нибудь иду. Он ею занимается и вечером отгоняет в гараж. А утром приезжает, когда мне надо.

- Убедил на 100%. А где ты живёшь?

- На Петровской-Разумовской. Скоро приедем.

- Мне это ничего не говорит. Я вообще Москву плохо знаю. Был однажды в детстве, когда нас, школьников привозили посмотреть на Ленина в Мавзолее. Было жутко холодно, и мы стояли в длиннющей очереди. Всё, что я помню, мы старались не дышать, или что-то такое не нарушить, в этот торжественный момент. Задерживаться было нельзя, и мы прошли мимо покойника, даже толком не рассмотрев. Зачем надо было везти школьников в мороз, за 600 километров, чтоб глянуть на покойника? Никакого трепета я не испытал.

- Ходят разговоры, что его перезахоронят, но пока не до него. Смотри мы проезжаем мимо памятника Гагарину. Всё это сделано из титана.

- Вся эта огромная композиция? Вся из титана?

- А у нас, сейчас многое делают из титана. Ножи, топоры, лопаты, фляжки.

- Так вроде, это дорогой металл?

- Кого это волнует? Всё на продажу! Лишь бы купили.

Машина въехала во двор и остановилась около одной из парадных. Дом был высокий, 9-ти этажный, типичной постройки, сделанный из бетонных блоков. В народе такие дома назывались «хрущевки». В честь, отстранённого от власти, разоблачителя культа Сталина, Никиты Хрущёва. Добротные дома, построенные во времена Сталина, называли «сталинскими». Они были построены из кирпича, комнаты большие и широкие, с высокими потолками и такие квартиры, естественно, ценились дороже «хрущовок».

- Выходим, здесь я и живу! Пойдём, познакомишься с семьёй.

- На сегодня свободен, - обернувшись произнес он водителю, - если что, позвоню. Завтра, к 9:00. Пока.

- Сурово ты с водителем. А что, помягче нельзя?

- Адам. Ты этих людей не знаешь. Дашь слабину, на шею сядут.

В подъезде, как и везде, стоял неистребимый запах кошачьей мочи. Они, в малюсеньком лифте, поднялись на 4-й этаж. Павел нажал на дверной звонок.

Дверь открыла высокая, худая женщина в переднике, поверх домашнего халата. На вид, ей было за 40. Явно кавказского типа, с властным взглядом.

- Адам! Знакомься! Моя супруга Нина. А где моя любимица?

- Здравствуйте! Проходите, пожалуйста! Очень приятно познакомиться!

- Мне тоже очень приятно! Павел много про вас рассказывал.

- Он наговорит. Только слушайте.

- Это когда я про тебя говорил плохо? Что человек подумает? А дочь где?

- Дома твоя дочь! Она просто стесняется. Леночка! Иди поздоровайся.

В коридоре появилась длинноногая девочка, лет 12-13, копия матери.

- Здравствуйте!

- Здравствуй, Лена. Я, Адам. Ты очень похожа на свою маму.

- Это правда, а вот характер весь в папу. Такая же упрямая. Да что мы всё в коридоре стоим. Паша, покажи Адаму комнату, где он будет жить.

Комната была небольшая, заставленная мебелью. Небольшая кровать, письменный стол и книжная полка, говорила о том, что это детская.

- Паша! Это комната твоей дочери? Мне очень неудобно вас стеснять.

- Перестань, Адам! Я же жил у тебя, когда приезжал в Нью Йорк.

- Ладно. Но я всё равно хочу извиниться.

- Хорошо, хорошо. Ты пока располагайся, пойду узнаю, что с обедом и сделаю несколько звонков. Я хочу организовать тебе несколько встреч.

Адам, оставшись один, подошёл к окну. С высоты четвёртого этажа открывался вид на московский двор. Было довольно пустынно. Очевидно пасмурный день разогнал детвору. Редкие прохожие торопливо шагали по потрескавшимся асфальтовым дорожкам. Чахлые кусты и деревья, гнулись от порывистого ветра. Большая помойка, окружённая бетонной стеной, служила единственным украшением, унылого пейзажа. В дверь постучали.

- Адам, это я! Ты не хочешь помыться с дороги. А потом будем обедать. Пойдём, я тебе покажу ванную. Водогрей, я уже включил.

В небольшой ванной, совмещённой с туалетом, повсюду сушилось бельё. Над раковиной, шумел газовый водогрей. Адам осторожно, боясь разрушить заведённый порядок, разделся и полез в ванную. Вода была горячая, и как это было всегда, принесло умиротворение и покой. Он мылся, забыв обо всём на свете. Осторожный стук, вернул его на землю.

- Адам! Всё в порядке? Ты скоро, а то обед стынет.

- Да. Всё хорошо! Я иду.

Адам вытерся указанным полотенцем, оделся в спортивный

костюм, привезённый в чемодане, домашние тапочки и открыл дверь в коридор.

- С лёгким паром! Я уже подумал, что ты, там заснул,

- Я очень извиняюсь! Горячий душ, это моя слабость. А после поезда и гостиницы, с вываливающимися кранами, я наконец получил удовольствие.

- Давайте за стол. Леночка, мыть руки. К тебе, Паша, это тоже относится.

У нас сегодня обед русско-грузинский. Я сама из Грузии, с Сухуми. Мои родные, так и живут там. На первое - харчо. Такой суп из баранины. Не знаю, вам понравится или нет, а на второе - баранина тушёная с картошкой.

- Здорово! Я не ел харчо много лет. Когда я жил в Петербурге, тогда ещё Ленинграде, там был ресторан «Кавказский». Только тогда, я впервые попробовал настоящее харчо, шашлык по-карски, сациви и лобио. Это было так вкусно! Русская кухня, тоже вкусная, но пресная. В «Кавказском», я попробовал еду, приготовленную со всякими специями и травами.

- Но только начнём мы с русской селёдочки и квашенной капустки. Ты, Адам, можешь выпить за приезд и за горячий душ.

- Это что? Я один что ли пить должен? Я тоже могу не пить. Большое дело!

- Нина может тебе составить компанию, а мне, сам понимаешь, нельзя.

- Ты уже своё выпил. И за себя, и за того парня. Давайте, Адам! С приездом!

- Тогда разрешите мне! За хозяев этого дома, за русско-грузинскую семью.

Харчо оказалось отменным, как и баранина тушёная с картошкой, острым перцем и пряностями. От выпитого, а главное, от съеденного, Адам осоловел, и клевал носом прямо за столом.

- Адам! Ты совсем кемаришь. Иди поспи, а потом посмотрим.

Он проснулся оттого, что кто-то тряс его за плечо.

- Адам, извини. Я не хотел тебя будить. Но тут пришёл один человечек. Ему прямо не терпится, тебе что-то рассказать.

- Я что, давно сплю? Какой человечек? Подожди я проснусь и встану.

- Да ты лежи! Он сейчас зайдёт и всё тебе расскажет. Матвей, заходи!

В дверь просунулась фигурка небольшого, напуганного человека.

- Здравствуйте! Извините, что я вас разбудил. Меня зовут Мотя. Я здесь недалёко живу, и Павел сказал, что вы приехали, вот я и пришёл.

Говорил он быстро, путаясь в словах и явно чего-то побаиваясь. Адам никак не мог взять в толк, что этому сыну, явно семитского народа, от него нужно.

- Да вы не волнуйтесь. Просто толком расскажите, что у вас за проблема. И, извините, что я не встаю. Просто я ещё спал.

- Это вы меня извините. Но я убежал из дома, буквально на пять минут. Ж-жена знаете, не любит, когда я ухожу. Проблем никаких нет. Я вам сейчас ра-расскажу, а ещё лучше, нарисую на бумаге, одну штуку. Павел, дай мне листик бумажки и карандаш. Вот смотрите! Я работал в одном, закрытом предприятии, теперь его совсем закрыли и нас всех уволили. Так мы там работали над проблемкой распространения специальных волн. Вот, например, смотрите - в Колумбии летит самолёт, он испускает специальные волны. И он может легко, обнаружить поля, где растёт кока и даже фабрики и склады, где всё это обрабатывают. Применение таких волн, можно найти во всём мире. Вот смотрите, это летит самолёт, а вот он направляет волны, и они возвращаются на специальный датчик в самолёте и рисуют всё на карте. Вы понимаете?

- Понимаю, понимаю! Я подумаю, что можно сделать, как это можно использовать, и к вам вернусь.

- Большое вам спасибо! Мы столько лет над этим работали, а теперь? Это никому оказалось не надо. Я вам оставлю этот рисунок!

- Нет, нет! Спасибо, не надо. Я всё понял и так. Будьте здоровы!

Человечек суетливо попрощался, извиняясь за беспокойство и ретировался.

- Павел, что это было? Он что, сбежал из психиатрической клиники?

- Зря ты так, Адам! Он мой сосед и я знаю его много лет. Он очень умный. Работал всегда в каком-то закрытом НИИ. Сейчас всех повыгоняли. Никому не нужны умные, учёные люди. А человек работал над проблемой всю жизнь.

- Может и так. Но скажи, кому я могу это показать? Он нарисовал самолётик на бумажке летящий, а от него чёрточки вниз. Кому я могу это показать или рассказать, что-либо об этом. Это даже не смешно.

- Ладно! Тут ещё один парень должен подойти. Тоже с идеями.

- Паша! Давай я пойду, сполосну лицо, а то опять не пойму ни черта.

Пока он мылся, в квартире снова раздался звонок. Адам застал очередного посетителя, ожидающего его в комнате.

- Знакомьтесь! Владимир! Адам! Вы ребята, пообщайтесь, не буду вам мешать. Если что-то понадобится, зовите!

- Спасибо, Паша. Мне Павел много про вас рассказывал, и я думаю, что вы тот человек, с которым я могу поговорить на эту тему. Я работал в специальном конструкторском бюро. Мы изобретали и изготовляли специальные приборы управления, для секретных разработок, связанных различными деликатными областями. В стране, произошло то, что произошло, мы стали ненужные. Наш отдел закрыли, и мы остались без работы. Но есть семья. Я должен приносить домой всё больше денег. Мои дети, ещё маленькие и не понимают, что происходят. Я должен их кормить, одевать, учить наконец. Моя жена пошла работать няней!

- Простите! Я вам очень сочувствую, но чем же я смогу помочь?

- Вы слышали о ядерном чемоданчике?

- Что-то слышал, но так, общие слова.

- Я имел непосредственное отношение к разработке этого чемоданчика, и я могу, достать вам копию!

- Копию чего?

- Этого чемоданчика!?

- Простите, Владимир! А я что должен с этим делать?

- Вы же американец! Вы можете увезти и там показать, кому надо!

- Хорошо. Я должен подумать. Я вам позвоню, через Павла.

Когда посетитель ушёл, Адам позвал Павла.

- Паша! Сначала тот, с самолётом над Колумбией, а теперь этот псих, с ядерным чемоданчиком. Даже если эта ахинея, правда? Как я попрусь через границу с ядерным чемоданчиком? Меня арестуют и поставят к стенке. Нет, меня не будут арестовывать, а сразу шлёпнут. Паша! Не надо больше психов, да ещё опасных. Если есть, кто с мозгами, или хотя бы нормальный - давай! Нету, будем осматривать достопримечательности.

- Да не переживай ты так. Сейчас люди в отчаянии. Они хотят заработать любым путём. Дома есть семья. Что им делать?

- У меня тоже есть семья, и они надеются, что я вернусь. Живой и невредимый. Мне не нужны проблемы!

- Я тебя понял, Адам. Есть ещё один человек. Он работает в институте океанографии. Кандидат наук. Но как и везде, там ничего не работает. Учёным не платят зарплату. Некоторые ходят на работу, так сказать, из энтузиазма. Но мой товарищ, его зовут, Виталий Георгиевич Авдеев, мужик с головой, он стал думать, как можно заработать. Он разработал целую схему, которую называет, инвестиционные ёмкости. Он собирает интересные проекты, которые можно предложить Западу. Я с ним говорил о тебе, и он хочет с тобой познакомиться.

- Судя, по твоим словам, он нормальный человек. Это другое дело. Ребята, которых мы завозили, ищут проекты в России, куда можно вложить деньги. Организуй мне встречу с ним, и посмотрим, что он предлагает.

- Завтра с утра, мы можем подъехать на Варварку. Я хочу тебя познакомить, с очень серьёзным человеком. А после этой встречи, я отвезу тебя в институт океанографии. Познакомишься с Виталием Авдеевым. Я тебя оставлю с ним, на пару часов. Мне надо съездить по делам. Лады?

- Как скажешь. Надо, значит надо. На сегодня можно сделать перерыв и выспаться. А завтра с утра, поедем знакомиться с твоими серьёзными людьми.

Водитель ждал их, в припаркованной к парадной машине.

- Давай на Варварку, и поаккуратней. Не дрова везёшь. Все кочки собираешь по дороге.

Водитель молча крутил баранку, чувствуя свою вину.

- А что там, на этой Варварке, Паша?

- Да всякие правительственные учреждения располагались, а сейчас и не поймёшь, что они там делают.

Машина остановилась у одного из 3-х этажных домиков. Никаких вывесок на здании не было, и они вошли внутрь. Сидевший там хмурый дежурный, осведомился к кому они идут?

- Мы к Станиславу Константиновичу!

Дежурный куда-то позвонил.

- Фамилия?

- Павел Громов и Адам Гардов.

- Проходите!

- Строго здесь, а с виду простое здание.

- Да это так, для виду. Сейчас пусто, а раньше работало много народу.

Они поднялись на второй этаж и Павел постучал в одну из дверей.

- Входите! Из-за стола, им навстречу поднялся пожилой, подтянутый человек, в строгом костюме, белой рубашке, застёгнутой на все пуговицы, и в галстуке, тщательно повязанном на худой шее.

- Прошу! Присаживайтесь, молодые люди.

- Адам, познакомься. Станислав Константинович! А это Адам. Я вам о нём рассказывал. Ему я ничего не говорил. Захотите, сами расскажите.

- А отчество у вас есть, Адам? Как величать по-батюшке? А то мы здесь, люди консервативные. Привыкли по старинке.

- Отчество конечно есть, но я уже столько лет живу в Америке. Там это всё проще. Если официально, то мистер Гардов. А если по-простому, то Адам.

- Ну как пожелаете. Не знаю, говорил ли вам Павел, чем занимается, а вернее, занималось наше ведомство?

- Нет. Он только сказал, что это, одно из правительственных учреждений.

- Ну это громко сказано! Здесь размещался статистическо - аналитический центр народного хозяйства. А конкретно, мы составляли аналитику по определённым задачам, для Совета Министров СССР.

- Серьёзное учреждение.

- Я тоже так считал, и возглавлял аналитический отдел. Но, пришли другие времена и мы, как и множество других, подобных учреждений, оказались не у дел. Никому не нужными. Я понимаю, что это всё временно. Когда придёт настоящая власть, мы снова станем востребованы. Но, пока, никто не знает, когда это произойдёт. Я уже пожилой человек, но как у всех, есть семья. Дети, внуки. Я хотел бы быть полезным. Безусловно, не в ущерб моей стране, но, я мог бы составить аналитические прогнозы по широкому спектру вопросов, для организаций, которых это заинтересуют.

- Я вас понял, Станислав Константинович! Я подумаю, кого могут заинтересовать подобные прогнозы и передам через Павла, если что-то, мне удастся сделать.

- Ну что же, Адам! Я вижу мы поняли друг друга. Желаю здравствовать!

Друзья откланялись и вышли на улицу.

- Адам! Как тебе встреча?

- Душноватый старик. Хочет продать, «но без ущерба для моей родины!»

- А чего ты передразниваешь? Он честно сказал.

- Он хочет влезть на ёлку, и задницу не ободрать. Любая статистическая информация, может быть секретной. А аналитика тем более. Ни какое государство, не хочет, чтоб другие, не только заглядывали к нему в закрома, но и вообще сопоставляли разные данные и делали свои выводы. Впрочем, он может и сознательно, составлять фальшивы отчеты и давать неверные данные. В СССР, всё и все лепили горбатого. Так было безопаснее.

- А я думал, он тебе понравится.

- Типичный советский, насквозь партийный служака. Верный слуга партии.

Я, всегда таких типов, сторонился. Они были во всех структурах власти.

Куда дальше?

- Едем к Виталию Авдееву, в институт океанографии.

В здании института, они прошли по пустынным и гулким коридо-рам. Вокруг ни души и спросить не у кого. Это было не похоже на научно-исследовательский институт, а скорее на заброшенную фабричную территорию, выкрашенную однообразной серо-зелёной краской. Виталия они нашли в одном из кабинетов-мастерских, сидящим за столом, накрытым стеклом и разбирающим непонятный не то прибор, не то шлем.

- Привет! Еле тебя нашли. Я здесь был пару раз, и всё равно путаюсь. Знакомься! Адам, А это Виталий Авдеев!

- Можно просто, Виталий.

- Очень приятно! Мне Павел про вас, много рассказывал.

- Можно на ты? Так будет проще.

- Вы ребята, общайтесь. Я должен ехать, если задержусь, позвоню.

- Могу я, предложить тебе чаю, Адам?

- Вообще мы завтракали, но от чая не откажусь.

Виталий налил из крана воды, в железный чайник, включил электроплитку и полез в тумбочку за стаканом и заваркой.

- У нас, здесь всё по-простому. В здании всего несколько человек. Да и то, больше по привычке, чем по надобности. Ничего не работает, все разбежались. Люди зарабатывают, кто чем может.

- Я уже сталкивался с таким явлением. Люди на что-то надеются.

- Такова природа человеческая. Если не будет надежды, то и жить незачем.

- А что ты, Виталий, думаешь обо всём об этом?

- Я думаю, что рано или поздно всё образуется. Но не в том виде, в котором это было, а в каком-то новом, гораздо прагматичнее и жёст-че. Мы здесь, занимались исследованием морских глубин, течений. Разрабатывали глубоководные скафандры и прочие атрибуты для военно-морских сил. Сегодня, это не востребовано. И я обдумываю, или скажем разрабатываю, теорию, инвестиционных ёмкостей, которые, я надеюсь, понадобятся в скором будущем. Во всём хозяй-стве страны, настоящая разруха. Его надо не восстанавливать, а создавать заново. Будут новые правила игры, и соответственно другие подходы. Отомрёт всё ненужное и нерациональное. Всё серое и неумелое, должно уйти, отдав место молодым и циничным.

- Почему циничным? А не просто, напористым?

- Нет! Придут циники! Даёт или не даёт прибыль, сегодня? И всё!

- Ладно, Виталий. Не будем спорить. Павел сказал, что у тебя есть какие-то интересные идеи, или бизнес предложения.

- Есть, конечно. Ты когда-нибудь слышал о летающих кораблях?

- Ты говоришь о самолётах?

- Нет! Я говорю о морских судах. Мы проводили испытания в Каспийском море. Американцы их засекли, и отсюда пошли разговоры о летающих судах. Мой друг, стоял у истоков конструкции этих судов. Кода всё рухнуло, он со своим КБ и со своими ребятами, стали испытывать небольшие катера и лодки, летающие над водой. Пойдём. Я тебе покажу одну из них. Они вышли из кабинета, спустились в подвальное помещение, заваленное всякими приборами, остатками различных конструкций и прочим хламом. Открыв дверь, он оказались во внутреннем дворе. Где под брезентами, хранились всякие агрегаты. С одного из них, Виталий сдёрнул длинный брезент, и под ним оказалась небольшая лодка, чем-то напоминавшая подводную.

- Виталий. Это что, подводная лодка?

- Она может плавать и под водой. Видишь, она вся сделана на заклёпках. А вид у неё и окраска военные. Её делали в мастерской, расположенной на одном из военно-морских объектов. К этой лодке, пристраивался специальный мотор и она, при разгоне поднималась над водой и летела. У меня есть фильм, о пробных испытаниях. Я могу дать тебе копию, и ты сможешь посмотреть и показать там, кому это будет интересно. Пока в мире аналогов нет. Я уверен, что многие этим заинтересуются.

- Я думаю ты прав. Мой товарищ, делает длинные лимузины. Возможно его заинтересует изготовление подобного транспорта.

- Если ему станет интересно, я могу приехать и вести переговоры, от имени конструктора. Он сам очень недоверчив и замкнут.

Они вернулись в кабинет Виталия.

- Чай совсем остыл. Давай я его подогрею. Вот кассета с фильмом. Убери её. Это не засекреченная информация, но лучше её не демонстрировать.

Зазвонил телефон. Это был Павел, который спрашивал, может ли он задержаться? Он приедет часа через два.

- Очень хорошо, у нас есть масса времени. Скажи, Виталий, Какой вид бизнеса, был бы интересен сейчас в России?

- Много чем, можно сегодня заниматься. Есть люди, кто начал ввозить спирт в Россию из Южной Америки. Везут мясные консервы, сахар и куриные окорочка. Есть общества афганцев. Они освобождены от налогов. Через них много провозят товаров в страну.

- А что вывозят из страны?

- Да всё подряд. Всё что можно продать. За любые деньги.

Про спирт, я слышал. Как-то в Питере, я зашёл в магазин и увидел у прилавка мужика, который крутил металлическую пробку от водочной бутылки. Несколько он забраковал. Это - что? Продают фальшивый алкоголь?

- Да на каждом шагу. Можно просто отравиться и умереть.

- Хорошенькая история. Я знаю человека в Штатах, который вложил всё, что у него было. Ещё назанимал денег и отправил в Россию, баржу с сахаром. Она пришла в Петербург и её месяц не подпускали к разгрузке. Затем наконец, пришвартовали и рабочие стали носить мешки с сахаром. Прокалывали мешки по дороге и сыпали дорожки сахара. И не только, а и попросту воровали мешками. Короче, человек разорился.

- Адам. Что ты удивляешься? Это бизнес по-русски! Я знаю людей, которые предлагают залог под товары. Этот залог хранится в Гохране. Пластиковые ведёрки с необработанными якутскими алмазами.

- Знаешь, Виталий! Мне уже предлагали, самолёты в Колумбии, для борьбы с наркотиками, копию ядерного чемоданчика. Я уже перестал воспринимать что-либо всерьёз. То всё истории из дурдома.

- Ты зря иронизируешь, Адам. Что касается ядерного чемоданчика, чекисты бы тебя точно завалили. Множество людей имеют самое непосредственное отношение ко множеству вещей, которые были собственностью государства. Теперь, это никому не надо и все хотят, хоть как-то заработать. Кстати, у меня есть человек, который продаёт лопаты.

- Виталий! Ты прикалываешься? Кому нужны лопаты в Америке. Золотая лихорадка прошла. Вот тогда, на лопатах, можно было заработать.

- Ты зря иронизируешь. Эти лопаты из титана.

- И много у него, этих титановых лопат?

- Человек владеет заводом, где-то за Уралом, и может клепать их тысячами. Он хочет продать первый контейнер, а там посмотреть. Просто продать титан за рубеж нельзя, а в изделиях можно. Вот он и стал делать лопаты. Если тебя это интересует, я могу вас свести. Единственное, что я тебе советую, договариваться так, что таможню проводит он. Ты получаешь чистые документы и груз. Сам ты никогда таможню не пройдёшь.

- Может это и интересно. Сделай нам стрелку, а там посмотрим.

Виталий принялся звонить по телефону и с кем-то разговаривать.

- Мы сможем подъехать через пару часиков. Не знаю, как ты, я проголодался. Неподалёку от нашего института есть неплохая столовая. Она так и называется «столовая», но теперь это ресторан.

- Время есть, делать нечего, пойдём, посмотрим, что народ ест.

Столовая-ресторан, оказалась небольшой одноэтажной «стекляшкой», к удивлению Адама, наполненная народом. Цены оказались ресторанными, а меню итальянское. Адам попросил «спагетти аль песто» и получил полную тарелку, переваренных макарон, с зелёным соусом из базилика. Виталий предпочёл мясной соус.

- Адам. Как тебе наша «итальянская столовая»?

- Спагетти переваренные, а соус неплохой. И даже сыром посыпано.

- Мне говорили, что это совместное с итальянцами предприятие, и большинство продуктов привозят из Италии.

- Теперь понятно, откуда такой соус «песто». А спагетти сварено по-русски.

- Я знаю о чём ты говоришь. Но русские, не любят недоваренные макароны. У всех свой вкус и традиции.

- Это абсолютно точно. Я испытал это на своей шкуре. Есть такое выражение, «домашняя кухня». Если человека дома кормили в течении всего детства, определённого вкуса едой, то вырастая, он сохраняет привязанность, к тому вкусу еды, которая была ему привита с детства.

- Адам. Ты хочешь сказать, что если чья-то мама плохо готовила, то человеку именно такая еда кажется самой вкусной?

- Именно так! Я много раз убеждался в этом. Человек, вообще очень консервативен в еде. Он не очень стремится менять свои пристрастия к еде. Попробовать да, но прейти на другой, непривычный вкус или способ питания, я думаю желающих не много.

- Адам. Я предлагаю не много погулять, благо погода хорошая, а через полчаса, сядем на трамвай и поедем на встречу.

Особого выбора не было. Когда они подъезжали к назначенному месту встречи, на улице уже темнело. Они поднялись на крыльцо небольшого здания и позвонили в дверь. В дверях появился высокий, полный человек, с явно восточной внешностью. Он был тщательно и элегантно одет, словно только что вернулся со светского приёма.

- Прошу, господа! Проходите. Рад видеть вас, Виталий Георгиевич, и вашего гостя, как я понял, из далёкой Америки.

В речи гостеприимного хозяина, слышался весьма характерный восточный акцент, который дополнялся портретами, висевших на стенах, людей в чалме и надписях, выполненных арабской вязью.

- Уважаемый Ибрагим Магомедович! Позвольте представить нашего гостя - Адам. Он так сам себя называет. Так у них принято.

- Мы уважаем чужие традиции, и рады, когда уважают наши. Могу я предложить, уважаемым гостям кофе?

Отварилась ещё одна дверь и появился человек с подносом, на котором стоял высокий, с длинным носиком кофейник и небольшие чашечки. Он же разлил ароматный кофе и также бесшумно, исчез. Кофе был ароматный и пряный, с привкусом кардамона. Гости и хозяин отведали угощение.

- Могу я предложить, что-нибудь ещё, нашим уважаемым гостям?

- Большое спасибо! Кофе был превосходный.

- Сразу видно, наш гость из деловой Америки. Дело прежде всего. Что же. Давайте перейдём к делу. Как я понял, уважаемый Виталий Георгиевич, ввёл вас в курс дела. Я делаю лопаты. Правда они из титана, но это лопаты. Что покупатель с ними делает, нас не касается. Мы готовы отгружать их в контейнерах по 20 футов. 40-а футовые контейнеры были бы слишком тяжёлые. Лопата стоит $6. Весь контейнер будет стоить, чуть больше $100 тысяч. Я могу вам дать образец товара, и вы сможете в своей стране проверить и определить качество товара. Затем мы составим контракт, вы переведёте нам сумму платежа и товар ваш.

Адаму не нравился, ни сам хозяин, ни сомнительная сделка на стратегическое сырьё, которая неизвестно чем, может закончиться. Он не знал, как красиво выйти из этого щекотливого положения.

- Уважаемый Ибрагим Магомедович! Интересный товар и интересная сделка. Есть несколько моментов, которые меня смущают. Первое - это российская таможня. Никто не знает, как это может пройти, и пропустят ли? Второе - это предоплата за товар, который очень специфичен, и требует такого покупателя, которому это будет интересно. Есть и другие моменты, например, как отнесутся власти в США, на поставку стратегического сырья из бывшего Советского Союза? И есть ли смысл продавать как обычный товар?

- Браво! Уважаемый мистер, Адам! Вы настоящий деловой человек и ухватили все проблемы сразу. А что вы скажете, если я возьму на себя вопросы с таможней, а вам останется получить груз, с отсрочкой платежа, на три месяца. Я вам полностью доверяю и не боюсь рисков.

- А что случится, после трёх месяцев.

- Ну, а после трёх месяцев, за товар нужно будет заплатить. По-моему, это очень хорошее и выгодное предложение.

Деваться было некуда и Адам сознался, что действительно предложение очень щедрое, но он хочет ещё подумать. Они ещё немного поговорили, обменялись любезностями и напоследок, Адаму был вручён сувенир, образец титановой лопаты. Адам и Виталий вышли на тёмную, освещённую только звёздами улицу и двинулись по аллее из темнеющих деревьев.

- Что скажешь, Адам?

- Лично мне, всё это очень не нравиться. Вероятно, хозяин, вручивший мне эту лопату, относится к религиозным людям. В комнате было полно предметов, указывающих на это.

- А что здесь плохого, что он религиозен?

- Плохого ничего, но люди фанатичные, непредсказуемы. Во имя своей религии они способны на поступки, которые в обычном деловом мире нельзя предсказать или предвидеть. Помнишь, как он предложил, что всё сделает сам. Пройдёт таможню, доставит товар, и даже даст кредит на три месяца!

- А что здесь плохого?

- Он сказал, что не боится рисков, но через три месяца придётся заплатить. Это означало, что мы знаем, как тебя найти, и как с тебя этот долг получить, и с процентами. Это страшный человек.

- Смотри, Адам! Мне кажется ты преувеличиваешь.

- Думаю, нет. Потом, я не хочу тащиться с этой лопатой, через аэропорт «Шереметьево». Ее 100% обнаружат. Я не знаю, можно это вывозить или нет, но не хочу иметь проблемы с таможней. Если хочешь, забирай эту лопату. Будешь землю копать на даче.

Они вернулись к зданию института, где их ждал переживающий Павел.

- Ну вы где запропастились? Я уже бог знает о чём передумал.

- Извини Павел! Это я виноват. Не рассчитал время. Пока, Адам! Надеюсь ещё встретимся. Может быть, я приеду в Америку.

- Пока, Виталий! Я свяжусь с тобой, если срастётся с лодкой.

По дороге домой, Адам и Павел обменивались впечатлениями.

- Адам. Как прошёл твой день? Что-нибудь интересное?

Адам рассказал о своих впечатлениях, выделив продавца титановых лопат.

- А чем ты занимался весь день? Выглядишь не очень.

- Да уж! Проблем хватает. Я должен зарабатывать на жизнь, вот и мотаюсь, как савраска, по всяким непотребным местам. Ищу, где можно заработать. Но с каждым разом всё труднее. Люди боятся тратить валюту.

- Паша! Я всё хотел у тебя спросить, откуда ты знаешь, всяких таких людей? От заместителя префекта южного округа, до учёных, банкиров и бандитов.

- Во-первых, когда у меня был гараж, и мы ремонтировали только импортные машины, то приезжали самые различные люди. А со многими другими, меня познакомил батя. Он был в чине полковника и служил в КГБ.

- Теперь всё ясно. Это такая организация, которой боялись все.

- Ты, Адам. Напрасно смеёшься. Батя был технарём. Он занимался исключительно техническим оснащением и многое умел и делал своими руками. Он и меня, научил всему, что я умею делать.

- Извини, Паша! Я не хотел тебя обидеть. А руки у тебя, действительно золотые. Ты и механик, ты и электрик, а водитель от бога.

- Я водитель первого класса. Есть разряд механика и электрика. Но сегодня это никому не надо. Мне пошёл пятый десяток, а я только успел квартиру кооперативную купить, а теперь мотаюсь с продажей автомобилей.

- А что плохого? Ты вроде неплохо зарабатываешь?

- Это только кажется! Я попал на последней партии машин.

- Как это попал? Ты же вроде под заказ всё брал?

- Да, конечно, под заказ. Но сейчас много народу таскает автомобили в страну. Большинство из Европы, но много и из Штатов. Поэтому «маржа» маленькая. Много не запросишь! Конкуренты задавят. Я, чтоб побольше заработать, отправлял машины без страховки.

- Ну это вообще, безумие! А если шторм? Капитан в море бог. Он имеет право выбросить за борт любой груз. Если нужно, для спасения судна, в любой ситуации. Без страховки тебе крышка. Что-то случилось с грузом?

- Да нет. Я поставил машины, на палубу. В контейнерах надёжнее, но намного дороже. А это называется, «ролл-он ролл-офф». Машины пришли в Финляндию. Я собрал команду из своих ребят, и мы поехали перегонять машины в Питер. Получили машины, построили колонну и полетели по шоссе. Дорога подморожена, но 100 можно идти спокойно. Я впереди, посматриваю в зеркало, все держатся кучно. Вдруг, смотрю мне навстречу, летит джип. Заметил колонну и по тормозам. Тут его заюлило, и он едва не впилился в меня. Я увернулся, смотрю в зеркала, а этот долбаный джип, разметал всю колонну и сам в кювете.

- Ни хрена себе! Кто-нибудь погиб?

- Нет! Слава богу, все живы остались. Но машины побили прилично. Открываю джип, мать честная! Баба! Башкой треснулась, но живая. Когда очнулась, я ей говорю: «Ну ты попала, подруга! Твоего джипа не хватит».

- Поехали! Мне говорит. Здесь не далёко.

- Едем. Какой-то небольшой посёлок. Домишки приличные. Она забегает в один дом, и оттуда выходит, небольшого роста, коренастый, внешне похожий на чеченца, лет 45-и мужчина. На шее золотая цепка, толщиной с мой большой палец.

- Моя жена сказала, что ты её сбил и мой джип покалечил?

- Это она снесла всю мою колонну, и все машины покалечила.

Пока мы толковали, со всех домов повыходили люди. Похоже, что это был какой-то чеченский посёлок. Ребята все молодые, и видно, агрессивные.

- Поедем, посмотрим, что ты сделал с моим джипом!

Я за руль, а за мной целая ватага на разных крутых тачках. Подъехали. Мои сбились все в кучку. Видят, ситуация «стрёмная». Никто, за чужие дела, не хочет ломаться. Да и силы неравны.

Этот, с золотой цепью, обошёл машины, осмотрел джип и говорит мне: «Я считаю, что ты мне должен! Если не согласен, можем забить «стрелку». Но у меня, сегодня доброе настроение. Если, прямо сейчас отвалите, считайте, что вам повезло. Будете бодаться, здесь положим и закопаем».

- Говорить там, я понимаю, было бессмысленно?

- С кем говорить? Посреди поля? Там всё схвачено. Он как царёк или вождь племени, там живёт. Чем они занимаются, что в этой глуши делают? Можно только догадываться. Но никто туда не сунется. Я поговорил с людьми. Мне посоветовали забыть. Машины мы отремонтировали. Только один отказался брать. Пришлось продать, а бабки вернуть. Вообщем, сплошное попадалово. Валить надо отсюда. Везде беспредел, а у меня девочка растёт. Не хочу, чтоб она росла в такой стране. Были бы «бабки», приехал бы в Америку. Поможешь?

- Паша! Чем смогу, помогу. Но тебе нужен какой-то статус. Нужны документы. Трудовой договор на работу или женитьба на американской гражданке. Но это опасная дорога.

- Женитьба, мне явно не подходит. Это надо со своей разводиться. Нет, да и моя мне не разрешит, а вот насчёт трудового договора, надо подумать. Адам, ты завтра вечером улетаешь, а с утра мы можем повидать одного человека.

- Если это очередной псих, с сумасшедшими идеями, то лучше не надо. Поездим по Москве. Ты мне покажешь красивые места.

- Это мы тоже сделаем, но после встречи. Этот человек, был когда-то, заместителем Чазова. Министра здравоохранения страны. Когда всё развалилось, он ушёл в научно-исследовательский медицинский институт и занялся разработкой новых лекарств. Узнав, о том, что я бываю в Америке, он попросил узнать, с кем можно говорить о каком-то новом, мощном лекарстве, которое готово к выходу на рынок.

- Ну, это другое дело. Может оказаться интересным. Стив привозил ко мне в ресторан, очень известного в мире хирурга. Он проводит операции на сердце. Богат! Имеет свой самолёт! С ним можно пооб-щаться на эту тему.

- Значит согласен на встречу?

- Паша! Кончай «стебаться». Я же сказал, что это может быть серьёзно.

Дома их ждал накрытый ужин, а семья уже спала, в своей комнате.

- Давай, Адам, по-тихому поужинаем и на боковую.

- Нет, Паша. Я обедал. Лучше, я пойду тихонько сполоснусь и спать.

- Добро! Тогда, спокойной ночи.

Утром, Адама разбудил Павел.

- Просыпайся, соня! Мои все разошлись. Дочка в школу. Жена на работу.

- И тебе доброго утра! Дай мне полчаса, и я буду как огурчик.

Вчерашний ужин оставался нетронутым. В дополнение со стака-ном горячего чая, это был прекрасный завтрак.

- Ты чемодан, Адам, оставь здесь. Мы, после всех дел, приедем, поужинаем, а потом я тебя отвезу в аэропорт.

- Согласен! Я просто сложу всё, и можем ехать.

В большом и пустынном здании медицинского научно-исследовательского института, их встретила старушка вахтёр.

- Вы к Николаю Ивановичу?

- Да! Мы договаривались о встрече. Он на месте?

- На месте, на месте. Где ж ему быть то? Проходите на второй этаж. Направо, первая дверь. Кабинет директора.

В ответ на стук в дверь, энергичный голос пригласил входить.

- Здравствуйте, Николай Иванович! Мой друг, Адам, из США.

- Очень приятно! Проходите садитесь. Надолго к нам?

- К сожалению, нет, уже сегодня, вечером, улетаю в Нью Йорк. Павел мне вкратце рассказал, о том, что у вас разработано какое-то новое лекарство. У меня есть знакомый, известный во всём мире хирург, занимающийся операциями на сердце. Я могу вас с ним связать. И если это представит взаимный интерес, я уверен, этот человек сможет вам помочь.

- Звучит неплохо. Давайте пройдём по нашему хозяйству, и я объясню, над чем мы работаем. В шкафу есть белые халаты, одевайте и пошли знакомиться с производством. Возьмите вот эти две брошю-ры. Они рассказывают о наших лабораториях и над чем мы работаем.

Они обошли весь второй этаж, поднялись на третий, где в много-численных лабораториях, работали люди в белых халатах.

- Николай Иванович! Вы нам рассказывали о пептидах и их замечательных свойствах. Я вижу, что ваша брошюра тоже посвящена пептидам. А как, непросвещённому человеку, как я, понять, что это, и как оно работает в медицине.

- Протеза - это фермент, как для синтеза, так и распада пептидных связей. Чтобы не вдаваться в дебри химических превращений, могу проще сказать: в результате сложнейших исследований, и многочисленных, не один год испытаний, нами синтезировано новое лекарство, способное восстанавливать функции поджелудочной железы. Это поистине, прорыв в медицине. Открытые нами химические соединения, могут применяться во множестве областей лечения, как врожденных, так и приобретенных аномалий желудочно-кишечного тракта. И не только.

- А можно на это лекарство взглянуть, или приобрести?

- Мы проводили клинические испытания, и результаты превзошли все наши ожидания. Патент на данный препарат, в стадии рассмотрения, и пока мы не получили официального разрешения, на промышленное изготовление. Надеюсь, это вскоре произойдёт.

- А где вы собираетесь размещать заказы на производство субстанции? У вас есть какие-то решения?

- У нас есть небольшое собственное производство для препаратов. Я не могу вас туда отвести, поскольку это стерильное производство и требуется тщательная и длительная процедура, прежде чем туда войти. Мы можем производить определённое количество препарата, но в перспективе, понадобится мощное фармацевтическое предприятие, для обеспечения спроса на него. Я хотел бы запатентовать наше открытие в США, и я надеюсь на ваше сотрудничество, в поисках заинтересованных, а главное профессиональных, лиц.

- Уважаемый Николай Иванович! Я понимаю, что значит для вас, это открытие. Оно не должно попасть в плохие руки. Человек, о котором я говорил, мировое светило в медицине и к тому же богат. Ему не нужна чужая слава. Я, всё что слышал и видел, ему передам и уверен, что он заинтересуется, и свяжется с вами.

Друзья распрощались на пороге, с хозяином этого храма медицины и сели, в поджидавшую их машину.

- Поезжай на Воробьёвы горы. – Бросил водителю Павел.

- Что скажешь, Адам?

- А что здесь можно сказать? Человек серьёзный, учёный. Как и любой, кто что-то изобрёл или придумал, он боится, что нечестные люди смогут воспользоваться его детищем. Его страхи понятны, и я думаю, в сегодняшних условиях в России, обоснованы. Я думаю, этим объясняется его желание, запатентовать, в первую очередь в

США. Я всё передам, а что из это получится, не знаю. Тот человек, хирург, о котором я говорил, хороший друг семьи Стива. А тот, свою выгоду не упустит. Срастётся, и мы немного заработаем.

– Адам! Ты говоришь, Стив своего не уступит. Но ты сам рассказывал, что ему первому принёс сделку по машинам, а он отказался и послал тебя к Марчелло. А ты говорил с ним, по поводу моей идеи, привезти в Россию один лимузин, выставить в салоне и принимать заказы?

- Говорил, он обещал обсудить это со своим отцом. Стив пока ещё не хозяин в фирме. Когда я вернусь, я снова подниму эту тему.

– Что-то я мало в него верю. Ну, да бог с ним. Мы едем на Воробьёвы горы. Оттуда ты увидишь всю Москву. Тебе понравится.

Машина легко одолевала подъём, и чем выше они забирались, тем красивее, открывался вид на «Златоглавую». Машина остановилась на стоянке, и они подошли к каменной балюстраде, большой смотровой площадке. Вид был потрясающий. Маленькое здание Кремля, небольшой Собор Василия Блаженного и ползущие малюсенькие жуки машин, отсюда, с этой высоты, казались картинками из другого, волшебного мира.

Они долго стояли, любуясь столицей России. Адам обратил внимание, что по всей большой площадке, торговали различными сувенирами и изделиями. Различными товарами народных промыслов, охотничьим снаряжением, платками и шалями, и множеством другого, рассчитанного на иностранного туриста, товара. Подъезжали машины и автобусы, из них высыпали любознательные туристы. Они щёлкали различными фото и кино аппаратами и придирчиво осматривали разложенные товары. Доносилась немецкая, английская и прочая речь. Продавцы показывали на пальцах цены, и все друг друга понимали. Адам заметил у одного из продавцов, подстаканники для чая.

- Сколько за подстаканники хочешь, начальник?

- $5 за штуку. Тебе сколько надо?

- А за рубли не хочешь продать?

- Это не моё. Я только продаю. Сказали, по $5.

- Ладно. Давай 5 штук.

Адам отсчитал $25, получил подстаканники и подошёл к Павлу.

- Паша! Как ни хорошо здесь, но пора собираться. Пока доедем, пока я соберусь, а там и в аэропорт пора.

- Ты прав, Адам. Надо ехать.

Жена и дочка Павла, были уже дома, и ждали мужчин к ужину.

- Я уже хотела с собаками идти искать! Человеку на самолёт, а ты бог знает где его таскаешь.

- Ну не ворчи, как старая бабка. Мы уже приехали. Давайте ужинать и в дорогу.

- Извините, Нина! Это я виноват. Хотел посмотреть Воробьёвы горы. Очень там красиво. Я сейчас сложу покупки в чемодан, и я готов.

За столом произносили тосты за встречу нынешнюю, а хозяев и за следующие встречи. Поскольку пил один Адам, особого воодушевления, тосты не производили. Прощаясь, в дверях, Адам извинился за причиненные неудобства и приглашал в Нью Йорк.

- А вдруг и правда, приедем. Не откажетесь?

- Не откажусь. Наоборот! Буду рад.

В машине, Адам решил спросить у Павла, насколько Нина была серьёзна.

- Да мы уже не раз говорили на эту тему. Здесь жизнь становится невозможна. Дочка повзрослела и если переезжать, то это надо делать сейчас, чтобы в школу там ходила, английский учила.

Прощанье вышло грустным. Никто не мог сказать, что будет завтра.

- Павел! Привет! Сколько лет, сколько зим!

- Привет, Левон! Ты что здесь делаешь?

- Да вот, проводил товарища на Кубу. А это твой гость из Америки?

- Угадал! Знакомьтесь. Адам! Левон!

- Очень приятно! Мне Павел про вас много рассказывал.

- Надеюсь ничего плохого?

- Вы шутите? Он столько крутых автомобилей привёз. Говорил, если бы не Адам, ничего бы не было. Я очень рад нашему знакомству!

- Взаимно! Простите, но мне пора на рейс.

В Шереметьевском аэропорту, двое таможенников, просвечивали чемодан Адама.

- У вас там что? Подстаканники серебренные?

- Я ещё с ума не сошёл! Какие серебренные? Простые, конечно. Я понимаю, что серебренные вывозить нельзя.

- Всякие люди бывают. Проходите!

Адам, как обычно, сидел у маленького окна самолёта, и смотрел на убегающий бетон аэропорта. Скорее бы домой. Ещё эта пересадка в Париже. Ладно, подожду. Главное, я лечу домой!

the ... dolor perindeie he
was happy to have another
friend. his former captain
and perpetual apologist,
present on the committee.
Apparently, he could trust

ability and a selfish obses-
sion with how he was being
portrayed by the media that
he will be remembered.
Funny people, folk.

Effectively, it is a genuine
reflection of his character.
    In the chapter dealing
with the exhilarating Grand
Prix, for example, and his
spat with his dangerous
team-mate, his driving is so

British Virgin Islands. Over the last

The various pieces of fresh fruit are placed

THE NEW YORKER

Lorem ipsum dolor si amet,
consectetur adipiscing elit. Pro-
nibh odio, vehic id facilisis.
ornare e rut. Nam feugiat quis
lar   ula at tempor dio
vivorem. Pellentesque n maur ar
quam   rhoncus ac ar
lectus.
    Suspendisse leo magna quam
vita   fermentum et vulput sem.
Pellentesque adap   quam.
conv allis vitae   ut, imperdiet
condimentum elit. proi ornare
vulputate aliquam.
    Maecenas eu blandit dolor.
Curabitur condimentum,
faucibus quis felis condimentum
mi, ut   pulvinar ehic non justo. Ut
luctus aliqu   mollis, sed malesuada
dolor et ante, volutpat piendum.
    Donec mattis, placerat
     diet faucibus vitae imperdiet
vitae quisque   orbi dolor eros
pharetra vel ector ac iaculis
metus.

vel luctus porta at tortor odio
diverra   que nec nunc at
semper rhoncus et ac lectus
    Suspendisse felis ..
vio   fermenti
Pppentese
vae c
    t
anti

cerib
leois
dignis
tapr
dicim
enc
faucibu
nul tpa
bitus alti
dolor et i

ГЛАВА V

"НЬЮ ЙОРКЕР"

Адам вылез из такси около дома. В дверях появился незнакомый швейцар.

- Прошу прощения! Вы к кому?

- Я, Гардов! Из квартиры 20д.

- Прошу прощения, сэр! Я новенький, и ещё не всех знаю.

- Я так и понял. Вам не за что извиняться. Я должен был догадаться.

В квартире никого не было. Дочь в школе, жена на работе. Адам разобрал чемодан, принял душ и отправился на работу. Было ещё рано, и он не торопился, с удовольствием рассматривая знакомые витрины и кивая встречным, которые узнавали его. Многие соседи знали его в лицо, были его костюмерами и некоторые, даже друзьями.

- Привет, Адам! Тебя давно не было видно!

- Был в России, с визитом.

- Ты отчаянный парень! Говорят, там не безопасно.

- Есть немного. Но я старался не выпячиваться.

- Правильно делал. Добро пожаловать домой!

Он пришёл первым, открыв дверь своим ключом, зашёл в тёмное помещение ресторана. Всё было, как и до отъезда. Ничего не изменилось. Ему было приятно осматривать своё детище. Он знал здесь каждый вбитый гвоздь, каждую трещинку. Первыми появились Вил и Люис. Все жали друг другу руки и хлопали по плечам.

- Чертовски рад вас видеть, ребята!

- Мы тоже, Папа! Ихос все про тебя спрашивали.

- А вот и они! Хелло, бойс! Как дела? Давно не виделись!

Эмоции от долгожданной встречи, понемногу улеглись, и все принялись заниматься привычным делом.

- Расскажи, Адам! Как поездка?

- Всё нормально. Вроде всё движется, хотя и не без проблем. Времени у нас полно. Расскажу всё по порядку. Как у вас здесь? Были проблемы? Никто больше не хотел уйти, как Вильям?

- Слава богу, нет. Все работают, все довольны. Работы было много. Давай всё проверим, и я отчитаюсь.

Они посидели над бухгалтерскими книгами и отчётами.

- Вроде всё нормально. Молодец, Вил! А чего такой кислый?

- А чего мне радоваться? Ты молодец, занимаешься бизнесом, ездишь, встречаешься с людьми. А что я? Всё проиграл. Подставил и семью, и друга. Теперь, до конца жизни, должен отрабатывать долги. Беспросветная тоска.

- Вил! Ты это кончай! Возьми себя в руки. Ты думаешь, ты один потерпел неудачу? Таких полным-полно. Мы все ходим под богом.

Любой несчастный случай, и всё! Можно в одночасье оказаться на твоём месте. Тьфу, тьфу, а если что-то случится в ресторане, и все, кто писал хвалебные статьи, напишут обратное. Что тогда? Смотреть на пустой зал и не знать, где взять денег на зарплату людям? Я часто об этом думаю. Нет запаса прочности. Каждый день, экзамен. Каждое блюдо, экзамен. А если болезнь или вообще, проблема со здоровьем?

- Адам! Что ты хочешь сказать? Тебе надоел ресторан?

- Это тоже. Каждый день одно и тоже, но главное, нет перспективы. Приличный ресторан, потянет на 1-2 миллиона баксов. И это при том, что нужно арендовать огромное помещение. Это значит, быть связанным договором, минимум лет на 10. Но и они пройдут. Кто может сказать, что будет потом?

- Ну ты размахался! Через 10 лет, неизвестно что с нами будет!

- Вот и я об этом! Я не хочу, чтоб моя дочь начинала с нуля, как я. Она растёт, и я хотел бы как-то, обеспечить её будущее.

- Она вырастет, закончит институт и найдёт себе работу.

- Я никогда не верил, в обычную работу. Люди становятся старыми, никому не нужными. Их увольняют и старость становится кошмаром.

Кто-то сказал: «Молодость дана, для того, чтобы обеспечить старость.»

Мы иммигранты! Мы начали с нуля. Я не хочу, под старость ходить с протянутой рукой, зная что моя дочь повторит мой путь.

- У тебя есть какой-то план, или ты просто зудишь?

- У меня есть идея! Как всякая идея, она нуждается в капитализации.

А это и есть проблема. Без денег, все мечты становятся бесплодными.

- Ты опять про идею «фаст-фуда»?

- Я об этом думаю постоянно. Я готов закрыть ресторан сегодня, и на этом месте создать что-то связанное с быстрым питанием. Но есть два обстоятельства, которые меня останавливают. Во-первых, я боюсь всё потерять, что наработано с таким трудом. Во-вторых, я не до конца додумал концепт, как и что это будет. Я хочу открыть небольшой пилотный проект, и на нём отрабатывать что и как. Если всё сложиться удачно, останется найти деньги на развитие. Если неудачно? Ну что же? Не в первый раз!

- Как я понимаю, все твои проекты с Россией, просто для того, чтобы заработать на начальный проект? И сколько тебе надо?

- Тысяч 100-150, свободных денег. Чтоб не жалко было. Потерял, ну и бог с ним. «Не жили богато, нехрен и начинать».

- Ну я уверен, что сотня тысяч баксов у тебя есть.

- Допустим! Но, хотелось бы больше. Чтоб был запас прочности. Посмотрим! Если удасться заработать в России, тогда можно в бой.

Обычные каждодневные заботы, не оставляли времени, на пока бесплодные фантазии и мечты. Все было как всегда. Рано утром он возил Надю в школу, ехал на работу, через 4 часа забирал и вёз в ресторан кормить, а затем отвозил домой, делать уроки и поджидать с работы маму. Вечерняя работа в ресторане, не оставляла времени, ни на что другое. Однажды произошёл курьёзный случай, который в семье долго вспоминали. Адам привёз из поездки в Россию, дюжину баночек чёрной икры, в металлических 100 граммовых баночках. Их называли «шайбы». Две из них, Адам скормил дочери, которая чёрную икру очень любила. 10 оставшихся, Адам решил отвезти на работу. Они лежали в холодильнике, в пластиковом пакете. Выходя из квартиры на площадку, Адам, как обычно, захватил пластиковый пакет с мусором. Держа Надю за руку, Адам бросил пакет, как он думал с мусором, в щель мусоропровода, и они спустились на лифте вниз. Они сели в автобус, и только тогда, Адам обнаружил, что в руках у него пакет с мусором. Он понял, что пакет с баночками чёрной икры, он бросил в пасть мусоропровода. Помимо денег, было обидно за свою глупость.

- Беби! Нам надо выходить, прямо сейчас!

- Дэдди! Это не скул! Надо ещё ехать.

- Нет! Нам надо бежать домой. Я сделал ошибку!

Они выскочили из остановившегося автобуса и побежали назад, к дому. На бегу, Адам, объяснял Наде, что он выбросил в мусоропровод железные баночки с икрой, а мусор у него в руках. Ребёнок задыхался от того, что они быстро бежали и от смеха.

- Дэдди! Бросай гарбидж. Не неси домой!

Только сейчас, Адам сообразил, что он всё ещё держит пакет с мусором. Он бросил это, в первую попавшуюся урну. В дверях, дежурил его приятель, Дэн.

- Адам! Что случилось? Что-нибудь забыли?

- Хуже, Дени! Я по ошибке выбросил в мусоропровод, нужную вещь.

- Как давно это было?

- Да вот только что! Мы выходили из дома, и я перепутал пакеты.

- Я позвоню суперинтенданту, чтоб он прислал дежурного. Они вам помогут. Появился один из дежурных по зданию. Ден объяснил суть проблемы, и они отправились к комнате, куда выходила широкая труба мусоропровода. Он открыл ключом широкую решётчатую дверь, в мусоросборник. К концу трубы, был привязан длиннющий чёрный мешок для мусора.

- А как найти то, что я нечаянно бросил?

- Я сниму этот мешок, и привяжу новый, но копаться в мусоре не буду. Если хотите, ищите сами.

Адаму повезло. Едва рабочий снял мешок с трубы, Адам увидел свой пакет, со злополучными железными баночками икры. Пакет был прямо сверху. В доме жили достаточно состоятельные люди, и мусор выбрасывался, исключительно в завязанных пакетах. Вообще всё вокруг было чисто и аккуратно.

Они бежали на автобус, а ребёнок продолжал хохотать, заново переживая все перипетии, этого приключения. Адам очень переживал, что они опоздают в школу но всё обошлось.

Вечером, когда Адам вернулся домой, Ната пересказала ему, весёлый рассказ, уже уснувшей Нади. Как они искали в мусоре, выброшенную икру.

- Надеюсь вы не опоздали в школу?

- Немного. Но на наше счастье, директора не было. Ты знаешь, сегодня приходил человек, который расспрашивал о тебе и очень хотел познакомиться с тобой. Сказал, что он пишет для журнала «Нью Йоркер». И он хочет написать о нас статью.

- Адам! Это очень серьёзный журнал. Его читают многие серьезные люди. Это наверняка поможет бизнесу. А ты сказал, что я теперь не работаю в ресторане, а занимаюсь оформлением и иллюстрациями книг? Это моё призвание и этим я хочу заниматься.

- Естественно, я всё это ему сказал. Он хочет написать большую статью, о том, как складывается жизнь новых американцев в стране. Кто-то из его друзей рассказывал о тебе, и он хочет с тобой познакомиться и поговорить.

- Ну, не знаю, разве на выходных. Спроси, если ему удобно, то я готова придти и пообщаться с ним.

- Хорошо! Я передам. Пусть сам решает.

Прошло несколько дней и Аллан, так звали журналиста, вновь появился в ресторане и первый вопрос был о Нате.

- На выходных? Да, мне удобно. Скажем в субботу в три часа.

В ближайшую субботу, все собрались в ресторане.

- Аллан! Чай, кофе или что-то другое.

- Спасибо, Адам, расскажите, как вы встретились и где? Почему решили открыть русский ресторан? Как я понимаю, Ната занималась художественным оформлением интерьера.

Разговор был обстоятельный и долгий. Аллан, делал пометки в тетради и был очень дотошным, по много раз переспрашивал различные детали. Его интересовало всё: чем занимался Адам, до приезда в Америку и где Ната училась рисованию? Как он познакомились? Почему о них пишут в газетах?

- Аллан! Я не знаю, почему написала «Дейли Ньюз», а затем и «Нью Йорк Таймз». Мы их не просили, хотя безмерно благодарны, мы не видели авторов этих замёток. Тим Загат, приходит иногда с семьёй обедать, ему нравится наша кухня. Как-то раз пришла его команда и устроила настоящую проверку. Последствия, ты, наверное, читал в «Загат Сурвей». Мы бы хотели, чтоб ты тоже у нас пообедал.

- Спасибо, друзья! Я уже был у вас, и поэтому решил написать статью о вашем успехе. Это будет интересно нашим читателям. Американская история. Иммигранты, всего добившиеся своим трудом. Позвольте пожелать вам успеха, и ждите выхода рассказа в журнале.

Время шло, Адам стал забывать об этом разговоре, как вдруг однажды в ресторан зашёл высокий полный мужчина, с пухлым портфелем, из которого торчали папки.

- Могу я увидеть владельца, мистера Гардова?

- Гардов - это я! Чем могу служить?

- Я юридический консул журнала «Нью Йоркер». Моя задача, проверить изложенные в рассказе факты, и установить их достоверность. Я буду задавать вам вопросы, а вы подтверждайте либо опровергайте. Не возражаете?

Адам не возражал. Они сели за один из столов, и на Адама посыпались вопросы, как из мешка изобилия. Пришелец, каждую фразу начинал стандартно и практически не дожидаясь ответа, переходил к следующему вопросу, делая пометки в одной из папок.

- Справедливо ли будет сказать, что вы и ваша жена являетесь владельцами ресторана «Пирог»?

- Справедливо ли будет сказать...

И так в течении почти часа. Поначалу Адам просто говорил: «Да!»

Затем он просто кивал головой. Юрист продолжал монотонно исполнять свой долг, словно какой-то молитвенный ритуал. Говорил он чётко и правильно, хотя какой-то дефект речи присутствовал. Сначала Адам прислушивался, стараясь уловить, что не совсем так. Потом он осознал, что тот, слегка шепелявил. По окончанию, этой странной беседы, он откланялся, отказавшись даже от стакана воды.

Через две недели, очередной шквал звонков, возвестил о выходе журнала с рассказом о ресторане «Пирог»!

Адам сбегал в газетный киоск и купил свежий экземпляр журнала. Возвращаясь, на пороге он столкнулся с Вилом, держащим под мышкой, такой же журнал.

- Адам! Ты счастливчик! Про тебя снова написали! И кто? Журнал «Нью Йоркер»! Мне позвонила моя экс, и я по дороге в метро, читал эту большущую статью. Четыре страницы, в таком журнале!

- Конечно, это очень приятно. Они же при тебе приходили. Сначала сам журналист, а потом этот юрист. Я думал, что напишут небольшую статейку, а ты говоришь, четыре страницы. Давай, я почитаю, а ты отвечай на телефон. Он будет звонить как заведённый.

Адам принялся за чтение, краем уха, слушая разговоры Вила по телефону. Статья действительно была обширная. Начиная с появления семьи Гардовых на американской земле и до открытия ресторана, на месте бывшей пиццерии. Большой кусок был посвящён Нате, и её роли в ресторане. В целом, это было посвящено американскому образу жизни и способности новых американцев, вставать на ноги, тяжело работать и поддерживать, традиционные американские ценности: семья, свобода и предпринимательство!

- Адам! А что такое «занни»?

- Ты откуда это выкопал?

- Да вот в тексте статьи, про Нату написано «занни». Про неё, написано, даже больше, чем про тебя.

- Она сделала для ресторана очень много. Это на неё приходят люди.

Еда вещь важная в нашем деле. Но если людям не нравится обстановка или сервис, они ходить не будут. Ната создала такую атмосферу, что люди передавали друг другу, не только как своеобразное шоу, а как дружественную радушную атмосферу, где гостям искренне рады, а при этом, можно ещё неплохо поесть. Я убеждён, что атмосфера, это всё, в ресторанном бизнесе и я очень жалел, когда Ната ушла в книжный бизнес. Но тут, уже ничего не поделаешь. Это её призвание, делать красивые иллюстрации и оформлять книги. Я тебе рассказывал, что мы, ещё в самом начале нашего пребывания в Америке, написали кулинарную книгу. Ната написала практически всю книгу, своим каллиграфическим почерком, проиллюстрировала всю книгу, и я иногда жалею, что мы её не издали. Но тогда, увы, не было денег.

- Ты говорил, что отнёс её в газету «Новый Американец». И там кто-то, использовал ваши материалы и издал книгу, даже не сославшись на первоисточник. И ты никогда не пробовал это оспорить?

- Так и было. Но всё это дела минувших дней. Что у нас с заказами?

- Осталось несколько столов, и то на третью посадку. Народ, конечно, обижается, но все понимают, почему так происходит. Заказывают на неделю вперёд, а кто и на две.

- Так было всегда. И после «Дейли Ньюз», и после «Нью Йорк Таймс», и будет сейчас. Постепенно, всё устаканится и войдёт в норму. Прибавиться какая-то часть к постоянным костюмерам и ресторану это пойдёт только на пользу. Я пошёл на кухню, а ты отвечай на звонки. Нам надо подготовиться к серьёзной атаке.

На кухне стояла весёлая рабочая атмосфера. Звучала латинская музыка, повара веселились, подпевая и пританцовывая, и стучали ножами.

- Ихос! Луис, убавь музыку. Вот журнал «Нью Йоркер». Про наш ресторан написали хорошую статью. Работы будет много. Давайте вместе проверим заготовки.

К ланчу всё было готово и можно было расслабиться. Иногда к телефону подзывали Адама. Кто-то поздравлял с выходом статьи, кто-то спрашивал, когда можно сделать заказ на столик. Адам благодарил всех за звонки, пытался удовлетворить всех желающих и извинялся, если не всегда получалось. Позвонил Миша Швед.

- Адам, привет! Поздравляю с такой шикарной статьёй!

- Спасибо, Миша. Конечно, приятно, но толку мало. У нас и так хороший динер, а теперь только люди обижаются, что мы вынуждены им отказывать. Некоторые соглашаются на другие дни, а некоторые пропадают совсем. Конечно, статья, сыграет своё дело, но это так. Не существенно изменит нашу жизнь.

- Адам, а ты не думал о расширении? Может перейти на другое, гораздо большее место? Или открыть второй ресторан?

- Идей много, а вот денег мало. Я не жалуюсь на жизнь, но любое движение, должно быть подкреплено серьёзными деньгами.

- У меня появились, не очень большие деньги. Я хотел бы подойти и пообщаться с тобой на эту тему.

- Миша! Давай сделаем так. Позвони мне через неделю. Я думаю, эта волна спадёт и мы сможем спокойно пообщаться.

Но Адам ошибался. Волна, поднятая журналом «Нью Йоркер», не только не утихала, а ещё выплеснула набегая, другие информационные издания. Сначала позвонил 5-й канал Нью Йоркского телевидения. Женский голос, представившись Дианой, предложил подготовить несколько русских блюд и в назначенный день привезти их в студию. Адам, обсудив с Натой и Вилом, решил приготовить голубцы, блины с чёрной и красной икрой и тонкие блинчики с мясом. Всё это надо было упаковать и привезти в готовом виде в студию, которая располагалась на одной из улиц, верхнего ист сайда. Диана позвонила накануне, и попросила привезти всё к часу дня. Адам сложил подготовленные блюда и уложил всё в коробку. Студию он нашёл, без труда. Внутри здания, он объяснил охраннику, что его ждёт Диана.

Строгий цербер, звонил по нескольким номерам, пока нашёл Диану.

- Жди здесь! За тобой придут!

- Адам? Идите за мной!

- Адам, подхватив коробку, едва успевал за молодой и очень энергичной особой. Они прошли несколько тёмных и пустынных помещений и оказались в небольшой, похожей на кухню, комнате.

- Адам. Здесь есть тарелки. Выложи на них то, что ты привёз и я потом приду и всё заберу.

Она так же быстро исчезла, как и появилась. Адам постарался уложить, всё как можно красивее. Ругая и себя и эту деловую Диану, за бестолковость и неподготовленность. Делать было абсолютно нечего. В это помещение, вообще не проходили никакие звуки. Вновь неожиданно возникла Диана.

- Наш диктор, хочет, чтоб ты сам вынес приготовленные блюда и сказал два слова, о том, что это, и как приготовлено.

- Как это, я вынес? Да ещё сказал несколько слов. Я же не актёр. Я и вообще не готовился. Да и одет соответственно.

- Адам. У нас нету времени для дискуссий. Всё будет хорошо! Пошли!

Делать было нечего, и Адам, подхватив приготовленное, зашагал за энергичной Дианой. Везде стоял полумрак, и Адам боялся потеряться, в этой, сумасшедшей гонке. Они прошли в большой, тоже тёмный зал, и здесь Адам попал в руки какой-то ассистентки. Она бесцеремонно задрала ему рубашку, и просунув провод, прицепила микрофон.

- Адам, иди за мной на сцену, и когда я тебя подтолкну, подходи к ведущему и представь свои блюда.

- Диана! Что я должен говорить? Как это, подойди к ведущему?

- Всё увидишь, пошли!

Они поднялись на длинную сцену, где за освещённым в центре столом, сидели мужчина и женщина, ведущие передачу.

- У нас в гостях, известный ресторатор, который представит нам блюда русской кухни. Прошу!

Адам почувствовал энергичный толчок в спину, и шагнул к столу.

- Что вы нам принесли? Это типичные для России блюда?

- Да! Здесь голубцы, это фаршированные мясом и рисом капустные листья тушёные в томатном-сметанном соусе, а это русские дрожжевые блины. Их едят на «Масленницу» с красной и чёрной икрой, и сметаной.

- Я вижу, вы неплохо питаетесь. У нас икру покупают на «Кристмасс».

А что такое «Масленица» и что ещё у вас в руках?

- «Масленица» - это праздник проводов зимы и перед большим постом. А здесь блинчики, фаршированные мясом.

- А я думал, такие блинчики наше американское блюдо.

- В России их делают издревле.

- Значит мы у вас это переняли.

Ведущий отвернулся и Адам понял, что ему можно уходить. Всё было как в тумане. С него сняли микрофон, выпроводили к выходу, и он оказался на улице. Было солнечно и светло.

В ресторане его с нетерпением ждал Вил.

- Ну рассказывай, понравилась им наша еда? Что говорили?

- Да ни черта не говорили! Вытащили меня на сцену, как дурака. Да ещё заставили, перед камерой, представлять, рассказывать, что и как.

- Что значит перед камерой? Но текст-то хоть дали? Или подготовили?

- Да говорю тебе, ни черта. Сначала я сидел на какой-то кухне. Потом прибежала эта заполошная Диана, и потащила меня к сцене. Сунули под рубашку микрофон и отправили к ведущим, во время прямой передачи.

- Я, наверное, наделал бы в штаны со страху!

- Я тоже хотел, но всё было так быстро, что я и испугаться не успел. Ещё и спорил с ведущим, когда он сказал, что блинчики - это американское блюдо.

- Адам! Ты герой!

- Герой! Штаны с дырой. Надеюсь, что никто этого не видел. Передача шла днём, мало кто смотрит телевизор в это время.

Но он ошибся. Первый же посетитель, поздравил его с появлением на экране телевизора.

- Надеюсь, я не опозорился.

- Нет, что вы! Мне очень понравилось. Я хочу заказать блинчики, из-за которых вы спорили с ведущим.

Были и другие посетители, которые видели Адама на экране. Одним из них был Стив, поздравивший Адама с рекламой на ТВ.

- Это, наверное, не дешёвое удовольствие, такая реклама?

- Стив! Это была не реклама. Они сами меня позвали.

- Тем более поздравляю! Как наши дела в Петербурге?

- Я всё собирался тебе позвонить, но рутина заела. Вроде всё идёт своим чередом. Были какие-то проблемы, во время визита к Сергееву, но всё разрешилось, к всеобщему удовольствию.

- Мне рассказывал Брэд, что там была какая-то перепалка, с твоим человеком и другим чиновником. Надеюсь это нам не повредит.

- Да нет. Не должно. Правда он директор департамента, и в его сферу входит уборка мусора в городе. У него вырывают кусок изо рта, но я уверен, Вилен это понимает, и они как-то договорятся.

- Ты ему скажи, что нам врагов не надо. Этого человека надо подкормить.

- Вилен, тёртый волчара. Его учить не надо. Он там как рыба, в воде. Как там ребята в «Голден Гарбидж»? Что им сообщил Тойво из Финляндии?

- Всё хорошо! Очень тебя хвалил. Назвал деловым и серьёзным.

- Надо же! Не зря выходит, я кормил его ужином в «Европейской».

- Адам, ты записывай все расходы. Когда получим наш «кат», вычтем всё, что ты потратил. Я как-нибудь на днях подъеду, посидим и пообщаемся.

- Стив! Приезжай с тем хирургом, с которым ты приходил. Есть предложение по его части. Новое лекарство, разработано в России.

Адаму не давала покоя, какая-то мысль, которая появилась во время посещения студии телевидения. Там всё происходило слишком быстро, и он никак не мог сформулировать то, что ему на миг показалось.

- Папа! Можно с тобой поговорить?

- Конечно, Луис! Что-то случилось?

- Не у меня. Но Лоро, хочет уехать в Эквадор. У него заболела мама и он чуть не плачет. Он посылает ей все деньги, но она очень больна.

- Его можно понять. Я слышал, мама строит ему дом, на те деньги, что он посылает. У вас многие ребята так делают?

- Так и есть, Папа! У нас не платят пенсию, поэтому дети должны кормить родителей. Моя мама, тоже построила дом и сдаёт его людям.

- Так ты богатый человек! Поздравляю, Луис! У тебя есть доход там?

- Нет, Папа. Люди, которые снимают дом, выращивают овощи и бобы, а половину урожая, отдают маме. Ей надо кормить ещё двоих детей.

- Вы все, такие молодцы. Не пьянствуете и не гуляете, а посылаете деньги своим родителям. Иначе они бы умерли от голода. Передай Лоро, что он может ехать в любое время, а когда всё наладится, я возьму его обратно.

- Вил. У нас возникла небольшая проблема. Позвони бухгалтеру. Пусть рассчитает всё к увольнению Лоро. Он уезжает и нам надо кого-то искать на его место. Пока, на кухню можно отправить Маленького Мальчика, а нам нужен официант. Кстати о «птичках»! Мне недавно звонил Миша Швед. Посмотри-ка его телефон.

- Алло! Миша? Привет, Адам! Ты чем занимаешься? Понятно. Можешь подъехать, завтра днём? Договорились!

- Адам! Ты чего вдруг про него вспомнил?

- Во-первых, не вдруг. Он мне недавно звонил и даже деньги предлагал на развитие бизнеса. А во-вторых он же официант.

- А он не староват для официанта? А потом откуда у него деньги. Ты же сам рассказывал, что, когда его Саша Птица выгнал, он пошёл на Уолл стрит торговать жаренной рыбой с лотка. Там можно заработать?

- Вил! Ты задаёшь вопросы, на которые у меня нет ответа. Я не думаю, что можно заработать много денег, торгуя с лотка, даже на Уолл стрит. Может выиграл в лотерею, а может помер богатый родственник? Приедет, расскажет. Но до меня, наконец дошло, что меня задело, тогда, на телевидении. Ты помнишь, как мы паковали еду, чтоб туда отвезти?

- Конечно! Голубцы, блины и блинчики.

- Я не сказал, что! Я говорю, как? Мы искали разовую упаковку, удобную и практичную. И мы её нашли. Для мини блинов, белый лоток из материала, в который пакуют продукты, а затем вставили в прозрачный вакуумный пакет. Голубцы удобно паковать в формочки из фольги алюминиевой, с прозрачной крышкой. Это же масса готовых упаковочных материалов, для продукции «фаст фуда». Заказать цветные этикетки, наклеивай и все дела. Но я хочу продавать в «Зейбарс» наши мини блины. Значит, есть две проблемы. Первая: красиво упаковать, а вторая - уговорить «Зейбарс».

- Я думаю, что проблем гораздо больше. Конечно главная, захочет ли хозяин «Зейбарса», покупать наши блины. Разве не надо иметь какую-то лицензию, для промышленного изготовления продуктов и продажу в магазины? А сроки реализации? А всякая информация, которую пишут на этикетках? По-моему, это всё нереальные задачи.

- Вил! Может ты и прав, но не попытаться, тоже глупо. Надо куда-то позвонить и задать все эти вопросы. Есть «Департамент Здоровья». Но там дают лицензию на открытие магазинов и общепита. Надо звонить в «ФДА» (фуд и драг администрация), они занимаются едой и лекарствами.

- Хелло. Я хотел бы задать вопрос. У меня есть не большой ресторан. Что мне нужно, для того, чтобы продавать наши изделия в магазинах.

- Если у вас есть лицензия «Департамента Здоровья», то вы должны выяснить требования магазинов, в который хотите поставлять свою продукцию. Они несут ответственность за то, что продают в магазине. Это не относится к различным мясным изделиям, колбасам, сосискам и прочим.

- Адам, что ты молчишь? Что они сказали? Ты как-то странно смотришь!

- Сказали, что ничего не надо! Договариваться с магазином! И всё! Но не изделия из мясного фарша.

- Вот это да! Значит если какой-то магазин захочет брать твой товар, просто делай и всё? И ничего не надо? В это трудно поверить!

На самом деле проблем оказалось превеликое множество. Для того, чтобы представить товар, необходимо было сделать упаковку. На упаковке, должно быть указанно множество информации. Состав продукта, таблица энергетической ценности на 100 грамм, сроки реализации с конечной датой и обязательно штрих код. Это новое изобретение, которое позволило магазинам увеличить пропускную способность касс. Все кассиры имели «пистолеты», которые считывали информацию, нанесённую на изделии. Оказалось, что существует организация под названием «ЮБК», всемирный бар коде. Они прислали несколько листов с вопросами, которые требовали ответов и чек на серьёзную сумму. В ответ, заказчик, становился членом этой организации и получал свой собственный штрих код, на 10 тысяч единиц. Высокая стоимость члена в «ЮБК», сглаживалась тем, что была разовой. Необходимо было найти лабораторию, куда можно было отправить изделие и получить всю информацию для нанесения на упаковку. Все это, требовало времени и денег. Но не было самого главного, самой упаковки. Единственный, кто мог ему помочь, была Ната.

- Ты хочешь, чтоб я создала тебе коробку, для упаковки блинов? Но я никогда этого не делала.

- Ты же создаёшь, вернее иллюстрируешь книги. Это же тоже самое.

- Тоже, да не тоже. Когда я рисую обложку книги, я работаю с трафаретом размеров, данной книги. Найди изготовителя коробок и пусть он даст чертёж макета коробки, а я её оформлю.

Адам полистал жёлтые страницы телефонной книги, и в результате, в ресторане появился высокий седовласый человек, с доброжелательной улыбкой. Он взял в руки упаковку с блинами, и переписал себе размеры.

- Адам! Могу я взять себе эту упаковку?

- Безусловно, Натан. Я говорил, что моя жена занимается иллюстрацией книг и она сделает весь дизайн. Ей нужны все размеры, а лучше готовую выкройку развёрнутой коробки. И какой минимум коробок, я могу заказать? И самое главное, сколько это может стоить?

- Крой я могу сделать достаточно быстро, но сначала вы должны ответить на несколько вопросов. От этого зависит, где я буду размещать ваш заказ. Хотите коробку, которую можно просто защёлкивать, или надо заклеивать? Я вам покажу образцы. Вот видите, как эта собирается? У неё есть вырезы крючки, и когда коробка складывается, они защёлкиваются. Это подходит больше, для автоматизированного производства. В вашем случае, каждую сторону коробки, надо будет заклеивать.

- А как? Брать клей и мазать, а потом клеить? Это очень хлопотливая и нудная работа. А что-нибудь попроще?

- Адам! Вы собираетесь выпускать это тысячами? Нет ведь! Есть такие пистолеты для клея. Вставляете палочку клея, включаете в сеть и всё просто.

- Ну хорошо. Цена вопроса?

- Я могу сделать вам одну коробку, или десяток, но цена будет заоблачной. Бывает, что компании идут на такие расходы, для того, чтобы представить товар, так сказать лицом. Но это не ваш случай. Минимальное количество, для того, чтобы получить разумную цену, должна быть не меньше 15 тысяч.

- Ничего себе! И сколько будет стоить одна штука?

- Это будет полноцветный рисунок? Нужно ли покрывать его лаком?

- Наверное полноцветный. А зачем лак?

- Если товар храниться в холодильнике или морозильнике, лаковое покрытие необходимо. Там есть влага и картон нужно защитить.

- Понял. Назовите, хоть приблизительно, цену одной штуки.

- Точно сказать не могу, но где-то в районе, $1.25-1.50, за коробочку.

- Хорошенькое попадание! Это 20+ тысяч долларов. И как долго?

- Когда будет готов макет, в течении месяца, вы получите свой заказ. Если вы готовы, мы подпишем контрактик и мне нужен аванс 20%.

- Где наша не пропадала! Готовьте контракт. Но я хочу не больше $ 1.25!

К этому разговору, внимательно прислушивался Миша Швед. Он пришёл неделю назад. Выглядел он неважно. Небритый и весь какой-то помятый. Уличная торговля, явно оказывала своё воздействие.

- Хреново выглядишь, Михаил! Приболел что-ли?

- Да просто устаю здорово. Да и работа не простая. Может к себе возьмёшь? Надоело рыбой торговать.

- А ты вроде с Птицей, работал в «Национале», на Брайтоне? Обратно не захотел, или не брали?

- Там теперь поляки работают. Домой приходил под утро. Сына не видел

- Это я могу понять. У меня уезжает повар, и я должен перевести одного официанта, обратно на кухню. Если хочешь, можешь занять его место. Работы сейчас много. Мне нужен опытный человек.

- Да я хоть завтра! Если помнишь, я тебе говорил, что у меня есть энная сумма денег. Может откроем вместе чего-нибудь?

- Энная, это какая?

- Тысяч сто баксов наберу.

- Давай сейчас начнём работать, а когда немного утихнет, вернём-ся к этому разговору. Завтра приходи к 10. Форма одежды, стандартная.

Прошла неделя, за ней другая, а работа нисколько не убавлялась. Позвонили из СНН. Молодой и весёлый женский голос, представив-шись, сказал, что они хотят сделать передачу о «русском» ресторане в Манхеттене.

- Спасибо! Я очень польщён, что такая компания, заинтересова-лась нами.

- Мы много про вас читали и слышали, мистер Гардов. Мой шеф предложил мне, я Дорит, сделать о вас репортаж.

- Приезжайте, Дорит! Буду рад знакомству.

- Я тоже буду рада, но мы находимся в Атланте. Я пришлю к вам нашу группу. Они поснимают у вас, и наш корреспондент поспраши-вает разные вопросы. Не возражаете?

- Нет, конечно! Буду рад!

- Прекрасно! Приятно иметь с вами дело. Я позвоню за пару дней.

Они пришли через неделю. Их было четверо, все молодые,

весёлые и очень профессиональные. Вил ушёл подальше от греха, на кухню. Адам, а иногда Миша Швед, отвечали на вопросы любопытных гостей. Они снимали интерьер зала, и особенно картины, развешанные по стенам.

- Скажите, а кто занимался декорацией зала, и особенно, кто рисовал эти замечательные картины? Как я понимаю, это жанровые сценки из русских сказок. Моя бабушка и дедушка, тоже из России. Я видела у них дома, такие лаковые шкатулки и книжки с такими рисунками.

- Вы абсолютно правы! Картины рисовала моя жена, Ната. Она училась рисованию и помогала мне в ресторане. Теперь она работает в книгоиздательстве, и занимается иллюстрацией и оформлением книг.

- Как жаль, что мы не сможем с ней познакомиться лично, но её картины говорят сами за себя. Мы о ней читали в различных статьях о вашем ресторане, и редакция просила уделить ей особое внимание.

- Я тоже жалею, что она ушла. Её любили все наши «костюмеры», многие приходили, для того, чтоб с ней пообщаться. Но её призвание, быть художником. Она об этом мечтала и этого добилась.

Репортаж о ресторане, длинной в 6 минут, вышел на канале CNN и не остался незамеченным. Адам принимал поздравления, а один известный галерейщик, спрашивал нельзя ли выставить картины в его галерее.

- Картины принадлежат моей жене. Я её спрошу, но думаю, она не захочет. Выставка, означает так же и продажу, а она пока не хочет с ними расставаться. Но я всё равно спрошу.

Вскоре Натан принёс развёрнутую выкройку макета коробки и договор на изготовление 15-и тысяч изделий. Цена за штуку стояла $1.25. Адам выписал чек на 25%. Остальное договорились разбить на два платежа.

- Адам! Нам нужна фотография блинов с икрой, в центр коробки, и все остальные данные, которые положены по закону.

Адам отправил в пищевую лабораторию, образцы готовых упакованных блинов, и они обещали выдать результаты анализов, со всеми данными энергетической ценности для таблицы, сроки реализации при хранении в холодильнике и в морозильнике. Фотографию продукции взялся сделать его бывший партнёр Дима, он учился на каких-то курсах фотографии, на Первой авеню открыл фото мастерскую. С ним работал и его подросший сын. Они долго крутили принесённые продукты, спорили о свете, меняли ракурсы и в результате, вышла совершенно феноменальная фотография. Ната сделала коробку для блинов, в стиле «палехской шкатулки». На чёрном лакированном фоне, красовалась горка дрожжевых блинов с кусочком сливочного масла наверху, две мельхиоровые икорницы со льдом, а сверху, стеклянные вазочки, наполненные красной и чёрной икрой. Эта была не просто коробочка - это было произведение искусства.

Коробки были готовы, осталось рассчитаться за изготовление и принять готовую продукцию. Оказалось, что это два паллета, наполненные упаковками. Адам позвонил Стиву, и они договорились сложить всё это в «Гейнс», в помещении склада. Адам привёз пару клеевых пистолета, с палочками клея, и вся бригада следила, как Адам пакует лоток с блинами, запаивает вакуумный пакет, при помощи раскалённой струны, и ставит дату последнего дня реализации продукта. Первый образец был готов. Оставалось его представить менеджеру в «Зейбарс». Бывший партнёр Адама - Миша, показал ему на небольшого росточка человека, в коротких штанах, заполошно бегающего по залам большого магазина, то и дело, делающим замечания работникам.

- Вил! Ты что-нибудь слышал о менеджере из «Зейбарс»?
- Не только слышал, но даже общался с ним.
- Это по какому поводу?
- Помнишь, мы с Виктором работали в кафе в Рего Парк?
- Конечно помню. Я предлагал вам устроить «русский» ресторан, но вы мою идею забраковали.
- Помнишь, значит! Так вот, мы снимали в рент кухню и делали различную продукцию для магазинов на Брайтон Бич. Мы познакомились с шеф-поваром Борисом из Москвы, который работал в «Зейбарс». Мы предложили нашу продукцию. Он нас перефутболил к этому менеджеру, который тоже русский. Ну а этот, послал нас далеко и злобно. Я думаю, он и тебя пошлёт, туда же. Ты лучше попроси Нату. Всё-таки женщина, к тому же красивая. Может сработает.

Идея была неплохая. Ната сначала отказалась наотрез. Но Адам, не отставал и наконец, они, приготовив несколько образцов и письмо на фирменном бланке компании, подъехали к «Зейбарс».

- Ну, Ната! Ни пуха, ни пера!

Традиционное пожелание на удачу, а ответ должен быть: «К чёрту!» Что Адам и получил, в виде ответа на свои идеи.

Ната вскоре вернулась, но и так было понятно, какой ответ она получила. Они молча доехали до офиса, где Ната работала, и также молча расстались.

По дороге в ресторан, Адам думал, что он будет теперь делать с этой огромной массой ненужных коробок и ругал себя почём свет стоит: «Где была моя голова? На что я надеялся? Я, что, думал все, кто увидит эту коробочку с блинами, непременно захотят их купить? Это даже не наивность, а просто глупость. Денег, конечно, жалко. Ладно, надо думать, что делать дальше? Кому ещё можно это предложить?»

- Адам! Где ты был? Тебе уже два раза звонил, какой-то картавый мужик. Всё говорил про какую-то женщину. Его невозможно понять. Вот опять!

Адам схватил трубку. Незнакомый голос, плохо говорящий по-русски, с тяжёлым «местечковым» акцентом, спрашивал женщину, оставившую блины. Адам ответил по-английски и тот обрадовано, заговорил.

- Приходила женщина, оставила блины и письмо. Мне блины понравились, и я хочу их заказать на пробу.

Это, если и была победа, то очень маленькая. Адаму было сказано привезти дюжину упаковок и найти в магазине Елену, которая занимается этим отделом. Адам поблагодарил голос в трубке и сразу перезвонил Нате.

- Ната, мы победили! Ты героиня! Этот чёртов менеджер перезвонил и заказал на завтра дюжину упаковок блинов.

- Я рада за тебя, а то этот хамоватый менеджер, испортил мне настроение.

- Адам! Если я правильно понял, «Зейбарс» заказал дюжину упаковок блинов. Это, конечно, здорово, но ты говорил, что заказал 15 тысяч коробок. Если магазин будет заказывать, даже каждый день по дюжине, понадобится много лет, распродавать эти коробки.

- Миша! Нам давно пора поговорить. Подожди, я пойду закажу «бойцам» напечь мне на завтра блинов. По 6 штук на порцию, это 72 блина. Хорошо, что я купил у твоего бывшего компаньона гридл, когда он закрылся.

На кухне, тут же бросились замешивать тесто для блинов. Адама всегда слушались беспрекословно, и даже с каким-то удовольствием.

- Садись, Миша! Нам давно пора поговорить! Заодно, я выскажу, о чём я думаю. Я понимаю, что ты пришёл сюда, не просто работать официантом, а ты хотел бы чего-то большего. Я тоже постоянно думаю о движении вперёд. Я думаю о создании сети «фаст фуда». Нужен законченный, продуманный концепт, тогда можно попробовать его осуществить. Мне повезло с «жареной курицей», но я обжёгся на пиццерии. Я построил ресторан от нужды, как-то вывернуться из проигрышной ситуации и мне снова повезло. При тебе, я пробовал создать «панкейк хауз». Он неплохо работал, но из этого не создать сеть. За одного битого, двух небитых дают. Я понял, что нужно создать такой «фаст фуд», где всё привозится в виде полуфабрикатов, а ещё лучше, в готовом виде. Значит нужно производство. Там можно контролировать качество, вес, внешний вид и всё остальное.

- Извини Адам, за то, что я тебя перебил. Ты хочешь, здесь в ресторане производить и продавать где-то в другом месте?

- Нет, конечно! Здесь нет никакого места. А где готовить, где хранить? А подсобные помещения для складирования упаковки. Нет, нужен большой цех или целая фабрика. Свой транспорт для развозки и многое другое.

- Это вообще серьёзное дело. Это сколько же денег надо?

- Для начала, неплохо иметь миллион баксов на счету, но это пока всё иллюзии. Пробовать можно и меньшими средствами. Прежде чем лезть в большой бизнес, с большими деньгами, нужно попробовать с минимальными затратами, опробовать саму идею. Хотя это тоже ничего не значит. Мелкий бизнес, почти всегда остаётся мелким и ничего не доказывает. Большой бизнес, с серьёзными финансовыми возможностями, с мощной рекламной поддержкой, может дать и серьёзный результат. Но это не наш вариант. Надо быть реалистами, и работать с тем, что есть.

- Ну ты загнул! Миллион баксов! За такие деньги можно знаешь, что купить? Большой супермаркет или Макдональд.

- Ты знаешь, сколько стоит купить франчайз, или как говорят в России, франшизу Макдональда?

- Я не знаю.

- У тебя должно быть не меньше 3-5 миллионов баксов, и это не всё. Нужно иметь высшее образование в этой области, опыт работы менеджером несколько лет. Твою кандидатуру утверждает совет компании. А кто мы? Иммигранты, выросшие в Советской России. Что мы можем знать о бизнесе или экономике. Я говорю о рыночной экономике. Люди, выросшие здесь, впитывают эти прописные истины с младенчества. Множество вещей и механизмов, о которых мы даже не догадываемся, для них, настолько очевидны, что мы здесь как инопланетяне. Для россиян, рынок, это кто кого обманет или обвесит. Обмануть, украсть – это достоинство, а не недостаток порядочного человека. Где мы росли, никого не удивляло, что надо дать «в лапу» вышестоящему, чтобы продвигаться в карьере. Мы понимали, что он, даёт «в лапу», в свою очередь. И так до самого верха. До уровня министра. А там свои правила.

- Адам! Но здесь тоже добиваются успеха. Я слышал о человеке, у которого 700 медальонов на такси.

- Я не знаю откуда у него «бабки». Когда мы приехали, медальон стоил 35 тысяч баксов, а сегодня я слышал, наш мэр Коч, продаёт на аукционе, какое-то количество, по 225 тысяч. И банки охотно дают кредиты под это. А что мы знали о банках? Кредитах и кредитных картах? Мы невежественные дикари, высадившиеся с затерянного острова.

- Ну хорошо! Но те, кто родился и жил здесь, как они начинают строить свой бизнес? Тоже начинают с нуля, а потом добиваются успеха.

- Нет правил без исключений. Для них, правило, для нас исключение! Наши врачи, люди из мира искусства, талантливые учёные и технари, находят здесь то, что им положено, в силу знаний и образования. А мы с тобой, говорим о простых бизнесменах. Тех, кто добивается успеха. Такие тоже есть, но их не так уж много.

- Хорошо, Адам! Я понял. Скажи, к чему ты стремишься, и что надо делать? Искать где-то миллион, или начинать с малого?

- Миллион нам сегодня, никто не даст. «Мы никто и звать нас никак.» Нужно создать себе какой-то имидж. Допустим, меня пресса сделала сегодня известным. Я иногда получаю предложения, проинвестировать в меня. То есть построить по образу и подобию, большой ресторан, приносящий прибыль

- Дак это ж здорово! А ты что? Не хочешь?

- Конечно, нет! Во-первых, у меня появятся начальники, которые будут требовать прибыли на свои инвестиции. В случае неудачи, виноват буду я один. Они вправе ожидать доходы, на вложенный капитал. А в реальной жизни происходят и неудачи, и падения. Этот путь не для меня.

- Я понял. Что ты собираешься делать?

- Я полез в историю с «Зейбарс», по нескольким причинам. Во-первых – это престижно. «Зейбарс» флагман развивающегося сегмента индустрии, магазины, продающие деликатесные продукты. Я уверен, что, если купили они, другие последуют за ними. Блины, это просто пробный шар. Когда ты там, то я уверен, можно найти другие товары для продажи. Есть и другая цель. Я хочу построить сеть «фаст фуда». Я думаю, что я определился с выбором. Была пицца-дип диш, был «панкейк», но всё это не сработало. Теперь я думаю о сети «фаст фуд», с русской кулинарией, приспособленной к американскому вкусу и американскому стилю жизни. Быстро, вкусно, недорого и возможность есть за рулём автомобиля, разогреть в микроволновке офиса, дома, или просто на ходу.

- А «Зейбарс»-то здесь при чём?

- Это связанно с тем, что для появления первого пилотного предприятия «фаст фуда», нужна база, или как здесь называют «комиссари китчен». Кухня, где всё готовят, и откуда еду привозят. Это очень не дешёвый проект. Он стоит больших денег построить, но самое главное, содержать. Нужен штат работников. Большая промышленная кухня, требует электричества, газа, холодильных больших ёмкостей, транспорта и многого другого. Построить такую кухню, можно в кредит. А кредит, тоже надо выплачивать.

- И какой-же выход, из всего этого.

- Я хочу построить первое пробное предприятие, и на нём отрабатывать все проблемы, которые будут возникать. В случае успеха, всё понятно. Нужна «комиссари китчен», а пока, можно готовить для одного предприятия и снабжать его отсюда.

- Но ты так и не ответил, зачем тебе «Зейбарс»?

- Я думаю о том, что нужно построить пять предприятий «фаст фуда», а потом двигаться дальше. Но начинать, естественно с одного. Чтоб отбивать все расходы, связанные с содержанием большой кухни или, если хочешь, фабрики, нужно торговать. Готовить продукцию, паковать и возить в предприятия, подобные «Зейбарс». И зарабатывать на жизнь.

- Теперь я понял. Возьмёшь меня в долю?

- Миша! Ты говорил, что у тебя есть 100 штук. Правильно я понял?

- Да. Так оно и есть.

- В ресторане, в котором мы сидим, раньше была пиццерия. Я её строил, и у меня ушло гораздо больше денег, чем 100 тысяч. И это было много лет назад. Как ты понимаешь, цены на всё выросли. Я могу тебя взять в долю, на новое предприятие, но ты должен понимать, что может случиться и неудача. В бизнесе, всегда надо понимать степень риска. Даже если ты уверен в успехе, случаются вещи, которые невозможно предвидеть. Самое плохое, это играть на последние. Шансы, как и в казино. Здесь нет страховки, на случай поражения. Проигравший платит, только вперёд, прежде чем розданы карты. Подумай ещё раз. Поговори дома. Время есть.

Продажа блинов в «Зейбарс» увеличивалась, а вскоре ему позвонил женский голос, представившись менеджером отдела в магазине «Фервэй». Линда, так звали звонившую, попросила Адама, привезти им на пробу дюжину упаковок блинов.

- Мы расположены на Бродвее и 74-й стрит. Спросите меня.

- Спасибо, Линда. Я буду завтра.

Адам иногда проезжал мимо этого магазина. Снаружи, стояли деревянные прилавки, с огромными горами, овощей и фруктов. Он так и думал, что это большой овощной магазин. Когда он зашёл внутрь, оказалось, что это громадный магазин, с множеством залов и различных отделов. Он был вдвое больше «Зейбарса», с великолепным отделом деликатесных продуктов. Линда, оказалась пышной афроамериканкой, весёлая и деловая. Они тут же подружились, и Линда дала ему телефон ее мужа, который также был менеджером в «Фервэй», это был ещё один магазин, расположенный на 134-й стрит и 12-й авеню. Адам созвонился с ним и Генри, так он представился, подтвердил адрес и заказ. Адам ехал по Бродвею, поднимаясь вверх. Он бывал в Гарлеме, в свою бытность за рулём лимузина. Какой там может быть магазин деликатесов, в этом районе? Бродвей ещё ничего, а боковые улицы напоминают Сталинград. Дорога поднималась вверх, и Адам повернул на 12-ю авеню продолжая подниматься вверх. Подъехав к магазину, он был поражён его размерами. Вероятно, раньше это была фабрика или завод, а теперь в этих стенах из красного кирпича, размещался многоэтажный магазин. Внутри, он казался ещё больше, чем снаружи. Длиннющий ряд, более чем 20 кассовых аппаратов, обслуживал многочисленных покупателей. Кассирам помогали упаковщики, быстро складывающие покупки, в двойные бумажные мешки. Адам прошёл по длинным аллеям с выставленным товарам и попал в большой зал, где в многочисленных холодильных витринах, были выставлены деликатесы со всего света. Было понятно, что магазин имеет собственное производство и демонстрировал нескончаемое количество салатов, закусок, солёной и консервированной продукции. За стеклянной витриной, стоял высокий электрический котёл, куда повар бросал бейглсы, а затем раскладывал на листы, посыпал разными подсыпками и выпекал в огромном духовом шкафу. Идя на аромат свеже-жаренного кофе, Адам подошёл к двухметровой сковороде, где большими вращающимися лопастями, перемешивались кофейные зёрна. Рядом стояла большая кофемолка и желающие насыпали себе кофе в бумажные пакеты и отправляли их перемалываться. Адам бродил от стенда к стенду, забыв зачем пришёл. Его остановил высокий, улыбчивый парень, со светловатой кожей, но явно афроамериканец.

- Ты, Адам?

- Да! А как ты догадался?

- А я смотрю, какой-то человек с коробкой в руках, бродит по моему отделу. Наверное, это Адам, подумал я!

Он весело хохотал, показывая белые зубы.

- А я знаю! Ты Генри! Тебе, наверное, Линда меня описала?

- Ты молоток, Адам! Тебя не проведёшь.

Они испытывали взаимную симпатию и сразу подружились.

- Ты знаешь, Генри! Я, когда ехал сюда, даже представить не мог, насколько огромен этот магазин. И какая выкладка товаров! Да вы и «Зейбарс» переплюнули. У вас есть всё, что только можно представить.

- А ты наверняка не думал, что такой магазин, может быть в Гарлеме?

Они понимали друг друга. Адам сдал товар, и они договорились о связи. Адам ещё побродил по этому дивному магазину. У входа в мясной отдел, висели ватные костюмы, для посетителей, которые мёрзли. Зайдя внутрь огромного помещения, превращённого в холодильную камеру, Адам понял, что «ватник» нужен. Мясо всех видов и сортов, продавалось как мелкими кусками, так и огромными «оковалками». Полутуши висели на крюках, небольшую тушу барана, можно было купить целиком. Куры, целые индейки, гуси, куропатки. На любой вкус, на любую фантазию. Колбасы, сосиски, копчёные целые окорока и ветчины разжигали аппетит. Адам, бежал от греха подальше, прихватив по дороге два горячих бейгла. Оплатив покупку на кассе, тут же вонзил зубы в хрустящую корочку. Они были отменные. Как надо, хрустящие снаружи и плотные внутри. Он хотел поначалу, привезти их в ресторан, разрезать и подсушить в тостере, а затем намазать мягкий крим-чиз и положить хороший кусочек слабосолёной сёмги, но съел оба бейглса, едва отъехав от магазина.

- Вил, Миша! Я ребята был в таком крутом магазине, не поверите!

- Ты же всегда говорил, что круче «Зейбарса», в Нью Йорке, магазина нет!

- Так и было! Но теперь, я вижу, как крутые магазины появляются везде.

- Ты помнишь, Адам! Ты сам говорил мне, что их будет много.

- Да, Миша! Я помню. Но чтоб с таким размахом и где? В Гарлеме!

- Адам! Тебе звонил, какой-то Элай, с уксусной фабрики. Оставил телефон для тебя.

- А нам что надо много уксуса? Это же не далёко от моего дома. Я проходил там пару раз. Глухое место, там действительно есть уксусная фабрика. Зачем я ему понадобился? Ладно, позвоню.

- Алло! Могу я поговорить с Элай? Хелло, это Адам из «Пирога».

- Адам! Спасибо, что вы мне перезвонили. Я видел ваши блины в «Зейбарс» и хотел, чтоб вы нам привозили тоже. Скажем 12 упаковок.

- Без проблем! Спасибо за заказ. Завтра утром буду у вас.

- Ребята! Мне только что, сделал заказ на блины, человек с уксусной фабрики. Кто мне объяснит, зачем там нужны блины?

- Адам! А может человек любит блины, давно их не ел, вот и заказал.

- Молодец, Миша! Он так их захотел, что сразу заказал дюжину упаковок. Ладно. Он же платит, так какая мне разница? Я завтра утром ему отнесу.

На следующее утро, прямо из дома, Адам отправился в сторону уксусной фабрики, с пакетом заказанных блинов. Это было всего в двух блоках от его дома. Повернув на 91-ю стрит, он увидел 2-х этажное здание, уксусной фабрики, частично разрушенной, со следами копоти на фасаде. Вместо двери с крыши свисало огромное брезентовое полотнище. Зайдя за него, Адам поразился открывшейся картине: На одной половине здания, было обрушено перекрытие и везде виднелись следы пожара. Вторая часть здания, была оборудована под магазин, с холодильными витринами и аллеями стеллажей с товаром. В дальнем углу здания, выделялась большая печь, и двое людей в поварской униформе, что-то делали за большим деревянным столом. Подойдя поближе, Адам увидел, что они формуют большие хлеба. Свежеиспеченные, разной формы и конфигурации хлеба, были разложены на многочисленных стендах. Большие круглые булки, необычного вида.

- Хелло! Я ищу мистера Элай?

- Элай это я! – отозвался один из пекарей.

- Вы Адам? Принесли мой заказ? Найдите где-то здесь Эрика. Он принимает товар. Посмотрите его в сырах.

Адам прошёл в секцию сыров, где в многочисленных холодильных витринах, были выставлены различные виды сыров со всего света. Молодой, невысокого роста человек в рабочем халате, перекладывал сыры.

- Хелло! Вы Эрик? Элай сказал, что товар примете вы.

- А вы Адам? Давайте ваш товар и накладную.

- Эрик! Что за несчастный случай здесь произошёл?

- В этом здании, размещалась уксусная фабрика. Произошёл взрыв, вы ещё можете видеть, последствия этого. Элай, мой шеф, купил это здание и решил сделать здесь шикарную деликатесную. На ночь, эта часть здания закрывается, а в разрушенной, ведутся ремонтные работы.

- Как я понимаю, ваш шеф, человек небедный. Почему в этом здании? Какие покупатели сюда пойдут? Это очень глухой угол Манхеттена.

- У него свои идеи. Его конёк - качественный хлеб. Белый и тёмный. Из грубых сортов муки, с естественной ферментацией. Тесто выхаживается по 12 часов. Он экспериментирует с различными добавками, зёрнами, специями, травами. Он считает, что за деликатесными продуктами и хорошим хлебом, люди приедут издалека.

- Возможно он прав. Я был в магазине «Фервэй», на 134-й стрит и 12-й авеню. Народу полным-полно. Но есть «Зейбарс». Он вообще на Бродвее. Там народу живёт и ходит по улице несметное количество.

- Мой босс, тоже Зейбарс. Один из братьев. Они чего-то не поладили, и он ушёл, получив отступного. Он хочет им доказать, что сделает магазин не хуже, чем тот «Зейбарс». А там командует сумасшедший «русский».

- Имел сомнительную честь с ним столкнуться.

- Рад был с вами пообщаться, Адам! Мы, как и все, проплачиваем счета раз в месяц. Я буду вам звонить с заказами.

Адам шёл на работу, размышляя об увиденном и услышанном. Очередной строительный бум в Нью Йорке закончился, но начали расти и появляться различные предприятия, так или иначе связанные с питанием. Многочисленные магазины с деликатесными продуктами. Хлеб, который раньше продавался в супермаркетах, и был простым и не очень вкусным. Теперь появилось несколько пекарен с небольшими кафе. Там можно было съесть салат или суп. Выпекались помимо кондитерских изделий, французские багеты из белой и зерновой муки, большие булки с хрустящей корочкой и ноздреватым мякишем. Рядом с Адамом открылась одна из таких пекарен «Хот и Красти», что можно было перевести как, «горячее и хрустящее». Ночью там, за закрытыми дверями, выпекались прекрасные различные хлебобулочные изделия, а с утра можно было купить всё это ещё горячим. Прямо напротив них, на другой стороне улицы, появилась шикарная бейгальная. Там тоже было небольшое кафе. За широким прилавком, была большая выставка салатов, крим-чизов, с различными добавками и деликатесные колбасы и сыры. С кухни подносили выпеченные горячие бейглсы. В выходные дни, там было не протолкнуться, от желающих съесть свежий бейгл сэндвич, или унести дюжину домой. На углу 86-й стрит и 2-й авеню, молодой француз Каспер, построил французское кафе, своего имени. Витринное окно было переделано, а 2-х метровая буква «К», гордо оповещала о его владельце. Правда, пока народ не ломился, но Каспер верил в свою звезду. Новая идея, как нужно делать и подавать кофе, пробивала свою дорогу, вместе с сетью, возникающих как грибы, кофеен «Старбакс». О них много говорили.

- А вы слышали о новой моде, пить кофе из бумажных стаканчиков, за $3.50, а то за $5.00?

- Да, милочка! Моя дочь рассказывала, что у них в Калифорнии, они появлялись и разорялись. Но появлялись вновь, как Феникс. А теперь они законодатели моды на хорошее кофе!

- Дорогая моя! Кофе в Нью Йорке, продавалось на каждом углу. Даже в газетных киосках и в супермаркетах. И всегда стоило $0.50!

Адам слушал эти разговоры и удивлялся, как легко подсадить людей, на казалось простую, обыденную вещь. Все пили кофе утром, а то и днём. Но не было, этой европейской привычки, сидеть в кафе с газетой, за чашечкой кофе. «Старбакс», изменил и американизировал сам процесс. Стандартный процесс из обычной чашки кофе с молоком, он превратил в изысканный напиток, приготовляемый паром, в кофейной машине, с различными добавками в виде молочной пены, тёртого шоколада или корицы. Для удобства покупателей, появились крышки с отверстием для выхода пара. Эта, типичная для американцев манера, есть на ходу, в машине или просто на улице, пришлась как нельзя кстати. Эспрессо, добавленный во взбитую молочную пену, делал напиток, неотразимым.

Другой, удивительный феномен, принёс возникший как грибы, моду есть горячий суп из картонных чашек. Нью Йоркцы к супам относились более, чем равнодушно. Но первые же, появившиеся «дома супов», нашли своего покупателя. Все было невероятно просто. Варили два, максимум три супа на день. В небольшом помещении, на газе стояли большие котлы, в которых варили и из них же отпускали суп дня. К супу полагался кусок хорошего хлеба и яблоко. Всё! Размеры картонных чашек варьировались от 250, 500 или 1 литр. Спрос определят предложение. Появились такие чашки с картонными крышками. В крышках были тонкие отверстия для выхода пара.

Летом продавали гаспаччио и другие холодные супы. Зимой же варили всякие изысканные супы с грибами, мясом, овощами, имбирём и пряными травами. Суп несли в офисы, на рабочее место. Вечером брали домой.

Всё это, убеждало Адама, что он на верном пути. Главное, надо иметь вкусную еду, правильно упакованную и соответствующую вкусам и привычкам американцев.

ГЛАВА VI

НИАГАРСКИЙ ВОДОПАД

До 4 июля, Дня Независимости, оставалось меньше месяца. Приближалась неделя всеобщего отдыха и самая жаркая неделя в году. Все готовились к отпуску, и Адам был не исключение. Дома обсуждался серьёзный вопрос, где провести не долгий отпуск, и куда лучше поехать.

- Мне эта жара, очень надоела. Ни на какой пляж, я ехать не хочу.

- Так! Мама хочет на северный полюс. А ты, дочь, куда хочешь?

- Я хочу с вас!

- Ответ неопределённый и уклончивый. Ладно. Поскольку я единственный мужчина в доме, принимаю огонь на себя. Предлагаю поехать на Ниагарский водопад. Во-первых, интересно, во-вторых там прохладно, и потом, мы едем в Канаду. Ну как вам, моё предложение?

- Ты знаешь, Адам! Мне это нравится. Это действительно севернее и явно прохладнее. А мы уже сколько здесь живём, а Ниагарский водопад, видели только в кино. Я за!

- Я за! Хочу на гаский водичку.

- Молодец, беби. Постарайся выучить это слово. Ниагарский и по-русски, и по-английски звучит похоже.

- Дэдди! А как по-аглиски?

- Наягра Фоллс.

- Я знаю, я люблю эта, Агра Фоллс!

- Гёрлс! Вы тут подумайте, что вам надо, а я пошёл на работу. Я думаю, мне пора поменять машину. Надо купить что-то покомфортабельнее для отпуска. И съездить в трипл А, взять карты и составить маршрут поездки.

Идею поменять машину, Адаму подкинул Паша, собирающийся приехать, за очередной партией машин. Всё равно придётся ехать в Пенсильванию, за машинами. А старую, можно отдать Павлу. Он продаст её в России, явно дороже, чем можно получить здесь.

В связи с предстоящим отпуском, в ресторане царило всеобщее

возбуждение, несмотря на увеличивающийся объём работы. Поскольку, во время ланча, ресторан был теперь закрыт, ребята вытащили гриль в зал и пекли блины, клеили коробки и делали заготовку в зале. Вил и Миша, помогали поварам и всем было весело. Впрочем, кроме Вила. Он часто уходил в себя. Смотрел куда-то застывшим взором и отвечал невпопад. Адама это начинало доставать. Понятно почему он такой. Ему не до веселья. Но надо как-то бороться со своим горем. Жизнь продолжается. Как бы не было плохо, нужно бороться. Рано или поздно, беда отступает, становится глуше, и надо искать, за что можно зацепиться и искать выход. Он много раз говорил это Вилу. Тот соглашался, но как только о нём забывали, снова уходил в себя. Глотал психотропные пилюли, и они делали его апатичным и вялым.

- Вил! Ты должен перестать сидеть на этих пилюлях. Это же те же самые наркотики. Они подавляют твою волю, и делают тебя слабым.

- Адам! Ты не понимаешь. Я не могу без них. Иногда я думаю, что ничего не было. Что всё хорошо. Но как только они перестают действовать, меня охватывает страх, и я боюсь, что сойду с ума.

- Ты становишься всё более зависимым. Ты глотаешь их больше, чем раньше. Ты должен себя побороть, и пройти через это. Поначалу будет тяжело, но со временем ты научишься бороться с приступами паники, а иначе ты плохо кончишь. Я не хочу каркать, если ты не хочешь жить, живи ради сына. Ты ему нужен сейчас, когда он вырастет, он тебе будет нужен.

- Ты прав, Адам! Я постараюсь взять себя в руки.

Но всё это, были одни пустые обещания.

- Вил, Миша! Я следующую неделю буду занят. Приезжает мой товарищ из Москвы, Павел. Мне, наверняка придётся пару раз мотаться в Пенсильванию. Я по-прежнему буду развозить блины по заказчикам. А здесь, я очень надеюсь на вас, всё будет под контролем. На кухне следит за порядком Луис, но ему тоже нужно помогать, а в зале, всё ляжет на вас.

- Не переживай, Адам! Я буду во всём помогать Вилу. Мы справимся!

Адам ждал Павла в аэропорту, и увидев знакомую высокую широкоплечую фигуру, замахал руками.

- Адам! Спасибо, что встретил!

- О чём речь? Не чужие чай!

Они действительно были друзьями, и каждый раз искренне радовались при встрече. Их связывали деловые отношения, но искренняя дружба этому только помогала.

- Ты надолго, Паша?

- Надеюсь за 5 дней управимся?

- А сколько заказов ты набрал?

- Да не густо. 4 машины. Едва расходы оправдаю, да чуток детишкам на молочишко.

- Ты прав. Не густо. Слушай, Паша. Я хочу тебя попросить продать мою машину в России. Возьмёшь себе 500 баксов, а остальное отдашь в следующий приезд.

- Да не вопрос! А ты хочешь что-то другое себе купить?

- Да! Хочу что-то покомфортабельнее. А эта, уже отъездила своё. Мы с семьёй хотим съездить на недельку в Канаду, так хотелось бы с комфортом.

- Завидую, я тебе, Адам! Едешь в Канаду! Свободный человек. А у нас всё только хуже становится. Надо валить. Я над этим работаю.

- Правильно мыслишь! Давай завтра, выедем пораньше. И по дороге потрындим о делах.

Они выехали рано. В сторону выезда из города, машин было немного. Основной поток автомобилей утром стремился въехать в город, а вечером наоборот. Они быстро выехали на трассу и покатили на юг.

- Ну рассказывай, Паша! Какие новости в матушке России!

- Кино и немцы! Чем дальше в лес, тем толще партизаны. Бардак, хуже, чем после революции. Анархия, мать порядка!

- Ты чего это? Заговорил как сломанное радио.

- Да накипело! Кто во что горазд. Слышал о стадионе «Лужники», в Москве? Крупнейший стадион в стране. Теперь там рынок. Контейнеры, палатки, ларьки. Всех крышуют бандиты. Оброк значит собирают. Тех крышуют менты, а их «Контора». Люди стал мешочниками. Тащат всё что могут. Кто из Китая, кто из Турции, из Польши. Откуда могут. Все торгуют. Нищие, бездомные, оборванцы. Бандитские разборки и наезды. Чем дальше, тем страшнее. Надо увозить ребёнка.

- То, что ты рассказываешь, действительно ужасно. Как я понимаю, ты хочешь в Штаты. Я помню наш разговор, и прозондировал насчёт найма по договору. Дело дохлое. Мне объяснили, так: если вам нужен специалист для работы, надо сделать объявление в серьёзной газете, например, в «Нью Йорк Таймс», указать профессию должность и зарплату не менее 70 тысяч баксов. Записывать всех позвонивших и прошедших интервью. Записи перепроверяют. Брать на работу, в первую очередь местных специалистов.

- Ну, а если не найдётся местный?

- Тогда можно приглашать иностранца. Ты готов платить налог с 70-и тысяч? Ты знаешь какие у нас налоги. Да и кем, я могу тебя пригласить? Шеф-поваром, специалистом по русской кухне? На такое объявление, завтра выстроится толпа желающих.

- Вот что я придумал, Адам! Я когда-то, очень недолго, учился в институте радиоинженеров. Там же, училась и моя будущая жена. Любовь-морковь, короче мы так и не доучились. Мы подадим документы на студенческие визы, а там жизнь покажет.

- Паша! Если вы учиться не будете, вас отчислят и визы аннулируются. Станете нелегалами, и тогда уже легальным путём, вам статуса не видать.

- Слушай! В этой стране, живут миллионы нелегалов. Крутятся как-то. Посмотрим. Время покажет. А может в нашей богадельне, что-нибудь измениться. Тогда и мы вернёмся.

- Смотри Паша! Ты большой «мальчик». Решать тебе.

- Понято! Адам! Ты можешь мне помочь открыть счёт на Багамах?

- Это ещё зачем? Хочешь украсть миллион и спрятать.

- Ну типа того! Сейчас много людей крутятся с чёрными «бабками». Меня попросили перевести 10 «лимонов зелени».

- Знаешь! Если бы я тебя давно не знал, я был бы уверен, что ты меня разыгрываешь. Но я уже видел всякие чудеса. Ты серьезно говоришь?

- Серьёзно! Есть человек, у которого есть много «бабла». Я его давно знаю. Он и попросил меня, попробовать сделать счёт в офшоре. Ты рассказывал, что был на Багамах, я и подумал, может ты сможешь помочь.

- Паша! Ты пойми! Это другое государство. Я не знаю, как там, это делается. Если хочешь, я могу поговорить со своим бухгалтером. Может он что-то подскажет.

- Лады. Вернёмся, ты ему позвони.

Какое-то время они ехали молча. Каждый думал о своём. Адам был уверен, что всё это, пустая затея. Да и у кого есть 10 миллионов баксов? И где он их хранит? Не под матрасом же? Допустим, это правда. Тогда, они должны быть на каком-то счету в банке. И на каком основании, он переведёт, такую сумасшедшую сумму, на какой-то счёт? А что, если он сам владелец банка? Что же, он сам у себя будет красть? Да ну их всех в баню. Что я голову забиваю, всякой ерундой.

- Паша! Я хочу купить, какой-нибудь мини-вэн, не очень старый. А у тебя какие заказы?

- Есть заказ на «Фаербёрд». У меня есть один дружок, он бывший лётчик. Чего-то всё время крутит, строит разные схемы. Любит разводить народ. Попросил привезти ему «Фаербёрд». Он, как и я, торчит на американских машинах. Мы смотрели каталоги, и он хочет купить несколько таких машин, новых. А пока, просил привезти трёхлетку. Если понравится, будет хороший заказ. Ещё нужно пару седанов и один универсал «Форд».

На первой же дилерской площадке в Пенсильвании, Павел выбрал два седана, оба «Шевроле». Он долго и тщательно их осматривал, ездил на пробные поездки. Под конец загнал машины на эстакаду и долго осматривал и обстукивал. Наконец выбор был сделан.

- Адам! Скажи им, мы хотим посмотреть, ещё другие площадки, а потом вернёмся к ним. Мне эти машины нравятся.

- Паша! Если ты собираешься переехать в Америку, тебе пора учить язык.

- Да я пытался! Но не лезет в голову, этот язык. А вот моя, да и дочка, сразу схватили. Учат целыми днями. Так что, есть помощники.

Адам, перевёл дилеру, что они хотят посмотреть ещё машины на других площадках. А сюда вернутся, поскольку выбранные машины, понравились.

- Переведи своему другу, что я не могу гарантировать, что, когда вы вернётесь, эти машины будут здесь. Кто первый купил, тот и хозяин. Если вопрос в деньгах, то я могу немного уступить.

- Паша! Он не может гарантировать, что машины, тебя будут ждать. Знаешь, по закону подлости, они могут стоят долго, а могут и улететь в течении часа. Я дилеров этих знаю. Они будут снижать цену, пока могут. Если они дают клиенту уйти, значит ниже этой цены, он уйти не может. Решать, тебе. Можешь купить сейчас, а можешь попробовать поискать, где-то ещё. Машин в Пенсильвании много.

- Сколько он готов уступить?

Адам переводил взад и вперёд, пока дилер не отступил.

- Всё, Паша! Или берёшь, или поехали дальше?

- Беру! Только ты договорись, что мы заберём не сразу. Пусть постоят пару дней. Нам надо перегнать 5 машин.

- Почему 5? Ты же говорил, что тебе надо 4.

- А твою? Ты, её не считаешь?

- О чёрт! Я совсем забыл! Так нам придётся много раз сюда кататься.

Они пошли в офис, оформлять документы транзитные номера на перегон. Адам позвонил в свою страховую компанию, и объяснил ситуацию. Там отнеслись с пониманием, и предложили сначала приобрести все автомобили, а затем оформить страховку на все сразу.

- Адам! А может не надо страховку? Мы что, не доедем до порта в Нью Джерси? Это лишние расходы, а мне то зачем сейчас тратиться? Ты свою оформи, и хорош!

- По закону, каждая машина, прежде чем выехать на улицу, должна быть застрахована. Любой полицейский, который нас остановит, машину арестует. А штраф, после оформления страховки, будет такой, что мало не покажется. Мы и прошлый раз брали страховку.

- Да я понимаю, но с деньгами полная «лажа».

- Ты последний раз сэкономил, и чем кончилось? Но это у вас, в России, а здесь нельзя нарушать закон.

Машины были оплачены, документы получены и друзья принялись объезжать другие дилерские стоянки. Но то, что они искали не находилось. То год не подходил, то состояние автомобилей. Время шло и вскоре стоянки должны были закрываться.

- Паша! Может поедем, заберём одну из твоих машин? А завтра приедем с утра пораньше, и посмотрим дальние площадки?

- Давай. А то я уже проголодался, за целый день, да и устал.

- Они вернулись на первую площадку и увидели там, старого приятеля, который привозил их, в первый раз.

- Привет, бойцы! Опять охотитесь?

- Привет! На ловца, и зверь бежит! Слушай, мы ищем приличный мини вэн и «Фаербёрд», трёхлетку. Подскажи, где искать?

- Места надо знать! А вы хотите мой хлеб отбивать? У меня на завтра есть клиент. Могу вас подхватить. Но там, мне дилер не платит. Дадите стошку, могу отвезти!

- Ничего себе, 100 баксов! Ну ты даёшь!

- Паша! Он прав. Он же не может бесплатно работать.

- Если согласны, я заеду в 8 утра. Адрес тот же?

- Да, подъезжай в Манхеттен, 86-я стрит и 1-я авеню. Увидишь там ресторан «Пирог». До завтра!

Вернувшись на стоянку, Адам снова позвонил в страховую компанию и попросил застраховать две купленные машины. Вскоре, по факсу пришли документы, и они, забрав одну машину, отправились в сторону Нью Йорка.

- Паша, как всегда, держись за мной. Отвезём к Стиву, на стоянку. Я ему звонил. Кстати, тебе большой привет.

В ресторане уже беспокоились, что их долго нет.

- Всё нормально. Всю Пенсильванию объездили. Как здесь дела?

- Всё хорошо. Работы немного поменьше. Жарко, наверное. Но ты сам говорил, что летом работы меньше. Но скучать некогда. Миша отвёз заказы на блины. Всё идёт по расписанию.

- Да, Адам! Я всё развёз. Эта «Уксусная фабрика», такой кошмар. Там такая разруха и здание, со следами пожара. Как они там работают, не понимаю!

- Это их проблемы. Нам заказали, мы привезли. Завтра меня тоже не будет, мы с Пашей опять едем в Пенсильванию. Так что, хозяйничаете.

Утром, машина подъехала ровно в 8 часов. Адам и Павел успели позавтракать и настроение было боевое. В машине сидел ещё один человек, небольшого росточка, очень тихий и неразговорчивый.

- Привет, друзья! Это твой ресторан, Адам? Круто! Завидую!

- Знаешь! Я иногда тебе завидую! Отвечаешь сам за себя. Целый день на свежем воздухе, за рулём. Клиента отвёз, отдыхаешь. Обратно клиент едет сам. Никаких проблем и 200-300 баксов в кармане. Красота!

- Нечему завидовать. Клиенты всякие бывают. Иногда два-три раза приходится возить. Всю душу вытрясет. И то ему не так, и это не эдак. А потом начинают звонить: «Ой, у меня машина сломалась! Это вы мне такую подсунули! Верните деньги!» И ещё угрожают. А что касается бабок, то бензин не бесплатный, дороги тоже платные. А амортизация машины не считается? Я такой километраж наматываю, дай бог.

- Согласен! С людьми работать, очень тяжело. Беру свои слова обратно. Слушай. Нам нужно купить три машины. Поэтому придётся ехать в Пенсильванию, ещё раз. У нас там одна машина уже есть, купленная. Нам надо перегнать их в Нью Йорк. Ты же все равно туда едешь. За сегодня мы дадим тебе «стошку», и за завтра тоже. Договорились?

- Да. Только если завтра будет клиент. Порожняком, я за стошку не поеду. У меня жена, принимает заявки. Вечером созвонимся. Какие машины вы ищете? Ты вчера говорил про две.

- Павлу нужен «Фаербёрд» и «Форд» универсал, а мне «мини вэн».

- Понятно. Я знаю где искать, но сначала мой клиент.

На дилерской площадке разгружался большой трейлер, с автомобилями. Сам дилер и его помощник, суетились с криками и воплями вокруг него и к ним нельзя было даже подступиться.

- Через полчаса, не раньше. А сейчас не мешайте.

Решили ехать на другую стоянку, а клиента оставить здесь.

- Ты пока походи, повыбирай! Я ребят отвезу и вернусь. Тогда и будем решать. Поднимем машину на подъёмник, всё проверим. Хорошо?

- Золотой клиент тебе попался. Молчит, только кивает головой.

- Вот если бы все такие были, тогда и работать можно.

Они приехали на дальнюю площадку, где Адам никогда не был. Машин, действительно было много и очень приличных на вид.

- Площадка эта хорошая, но кто-то из «русских» кинул хозяина, и он не хочет с русскими работать. Так что я вам не помощник.

- Не бойся! Мы ребята тёртые. Мы здесь походим, посмотрим. А ты, когда там разберешься со своим клиентом, подъезжай.

Там действительно было, то что они искали. Адам, увидев «Люмену» APV, с широченным, скошенным под углом в 45 градусов стеклом, раскладывающимися задними диванами и великолепной «торпедой», понял, что эта машина, его. Названная цена несколько охладила его пыл, но после отчаянной торговли, уходами и возвращениями, он стал владельцем этой замечательной машины, за $8 тысяч! Павел, осмотрев автомобиль, особого восторга не выказал, но сказал, что такая машина в России может стоить тысяч $12-14. Но на любителя. У них стёкла воруют. Подходят с двумя присосками, и вырывают из оплётки.

- Ну в России, можно украсть всё! Надо в гараже держать.

Павел тоже нашёл то, что искал. После очередного раунда торговли, машины были куплены и оформлены.

К ним вернулся водитель.

- Адам! Я вижу, тебя можно поздравить!

- Тебя тоже! Раз без клиента, значит он тоже купил машину.

- Да, все хорошо. Значит созвонимся вечером. Если есть клиент, я приеду утром, на тоже место, откуда я вас забирал.

Адам и Павел, договорившись с дилером, что они приедут завтра за третьей машиной отправились в путь.

- Паша! Едем прямо к шипшандеру, а завтра перевезём остальные.

- У шипшандера их встретили как старых друзей!

- Адам! Рады тебя видеть, и твоего русского друга. Он правда мафиози?

- Рагацы? Это же шутка!

- Не хочешь говорить, не надо. Но таких показывают в кино!

- Ладно трепаться! Я привезу завтра ещё 3 машины. Всё отправляем на ролл-он-ролл-оф, до Хельсинки, Финляндия.

- Адам. Ты сказал, что мы хотим отправить на палубе, а не в контейнере.

- Да, Паша! Они всё поняли. А про тебя сказали, что похож на мафиози!

- Очень смешно! Они не видели наших бандюганов. Кстати, ты обещал позвонить своему бухгалтеру.

- Поехали в ресторан, оттуда будем звонить.

Бухгалтер оказался на месте, и ничуть не удивился вопросу.

- Адам. Ты со своим приятелем, должны подъехать ко мне. Я вам дам все необходимые данные, и к кому нужно будет обратиться. Не вы первые, не вы последние. Сейчас это модная тема. Многие открывают счета в офшорах. Подъезжайте завтра и я всё объясню.

- Завтра не сможем, а послезавтра утром, будем у тебя.

- Паша! Ты знаешь, ты уже не первый. Вашего брата, там навалом. Это что за фишка. В нищей голодной стране, ходят Корейки, с чемоданами, набитыми миллионами?

- А кто это - Корейко?

- Ну ты даёшь! Не читал Золотого телёнка, Ильфа и Петрова?

- А ты про этого, Остапа Бендера! Ну сейчас это не совсем так. Люди выводят бабки из страны и объявляют себя нищими.

- Да такие же схемы! Посовременнее, но такое же кидалово.

- Может ты и прав. Каждый крутиться как умеет. Я просто хочу немного заработать. А ты не хочешь?

- Конечно, хочу. Но только меня не устраивает, если кто-то придёт, и будет требовать бабки с пистолетом в руках. У меня семья, и я не могу их подвергать риску. Короче, звоним водиле, если завтра едем в Пенсильванию, то послезавтра едем к бухгалтеру.

- А где находиться твой бухгалтер?

- У него офис в Бруклине. Там живёт и работает большинство его клиентов. Я уверен, что многие из них, имеют связи с Россией.

- Адам! Тебя к телефону.

- Алло! Я вас слушаю!

Это был водитель.

- Привет! Всё в порядке. Завтра едем в Пенсильванию.

- Хорошая новость! Ты разбогатеешь, только о тебе говорили.

- А я уже обрадовался. Ладно, до завтра.

День повторился с точностью, как предыдущий. Только пассажир был другой и сыпал анекдотами и сам первый смеялся. Адам и Павел, только переглядывались и не могли дождаться пока они доедут.

- Ну слава богу, мы на месте. Держи свои бабки и спасибо. Дальше мы уже сами. Уверен, мы ещё увидимся.

Павел сел за руль «Форда», а Адам, наконец сел в свою, новую машину, и чувствуя себя, как богатый американец, поехал впереди. Они доехали до офиса шипшандера.

- Рагаци! Вот ещё одна машина, а мы через часик, привезём последнюю.

- Давай, давай, Адам. Знаешь английскую поговорку: «Чем больше, тем веселей!» Вези, да вези!

Они на новой машине Адама, поехали в офис Стива.

- Хорошая тачка, Адам! Классно идёт. А обзор какой! Как в аквариуме!

- Спасибо! Мне тоже нравится. Я уверен, и моим понравится.

- Рад вас видеть, друзья! Ты, Павел по делу, или приехал Адама навестить?

- Привет! Стив! Паша приехал прозондировать почву, на предмет переезда с семьёй в Америку. В России наступили тяжёлые времена.

- Это понятно. Хорошо, что отец не согласился, отправить лимузин туда. Его бы просто украли, и мы потеряли бы почти 50 тысяч баксов.

- Чего теперь говорить. Как наши дела с «Голден Гарбидж»? Скоро июль месяц, а мы где были, там и есть.

- Я сам нервничаю. Отвечают, что пока работают над проектом и ждут ответа из Санкт Петербурга. Надеюсь уже скоро будет результат. А что за машина стоит? Павел себе купил? Я мог бы помочь!

- Да он купил недорогую «машинёшку», я не стал тебя заморачивать. Ты говорил с твоим другом, по поводу лекарства?

- Да, говорил. Он очень заинтересовался. Мы как-нибудь на днях подъедем, пообедаем и пообщаемся.

- Договорились. Держи меня в курсе. Боюсь мы сделали ошибку, связавшись с «Голден Гарбидж». Но поезд уже ушёл. Я сам отказался от «Лиман Бразерс», хотя теперь и жалею.

Последняя машина, была отвезена в офис шипшандера и друзья, с облегчением от освободившихся хлопот, отправились обедать в ресторан.

- Адам. О чём вы со Стивом говорили? Надеюсь, не обо мне.

- Ну если самую малость. Я не стал говорить, что ты покупал машины. Он мог обидеться, почему мы его не попросили помочь.

- А действительно, почему?

- Стив занимается дорогими машинами: «Кадилаками», «Линкольнами», «Лимузинами», а тебе надо что попроще и подешевле.

- Понято! Завтра едем к твоему бухгалтеру?

- Да, прямо с утра. Сказал, что поможет, и что мы не первые.

Рано утром они были в Бруклине. Адам давно здесь не был, и заметил множество перемен. Открылись пельменные, новые рестораны, новые магазины. Народу явно прибавилось, хотя возможно начался купальный сезон. Вокруг слышался русский говор.

В большом офисе бухгалтера их встретил, сам хозяин.

- Рад тебя видеть, Адам! Ты у нас редкий гость! А кто твой товарищ?

- Я тоже рад тебя видеть! Извини, рутина заедает. А мой гость, Павел, из Москвы. Он и хочет открыть офис на Багамах.

- Я подготовил вам, кое-какие документы. Летите на Багамы, Нассау! Найдёте там офис мистера Грина. Адрес в пакете документов. Скажете, что вы от меня. Я его предупрежу по телефону. Он всё сделает. Не в первый раз. Мне за услугу, $150. И, Адам! Подпиши документы, раз ты уже здесь. Лучше лететь ночью. На месте определиться и с утра найти офис мистера Грина. Там всё делается быстро, в течении дня. Вечером, улетите обратно.

Друзья вышли из офиса, слегка ошарашенные стремительностью произошедшего.

- Твой бухгалтер, деловой! Мух не ловит. На ходу срубил полторашку!

- Паша! Тебе нужен результат? Ты его получил. А то, что он берёт за свою работу деньги, так это нормально. Странно, если б было наоборот. Давай решать, что делать дальше?

- А что делать? Надо лететь на Багамы!

- Давай позвоним моему тур агенту и узнаем, когда и сколько?

Всё оказалось просто. Они заказали билеты на следующий вечер, и вылет обратно на следующий день. Плюс гостиницу, с двухместным номером. Осталось подъехать в офис и всё оплатить.

- Паша! Надеюсь тебя снабдили деньгами, для открытия счёта? Какую-то сумму надо будет положить на счёт, и наверняка открытие счёта, тоже будет стоить каких-то денег.

- Деньги есть! Так-что можем ехать, платить.

Дома и на работе, Адам предупредил всех, что его не будет пару дней. На работе все понимали, а вот дома, Ната ворчала!

- Объясни! Тебе это всё, зачем? Ты что-то там зарабатываешь? Вляпаешься ещё в какую-нибудь историю!

- Ната! Я просто делаю Павлу одолжение. Сам я никаких денег, получать или переводить, не собираюсь. Он тоже мне помогает. Продаст мою машину в России. Он со мной возился, пока я был в Москве.

Самолёт взмыл в воздух и взял курс на Нассау, столицу Багамских островов. Через три с половиной часа, они спускались по трапу самолёта в парную южную ночь. Стандартный джип, с откинутыми брезентовыми бортами, покатил между чернеющими пальмами, и только россыпь мерцающих звёзд, освещала дорогу. В отеле, полусонный портье, выдал им ключ от номера, и пожелал спокойной ночи.

- Смотри, как здесь всё цивилизованно!

- Паша! А что ты ожидал? Что обезьяны будут кидать в тебя бананами? Они, много лет были английской колонией. А теперь сами себе хозяева. Создали оффшорную банковскую систему, и стригут себе понемножку. Народ открывает здесь счета, поскольку нет налогов и можно спрятать любые «бабки», нажитые неправедным путём.

- Вот тебе и чёрные ребята! А чем ещё они занимаются?

- Туризм, понятное дело. Ещё делают ром. Поют, танцуют. Весело живут.

Утром, друзья спустились в ресторан. Народ завтракал, и они присоединились к остальным. После завтрака, Адам сверился у портье, как добраться до адреса, указанного на конверте.

- Возьмите такси. Это в центре города, и отсюда другого транспорт нет.

Такси, всё тот же неизменный джип, с откинутыми брезентовыми бортами, белозубым темнокожим водителем, лихо виляя из стороны в сторону, подвёз друзей к нужному зданию.

- $15. - Очередная белозубая улыбка!

- Держи басурман. Это он должен платить нам, за такую езду!

- Не бери в голову, Паша! У них своя культура.

В офисе их встретил элегантно одетый мужчина, с дежурной белозубой улыбкой, на темнокожем лице.

- Прошу, прошу господа! Я мистер Грин. Чем могу быть полезен?

- Я, Гардов Адам. Мой друг из России, Павел Дымов. У меня, для вас пакет документов, от моего бухгалтера. Он должен был вам звонить!

- Совершенно верно. Я вас ждал. Разрешите, я просмотрю пакет документов. Как и всегда, всё в порядке. Значит порядок у нас такой. Для того, чтоб открыть счёт в нашей стране, необходимо иметь здесь какой-то бизнес. Не пугайтесь, это обыкновенная рутина. Я подготовил документы. Их необходимо подписать и затем, мы отправимся в банк, где собственно и будет открыт счёт. Могу я посмотреть ваши паспорта?

- Простите, мистер Грин. Во-первых, мой друг не владеет английским языком, и я должен ему все перевести. Во-вторых, что это означает иметь какой-то бизнес? Мы должны будем показывать какую-то деловую активность в бизнесе?

- Конечно, я понимаю, что вы должны переводить. Что касается деловой активности, то она не обязательна. Вы будете платить, годовой минимальный налог в $100.

- Паша! Не все так просто, как казалось! Чтоб открыть счёт, сначала надо зарегистрировать компанию! Как я понимаю, это будет стоить денег. С компании будет взиматься налог, но немного, $100 в год. Дальше, он ведёт нас в банк, и там откроют счет. Наверняка, тоже стоит денег.

- Адам! Мы прилетели за тысячи километров, что будет то и будет.

- Мистер Грин! Мой друг всё понял, и заранее согласен!

- Прекрасно! Я вписываю вас обоих, как директоров компании. Вас как президента, а вашего друга, как вице президента.

- Мистер Грин! Я просто исполняю миссию переводчика. Владельцем компании, должен быть мой друг.

- Видите ли, мистер Гардов! Мы оформляем компанию, на основании документов, представленных вашим американским офисом. Поэтому, вы тоже должны участвовать в совете директоров Багамской компании.

Адам рассказал Павлу, о возникшей проблеме!

- Я не вижу проблемы! Счёт в банке, будет на моё имя? А если и ты будешь вписан, я не против. Ты знаешь, что я тебе доверяю.

- Паша! Дело не в доверии! Мне это не очень надо. У меня своих проблем, больше чем мне хотелось! Зачем мне ещё искать на свою задницу приключений? Кто переведёт бабки, какие бабки? Я не хочу попасть под раздачу? Надеюсь ты это понимаешь?

- Понимаю! Я тебе отвечаю, я сам не хочу иметь проблемы. У меня тоже семья. Будут какие-то деньги, мы поделимся. Давай, Адам! Мы уже так далеко зашли! Не ломать же всё, сейчас!

- Ну хорошо, мистер Грин! Мы согласны. Оформляйте документы.

- Благодарю вас, господа! Я знал, что вы примете благоразумное решение.

Стоимость моих услуг, составляет $200. Благодарю за понимание!

Документы были оформлены, подписаны и уложены в папку с названием новоявленной компании «АэндП Багамиан трейдинг ко».

- Паша! Поздравляю! Ты вице-президент, компании «А и П», «Адам и Павел Багамская торговая кампания».

- За 40 лет, я наконец удостоился такой чести! А я могу заказать себе визитки с этим названием?

- Ты можешь даже медаль на грудь повесить, или орден.

- Тебе смешно! У вас в Америке это ничего не значит, а в России очень даже уважают.

- Господа! Всё готово, и мы можем идти в банк.

Они вышли из здания и перешли на другую сторону улицы. Зайдя в помещение банка, мистер Грин просил их подождать, а сам прошёл во внутреннее помещение банка. Через какое-то время он вернулся с высоким, необъятных размеров чернокожим мужчиной, и после церемонии знакомства, они были приглашены в офис менеджера банка.

- Господа! Оформление документов вашей компании, займёт какое-то время. Мне нужны ваши паспорта, и могу я, предложить вам кофе?

- Паша! Давай паспорт, и этот здоровяк, предлагает кофе.

- Слушай! Здесь такая жара! Попроси холодной воды.

- Мой друг спрашивает, можно ли получить холодную воду, и мне тоже?

- Никаких проблем. Разрешите у вас узнать вам нужны две разные чековые книжки, или одну общую?

- Мне чековая книжка не нужна, выпишите одну, для моего товарища.

- Паша! Я попросил выдать чековую книжку только на твоё имя. Мне это ни к чему. Меньше знаешь, крепче спишь.

- Значит у меня, будет своя чековая книжка? Это круто!

Адам понимал, его детскую радость. Он помнил себя, когда впервые открывал счёт в банке, выписывал чеки, и платил кредитной картой. Теперь всё стало рутиной, и было непонятно, как можно без этого обойтись.

Прошло не менее часа, когда наконец появилась сотрудница банка с ворохом документов, чековой книжки для Павла, и счётом в $250, за услуги по открытию счёта. Взаимные пожатия рук, пожелания успехов и удачи и друзья, покинули банк, унося пакет документов, и веру в светлое будущее.

- Адам! Это нужно отметить! Ты можешь выпить за нашу удачу!

Прибыв в гостиницу, друзья зашли в свой номер, оставили документы и отправились в ресторан, праздновать открытие счёта.

- Павел! Поздравляю тебя, с почётной должностью, вице президента международной компании «A&P Bahamian inc.”!

- Стебайся, стебайся! А когда срубим бабла, запоёшь по-другому!

- Нашему теляти, как там дальше не помню, например, быка забодать!

- Адам! Ты это к чему?

- Извини, Паша! Но не верю я в какие-то шальные миллионы! Что их, так запросто, можно украсть! За всё приходиться платить!

- Так-то так! Но не в России! Там воровали всегда! Даже когда за это сажали на кол. Пётр первый, лупил своего дружка, Меньшикова, за воровство. И чего? Кто-то ответил на вопрос, как в России дела? «Воруют!» Ничего не изменилось. Сейчас, такая анархия и бардак, что украсть не может, только тот, кому нечего или негде.

- Но также не будет вечно! Придёт время, всё устаканится. Будет власть и она спросит за всё. За украденное, за разграбленное!

- Может и так. Но не при нашей жизни.

- Знаешь, Паша! Я часто думаю о России. Я же вырос там. Я понимаю, что сегодня, в таком мутном болоте, можно крутиться и можно заработать. Если б я был один, наверное, так бы и сделал. Но есть большой шанс, получить дырку в башке, а кто тогда позаботится о моей дочери?

- Адам! Я давно кручусь, и мне это надоело. Кругом беспредельщики и воры. Я хочу обезопасить свою семью, как и ты. А дальше будет видно!

После плотного обеда, они вернулись в свой номер и стали собираться в аэропорт. Пора возвращаться в Нью Йорк.

Пройдя паспортный контроль, они проходили мимо пограничников с собаками, внимательно присматривающихся к пассажирам. Внезапно, одна из собак рявкнула, и рванула к Павлу. Она принялась обнюхивать его, а пограничник пригласил его, отойти в сторону. Адам попытался вмешаться, но его вежливо остановили. Багаж Павла и он сам, подверглись тщательному осмотру, а затем, не найдя ничего интересного, пограничники его отпустили. Павел, облегчённо вздыхая, подошёл к поджидавшему Адаму

- Нет, ты это видел? Чего эта псина на меня кинулась?

- Может она не нюхала русского духа, а может ты ей понравился?

- Ты всё стебаешься, а у меня душа ушла в пятки. Оставят меня на этих Багамах, и что я буду делать? Без языка, без денег.

- Собаки натасканы на наркотики. Не знаю, что уж она у тебя, там унюхала, но у неё не спросишь. Пользуйся шампунью, и чаще мойся.

- Спасибо за совет! Я и так, теперь моюсь два раза в день. Волосы рассыпаются, как солома. Меня дома никто не узнает.

Самолёт приземлился рано утром в аэропорту Джей Эф Кэй. В ресторане, ещё никого не было. Адам приготовил завтрак и они, коротая время за кофе, поджидали прибытия работников.

- Адам, привет! А мы думали, вы приедете завтра.

- Извини, Вил. Если мы нарушили твои планы!

- Любишь ты, Адам, подтырить человека на ровном месте.

- Есть такой грех. Какие новости?

- Да всё нормально. Как обычно, а вот и твои «ихос»!

- Папа, привет! Привет!

- Ихос! Коместас?

- Бьене, бьене! Мучо бьене! Грациас!

Они никогда не жаловались, даже если и были проблемы. Если что-то случалось, они выдвигали Луиса, зная, что Адам относится к нему очень хорошо. Даже скорее, как собственному сыну. Луис работал с Адамом дольше всех. Был очень трудолюбив и терпелив. Адам, в трудные дни, иногда срывался, но остыв, извинялся, и Луис это понимал.

- Паша. Я поработаю с ребятами, а ты погуляй и подходи к обеду.

- Адам! Занимайся своими делами, и не обращай на меня никакого внимания. Завтра отвезёшь меня в аэропорт, и я перестану тебе мешать.

- Ты мне не мешаешь. Если хочешь, пойдём со мной на кухню. Я научу тебя готовить. Приедешь домой и удивишь жену.

- Ну уж нет. Это не моё. Вот что-нибудь сделать или починить по электрике или сантехнике, это пожалуйста. А готовить, это моя жена.

Адам просмотрел счета и накладные и они все вместе отправились помогать поварам на кухне.

- Я вижу заказы на блины не уменьшаются, а даже наоборот увеличиваются. Это хорошо, но я хочу запустить что-то ещё.

- Адам! Мы и так, закрыли ланч. Делаем заготовку и упаковку в обеденном зале. Если делать что-то ещё, то где и когда?

- Вил! Я знаю, что это проблема. Можно, конечно, сделать ночную смену, но нет места, где хранить упаковки, где складывать готовую продукцию? Нужны большие холодильники, но для них нет места. Я всё больше думаю, о том, что подходит пора открыть филиал, и там пробовать концепцию «фаст фуда». Заодно, решится вопрос места для хранения готовой продукции, которую можно предложить «Зейбарсу», а заодно и всем остальным.

- А что за продукция, которую ты хочешь делать?

- Блинчики! С разными фаршами. С мясом, с картошкой и грибами, с творогом, с яблоками, да мало ли начинок можно придумать. Проблема заключается в том, что выпекание блинчика, даже с одной стороны, требует много времени. Это очень монотонная и трудоёмкая работа. Когда Луис печёт блинчики для наших нужд, он забирает всю плиту, на пару часов, он печёт на шести сковородках, и работает как фокусник в цирке, но это Луис!

- Ты знаешь, Адам. Я видел на Бауэри автомат, который печёт блинчики.

- Как это автомат, который сам печёт блинчики? Разве это возможно?

- Да! Крутится барабан, на него намазывается тесто, а потом срезается ножом. Барабан постоянно крутится, и блины отлетают один за другим.

Если это правда, я завтра, сразу после аэропорта поеду на Бауэри и поищу машину, о которой ты говоришь. Это решение многих проблем.

Весь день, Адам носился с этой мыслью, и вновь требовал у Вила, описать действие чудодейственного блинного аппарата. Так было всегда. Если что-то засело к нему в голову, он думал об этом постоянно. Пока не решал, то что задумал. Иногда не получалось, и он долго и с сожалением, отказывался, от казалось, такой соблазнительной мысли.

Даже по дороге в аэропорт, он приставал к Павлу, спрашивая, как это может работать?

- Адам! Надо посмотреть. Но в принципе, я думаю, это может работать.

Они распрощались у стойки регистрации, до следующей встречи.

Адам ехал по направлению к Манхеттен бридж, мосту, который выходил в сторону Бауэри стрит, ближе всего. За столько лет, Адам уже знал практически всех дилеров, торгующих ресторанным оборудованием. После нескольких расспросов, его отправили к Майклу, который торговал, разным экзотическим оборудованием.

- Привет, Майкл! Мне сказали, что у тебя, была машинка, которая печёт такие тонкие блинчики?

- Привет, Адам! Ты наверно говоришь о блинчес. Так называли у нас в семье, когда мама пекла такие штучки с картофельным пюре внутри.

- Точно. Именно про это я и говорю.

- Это крэпс машина. Она французская. А французы, блинчес, называют крэпс. Я её купил на аукционе. И она всё ещё у меня. Сразу скажу, это не дешевая игрушка. Я хочу за неё $2 тысячи.

- Ты покажи сначала, а потом будем торговаться.

Помощники, которые таскали, мыли и чистили, купленное на аукционах оборудование, торжественно притащили из подвала, тяжёлую, но очень компактную машину. Адам ходил вокруг неё, не понимая, как это может работать. В верхней части, между двух стоек, был закреплён толстый барабан, с тремя нашлёпками, каждая размером с небольшой блин. Поперёк станины, был закреплён транспортёр с металлической сеткой.

- Майкл! Как это всё работает? У тебя есть какие-нибудь документы? Инструкции? Она вообще живая? Её можно проверить?

- Конечно, рабочая! Мне до аукциона, показывали, как она работает. Вот видишь под барабаном, закреплён лоток? Вот сюда крепится банка с тестом. Я тебе дам несколько банок. К этой банке с резинкой, крепится крышка. В ней есть длинный носик. Опрокидываешь банку, вверх дном и тесто стекает в лоток. Барабан крутится, тесто намазывается, а потом снимается ножом.

- Майкл! Ты включи её. Посмотрим, как это работает.

При включении машина загудела, барабан закрутился, замигали многочисленные лампочки, и лента транспортера стала ездить туда-сюда.

- Красиво, но непонятно. А у тебя есть тесто, чтобы попробовать печь?

- Адам! Я торгую оборудованием. Если хочешь, заплати за машину, пробуй, пеки. Если не получится, в течении недели, я заберу её обратно.

- Что значит заберу? А деньги полностью вернёшь?

- Конечно! Мы не первый год знаем друг друга. Я уверен, что ты её не вернёшь. Я же вижу, что блинчес машина тебе нравится.

- Допустим! Но две тысячи баксов, это перебор. Могу дать полторы.

Они ещё немного поторговались, и сошлись на $1,800 с доставкой машины в ресторан!

Ребята высыпали на улицу, для того, чтоб втащить машину в помещение ресторана. Она оказалась жутко тяжёлой, и Адам переживал, чтоб кого-нибудь не поранили или не уронили машину. Наконец её втащили на кухню, и установили на длинный холодильный прилавок.

- Папа! Это макина пара трабахо?

- Да, Луис! Если она работает, тебе не придётся больше печь блины. Эта «макина», будет всё за тебя делать.

Молодёжь недоверчиво оглядывала непонятное сооружение.

- Вил! Ты говорил, что видел, как она работает? Можешь показать?

- Я сам на ней не работал. Но вот здесь, наверху крепилась банка с тестом, на барабане пеклись блины и их срезал вот этот нож! Можем попробовать!

- Луис! Аккуратно, помой и протри машину, а мы с Вилом замесим тесто.

Когда всё было готово, включили машину и наверху закрепили, перевёрнутую банку с жидким тестом для блинчиков. Все столпились вокруг и с опаской смотрели на заморское чудо. Машина загудела, закрутился барабан, обмакивая выпуклые части барабана, в лоток с тестом. Закреплённый нож, срезал с барабана, тонюсенький блин, который укладывался на двигающийся транспортёр. Затем транспортер, возвращался на прежнее место, и подхватывал следующий блин, и укладывал его точно в то место, где и первый. Все следили как зачарованные, а пачка блинов росла на глазах. Это было почти чудо. Оно продолжалось, пока не кончилось тесто в бутылке и в лотке, откуда черпалось крутящимся барабаном. Машина остановилась, загорелась красная лампочка.

Адам выключил машину, и осторожно снял с транспортёра толстую пачку блинов, пропеченных, с одной стороны.

- Луис! Сколько тебе надо времени, что напечь столько блинов.

- Может уна семана, Папа!

- Тебе неделю, а эта «макина» налепила за полчаса. Нравится?

- Папа! Я никогда не видел такую макина. Муча гранде кабеза!

- У неё не одна голова, а сразу три. И все пекут. Машина, действительно удивительная. С такой производительностью, мы можем лепить блинчики на весь Нью Йорк. Надо попробовать с нашими начинками. Сегодня на обед, наделай блинчиков. Кто с чем хочет и сколько хочет. Мне поджарь разных, 3-4 штуки.

Обед прошёл весело. Все обсуждали чудо машину.

Наступил последний рабочий день перед коллективным отпуском. Все собрались после обеда, за накрытым столом.

- Друзья мои, ихос! Всем счастливого и весёлого отпуска. Вот конверты с вашей зарплатой и отпускными. Мы хорошо поработали и заслужили хороший отдых. Передавайте привет своим семьям и будьте здоровы.

- Спасибо, Папа! Спасибо, Папа!

Этот нестройный хор голосов лил бальзам на душу Адама. Эти ихос, простые, очень трудолюбивые и послушные ребята, по сути были его второй семьёй, и он заботился о них, как о своих детях. Он знал, что они не кривят душой и относятся к нему с любовью и уважением.

Все разошлись, остались Адам и Вил.

- Ты чего такой кислый? Впереди отпуск и праздник.

- Это для всех, но не для меня. Мне веселиться не от чего. Что я буду делать всё это время? На работе, я иногда забываю обо всём, а когда прихожу домой, не могу уснуть, пока не приму таблетки. А всю ночь снятся кошмары.

- То-то я вижу, что ты такой квёлый. Вил, давай поговорим серьёзно. Я затеваю серьёзный бизнес, в который собираюсь вложить немалые деньги. Как свои, так и чужие. С Россией, тоже есть какой-то прогресс, и возможно мне придётся время от времени, туда ездить. Я очень на тебя надеялся. Я думал, что со временем, ты немного успокоишься и отойдёшь от своего душевного и физического расстройства. К сожалению, я вижу, что твой кризис, не проходит, а наоборот, усугубляется. Пойми меня правильно, я должен быть, на 100% уверен в своих тылах. Любые сомнения, поставят под удар все мои планы. Я понимаю, что ты пытаешься бороться со своими фобиями, но этого мало. Жизнь продолжается, и это всегда борьба. Ничего не даётся просто так. Ты стал очень зависимым, от своих лекарств. Это делает тебя слабым и безвольным. Я собираюсь, вместе с Мишей Шведом, открыть, совершенно новый, для меня, вид бизнеса. Он будет целиком зависеть от нашей основной кухни. Здесь тоже будет непросто. Скажи! Как я могу на тебя полагаться, если ты в таком состоянии?

- Адам! Дай мне последний шанс! Я постараюсь взять себя в руки, и обойтись без таблеток. Ты меня знаешь не первый год. Это несчастье меня сломало. Я иногда думаю, что проще было бы покончить с собой. Но, то что я, хоть как-то могу помогать, моему маленькому сыну, даёт мне силы.

- Ну ты уже совсем падаешь духом. Жить ради сына, нужно. Но реально ты сможешь ему помочь, если возьмёшь себя в руки, и начнёшь жизнь с начала. У тебя ещё есть время. Здесь или в другом месте, ты можешь начать строить свою карьеру с нуля. Деньги — это хорошо, но сыну нужен отец. Живой пример для подражания и любви. Давай! Я в тебя верю!

Дома, во всю шли приготовления к поездке. Надя и Ната, каждая собирала свои вещи.

- Гёрлс! Это хорошо, что вы собираетесь! Мы встаём очень рано. Нам ехать далеко и долго. Дорога абсолютно неизвестная, так что я не знаю, сколько часов мы проведём в пути. Заканчивайте и спать. Я всех разбужу!

- Ты уже пришёл, командир? Мы никак не могли, без тебя решить!

- Дэдди! Я всё собрал. Игрушку и шетку на зубки!

- Ты у меня молодец! Я тоже должен собрать зубную щётку.

Наконец все угомонились и разбрелись по своим кроватям. Адам обдумывал детали поездки. Он немного лукавил, когда говорил, что дорога неизвестная. Он ездил в ААА, организация услугами которой пользовалось большое сообщество автомобилистов по всей Америке. Автомобильная Ассоциация Автомобилистов, за небольшой годовой взнос, помогала водителям, попавшим в беду. Они выезжали по первому звонку, устраняли мелкую неисправность на месте или толкали, буквально упираясь в задний бампер, до ближайшей мастерской. Они могли помочь, завести машину, сменить колесо, а также помогали составить маршрут для путешествия и снабжали бесплатными картами, отмечая маршрут, красным фломастером.

Адам, накануне заехал в один из таких офисов.

- Помогите мне составить маршрут поездки до Ниагарского водопада, а возвращение, через Монреаль.

- Смотрите на карту! Вы направляетесь по этой дороге на город Буффало, сам водопад находится в нескольких километрах от него. Но я вам советую, переехать на Канадскую сторону, откуда и открывается, собственно вид на Ниагарский водопад, с нашей стороны, вид не очень интересный. Вы можете побыть там пару дней, посмотреть аттракцион мини Канада. Для детей очень любопытно. У вас есть дети?

- Да есть! Моей дочери 7 лет.

- Прекрасно, заказывайте гостиницы, где есть бассейны и поскольку вы член ААА, то получаете от них скидку в 10%, при предъявлении членского билета. Дальше я вам предлагаю посетить столицу Канады Оттаву. Она очень напоминает по архитектуре Лондон. Затем вы можете отправиться в Торонто, это очень красивый и современный город, с большим населением выходцев с Украины и России!

- Спасибо! Но я не очень по ним соскучился, а вот город посмотрю с удовольствием. А куда мы едем дальше?

- Я отмечу ваш маршрут на карте. Вы едете в Монреаль, столицу французской Канады. Прекрасный город, красивая архитектура.

- Спасибо! Мы с женой уже однажды там были, нам очень понравилось.

- Тогда вы знаете как вернуться в Нью Йорк. Счастливого отдыха!

Адам забрал карты, распрощался с вежливым сотрудником ААА, вернулся в ресторан обзванивать отели из полученной брошюры...

Он проснулся от звонка будильника, и сразу принялся собираться. Дорога предстояла дальняя, судя по километражу, могло занять от 7 до 8 часов. Адам приготовил завтрак и пошёл будить семью.

- Дэдди! Мы не сплим! Ты громко делал шум.

- Знаешь, бэби, ты уже большая и хорошо говоришь по-английски. Но твой русский, без переводчика понять сложно. Я не буду тебя заставлять, его учить, но, когда ты пойдёшь в колледж, он тебе здорово пригодится.

- Адам! А можно с утра без лекций? Она в колледже, будет учить испанский, который ей понадобиться в этой стране. А сейчас, дай нам спокойно собраться, позавтракать и жди нас в машине.

Адам, забрал вещи и спустился на лифте в гараж, где жильцы ставили свои автомобили. Он поискал глазами, свой новый минивэн. Владельцы автомобилей, были обязаны оставлять ключи в машине, чтоб по необходимости, можно было их переставить. Найдя свой автомобиль, Адам погрузил вещи и выехал из гаража. Он подъехал к выходу и принялся терпеливо ждать. Терпение, не входило в число его достоинств, но он, зная привычку Наты, всегда и везде опаздывать, заранее готовил себя к длительному ожиданию. Когда последнее терпение, окончательно лопнуло, он вылез из-за руля и направился к выходу из здания. Но они уже шли ему навстречу. Надя весело размахивала ручонками.

- Дэдди! Де наса новая масинка? Ой! Это? Ай лав дис бэби!

- Мне она, тоже очень нравится! Мне нужен штурман! Будешь мне помогать? У меня есть карта, и надо по ней следить за дорогой!

- Надя может быть штурманом, но я сижу впереди. Меня сзади укачивает.

Адам знал, эту её привычку, сидеть на переднем сидении, но всё равно надеялся Нату уговорить, поменяться с Надей местами. Поняв всю тщетность своих надежд, он сдвинул в сторону большую дверь, открывая широкий салон с двумя рядами диванов.

- Бэби! Это всё твоё. Садись, ложись, но обязательно пристегни ремни.

- Какой больсой, красиви масинка! Я это очень люблю.

Наконец все расселись, и они тронулись, стремясь на север, быстрее из города. Выехав на шоссе, Адам прибавил скорость до разрешённого максимума и поставил круиз контроль. Машина шла плавно, покачиваясь на редких неровностях. Широкое окно открывало великолепную панораму, наступившего тёплого утра. Северная часть штата Нью Йорк, была необычайно красива, своими холмами и лесами. Широкое шоссе, было свободно, только изредка их обгоняли, спешащие автомобилисты.

- Ната! Я хочу с тобой посоветоваться о том, что я собираюсь делать.

- Это обязательно? Можно, я лучше посплю. Мы в отпуске, я хочу отдыхать и ни о чём не думать.

- А с кем же мне ещё обсуждать мои проблемы, если не с тобой?

- Поговори с Царевичем. Он же получает зарплату, вот пусть и выслушивает твои планы и идеи.

- Кстати о Царевиче. Он совсем пал духом. Сидит на транквилизаторах, ходит как сонная муха и мало чем интересуется.

- Я тебе уже говорила, он впал в другую крайность. Из гоношливого, «комсомольского секретаря», превратился в слезливую, безвольную бабу. Что ты собираешься с этим делать? Дальше будешь с ним нянчиться, или искать ему замену? На меня не рассчитывай. Я, тебе помочь не смогу!

- Это я понимаю. Я вчера с ним разговаривал, и довольно жёстко. Мы договорились, что, если он не возьмёт себя в руки, мы расстанемся.

- Он слабак! На таких, слова не действуют. Вот когда не будет на кого надеяться, тогда он очнётся и будет что-то делать.

- А если он покончит с собой? Я не хочу с этим жить, на моей совести.

- Ничего он не сделает. Чтоб покончить с собой, нужна сила воли. А этого у него нет. Похнычет, и пойдёт искать заработок.

- Будем надеяться. Слушай, я тебе рассказывал, какую волшебную машину купил. Она лепит блинчики, со скоростью света. Мне этого компонента, очень не хватало, для завершения концепта, русского «фаст фуда». Я хотел иметь в ассортименте, блинчики с различными начинками. Их легко замораживать, доставлять и доготавливать на месте. Слушай что я думаю делать. Всё готовить, пока в ресторане. Блины, блинчики, голубцы. А пельмени, вареники я могу закупать в Бруклине, у Семёна, он с женой, построили пельменный цех на Кони Айленд авеню. Они получили лицензию ФДА, на производство продуктов с мясом. Пельмени делают три раза в неделю. Там дежурит инспектор от ФДА и всё проверяет и просчитывает. Семён мне рассказывал, что вложил в стены, то есть обшил их металлом и все холодильники, и морозильники, купили на ножках. Полная санитария. Одним словом, им можно доверять. Короче! Я думаю, пришла пора, искать новое место для открытия первой пилотной точки, где я смогу обкатывать мой новый концепт.

- А как же ты собираешься возить голубцы и блинчики? Они же с мясом. Разве тебе не понадобится лицензия ФДА?

- Нет! Это, только если я буду мясные изделия продавать другим организациям. А если в своих, ничего этого нам не надо. У меня есть, Миша Швед, который хочет внести 100 тысяч баксов, в открытие филиала. Мы можем внести столько же, и построить очень неплохой ресторан «фаст фуда»! Самое узкое место, это Царевич. Я должен с ним что-то решить, до того, как я начну что-то делать. Потом менять будет очень болезненно для бизнеса. Что скажешь?

Не услышав ответа, он глянул на Нату. Она тихо спала, откинув голову на стойку двери. Надя тоже спала, устроившись на широком диване.

Адам выключил, и так едва слышное радио, и поёрзав, устроился на сиденье и не отрывал глаз от дороги. Он чувствовал себя защитником, охраняющий покой самых близких ему людей. Это всё, что по сути у него есть. Всё остальное, суета и никчёмная мелочь. Он должен сделать их жизнь, более спокойной и стабильной. Материальное благополучие, основа для создания нормального, обеспеченного будущего. За время работы за баранкой лимузина, он привык к длинным перегонам, и стремился без остановок и перерывов добраться до места назначения.

Мимо проносились деревья и лишь изредка, проплывали большие островки с заправочными станциями, парковками и торговыми центрами, располагавшимися по обе стороны многоголосного шоссе. Высокие мачты «фаст фудов» были видны издалека, чаще всего это была реклама Макдональда, а иногда КФС, реже какой-нибудь сетевой пиццерии.

Большегрузные трейлеры, парковались около мотелей, где можно было отдохнуть или переночевать. Такие островки располагались, через 25-50 миль. Народ пользовался благами туалетов и возможностью перекусить.

- Адам! А сколько мы уже едем? Я немного поспала, - открыв глаза спросила Ната.

- Совсем немного! Мы в пути, уже почти 5 часов.

- То-то у меня всё тело ломит. А шею, похоже я свернула. Как там наш котёнок? Она тоже спит?

- Мамми! Я не спит! Ты и дэдди громко сказали!

- Прости котёнок! Я не знала, что ты тоже спала.

- Адам! Давай сделаем остановку.

- А может доедем? Нам ещё 2-3 часа ехать до Буффало.

- Нет. Не может. Нам надо в туалет, а ребёнка надо покормить.

Спорить с этим было невозможно и Адам стал присматриваться к знакам, оповещающим количество миль до ближайшей стоянки со всеми атрибутами.

- До ближайшей заправки, 20 миль. Минут через 15-20 будем там.

Он съехал с шоссе, подчиняясь указателям и запарковался рядом с другими автомобилями.

- Всё гёрлс! Перерыв. Все выходим. Это был большой центр, с Макдональдсом в главной роли. При входе располагались туалеты, где можно было ополоснуть сонное лицо, и привести себя в порядок. Торговый зал, образовывал широкий круг, со столами и стульями. Представители различных «фаст фудов» имели свои окна, но больше всего народу, стояло у окна Макдональдса.

Адам занял стол и посматривал в сторону туалетов, поджидая свою семью. Завидев их, он замахал призывно руками.

- Садитесь! Говорите кому что, я всё принесу.

- Дэдди! Я хочу гамбургер с фрайс!

- Это мне понятно. Надя, что тебе?

- Большую чашку кофе и бутерброд с сыром.

Адам занял очередь у окна, в небольшой цепочке, любителей гамбургеров

Она двигалась быстро и вскоре он оказался у окна.

- Мне чизбургер с фрайс и кок.

- Бэби! Твой заказ!

- Дэдди! Как ты знал на кок? Я не сказала.

- Я прочитал это, в твоих глазах. Я сейчас вернусь.

Он подошёл к одному из «фаст фудов», где заказал кофе и бутерброды.

- Добавьте ещё, два маффина. Один с клюквой, а второй с голубикой.

- Адам! А кому эти маффины?

- Я взял так, на всякий случай.

Надя, как всегда ела медленно и вдумчиво. Каждую соломинку жареной картошки, она придирчиво осматривала, долго макала в кетчуп, а затем медленно жевала, жмурясь от удовольствия. Смотреть на этот процесс, было сплошное удовольствие, и Адам старался её не подгонять, хотя не без внутренней борьбы. Можно было не спешить. Через два три часа, они должны добраться до Буффало. Наконец, Надя отодвинула, с сожалением, недоеденную еду.

- Сё! Я не можу больше.

Она так всегда путала слова и падежи, что Адам, иногда для себя, переводил её фразы. Ната понимала её всегда.

- Котёнок! Ты хочешь, чтоб я везла это с собой?

- Иес, мамми!

Адам сходил за бумажным пакетом, и они, сложив оставшуюся еду, вышли на улицу. Было светло и солнечно.

- Гёрлс! Если все готовы, садимся в машину и вперёд.

- Дэдди! Мы хочем ехать, на Нигаский водичка!

- А ты помнишь, как это называется по-английски?

- Дэдди! Ю форгат? Наягра Фоллс!

- Вот так, это и называй. Это будет проще для всех.

Все погрузились в машину, на выезде заправили полный бак бензина, и вновь устремились на север.

- Ната! Я так и не закончил свой рассказ. Ты просто заснула!

- Адам! Только не вздумай, опять завести эту волынку. Я снова засну. Лучше включи негромкую музыку и помолчим.

В салоне автомобиля наступила тишина, негромко играла музыка, только иногда было слышно, как Надя разговаривала со своей куклой. Чем дальше на север они продвигались, тем явственнее слышался какой-то непонятный гул. Адам, сначала прислушивался к еле уловимым звукам, работающего мотора. Затем он приоткрыл немного окно, и понял, что гул доноситься извне. Что это могло быть. Какое-то строительство? Да не похоже. Впереди появился большой дорожный указатель, который указывал направо в Буффало, а прямо на Ниагарский водопад.

- Так вот что это гудит! А я сразу и не сообразил.

- Адам. Ты о чём?

- Ты слышишь этот постоянный гул?

- Дэдди! Я слису! Кто это делаит?

- Это Наягра Фоллс!

- Дэдди! Это водичка так делаит? Я боюсь!

- Бояться не надо. Это много водички, падает вниз, и от этого такой шум.

Чем ближе они подъезжали, тем сильнее становился гул, а когда они подъехали к площадке, на которой парковались машины, и вышли наружу, то гул от падающей воды перешёл в настоящий рёв. Говорить было невозможно, приходилось кричать, чтоб разобрать слова.

- Ой Ю Йой! Как водичка кричал. Я не могу слисать!

Смотреть особенно было не на что. Быстро несущейся воды реки и жуткий шум. Адам жестами позвал своих в машину и закрыл стёкла.

- Уф! Слава богу, можно хоть поговорить, так и оглохнуть недолго. Мы едем на Канадскую сторону. Мне говорили, что отсюда вид неинтересный, там я заказал для нас отель. Мы сначала поселимся, а потом пойдём смотреть водопад. Говорят, что в тёмное время, его освещают разноцветными огнями, и это великолепное зрелище.

Пересечение границы, было просто формальностью. Они сидели в машине. Таможенник ознакомился с документами, глянул на пассажиров и приветливо кивнул.

- Дэдди! Полис смотрел мой паспорт и пускал нас?

- А как же! Он видел, что ты красивая девочка и разрешил нам ехать.

Они въехали в город и нашли свой отель. Номер был большой и чистый. Наде очень понравилась её новая кровать.

- Гёрлс! Давайте пойдём посмотрим водопад, а потом вернёмся и будем устраиваться в номере. На улице уже начинало темнеть, зажглись фонари, толпы туристов шли в одном направлении, к ревущему водопаду. Гул и грохот от ревущей воды, стоял такой, что говорить было бессмысленно и все показывали жестами, как это громко. Они дошли до высокой башни, поднявшись на лифте с которой, открывался волшебный, подсвеченный всеми цветами радуги, вид на падающую с огромной высоты, целую реку, стремительно несущейся воды. Тонны воды, низвергающиеся далеко вниз, со звуками артиллерийской канонады, вызывали шок. Это было необыкновенно красивое, и вместе с тем, пугающее зрелище. Вдоволь налюбовавшись на это неистовство стихии, они спустились вниз, и вернулись в свой отель. В номере, можно было говорить, нормальным человеческим голосом.

- Как они здесь живут? Мы побудем здесь два дня и, как и остальные туристы, уедем, а люди же здесь живут и работают. К этому жуткому гулу, невозможно привыкнуть. Это же и днём, и ночью.

- Раз они здесь живут, значит как-то приспосабливаются. Конечно, это невероятно красиво, но у меня уже разболелась голова.

- Меня тоже головка бо-бо. Водичка очень кричал.

- Гёрлс! Завтра с утра пойдём смотреть водопад. Мне сказали, там есть много аттракционов, а после обеда можно поплавать в бассейне в нашем отеле. Я специально искал отель с бассейнами.

После длинной дороги и множества новых впечатлений, все крепко спали, хотя и сквозь сон, доносился гул водопада.

Утро началось с обсуждения завтрака.

- Гёрлс! Я предлагаю идти на улицу и искать какой-нибудь «фаст фуд». Вчера по пути к водопаду, я видел многочисленные рекламы кафе и ресторанов. Выберем, что нам понравится, а потом пойдём к водопаду.

Вся длинная улица, пестрела рекламными щитами, приглашающими на завтрак. От стандартного американского набора с панкейками, до французских круассанов и омлетов.

- Бэби! Что ты хочешь на брекфаст?

- Я хочу панкейкс и сосаджес. С молочко.

- Ната! Ты выбирай.

- Я вижу тут предлагают широкий выбор завтраков. Пошли в любой.

Они зашли в ближайшее кафе, которое предлагала комплексный завтрак за $2.25! Он включал панкейки, яйцо в любом виде, жареные сосиску или бекон и напиток.

- Нам пожалуйста, на трех человек: один с жареной сосиской и два с беконом, стакан молока и два кофе. Яйца всем, овер изи.

Народу было много, официантки носились на огромной скорости, стараясь обслужить, как можно большее количество народа. На столе появились три большие тарелки с горкой толстых, больших панкейков с кусочком сливочного масла сверху, яйцо и кому сосиска жареная, а кому полоска жареного бекона. Стакан молока, две кружки с кофе, и бутылочка с кленовым сиропом! Выгрузив всё это, официантка, также быстро умчалась.

- Дэдди! Я хочел два сосадж.

- Возьми мой бекон, бэби. Как ты всё это съешь? Да ещё запиваешь молоком! У тебя животик не болит?

- Моя животик, любит с молочко.

- Адам! Она ребёнок. Это твой желудок не переносит молоко. А у неё всё хорошо. Давайте есть и получать удовольствие.

Надя залила панкейки, жареную сосиску и бекон, доброй порцией кленового сиропа. Было любо дорого смотреть, как этот милый симпатичный ребёнок, уплетает за обе щёки, такую, казалось бы, противоречивую смесь, по отдельности, даже очень вкусных продуктов.

Завтрак, к всеобщему удовольствию, был окончен, и они вновь отправились к ревущему, диким зверем водопаду. При дневном свете, он казался ещё грандиознее. Река, несущаяся со скоростью курьерского поезда, неожиданно разворачивалась на 90 градусов и низвергалась всей своей мощью, глубоко вниз. Адам читал, что отчаянные смельчаки, пытались разными способами поучаствовать в этом процессе. Кто-то в бочке, кто-то ещё как, но, как и положено неуправляемой стихии, она их пожирала. Были смельчаки, которые пересекали пространство над падающей рекой, по натянутой проволоке. Наверное, смело и безрассудно, но мощь Ниагарского водопада, подавляла. Они подошли поближе и оказалась, что под водопадом, можно пройти в широкой пещере. Там было сыро, и местами сквозь расщелины, была видны тонны падающей воды. Гул стоял страшный, и никакого удовольствия, никто не получал.

Следующий аттракцион предлагал путешествие на небольшом катере, внутрь водопада. Надо было отстоять небольшую очередь, ожидая, когда катер высадит уже испытавших удовольствие от прогулки и возьмёт следующих. Адаму показалось это интересным.

- Гёрлс! Поплывём на кораблике внутрь водопада?
- Я хочу, на кораблик!
- Адам! А это не опасно? Смотри, люди чего-то не смеются, когда возвращаются. Может не надо?
- Да, брось! Если б это было опасно, кто бы им разрешил рисковать жизнью людей?

Они были следующими. Всем пассажирам выдали жёлтые непромокаемые плащи с капюшонами и кораблик, отчаянно пыхтя, пошёл вдоль берега, навстречу летящей реке. Чем ближе кораблик подбирался к падающей стене воды, тем больше и отчаяннее он пыхтел, и уже казалось, что его, сейчас как щепку, подбросит вверх и разобьёт о каменный берег. Адам уже успел пожалеть о том, что втравил семью в эту авантюру, как кораблик всхлипнул и нырнул за завесу падающей водяной стены. Народ выдохнул, как один человек и не мог верить, что самое страшное позади. После ревущей воды и тонны брызг, здесь было затишье, хотя гул от воды, стоял.

- Дэдди! Я очень боялся!
- Я сам, так боялся, что ужас.

Ната молчала, но было видно, что это путешествие далось ей не легко.

Что-то рассказывал человек с громкоговорителем, но вряд ли, кто-то его слушал. Предстояло обратное путешествие, и никто не знал, чем это кончится. Вопреки всем страхам, всё обошлось. Они снимали непромокаемые плащи и передавали другим, и вылезали с такими же лицами, как и те что были до них. Только побывав внутри водопада, можно было оценить его гигантскую мощь и опасность. Делать больше было нечего, и они возвращались в отель, всё ещё под впечатлением от пережитого.

- Бэби! Мы можем пойти купаться в бассейне, в нашем отеле.

- Я хочу скупаться с водичкой. Я это люблю.

- Ната! Ты с нами?

- Ну уж, нет. С меня достаточно, на сегодня, водных процедур. Без меня!

Адам и Надя спустились в бассейн. Вода была тёплая, а народу мало. Надя резвилась не уставая, и Адам плавал рядом с ней. Так, на всякий случай.

Абсолютно усталые, они вернулись в номер. Ната спала, свернувшись калачиком под одеялом.

- Дэдди! Что нам делать? Мамми сплит.

- Разве вы дадите поспать! Я только, только заснула.

- Может мы пойдём погуляем по городу, и заодно пообедаем где-нибудь?

- Вы идите, гуляйте. А мне принесите что-нибудь попить и булочку.

Улица была освещена, гуляло множество народа, было весело и шумно. Все старались говорить громко, и поэтому казалось, что все чрезмерно возбуждены. Многочисленные кафе и рестораны, предлагали разнообразное меню. Внимание Адама, привлекло большая реклама, Аквариума Ниагары.

- Бэби! Я знаю куда мы пойдём завтра.

- Дэдди, мы идём на водичку?

- Да! Но другую водичку. Мы пойдём смотреть разных морских рыб и животных. Они плавают в водичке, а мы их будем смотреть через стекло.

- Ай ноу дат! Наша скул есть такая стеклянный бокс. Там маленький рыбка, живёт.

- Ну вроде того. Только это очень большой аквариум. Как наш отель. Завтра увидишь. А сейчас давай решим, что мы хотим кушать?

- Дэдди! Я хочу биг сэндвич с колбаски и чиз.

- Идея неплохая! Пошли в магазин, и купим всё для сандвичей.

В большом супермаркете, они подошли к отделу деликатесов и заняли очередь. Народу было много, но трое продавцов работали не покладая рук.

- Нам, пожалуйста, нарежьте всё по 250 грамм: окорок копчёный, Генуэзскую салями и Швейцарский сыр. Мы вернёмся через несколько минут. Я хочу попробовать окорок.

Продавец, отрезал два тоненьких ломтика окорока и протянул один Наде.

Как обычно, она спряталась за спину Адама.

- Дядя хочет знать, вкусная мяска или нет? Ты должна попробовать.

- Да! Скусная!

- Раз ребёнок одобряет, значит очень хорошая! Мы скоро вернёмся.

Они выбрали два длинных французских багета, баночку майонеза, пучок салата и большую бутыль кока колы. Их заказ, лежал на стойке.

- Это наше, если я правильно понимаю?

- Да, сэр! Всё готово. Приятного аппетита!

Они рассчитались на кассе и вернулись в гостиницу.

- Ната! Наша дочь решила, что сегодня на ужин сэндвичи.

- Она же американский ребёнок. После гамбургера и фрайс, это второй выбор.

- Вы, гёрлс, пробуйте мяску, а я иду в ресторан, попросить разрезать вдоль, наши длинные багеты.

- Ты думаешь он разрешит тебе резать принесённую булку?

- Мне разрешат!

Вскоре он вернулся, торжественно демонстрируя багеты, не только разрезанные пополам, но и вдоль. Теперь это было 4 больших сэндвича.

Все они любили, время от времени, сидя перед телевизором, съесть такую, типично американскую еду. Большие сэндвичи, или как их называли американцы, хиро или субмарина, делали в любом дели или супермаркете, но Адам и его семья, любили делать это сами. Так казалось вкуснее. Адам мазал всем сэндвичи майонезом, затем каждый укладывал на свой, то что хотел. Надя сначала укладывала листочки салата, затем саляти, ветчину и сверху сыр. Она и Ната, делали всё аккуратно и с видимым удовольствием.

- Адам! А ты не купил горчицу?

- Чёрт! Я забыл. Я сейчас сбегаю, попрошу в ресторане.

- Да, ладно. Давайте есть. Так тоже вкусно.

Некоторое время стояло тишина. Каждый был занят своим сандвичем.

- Ната! Мы с Надей решили завтра пойти в Ниагарский Аквариум. Мы видели объявление, и похоже, что это большой аттракцион.

- Слава богу! А то я думала, мы опять пойдём к этому водопаду. У меня от такого шума, раскалывается голова.

- Значит, решили. После завтрака идём в Аквариум. Потом мы с Надей поплаваем в бассейне. А послезавтра выезжаем в Оттаву. Кто-нибудь хочет ещё сэндвич? Всё осталось на ещё один.

- Дэдди! Я не можу кушать это.

- Я тоже. Очень вкусно, но я едва доела свой.

- Ладно! Пусть лежит в холодильнике. Может возьмём в дорогу.

Завтрак, с небольшими вариациями, повторился как накануне. Аквариум Ниагара, оказался огромным океанариумом. Огромное количество, глубинных обитателей свободно плавало в гигантском водном пространстве. Множество пингвинов вылетали пулей из воды, на прибрежные скалы, где отдыхали неуклюжие тюлени. Морские угри извивались в воде, а между ними сновали хищные пираньи. Величаво проплывали акулы. Кто-то пытался бросить им кусочки булки, а один бесстрашный, а скорее бестолковый, пытался накормить акул с рук. Бдительная охрана, вовремя остановила, этот гуманный, но явно неразумный подвиг. Акулы подплывали к стеклу и демонстрировали ряды своих зубов. Народ прикладывал руки к стеклу, а когда подплывала акула, с визгом отдёргивали.

- Какой страшный рыбка!

- Да уж. Эта рыбка, больше меня: и ростом, и весом. Страх, да и только.

- Дэдди! Смотри большие такие змейки! Он тоже купается.

- Эти змейки, называются, морской угорь. Они очень вкусные.

- Я не хочу кушать змейку.

- А видишь рыбки с большим ротиком. Это пираньи. Такие страшные и хищные твари. Они набрасываются и рвут жертву на части.

- Адам! Я не уверена, что ребёнку надо рассказывать, эти подробности!

- Я очень люблю этим птички. Они любят купаться.

- Это пингвины. Смотри как они смешно ходят.

Они ещё долго бродили по этому гигантскому аквариуму, пока Ната не заявила, что ей уже здесь надоело.

- Пошли уже погуляем на свежем воздухе. Походим по городку, посмотрим что-нибудь более весёлое, чем жуткие акулы.

Праздные толпы народа, гуляли по улицам городка, многочисленные кафе и рестораны зазывали разными кулинарными изысками.

- Пошли куда-нибудь поедим нормальный обед, да и ребёнку надо съесть, что-то приличное. А то, всё гамбургер и фрайс.

Они зашли в ресторан, который показался им интересным. Меню было большое и разнообразное.

- Гёрлс! Кто что будет есть?

- Мне салат и куриную грудку с овощами. А ты, бэби?

- Я хочу стейк!

- Хороший выбор! Настоящая еда.

- Что ты, дэдди, кушаешь?

- Пока не знаю. Наверное, гамбургер и фрайс.

Спать все легли рано. Назавтра, после завтрака, предстоял долгий переезд в столицу Канады, Оттаву.

Дорога шла мимо Великих Озёр. С утра над водой стояла плотная пелена тумана, но со временем, он рассеялся и эти бесчисленные озёра, отблёскивавшие серебром, казались волшебной страной. После полудня, они въезжали в Оттаву. Отель оказался прекрасным, с хорошими чистыми номерами и бассейном. Немного отдохнув, они отправились гулять.

Город был чистый, ухоженный, с прекрасными парками и красивыми зданиями. Всё вокруг напоминало об Англии. Копия Вестминстерского аббатства, здание парламента, даже здания учреждений, были сделаны в английском стиле. Оказалось, что в здание парламента можно войти во время заседания. Они тихонько поднялись на балкон, откуда открывался вид на зал заседаний. Выступающий, тихо и заунывно, говорил о чём-то, вероятно очень важном. Все молча слушали и кивали.

Надя подёргала Адама за рукав.

- Дэдди! Мне скучно.

Они также тихо, спустились вниз.

- Это, конечно, здорово, что любой может поприсутствовать на заседании парламента, но ребёнок прав, скука смертная. Что будем делать, гёрлс?

- Я предлагаю пойти отдохнуть, а потом сходить куда-нибудь поужинать.

- Согласен! Но у нас остаётся один завтрашний день. Надо спросить в отеле у портье. Пусть подскажет, что здесь можно посмотреть.

- Извините! Мы первый раз в вашем городе. У нас один завтрашний день. Что можно посмотреть, вместе с ребёнком 7-и лет.

- Понимаю вас. Наверно, посещение музеев и галерей, наверное, не входит в число фаворитов, которые нравятся детям. А что вам нравиться?

- Мне нравятся рынки, кафе, места для развлечений.

- Сэр! У нас есть прекрасный рынок, со множеством кафе, ресторанчиков и других интересных мест. Мы находимся в верхнем городе. Рынок расположен в нижнем городе. Вот смотрите, я отмечу здесь на карте. Вы легко его найдёте.

- Гёрлс! Я нашёл для нас, развлечение на завтра. Здесь есть большой рынок, со множеством разных интересных мест. Мы сможем попробовать разные вкусности и сувениры.

- Прекрасно! А сегодня, вы с котёнком идите в бассейн, а я пока отдохну. Потом пойдём куда-нибудь ужинать.

Бассейн был абсолютно пустой и очень чистый. Надя резвилась, плескаясь и барахтаясь. Наконец и она выдохлась.

- Мамми! Водичка был такой чистый! Я и дэдди много купались.

- Я рада за вас. Адам. Где мы будем ужинать?

- Пошли спустимся вниз. Там дежурит очень толковый портье. Я думаю, он нам подскажет.

- Это снова я! Подскажите, какое-нибудь приличное место для ужина.

- У нас много хороших ресторанов, но они работают в основном в ланч.

- Что значит в ланч? А вечером, они что закрываются?

- Видите ли. Оттава, чиновничий город. Все ложатся рано спать. В 9 часов вечера, город вымирает.

- Ничего себе. А что делают жители, которым хочется повеселиться?

- Они едут в Монреаль! В нашем отеле есть прекрасный ресторан. Он расположен на верхнем этаже. Оттуда открывается прекрасный вид на ночную Оттаву. Кухню тоже многие постояльцы хвалят.

Адам, вернувшись к семье, пересказал услышанное.

- Хорошо, что мы здесь всего ещё один день. Тут от скуки, можно умереть. Выбор небольшой. Пошли в лифт и поднимемся наверх.

В большом зале ресторана, были большие окна, открывающие, действительно прекрасный вид на ночной город. Казалось за окном, какой-то волшебный корабль с многочисленными огоньками, уплывающий вдаль.

Ресторан был пуст. Единственный официант, обрадовался им, как родным. Он предложил им любой стол на выбор. Помог сесть и Нате, и Наде. Адам был выбран как самый почётный гость, желание которого, не просто закон, а даже почтение и послушание.

- Простите, сэр! Могу я предложить вам меню.

Лёгкий положительный кивок, привёл его в невероятное возбуждение. Он крутанулся на каблуках и тут же возник снова, с меню в руках.

- Послушай! Как тебя зовут?

- Мартин, сэр!

- Очень хорошо, Мартин. Послушай, пожалуйста. Кроме нас, никого в ресторане нет. Мы никуда не торопимся. Хотим спокойно посидеть и поесть. Здесь очень красиво. Давай договоримся. Ты спокойно и просто, примешь у нас заказ, и когда он будет готов принесёшь. Твои чаевые уже будут включены. Расслабься, Окей?

- Йес, сэр! То есть, я хотел сказать, хорошо. Позовите, когда вы будете готовы. Спасибо!

- Гёрлс! Решайте, что мы будем заказывать?

- Дэдди! Я хочу кушать стейк!

- С дитём всё ясно. Ната?

- Давайте закажем разное, и всё будем пробовать. Адам, ты заказывай.

- Хорошо! Но потом, никаких претензий ко мне.

Адам огляделся вокруг, отыскивая глазами официанта. Тот вырос у стола мгновенно.

- Мартин! Мы же с тобой договорились, что ты расслабляешься.

- Извините, сэр. Я буду стараться.

- Прекрасно. Пиши заказ, но скажи на кухне, чтоб не спешили, со вторым блюдом. Я скажу заранее, когда его готовить. На апетайзер, закажи нам большой салат из овощей и разных листьев салата. Отдельно порцию креветок, поджаренных с чесноком. Ничем не поливайте. Принеси мне уксус, оливковое масло, соевый соус и лимон. Я сам заправлю салат. На второе нам понадобиться стейк из говяжьего филе, медиум рер. Филе курицы, на гриле, без всякого соуса, филе лосося, тоже на гриле и порцию овощей, просто запеченных в духовке. Надеюсь это возможно?

- Я всё передам поварам, сэр! И сам прослежу.

- Прекрасно! Из бара, бокал красного вина, кок и бутылочку воды Эвиан. А также принеси нам, подсушенный в духовке белый и тёмный хлеб и масло. И не спеши, хорошо?

- Я всё понял, сэр! Прекрасный заказ.

- Адам! А ты не слишком, накомандовал, этому запуганному официанту?

- Лучше я сейчас скажу, всё как нам надо, чем потом, плеваться и ругаться про себя, за испорченный вечер. Надеюсь он всё понял и передаст поварам.

- Дэдди! Дядя не ругал? Ты много заказывал.

- Нет, бэби! Дядя не ругался, а наоборот, обрадовался, что мы много заказали. Надеюсь у нас будет прекрасный ужин.

Мартин принёс напитки и корзиночку с горячим хлебом и маслом.

- Салат делают и будет готов через 5 минут.

- Главное, не торопись. Главное, качество.

- Гёрлс! Давайте выпьем за наш отпуск. Пока всё идёт хорошо, надеюсь и остаток, будет достойный. У нас впереди Монреаль. Мы с твоей мамой, были там, когда ты ещё не родилась. Нам очень там понравилось.

- Я тоже хочу ехать, как ты сказал, дэдди?

- Монреаль! Это очень красивый город. Столица французской Канады!

Вскоре на столе появилась большая чаша с овощным салатом, блюдо с креветками, и различные бутылочки с оливковым маслом, соевым соусом и уксусом. Прибор со специями и большая деревянная мельница с зёрнами чёрного перца. Адам, встав со стула, выложил в миску с салатом готовые креветки, окропил всё из разных бутылочек, и прокрутил мельницу с перцем. Выжав обе дольки лимона, он перемешал салат и разложил по тарелкам. Мартин крутился рядом, выражая явное желание поучаствовать в процессе. Собрав освободившуюся посуду, он удалился, не одобряя, такое явное нарушение, всех правил обслуживания уважаемых гостей.

- Адам! Очень вкусно, но, по-моему, наш официант обиделся.
- Ничего страшного. Я оставлю ему хорошие чаевые. Вкусно, бэби?
- Очень скусно! Я хочу дома, этот салатик.
- Ты лучше придёшь ко мне в ресторан, после школы, и я буду тебе делать, хоть каждый день.

Выглянул Мартин, узнать, как дела.

- Мартин! Скажи поварам, чтоб они начинали делать основные блюда, но не спешили.
- Дэдди! Я не можу больше кусить. У меня животик стал такой большой.
- Это я виноват. Надо было сначала дать тебе стейк, а потом салат с креветками. Придётся уносить с собой.
- Я буду кусить стейк, чуть-чуть.
- Я тоже наелась. Салат был очень вкусный.
- Всё! Теперь будем заказывать только вторые блюда. Иначе придётся доедать всё холодным, на следующий день.

Мартин очистил стол и накрыл новые тёплые тарелки и чистые приборы. Вскоре на столе появились заказанные блюда. Надя, сначала лениво, затем с удовольствием, отрезала маленькие кусочки и поглощала свой стейк. Она всегда любила, слегка недожаренное мясо и ела его с удовольствием. Ната поковыряла филе курицы и немного печёных овощей. Адам, без особого энтузиазма, но доел стейк из лосося, поливая его лимоном и запивая вином.

Говорить никто не хотел. Все сидели расслабленные хорошей едой и красивым видом из окна.

- Мартин! Всё можно убрать. Мы заберём курицу и овощи с собой.
- Могу я предложить вам, что-нибудь на десерт?
- Гёрлс! Мороженое, фрукты, кусочек торта?
- Я могу просить, только лёгкой смерти.
- Бэби?
- Нет, дэдди! Я ничего не можу кусить.

- Мартин! Мне рюмку Реми Мартин и счёт, пожалуйста!

- Ваш коньяк, сэр!

Он положил презентор со счётом и удалился. Адам посмотрел на счёт и положил внутрь кредитную карту.

- Гёрлс! Ваше здоровье!

- Я могу это забрать, сэр?

- Да, Мартин! Добавь 20% к счёту.

- Большое спасибо, сэр!

Они вернулись в свой номер, с единственным желанием спать. Вскоре вся семья спала, продолжая во сне, пировать, за накрытым столом.

С утра все долго нежились в постели, не желая вставать и куда-то идти.

- Гёрлс! У нас сегодня последний день в Оттаве. Давайте, сходим хотя бы на рынок, а домой вернёмся пораньше.

Они спустились вниз в ресторан, но особого желания есть большой завтрак ни у кого особенно не было. Ната выпила большую чашку кофе, а Надя, после недолгих раздумий, остановилось на жареном яйце с беконом.

Они долго и лениво сидели за столом, затем также неспешно собирались и наконец вышли на улицу. Погода была солнечная. Они отправились в нижнюю часть города, неторопливым шагом, осматривая витрины встречных магазинов. Оказалось, что идти надо далеко, и они несколько раз останавливались, давая возможность Нате отдохнуть. Наконец они добрались до места назначения, но оказалось, что рынок закрылся пол часа назад. Адам несколько расстроился, но упрекать никого не стал.

Они отправились в обратный путь, также неторопливо. Добравшись до отеля, Ната решительно заявила, что она будет отдыхать. Адам и Надя спустились в пустой бассейн и лениво плескались в тёплой воде.

Вещи были сложены. Адам и Надя, честно поделили холодную вчерашнюю курицу, и все разошлись по своим кроватям.

После очередного завтрака, Адам отнёс вещи в машину, и как обычно, поджидал мать и дочь, стандартно опаздывающих.

Впереди ждал город Торонто.

- Пока я вас ждал, я рассматривал карту, как быстрее добраться до Торонто. Мы могли, прямо после Ниагарских водопадов, ехать прямо в Торонто, а не заезжать в эту скучную Оттаву. Но так уж был составлен маршрут. Если мы хотим подольше побыть в славном Монреале, я предлагаю просто заехать в Торонто, покататься по городу, и не останавливаясь, ехать в Монреаль.

- Адам! Ты водитель, ты и решай.

- Всё. Едем в Монреаль, через Торонто.

Они выехали на шоссе, идущее вдоль озера Онтарио. Это было самое большое из Великих озёр. Адам, в далёком детстве, зачитывался романами Фенимора Купера, и ему казалось, что сейчас он может увидеть Зверобоя, или Чингачгука Великого Змея! Огромное озеро, больше напоминавшее море, отливало синевой и таинственные острова, поросшие густыми лесами, хранили множество секретов былых, кровавых сражений.

Город появился неожиданно, и Адам поехал в даунтаун, повинуясь указателям. Город был красивый, с современными высотными домами.

- Смотрите сколько народу на улицах. Я где-то читал, что Торонто, один из трёх крупнейших городов в северной Америке, что-то непохоже.

- Адам! Это потому, что ты из Нью Йорка. После него, все города кажутся маленькими. А у Торонто, наверняка есть много пригородов, входящих в состав большого Торонто. Я слышала, что здесь живёт много русских.

- А я где-то читал, что в Торонто, самая большое «комьюнити» украинцев. В Нью Йорке тоже есть украинские кварталы. Есть неплохие ресторанчики и магазины. Но я не думаю, что нам будет интересно выходить здесь и гулять. Лучше пораньше приехать в Монреаль, и погулять там. У нас есть сегодня вечер и завтра день. Затем, гудбай Канада, едем домой.

- Я люблю, эта Канада. Он красивый.

- Бэби! Нью Йорк, красивее. Я понимаю, что гулять, есть вкусности и купаться в бассейне, лучше, чем ходить в школу. Мы ещё сюда вернёмся. Может в следующем году. Всё, ребята! Выезжаем из города, и вперёд в Монреаль. Бэби, тебе там понравится!

Машина вырвалась из города и, как будто «обрадовавшись» принялась отсчитывать километры. Разрешённая скорость на отдельных отрезках, позволяла 130 километров в час. По сравнению с Америкой, с её ограничениями в 70 километров, это было сплошное удовольствие. Время летело незаметно и вскоре они подъезжали к Монреалю.

- Надо спросить на заправке, как проехать к нашему отелю.

Адам запарковался на заправочной станции и пошёл внутрь. Обычно там висели большие карты, с указанием улиц и схемой проездов.

- Вам что-нибудь подсказать?

- Спасибо! Я ищу как подъехать к моему отелю.

- Покажите адрес. Это очень просто. Смотрите, отсюда поворачиваете направо, через три километра, ещё раз направо и там ищите свой отель.

- Спасибо! Вы очень добры.

- Дэдди! Дядя сказал, де наша отель?

- Да, бэби! Дядя очень хороший, а мы за это, заправим у него полный бак.

Вскоре они прибыли на место.

- Хелло! Мы резервировали номер. Фамилия Гардов, три человека.

- Да, сэр. Мы вас ждём. Ваш номер свободен. Могу я посмотреть на ваши паспорта. Спасибо! Заполните форму. Вот ваши ключи.

Они поднялись в свой номер.

- Гёрлс! Давайте приведём себя в порядок и пойдёмте гулять. Да и поесть, тоже не помешает.

- Мы будем готовы через час. А ты иди вниз, и узнай у портье, что здесь неподалёку можно посмотреть.

Прошло гораздо больше часа, когда наконец семья Адама спустилась вниз.

- Я хотел посылать за вами посыльного!

- Какой посыльного, дэдди! Мы ничего не слишали!

- Это, котёнок, твой дэд, с таким сарказмом! А ты выяснил, где мы, и куда здесь можно пойти.

- Естественно выяснил. Оказывается, мы недалёко от того места, где мы были с тобой в первый раз. Помнишь тот отель? Как он назывался/

- Как назывался не помню. Это было такое страшное место, с привидениями. Очень старый английский отель.

- Точно! Но зато, я думаю, что я помню, как отсюда идти в центр. Я думаю надо прогуляться до павильона, где мы покупали билеты на автобусные экскурсии. Покажем котёнку Монреаль. Останется в памяти на старости лет.

- Грандиозная идея! Я не помню где мы были и что делали здесь, а мне, между прочим, было 20 с гаком лет.

- Ну, знаешь. Ты, тогда была как запуганная мышь. Всего боялась. А автобусные экскурсии здесь прекрасные. Помнишь, как мы ездили на ночную экскурсию по всяким ресторанам и вообще, по ночному Монреалю?

- Я помню, что ты всё время приставал, чтоб я чего-то пила! А может действительно неплохо, взять автобусную экскурсию. Но, конечно, не ночью, а завтра с утра.

- Пошли искать этот павильон, и заодно, я проверю свою память.

Он нашли павильон. Правда не там, а когда отчаявшись, шли

обратно. Дежурившая, молодая девушка, пригласила их прийти завтра, заверив что никаких проблем не будет. Они благополучно вернулись в свой отель, в предвкушении завтрашней поездки по городу.

Автобус был комфортабельный. Водитель, как и прошлый раз, был весёлый и рассказывал об истории памятников и различных мест, очень живо и с большим юмором. Надя очень веселилась.

- Этим дядя такой смисной. Я люблю здесь всё.

Три часа пролетели незаметно. Адам попросил высадить их на обратном пути, поближе к центральному рынку. Он мало в чём изменился, с прошлого раза. Они бродили по рынку, пробуя различные французские лакомства. Особенно Наде понравилось, как на большой круглой, плоской сковородке пекли крэпс.

- Дядя так делал с палочки, а потом положил ягодки и давал мене.

- Да, так французы делают свой крэпс, размазывают крестообразной палочкой по всей поверхности. Крэпс получается очень тонкий и большой. Затем переворачивают на другую сторону, кладут начинку, и заворачивают края. Получается, такой конверт. Очень интересно! Я хочу у нас попробовать.

- Скажите! А где такую палочку можно купить?

- Там, где продают эти аппараты.

- Гёрлс! Это грандиозная идея. Наша креп машина, выдаёт маленькие блинчики. Их удобно заворачивать, и продавать в магазинах. А в «фаст фуд», лучше печь вот как здесь. И укладывать готовую горячую начинку.

- Тогда это будет не русский «фаст фуд», а французский!

- Ты права. Надо думать, но идея мне нравится.

Они ещё долго бродили по рынку. Набрали разных пирожных и булочек с собой. Пить в номере чай с разными вкусностями.

Когда они добрались до отеля, никто никакого чая не хотел.

- Я так устала, да и напробовалась всякой еды, что хочу только спать.

Всем спокойной ночи. Завтра едем домой.

С утра, все собирались, в предвкушении поездки домой. Всё было весело и замечательно, но уже хотелось домой, в привычную обстановку, в свою постель. Вещи были уложены в багажник. Каждый сидел на своём месте, пристёгнутый ремнём.

- До свидания, Монреаль! Мы ещё вернёмся! А пока, домой, домой, домой!

ГЛАВА VII

"РУССКИЙ ФАСТ ФУД"

Все были рады возвращению на работу, после не продолжительного отпуска. Здесь всё было привычно. Каждый знал, что ему надо делать, и что будет завтра. Похоже, что больше всех радовался Вил, не знающий куда себя деть, все эти дни.

- Ихос! Я рад вас всех видеть, весёлыми и здоровыми. Луис! Кто-нибудь один, готовит завтрак на всех. Остальные, вытаскивайте всё, что нужно для работы из морозильника. Я заказывал на сегодня овощи. Их скоро подвезут. Все знают, что надо делать? Работаем все вместе.

После завтрака, работа закипела. Все понимали, что к 5-и часам, всё должно быть готово. Никому объяснять ничего, не нужно было. Так происходило всегда после длинных праздников, или общего отпуска. Изредка звонил телефон. Вил отвечал на звонки, записывал в книгу заявки и возвращался на рабочее место. Миша и Эухенио, под началом Луиса, шинковали овощи.

- Адам! Тебя, Стив!
- Привет, Стив! Да, сегодня первый день. Отдыхать, не работать!
- Согласен! Я хочу завтра подъехать на ланч с моим другом, Мейзом. Помнишь его? Ты говорил о каком-то лекарстве. Он хочет знать поподробнее.
- Прекрасно! Я вас жду завтра. Пока!

Адам вернулся на кухню, помогать поварам.

- Ты так и не рассказал Адам, как в Канаде? Вы же ездили на Ниагарский водопад. Действительно он такой красивый, как о нём говорят?
- Он не только красивый, но и страшный. Огромная река, на бешеной скорости, поворачивает под прямым углом, и с жутким грохотом, падает в ущелье. Гул и грохот стоит за десятки километров. Как люди там живут, я понять не могу. От этого постоянного шума, нельзя спрятаться. Короче! Стоит съездить и посмотреть. Хотя это реально далеко.

- Я вот о чём хочу поговорить! По-русски понимаем только мы втроём. Давайте перейдём в зал. Мы можем работать там и не мешать остальным слушать музыку. Я вот о чём! У меня, практически созрел концепт русского «фаст фуда». Всё это, безусловно требует проверки на практике. Но тем не менее, основные компоненты, у меня сложились в голове. Это касается всех! Особенно нас троих. Меня, это понятно. Швед, ты готов, войти в бизнес?

- Адам! Я готов!

- Вил! Ты должен быть готов, к тому, что на тебя полностью ляжет работа по ресторану. Как только я найду место, мы с Мишей Шведом уходим работать туда. Нужно ремонтировать помещение, завозить оборудование, делать пробные заготовки и в принципе, переключаться полностью, к работе на филиале. Надо придумать название всей этой истории, поскольку наряду со строительством, нужно будет заказывать световую наружную, а также и внутреннюю рекламу. У кого-нибудь есть идеи? Время ещё есть, но немного. Как только подвернётся подходящее место, мы идём вперёд. Сегодня любой, ещё может отказаться. Без всяких проблем! Я буду искать другие пути и возможности. Но если мы, уже в это влезем, то без потерь выхода нет.

- Адам! Я готов принести чек хоть завтра!

- Я тоже готов работать! Я не подведу.

- Раз такое единодушие, мы можем обсуждать детали. Кто скажет, почему флагман фаст фуд индустрии, Макдональдс, такой успешный.

- Я думаю потому, что американцы любят гамбургеры.

- Что ты скажешь, Вил?

- Наверное, потому, что там грамотный менеджмент и всего одно блюдо. Гамбургер! Его просто готовить и легко сервировать. Положил на булочку и всё. Правда его правильно надо приготовить, и правильно прожарить.

- Вы оба правы! Чем меньше блюд, тем легче поддерживать качество. Однажды, выработав технологию, просто следовать правилам. Но где был бы гамбургер, если б не было френч фрайс? Макдональдс нацелен на детей. Они приводят родителей, и так создаются поколения, приверженцев этой еды. Понятно, что там работают грамотные маркетологи, целые научно-исследовательские институты, занимаются исследованием проблем, связанных с изготовлением, упаковкой, реализацией. Реклама и продвижение бренда, это отдельная тема. Вы обращали внимание, как готовят гамбургеры? Появился новый контактный гриль. Замороженный гамбургер кладут на гриль закрывают крышку, и при заданной температуре и заданному времени, он жарится. А вы знаете, почему гамбургер не имеет соли и перца?

- Ну перца, это понятно. Не все любят перец, особенно дети. А вот почему нет соли, этого я понять не могу.

- А всё очень просто. Заранее посоленное мясо, остаётся внутри красным. Сколько ты его не жарь. Люди этого не знают, и есть это не будут. А френч фрайс? Тоже бросают в кипящий фритюр, замороженным, а солят только когда сушат на решётке, под горячей лампой. Макдональдс разработал много вещей, которые не посвящённому человеку незаметны. Но из этих, на первый взгляд мелочей, и складывается их успех. Есть другие концепты, предприятий фаст фуда, но я уверен, они все базируются на основе принципов, основанных и заложенных Макдональдом.

- А что ты предлагаешь, Адам? Как по-твоему, каким должен быть русский фаст фуд? Что там продавать?

- Я думаю, это не значит, что я не могу ошибаться. Надо делать то, что любят американцы. Они любят гамбургеры, надо делать нечто подобное, но скажем куриные котлеты «пожарские». Укладывать в булочку и давать жареную картошку. Но это возможно и неправильно. На примере ресторана, мы видим, что людям нравятся голубцы с рисом и мясом, и блинчики. Пироги, из блинов с начинкой внутри. Просто блины, с икрой красной и чёрной. Может надо опираться на чисто русские блюда. Пельмени, вареники, гречневую кашу с мясным соусом. Всё это надо прорабатывать и смотреть, что люди принимают, а что они отвергают. Лишнее отомрёт, само собой. Это тяжёлый и не очень правильный путь, но тупо, уставившись в одно, шансов ещё меньше. На моих глазах, умерло предприятие, пытавшаяся внедрить в Америке, израильскую еду, фалафель и питу, с кусочками индейки. Там всё было, и деньги и желание строить сеть. Но люди их не приняли. Я не хочу повторить их судьбу. Детям, могут понравиться, вареники с вишнями, или картошкой. Взрослым пельмени с мясом или голубцы. Но всё это, действительно большой риск. Шмид, думай ещё раз. Поговори с семьёй.

- Мы, уже дома разговаривали. Я готов!

- Раз так, думайте о названии. Я уже всю голову сломал. Должно быть что-то русское. Хорошо бы, чтоб это говорило о скорости. Без быстроты, нет фаст фуда. Я работал поначалу моей карьеры в Америке, в «Бургер Кинг». Это соперник Макдональдса, но ему далеко, далеко. Там скорость обслуживания, контролировалась секундомером. С момента принятия заказа, до полного обслуживания клиента.

- И какой рекорд в обслуживании одного костюмера?

- Я видел девочку, которая могла обслуживать человека, за 30 секунд.

- Но это невозможно! Надо принять заказ, передать на кухню, получить деньги, дать сдачу. Затем сложить заказ и отдать костюмеру. Как это возможно сделать за 30 секунд? В жизни не поверю!

- Вил! Ты прав, но девочке помогали две упаковщицы. Она повторяла в микрофон, вслед за костюмером заказ, упаковщицы готовили, а она, в это время пробивала на кассе заказ.

- Тогда ясно. Но это сколько же народу работает?

- Там всё отрепетировано. Девочки и мальчики, работают по 4 часа. Есть часы пик, когда нужно много народу, а есть часы, когда справится не очень большой штат. Луис зовёт нас обедать. Потом продолжим. В принципе, я уже всё это не раз рассказывал, правда, другим людям и по-другому поводу, но поскольку я об этом часто думаю, то, наверное, поэтому всё время и говорю. Давайте сделаем так, вы подумайте над названием и завтра, каждый из нас принесёт написанное на бумаге, название нового предприятия, с учётом того, о чём мы говорили. Пошли обедать.

День прошёл без особых неожиданностей. Все работали с удовольствием, особенно не напрягаясь. Адам, встречал костюмеров. Отшучивался, когда его поздравляли с передачей по каналу CNN или 5-у каналу ТВ. Работы было немного меньше обычного, что легко объяснялось сезоном отпусков и недавно прошедшими праздниками.

Дома, Адам рассказал Нате о своём разговоре с Мишей Шведом и Царевичем. И попросил её подумать над названием, для нового ресторана.

- Ну уж нет! Ты сам придумывай. Что касается Царевича, ты моё мнение знаешь. А вот Миша Швед, я его практически не знаю. Решай сам. Всё это очень опасная игра. Но слава богу, я смогу прокормить семью, если у тебя всё рухнет. Я понимаю, что ты уже закусил удила, и тебя никакие слова не остановят. Это всегда был рискованный бизнес. При одном воспоминании о твоей пиццерии, меня охватывает дрожь.

- Я тебя понимаю. И я вспоминаю пиццерию с содроганием. Но я не вижу для себя иного пути. У нас остался год, до окончания очередного срока аренды. Надо либо продлевать аренду, либо уходить. Сидеть там ещё пять лет, без всякой перспективы, приводит меня в ужас.

- Ты просто вспомни своих партнёров! Тот же Царевич, а Миша из Зейбарс, на пару с Гундяем, чего это стоило?

- Сейчас будет по-другому. Тогда мы были партнёрами на весь бизнес. Теперь Миша Шмид, будет партнёром, только на новое предприятие. Он не имеет отношения к ресторану «Пирог». Я его предупредил, что гарантий успеха, нет никаких. И просил его, ещё раз подумать.

- Поступай как знаешь. Я, нашу семью прокормлю.

Утро началось со звонка, который Адама несказанно удивил.

- Алло, Это «Пирог»?

- Слушаю вас! Чем могу быть полезен?

- Мне нужен владелец ресторана.

- Я вас слушаю. Могу я узнать, кто вы?

- Я владелица ресторана «Рашен Ти Рум»! Я уверена, вы о нас слышали!

- Я, разумеется о вашем ресторане знаю. Слушаю вас.

- Пришлите мне по факсу ваше меню. Я хочу его посмотреть.

- Простите, но оно заламинировано, а затем сброшюровано. Скажите, что вас интересует, и я попробую ответить на ваши вопросы.

- Ну ладно. Выберете мне, самые популярные у вас блюда, и доставьте ко мне в ресторан. Вложите счёт, и я вам отправлю чек.

- Простите! А как я вам сделаю доставку? Вы очень далеко.

- Пошлите на такси. Я оплачу при доставке. Я жду!

Адам ошарашено смотрел на умолкнувший телефон.

- Кто звонил, Адам? У тебя такой вид, словно ты говорил с привидением!

- Что-то вроде того! Звонила женщина. Разговаривала властно, я бы сказал хамовато. А может просто привычка командовать. Ни за что не угадаешь, кто это был. Можем поспорить!

- Зачем же я буду спорить, если ты говоришь, что я не угадаю.

- Вил! Звонила хозяйка «Рашен Ти Рум»!

- Да ну! И чего она хотела? Может купить твой ресторан?

- Нет, Вил! До этого дело не дошло. Она хочет узнать наши секреты. А их просто нет. Она просила прислать ей, наши лучшие блюда. Как я понял, она хочет показать это своим поварам. Те, понятно разберутся что к чему. Вот только зачем ей это надо? Правда, я слышал много неблагоприятных отзывов, но это очень престижный ресторан, и туда ходят не ради вкусного обеда, а людей посмотреть. Особенно артистов, и известных музыкантов.

- Адам! Я читал в какой-то газете, неблагоприятный отзыв о

ресторане, и ремарку от одного из посетителей: «... им нужно сходить в русский ресторан на ист 86-й стрит и понабраться опыта...». Я хотел тебе рассказать, но ты был в России, а потом я забыл.

- Возможно, Вил. Что-то в этом есть. Мне не жалко. Пусть перенимают на опыт. Виктор, твой дружок, рассказывал, что там, работают одни испанцы. Правда, у нас тоже работают испанцы, но руководят повара из России. Правда, я никогда, к моему сожалению, на кухне не работал, а учился готовить, глядя на итальянцев, да по книге Пеллапрата.

- Адам. Ты же знаешь, я работал шефом, а учился у Фатова, но ты просто придумал свою кулинарию, и людям это нравится.

- Слышал такую поговорку: «В Риме, поступай как римлянен». Вот я об этом и говорю. В Америке, как, наверное, и везде, надо приспосабливаться под вкусы людей, которые там живут. Только вкус должен быть хороший.

- Адам! Ты, только что, сделал комплимент самому себе. Так что ты хочешь, чтоб мы приготовили, для «РТР».

- Я сейчас напишу список, а вы с Луисом всё приготовьте и запакуйте.

Через пол часа всё было приготовлено и уложено в большую картонную коробку. Адам, выписал счёт, вызвал такси и отправил по указанному адресу. Через три дня по почте пришёл чек. Ни здрасте, ни спасибо. Просто сумма.

Днём пришли Стив, с доктором Даниэлем Мэйз.

- Хелло, Адам! Извини что раньше не смог прийти! Дела!

- Хелло, друзья! Рад вас видеть! Прощу, прошу!

- Закажи нам, Адам, тоже что и в прошлый раз! Помнишь?

- Я ещё не стар! Стараюсь запоминать, что мои почётные костюмеры заказывают. Это моя работа!

- Браво, Адам! Я тоже помню моих пациентов. У кого, что удалил! Шутку оценили!

- Стив говорил, что ты привёз предложение по медицинским препаратам?

- Я не знаю, можно ли это рассматривать, как предложение, но человек просил меня узнать, кто может этим заинтересоваться. Я в этом ничего не понимаю. Вот брошюра, которую он мне вручил. Что-то, связанное с протеазой, ферментами для синтеза или распада пептидных связей. А найденное лекарство, связанно с лечением проблем поджелудочной железы. Если тебе это, что-то говорит, то я очень рад. Для меня, всё это китайская грамота. Я честно передал, всё что запомнил. Этот человек, был в своё время, заместителем министра здравоохранения, Чазова. А теперь у него, научно-исследовательский медицинский институт. Там есть большие лаборатории, я их, лично видел. Они изучают и синтезируют различные препараты.

- Адам! Я понимаю о чём идёт речь. Я этим очень заинтересован. Я готов приехать в Россию, или послать мой самолёт за этим человеком. Так и передай. Если, он захочет продать патент, я готов его купить.

- Даниил! Я всё передам и надеюсь мы скоро услышим ответ. А вот и ваш заказ. Бон аппетит! Не буду вам мешать.

После обеда, Адам провожал гостей, искренне приглашая приходить и не забывать. Стив, прощаясь, шепнул что будет звонить.

- Есть хорошие новости. Я позже позвоню!

Новость оказалась действительно хорошая. Стиву звонили из «Голден Гарбидж». Они получили из России, протокол о намерениях, и передали его в юридический отдел для проработки.

- Адам! Я тебя поздравляю! Возможно, через месяц, два, тебе придётся ехать в Санкт Петербург. Всё идёт хорошо!

Адам новости не обрадовался. Тянули, тянули резину, а теперь совсем не ко времени. А как быть с новым бизнесом. Ну если ненадолго, то я могу съездить. Но это сейчас. Пока ещё ничего толком не решено. А когда бизнес будет построен, и я там должен быть каждый день? Как тогда? Он поделился всеми этими сомнениями и проблемами с Царевичем.

- Адам! Ты же сам этого хотел. Поедешь, повстречаешься с разными людьми. Развлечешься. Я тебе завидую! А что моя жизнь? Пустая и мрачная. Меня никто и нигде не ждёт. Мне ужасно тяжело.

- Вил! Я тебе скажу, что на мой взгляд, действительно тяжело. Ты, в принципе свободный человек. Да, у тебя есть сын, и ты хочешь о нём заботиться. Но у него есть мать, которая неплохо зарабатывает и в состоянии его содержать. У тебя есть долг, перед твоим другом. Но ты свободен. Ты можешь пуститься в любую авантюру. Поехать в Россию, или ещё куда. Попробовать заработать там кучу денег или потерять башку. Ты свободен. Самое тяжёлое, это тащить всю жизнь лямку. Как делает большинство людей на этой земле. Они должны работать и приносить деньги в семью. Это их функция. Они на это запрограммированы. Когда-то они мечтали о приключениях, дальних странах, блестящей карьере. Теперь они осознают, что всё это, бесплотные мечты. Они привязаны своим долгом, своей человеческой обязанностью. Работать и приносить в семью зарплату. До конца дней своих. Никаких всплесков, никакого риска. День за днём. Дорога длинною в жизнь. Подумай об этом.

- Согласен! Это ужасно. Но мне кажется, что моё положение, ещё хуже.

- Свои болячки, всегда больнее. Но ты ошибаешься. Есть люди, живущие без всякой надежды, и без всякой возможности, что-либо изменить. Вот они, достойны сострадания. Ты, сам загнал себя в угол, и даже не имеешь никакого желания, оттуда выбраться. Таблетки – это для слабаков. Чем больше ты их употребляешь, тем более зависимым, ты становишься. Тебе нужна какая-то основательная встряска. Или вверх, или вниз. Выкарабкаешься, будешь человеком. И вся твоя судьба, будет зависеть только от тебя. Сломаешься, пропадёшь не за грош. И никто не станет о тебе сожалеть.

- Ты очень жестокий, Адам. То, что ты говоришь, очень больно.

- Наверное, это так! Но другого пути, у тебя всё равно нет!

Адам позвонил Павлу в Москву, и Вилену в Санкт Петербург.

- Паша, привет, Адам! Я вчера видел врача-хирурга. Я тебе о нём рассказывал. Он заинтересовался лекарством, которое изобрёл человек из медицинского института. Он готов купить у него патент, или встретиться и пообщаться. Он хочет приехать в Россию, или послать свой самолёт за этим человеком. Как видишь, всё серьёзно!

- Рад тебя слышать, Адам! Я всё понял. Передам по инстанции. Как только будут новости, отзвонюсь.

- Лады! До связи.

- Вилен? Привет, Адам! Я понял, что ты, наконец, пробил этого директора транспортного департамента.

- Я как раз собирался тебе звонить. А как ты узнал, Адам?

- Ну, у меня свои каналы! Шучу. От Стива, которому позвонили ребята из «Голден Гарбидж». Они отдали юристам, проработать контракт. Так что, через месяц - два, возможно встретимся.

- Новость хорошая. Мне пришлось надавить на Сергеева, поскольку тот тип, хотел тянуть до бесконечности. Может искал других желающих?

- «Голден Гарбидж», крупнейшая всемирная компания. Круче их нет. Так что, все его усилия, впустую!

- Хорошо. Будем на связи!

День проходил за днём, и рутина рабочих будней, не оставляла времени на пустые мечты и разговоры. Адам приготовил три упаковки блинчиков, с разными начинками, и принёс в «Зейбарс».

- Елена! Мы стали выпускать блинчики с разными начинками. Здесь с картофелем и жареным луком, второй с творогом и третий с грибами. Они практически готовы и только требуют небольшой обжарки сверху, для придания цвета. И конечно, чтоб сделать их горячими. Попробуйте! Расскажите, как вам понравилось, а может нужно другие начинки?

- Это очень хорошо, Адам! У нас была компания, которая поставляла нам блинчики. Но у них возникли какие-то проблемы. Мы обязательно попробуем. А вы можете сделать сладкие начинки?

- Разумеется! В следующий раз, я привезу сладкие.

На работе он поделился хорошей новостью.

- Наши блинчики приняли попробовать. Если всё с ними в порядке, мы можем получить заказ. Возьмёт «Зейбарс», возьмут остальные. Нам надо сделать со сладкими начинками. Яблоками, вишней, может персиками? Надо сделать разные виды. Сначала, естественно, пробуем сами, а потом повезём показывать. Упаковка, тоже понравилась. Белые пластиковые коробочки, с прозрачной крышкой, это то что надо. Шесть штук в упаковке, это как раз две порции. Очень удобно. Их можно морозить. Осталось дело за этикеткой.

Адам понимал, что без профессионально сделанной этикетки, никакой товар, продавать нельзя. Можно заказать этикетки в компании, которая этим занимается. На коробке с блинами, вся необходимая информация, была нанесена. Для коробок с блинчиками требовались клеящиеся этикетки, с подробной информацией на каждый отдельный вид. Это не дешёвый проект. Он открыл жёлтые страницы и стал обзванивать компанию за компанией. Все называли, примерно одни и те же цифры, при минимальном заказе на каждый вид, от 10 тысяч. Этикетки будут цветные и не дешёвые. Уменьшить цену, можно было заказав, от 100 тысяч, каждого вида. Адам, нашёл компанию, которая продавала автоматы для печатания этикеток. Они гарантировали простое программирование данных аппаратов, гарантию и обслуживания. Называлась эта компания «Софт».

- Хелло, «Софт»! Как я могу вам помочь?

- Хай! Я видел ваше объявление в жёлтых страницах. Меня заинтересовали принтеры этикеток. Сколько они стоят, и как это работает.

- Очень хорошо, сэр! Надо к нам подъехать и мы, с удовольствием вам всё покажем. Когда вам удобно? И ваше имя?

- Я, Адам Гардов! Могу приехать в любое время.

- В 3 часа, вам будет удобно, тогда пишите адрес. Мы на втором этаже.

К трём часам, Адам, захватив крышку от упаковки, поднимался на второй этаж, большого офисного здания. Как в любом американском офисе, при входе располагался стол ресепшен.

- У вас апоинтмент, сэр?

- Да! Мне назначили на три часа. Меня зовут, Адам.

- Присядете, пожалуйста, мистер Адам. Наш сотрудник, скоро подойдёт.

Адам был не одинок. В приёмной сидело ещё трое. Вскоре их разобрали и Адам остался сидеть один. В приёмную вышла молодая, высокая девушка.

- Мистер Гардов? Пойдёмте со мной!

Они прошли по длинному коридору и зашли в комнату, где сидело ещё несколько сотрудников, каждый со своим клиентом.

- Присаживайтесь, Адам! Я Кристи. Расскажите о своей проблеме.

- Спасибо, Кристи. Я наткнулся на вашу компанию в жёлтых страницах, где рекламируются некие печатные машинки, для изготовления этикеток. Хотел бы узнать поподробнее и посмотреть, как это работает.

- Всё очень просто. Наша компания производит и продаёт такие печатные машины. Многие производители хотят представить те или иные товары на рынок. Они не хотят тратить большие средства на этикетки, по разным мотивам. Кому-то надо продать простой материал. Скажем молотки или гвозди в упаковке. Согласитесь, что тратить большие средства на этикетки бессмысленно. Кто-то хочет показать товар на рынке, и не совсем уверен, что это, пойдёт. Ему нужна небольшая партия этикеток, которые требует закон.

Таких мотивов бессчетное количество. Имея наш принтер, вы можете напечатать в любую минуту, любое количество этикеток, на тот товар, который вы хотите представить на рынок. Цена такой этикетки минимальная, при неограниченных возможностях. Какой вид продукции, вы хотите представить? У вас есть упаковка?

- Да, есть. Вот крышка от упаковки нашей продукции. Мы занимаемся продуктами питания.

- Прекрасно. Мы можем предложить этикетки различных размеров и конфигураций. Круглые, прямоугольные, квадратные. Можно заказать нестандартного размера, но тогда нужно оплатить стоимость вырубки, но это не дешёвый инструмент. Этикетки могут быть белыми и также, цветными.

- Могу я всё это посмотреть?

- Конечно, Адам. Пройдёмте в соседнюю комнату, и я ознакомлю вас, как эти печатные машинки работают.

В этой комнате, на столах стояли небольшие печатные машины, с подключённым к ним компьютером. На полках, хранились бумажные роллы с намотанными этикетками, разных цветов и размеров.

- Смотрите, Адам. Выбираете нужный вам ролл с этикетками. Обратите внимание, они вырублены под размер, и наклеены на специальную бумагу. Мы из называем «пил офф лейбл». На них наносится нужный текст, а затем этикетка легко снимается, и переносится на упаковку. Ролл, с нужной этикеткой, закрепляется наверху, бумага продевается под печатающей головкой и закрепляется на нижний зажим.

- Так это печатное устройство, работает от компьютера?

- Да, конечно. Мы, вас снабдим специальной программой, в которой очень легко и просто работать. Давайте я вам покажу.

Кристина включила компьютер и на экране появилась этикетка, с заранее нанесёнными параметрами, включая название продукта, таблицу энергетической ценности, данные изготовителя и все прочие атрибуты, которые она, произвольно впечатывала, в нужных местах.

- Видите, как просто. Вы просто, подставляете свою информацию, решаете какое количество этикеток вам нужно и нажимаете печать.

- Кристи! Напечатайте несколько штук. Хочу посмотреть, как это работает.

Машина загудела. Нижний зажим закрутился, этикетка попадала точно под печатную головку и наматывалась на нижний барабан. Дюжина этикеток, напечаталась с удивительной скоростью.

- Смотрите, Адам! Ваши этикетки готовы. Снимаете нижний барабан, с готовыми этикетками. Вам только остаётся их снять, и наклеить на свой продукт. Легко и просто, при минимальной стоимости.

- Должен признать, вы меня удивили и убедили. Значит я покупаю у вас печатную машину, готовые этикетки разных цветов, вы дадите мне программу и даёте мне гарантию на год.

- Абсолютно правильно. А если вы хотите продлить гарантию, за небольшую годовую плату, заключаете с нами договор на обслуживание, и мастер приедет к вам в течении 24-х часов, если вы в Нью Йорке.

- Всё прекрасно! А сколько стоит это удовольствие?

- Смотрите, Адам! Печатная машина «Софт», стоит $2,5 тысячи. Остаётся приобрести этикетки, и вы в бизнесе.

- Ну, не совсем так. Я должен ещё купить компьютер, что тоже не дешёвое приобретение. А мне нужны какие-то чернила, или копировальная бумага для печатания? Это тоже стоит денег!

- Нет, Адам. Наши машины печатают при помощи термоплейт, на специальной бумаге. А компьютеры, сегодня уже не стоят таких больших денег. Спрос, определяет предложение. Сегодня, в каждом доме есть компьютер. Компании, выпускают на рынок, множество различных моделей, и сегодня, можно купить неплохой компьютер, за $500.

- Вы меня убедили. Давайте выпишем накладную. Я хочу купить по два ролла, круглые цветные этикетки, розовые, зелёные и белые. Размер, который подходит под мою крышку. Всего пять видов. Вы принимаете кредитные карты?

- Разумеется! Вы можете заказать свои этикетки, за один день. Когда будете звонить, спрашивайте меня. Я ваш менеджер. Вот моя визитная карточка.

- Когда вы мне всё это привезёте?

- Машина будет у вас завтра.

Адам вышел на улицу, с одной стороны несколько обескуражен-ный, но с осознанием, что он приобрёл необходимую вещь. Теперь не надо думать, у кого заказывать этикетки. В любое время, можно запустить новую продукцию и пробовать, как её воспримут на рынке. Проблема была в компьютере. Ната, сидела за ним днём и ночью. Она была очень упорна, и научилась владеть им, сама. Сможет ли она ему помочь, при её плотной занятости? Надо как-то учиться самому. Тем более, эта программа, казалась не такой сложной.

- Вил! Ты что-нибудь о компьютерах знаешь?

- Моя экс, показывала мне как пользоваться. Я там чего-то тыкал пальцем, но сказать, что я в этом разбираюсь, будет явным преувели-чением.

- Во всяком случае лучше, чем я. Поскольку, я только на него смотрел. Мы с тобой, едем в магазин, покупать компьютер.

- Миша! Остаёшься за старшего. Следи за телефоном. Мы скоро вернёмся.

- Адам! Ты можешь сказать, куда мы едем, и чего это ты вдруг, весь зашевелился? Какая муха тебя укусила?

- Муха нашей отсталости и безграмотности. Сегодня весь мир, понемногу переходит на компьютеры. Только мы, люди старой формации, не в состоянии научиться новым технологиям. Нас всё поражает! Как это работает? Как такое может быть? Нам лень, учиться чему-то новому, да и наши заплесневелые мозги ничего не воспринимают!

- Адам! С тобой, определённо что-то случилось? Можешь поде-лишься?

- Вил! Я с утра, был в одной компании. Они продают небольшие принтеры, которые печатают этикетки. Но для этого, необходимо владеть, хоть в какой-то степени, компьютером. Молодая девчонка, которая мне всё объясняла, смотрела на меня с некоторой снисходительностью и сожалением. Вероятно, сочувствуя и одновременно удивляясь, моей непроходимой тупостью. Она говорила об очевидных, для неё, вещах. А я старался делать вид, что понимаю, и в силу внушённых нам комплексов, на нашей бывшей родине, пыжился, боясь проколоться.

- По-моему ты утрируешь. Смотрела как-то не так. Тебе показалось.

- Может и так. Но дело не в ней. Мы явно отстаём от жизни. Жить и быть успешным в Америке, могут быть только наши дети. Они будут учиться здесь, говорить, как настоящие американцы, а главное понимать этот мир. Мы можем только догадываться, да и то вряд ли. Ладно, пошли покупать компьютер. Может поумнеем.

- Простите! Мы ищем компьютер. Не дорогой, но чтоб там всё было.

- Разумеется. Вот смотрите, НР, не дорогой, оперативная память...

- Извините! Я сразу хочу сказать, что ни я, ни мой товарищ, ничего не понимаем. Нам нужен самый простой компьютер, но так, чтобы включить и всё работало. А во всём остальном, мы полагаемся на вас.

- Ну, хорошо! Вот, возьмите этот. Я вам рекомендую. Он уже загружен, вам не надо будет ничего покупать и цена $600.

- Спасибо! Где касса?

Они тащили в машину, две тяжёлые коробки, и гордо посматривали на встречных покупателей, спешащих обзавестись современным чудом.

На работе, их обступили ребята, уважительно рассматривая, появляющаяся из коробок, сложные аппараты!

- Папа! Это компьютер/

- Да, Луис! Умеешь на нём работать?

- Нет, Папа! Моя иха, просит купить ей. У них в школе, уже у многих чилдрен, есть такое.

- Твоя дочь, молодец. Она будет умнее нас, как и моя!

- Вил! Давай всё соберём, и попробуем включить. Вдруг заработает.

Но вдруг, ничего не случилось. Компьютер высветился экраном, чего-то написал, но не получая ответа, погас.

- Всё ясно! Мы ничего не понимаем. Завтра привезут принтер для этикеток. Надо, чтоб нам кто-нибудь показал и объяснил, что надо делать. Мы запишем, а потом сами попробуем!

Ната, которой придя домой, Адам пытался рассказать о своих терзаниях, решительно отказалась приходить и что-то объяснять.

- Адам! Ты пойми. Я не успеваю на работе, поэтому беру домой. Ты же видишь, что я сижу за компьютером полночи. А ты хочешь, чтоб я, после работы приехала в ресторан, и потратила весь вечер, пытаясь тебя научить.

- Я же не прошу приходить каждый день. Ты только придёшь, покажешь один раз. Я всё запишу и больше никогда просить тебя не буду.

На следующий день, водитель привёз принтер, множество роллов с этикетками и пожелал удачи. Адам и Вил, вытащили из коробки принтер, со множеством проводов, в отдельном пакете и не решались подсоединять, чтоб не дай бог, сломать дорогую игрушку. Они отнесли всё на кухню и разложили на длинном столе холодильника, заняв добрую половину. Заметив, укоризненный взгляд Луиса, Адам пообещал завтра всё убрать. Пришедшая Ната, быстро всё подсоединила и стала быстро стучать по клавишам, не обращая внимания, на суетившегося Адама.

- Как тут ставится ролл с этикетками? А, ясно. Крепится внизу? Ага! Вот твоя этикетка на экране, видишь? Нужно вписывать данные, в указанные линии. Всё достаточно просто! Количество этикеток? Пишешь количество, затем, нажимаешь энтер. Понятно?

- Ты мне ещё, хоть один раз, всё покажи. Я всё записывал, но не запомнил.

После третьего раза, она рассержено выключила компьютер.

- Знаешь, что! Ты найми себе секретаршу, а у меня ни времени, ни терпения больше нет. Мне надо идти домой, где меня ждёт ребёнок и работа.

На следующий день, Адам, отчаянно труся, поддерживаемый Вилом, перетащил компьютер в зал, и то и дело, сверяясь с записями, пытался одним пальцем, печатать на клавиатуре. Перед тем, как отправить в печать, он мысленно помолился всем богам и нажал энтер. Принтер зажужжал и принялся наматывать на барабан, отпечатанные этикетки. Боясь остановить умную машину, и проверить правильно ли он всё написал, Адам решил ждать пока принтер остановиться. Отсчитав заданное число, принтер остановился, и можно было перевести дух.

- Нет, ты смотри! Всё получилось! Значит мы не такие тупые? Тьфу, тьфу! Спасибо, дорогая машинка. Ты очень умная. И ты, компьютер, очень умный. Вы ребята, извините, если что не так.

- Адам! По-моему, разговаривать с техникой, это ку-ку!

- Вил! Тут не только с техникой заговоришь. Когда припрёт, будешь молиться и разговаривать с чем хочешь. Главное, у нас есть этикетки. Делаем блинчики с вишней, яблоками и абрикосами. Я поехал на базу, которая снабжает рестораны и магазины. Я видел там банки, с готовыми начинками. А то если мы начнём изобретать свои, можем не угадать со вкусом, да и сколько они смогут простоять в холодильнике тоже неясно.

Вскоре всё было наконец готово. Уложено в коробочки. Разноцветные этикетки, делали продукцию, внешне очень презентабельно.

- Надо было написать на этикетке инструкцию по приготовлению!

- Да ты что, Адам! Неужели люди не сообразят, поджарить их в сковородке?

- Люди бывают всякие. Может кто-нибудь захочет жрать, как есть. Нет, я должен, написать инструкцию. Он долго мучился, пока составлял инструкцию по приготовлению. Наконец напечатал, попытался сверху наклеить на предыдущую. Получилось ещё хуже. Пришлось выбросить крышки, и напечатать новые этикетки. Наконец всё было собрано, и он повёз новую продукцию в «Зейбарс». Елена встретила Адама, одобряющей новостью. Блинчики всем понравились, и она хочет заказать на пробу, по пять упаковок, каждого вида.

- Спасибо, Елена! Я привёз сладкие блинчики. Попробуйте и, если вам понравится, мы можем делать их тоже. Будут пожелания по начинкам, дайте мне знать.

На работе, Адама, поздравляли с успехом, а он готовил образцы, для всех своих костюмеров, которые покупали блины. Через какое-то время, блинчики покупали все. Теперь Адам грузил в машину уже стопки коробок, укладывая в свой мини вен. Пришлось вытащить, один из задних диванов, чтоб освободить место, для всё увеличивающихся грузов. Время шло, и эта работа превратилась в рутину. С утра, все начинали готовить в обеденном зале продукцию, паковали в упаковки и складывали в коробки. Всё это, было чрезвычайно неудобно, отнимало массу времени, а в результате давало небольшую прибыль. Но главная проблема, заключалась в том, что не хватало места, как для работы, так и для хранения и упаковки, и готовой продукции. Ребята не роптали, хотя работы значительно прибавилось. Адам, всем прибавил зарплату, и они благодарно воспринимали это, радуясь прибавке.

Адам понимал, что бизнес зашёл в тупик. Нужен выход, из этой не совсем нормальной ситуации, и мысли об открытии нового предприятия, настойчиво лезли ему в голову. Пора серьёзно решать идею, с открытием нового филиала. Нагрузка естественно увеличиться, но её можно распределить на две точки.

- Миша и Вил! Вы надеюсь не забыли наш разговор, об открытии

нового предприятия? Это должно строиться на базе новой концеп-
ции. фаст фуда, основанного на русской кухне.

- Адам! А может не рисковать? Взять, уже проверенный концепт!
Например, Макдональдс или КФС? Ты же, один раз делал, и всё
получилось.

- Вил! Если повезло один раз, это не значит, что повезёт снова. У
русского концепта, на мой взгляд, есть хоть какой-то шанс. Оказалось, что в Америке полно людей с русскими корнями. Россия, а,
следовательно, всё что с ней связанно, представляет определённый
интерес. Человек, хотя бы из любопытства, захочет попробовать, что
эти странные русские едят? Если еда понравится, он будет заходить,
хотя бы иногда. И расскажет другим. Вы друзья, возражайте мне. Мы
все, должны быть сами убеждены, на 100%. Тогда можно пробовать.
А вот, что из этого получится, знает только Господь!

- Адам! Я готов! Могу завтра принести чек. На кого выписывать?

- Миша! С этим надо подождать. Мы должны найти место и
зарегистрировать новую корпорацию. Нам нужно выбрать три
названия.

- Ты же говорил про одно! А почему три?

- Когда бухгалтер пошлёт документы на проверку, требуется
вписать три названия. Сначала главную, которую хочется больше
всего. Если имя занято, берётся второе, и затем третье. Нельзя брать
имя, уже зарегистрированное, как корпорация. Можно оформить как
индивидуальное предприятие, но тогда, оно не защищает частное
имущество владельцев предприятия. Вы подумали о названии
нового фаст фуда?

- Я думал всякие имена, но лучше «Восточного Экспресса», не
придумал.

- Миша. Что у тебя?

- Я вообще ничего не мог придумать. Может «Каша» или «Борщ»?

- Ну ты дал, Михаил! Ты бы ещё «Горшок», предложил!

- Вил! Ты зря прикалываешься. Борщ и каша, русские слова, и они
на слуху.

Итальянцы, называют свои предприятия, простым словом, пицца!
Мы говорим пиццерия, а для них, просто пицца! Это дом, где делают
пиццу. Прибавляют к названию имя владельца и всё. Название
готово! А наше главное блюдо какое? Блины! Пельмени! Вареники!
Пироги! В России существуют, блинные, пельменные, пирожковые и
т.д. Но это, по-русски!

Для Америки, правильно будет просто название блюда. Я думаю

запишем в следующем порядке: первое – «Блины», второе – «Пельмени», третье – «Пирожок».

Если проходит третье, будем делать шикарные пирожки. Ну как?

- Да вроде, неплохо!

- А мне, вообще нравиться!

- Если так, я звоню бухгалтеру. Он подготовит документы для оформления корпорации и ты, Миша и я, едем с чеками подписывать документы. А пока, все начинают интенсивно искать место.

Решение было принято, но червь сомнения, продолжал точить Адама. Он всем надоел со своим постоянным вопросом: «А что ты думаешь...?» Дома от него просто отмахивались, а на работе отвечали, что не знают и просили, чтоб он сам всё решал. Есть русская поговорка, «на ловца и зверь бежит». Адам часто ходил в банк, располагавшийся на углу 86-й стрит и 2-й авеню. В этот, день как обычно, он шёл в банк и обратил внимание, что на фасаде кафе, который занимал «Каспер», висит объявление об аренде. Адам заходил пару раз. Помещение было большое, с огромным светлым витринным окном, от пола до потолка. Он записал телефон, и вернулся в ресторан.

- Бойцы, угадайте что я видел?

- Привидение?

- Почти, но нет! Я видел помещение для нашего будущего магазина. Но сначала надо позвонить, чтоб не сглазить.

- Хелло! Я звоню по объявлению, аренда торгового помещения на 2-й авеню и 86-й стрит. Оно ещё свободно?

- Да, пока ещё свободно. А для какой цели, вы хотите его использовать?

- У меня есть ресторан на этом блоке, и я ищу место для филиала.

- Как называется ваш ресторан?

- Ресторан «Пирог», русский ресторан.

- Так вы Адам? Я вас хорошо знаю. И мы с моей женой, иногда обедали у вас. Буду рад такому арендатору. Подходите ко мне в офис. Записывайте адрес.

Через час, Адам сидел перед мистером Мелманом и они дружески беседовали, радуясь личному знакомству

ГЛАВА VIII

«БЛИНИ»

Разговор принял деловой оборот.

- Для вас, Адам, я могу понизить ставку первого года, до $ 4,5 тысячи в месяц. Вы прекрасный бизнесмен, и я уверен, что ваш бизнес будет процветать.

- Благодарю за тёплые слова. Мне нужен бесплатный месяц для ремонта, и я был бы вам признателен, если на первый год, вы смогли бы понизить аренду до $4 тысяч. Первый год, всегда сложный.

- Адам! Вы действительно хороший бизнесмен. Я согласен. Мы сможем завтра подписать договор. Мне понадобятся два чека по $4 тысячи.

- Благодарю! У меня есть партнёр, Миша Швед. Он тоже должен быть вписан в договор аренды. Я в этом помещении был, а вот мой партнёр должен на него взглянуть.

- Давайте встретимся, на месте, скажем через час. Я вам, с удовольствием всё покажу.

Адам вернулся в ресторан в приподнятом настроении.

- Миша! Поздравляю! Считай, что ты уже в бизнесе. Сейчас пойдём смотреть помещение. Я там был. Но мало ли что, там поменял бывший хозяин.

- Это правда, Адам? Тебя не поймёшь, когда ты стебаешься, когда нет!

- Нет, я серьёзно. Хозяин, оказался моим костюмером. Мы сторговались по цене. За $4 тысячи, первый год. Сегодня, это хорошая цена, а расположено помещение, лучше, чем наш ресторан. Там народу проходит гораздо больше. Завтра нужно отдать два чека, за первый месяц аренды и депозит. Это $8 тысяч. Ты приноси чек на $100 штук, а я проплачу из своих. Потом зачтём. Пошли смотреть помещение.

Дверь была открыта, и лендлорд ждал их внутри.

- Мистер Мелман! Мой партнёр, Миша Швед! Мы осмотрим всё?

- Прошу вас, Адам! Считайте, что вы уже хозяин здесь.

Смотреть особо было нечего. Абсолютно пустое помещение. Всё было вывезено. Торчали провода, обмотанные изоляционной лентой.

- Туалет, как я понимаю в конце помещения. Есть подвал, для установки холодильных агрегатов?

- Разумеется. Но ключ у суперинтенданта, а его нет на месте. Будет через час. Я его предупрежу, и он откроет вам вход в подвал. Его зовут, Рик!

- Прекрасно! Скажите мистер Мелман, что случилось с Каспером? Бизнес не пошёл, или он сам не захотел больше работать. Он был один, а такая работа, 7 дней в неделю, очень непросто!

- Адам! Вы попали в точку. Он был парень неплохой, но ещё очень молодой. Он француз, вырос в Париже. В Нью Йорке всё по-другому. Там люди ходят в одно и тоже кафе, как в клуб. Каждый день. Читают газеты, встречают друзей, обедают. Здесь ни у кого, нет времени, сидеть и бездельничать целыми днями. Касперу стало скучно. Ему ещё хотелось гулять и веселиться. Он пришёл ко мне и всё честно рассказал. Да и бизнес не давал прибыли. Так что, мы расстались по-хорошему.

- Я вас понимаю. Надеюсь, у нас будет иначе. Во сколько, завтра нам прийти, в ваш офис?

- Давайте к 12 часам. Нет возражений?

- Мы будем завтра у вас, ровно в 12 часов. Всего хорошего!

Они возвращались в ресторан, всё ещё под впечатлением увиденного.

- Адам! Что скажешь? Как тебе помещение?

- Мне нравится! Я, ещё когда Каспер только строил свой бизнес, позавидовал ему. Оно квадратное, в отличие от нашего, узкого и длинного. Здесь будет удобно разместить бизнес. А по метражу они одинаковые. Позже, позвоним суперинтенданту. Посмотрим подвал, и заодно захватим рулетку и всё замеряем. Надо нарисовать схему, и думать, как и какое оборудование нам необходимо. Всё надо будет разместить по уму.

Вил встретил компаньонов, множеством вопросов.

- Ну, рассказывайте! Как помещение? Есть место для работы?

- Это всё к Адаму! Я в этом ничего не понимаю.

- Помещение неплохое. Я бы с удовольствием поменял их местами. Но здесь столько вложено, и представить, что всё надо сломать, сразу возвращает на землю. Да и задачи у нас другие. Нужно построить «фаст фуд». С одной стороны, задача разгрузить основную кухню. С другой, там должно быть очень специфическое предприятие, на котором необходимо опробовать и откатать прототип, с которого можно лепить серию. Пока в голове каша. Надо всё перемерять, решить какое оборудование необходимо и как всё расставить. На всё про всё, есть бесплатный месяц. Потом надо открываться и зарабатывать на жизнь, платить аренду, зарплату и прочие расходы.

- Я даже представить не могу, как ты, Адам, всё это, будешь размещать?

- Я тебе так скажу, я сам не могу пока представить, как и что. Но я уверен, что постепенно, всё в голове уляжется, и решение найдётся.

Адам не лукавил. Пока всё было сумбурно. Пустое пространство, на котором надо много чего разместить и так, чтоб посетителям было удобно, но и кухня, с рабочим и подсобным пространствами, была идеально приспособлена к напряжённому рабочему режиму, если таковой понадобится.

Адам позвонил бухгалтеру и договорился о встрече завтра утром. Он продиктовал название новой корпорации, в том порядке, как было оговорено. Тот пообещал всё подготовить.

- Тебя можно поздравить, Адам! Двигаешься вперёд! Как всё прошло на Багамах? Были проблемы?

- Нет. Всё прошло гладко. Спасибо тебе! До завтра!

- Ну всё идёт по плану. Миша, завтра встречаемся в Бруклине. Ты же там живёшь. Напиши мне адрес, и я за тобой заеду к 9: 30. А сейчас пошли пообщаемся с суперинтендантом нашего будущего помещения.

Они подошли к парадной билдинга. На дверях был закреплен домофон с именами жильцов и номерами квартир. На квартире 1, было написано, суперинтендант.

- А вот и наш супер! Как и положено живёт на первом этаже, и следит за порядком в доме. Хорошая работа, бесплатная квартира. Живи, не хочу. Но надо всё уметь. Всё ремонтировать, ладить с жильцами, мыть лестницу. Хорошо, но не для меня. Звони, Миша!

- Слушаю вас!

- Хелло. Мы от мистера Мелмана. Он сказал, что вы сможете нам показать подвал. Мы новые арендаторы.

- Сейчас приду.

- Надо ему подарить долларов 20. С суперинтендантами полагается дружить.

Дверь открыл, небольшого росточка человек в майке, явно спросонья.

- Простите! Мы кажется вас разбудили?

- Ничего! У нас в доме поломался бойлер для горячей воды, и я всю ночь провозился, его ремонтировал.

- Понятно. Ну, раз мы уже здесь, покажите нам подвал.

- Идите за мной. Осторожно, здесь ступеньки.

Он прошёл вперёд, открыл дверь и включил свет. Подвал был сухой и чистый. С одной стороны, находились два больших газовых бойлера, один для горячей воды, а второй для отопления. Большие пластмассовые баки для мусора и отгороженное помещение для всяких хозяйственных нужд.

- А что вы хотите хранить в подвале?

- Нам нужно немного места, чтобы разместить компрессоры для холодильников и пару стеллажей для хранения упаковок.

- Каспер, тоже хранил здесь всякую всячину.

- Спасибо вам за помощь. И ещё раз извините за беспокойство.

- Не за что. Обращайтесь, когда надо.

Они возвращались в ресторан.

- Как тебе подвал, Адам? Я видел, как ты сунул ему что-то в руку.

- $20! Он нам ещё не раз пригодится. Подвал нормальный, сухой и чистый. Можно хранить коробки с упаковками, а главное поставить там компрессоры для холодильников, они очень шумят. Завтра утром, я заеду за тобой в 9:30, сначала едем к бухгалтеру, а в 12 часов, мы должны быть в офисе мистера Мелмана. Теперь всё пойдёт быстро.

Рано утром, Адам ехал в сторону Бруклина. Каждый раз, когда он попадал в этот район, он поражался его величине. Бруклин начинался сразу за одноимённым мостом и тянулся до Брайтон Бич и в ширину был вообще необъятный. Дом, где жил Миша Швед, он нашёл сравнительно легко. Сказался опыт водителя кар сервиса, а затем лимузина. Это была стандартная Бруклинская пятиэтажка. Адам нажал в домофоне номер квартиры.

- Адам, ты?

- Нет, это служба оповещения! Давай, я внизу.

Вскоре они пробирались в потоке машин, на Брайтон Бич авеню.

- Здесь что? Люди вообще не работают? Пробки с самого утра.

- Сейчас свернём на Кони Айленд авеню, будет проще.

- Ты чек не забыл?

- Обижаешь! Такое забыть нельзя.

- Всё-таки! Откуда у тебя такие бабки. Может ты приторговывал травкой, вместе с жареной рыбой? Ты пойми, меня это волнует, только с одной стороны! Мы становимся партнёрами в бизнесе. Я не хочу, чтоб за тобой пришли, а заодно и меня подцепили. Мы не имеем права, подставлять бизнес. Это основное правило. Бизнес – это, то что кормит наши семьи.

- Я это понимаю. Мне деньги дал тесть. У него, в Нью Джерси, большая заправочная станция и мастерская по ремонту машин.

- Хорошо! Это твои дела. Я не хочу в них лезть, но спросить, обязан.

В офисе бухгалтера их встретили дружными приветствиями. Внизу работало несколько помощниц, а шеф располагался на втором этаже.

- Прошу, прошу! Вас так бурно приветствуют! За какие, такие заслуги? Поздравляю с обновкой. Ваш первый выбор, «Блины», прошёл. Правда по-английски это звучит как «Блини», с ударением на первый слог. Но суть от этого не меняется. За открытие корпорации класса С, с вас $150. А дальше, как всегда, квартальные отчёты, годовые и т.д. Это твой партнёр, как я понимаю? Кто будет президент компании, а кто вице-президент.

- Президент, конечно Адам!

- Как скажете господа! Давайте подпишем все формы, вот документы для банка, на открытие счёта, ни пуха, ни пера.

- Ты сам напросился, я должен послать тебя к чёрту. Спасибо! Всё, как всегда, высоко профессионально.

Машина двигалась по Кони Айленд авеню, в сторону Бруклинского моста.

- Адам! А что такое корпорация С?

- Это самый простой вид отчётности для небольших корпораций, как наша. Сначала едем в офис лендлорда. Нам для открытия счёта в банке, нужен договор аренды. Мы двигаемся вперёд. Откроем счёт, положим чеки и можно начинать двигаться дальше.

- А что надо делать? Чем я буду заниматься?

- Поначалу будешь работать, как работал, если конечно, хочешь получать зарплату? Но это ненадолго. Мне нужно подобрать тебе замену, а в новый ресторан, нам нужен помощник-повара. Начнём с одного. Нас будет трое. Я уверен, мы справимся. Пока предприятие новое, и о нём мало кто знает, работы будет мало. Но мы должны быть всегда готовы. Зашёл один человек, или десять, мы обязаны их обслуживать так, как это делается в фаст фуд. Поначалу придётся выбрасывать или самим съедать то, что пролежало на горячем мармите, дольше положенного. Это тоже мы должны определить опытным путём. Всё надо проделать, и составить инструкцию. Как готовить, как хранить, как отпускать. Инструкция должна висеть на стене: время приготовления, температура и т.д.

- Это всё очень не просто!

- Не просто потому, что мы только начинаем. Когда мы всё проделаем и составим подробную инструкцию, каждый обученный нами человек, сможет по ней работать. В нашем ресторане, всё гораздо сложнее. Разнообразие блюд, всё готовится под заказ, многое надо уметь и знать. Смотри Луис, когда он пришёл, не знал ни одного слова по-английски. Начинал с мытья посуды, впрочем, как и все ребята, кто со мной работают. Многие из них, уже готовые шефы. Могут работать в приличном ресторане. Но им нравится работать здесь, со мной. Быть шефом большая ответственность. А здесь, делай что тебе говорят, получай зарплату и ни о чём не беспокойся. Я иногда об этом мечтаю, но увы, это не для меня. Всё, мы приехали к офису лендлорда.

- Хелло, Адам! Это ваш партнёр? Прошу господа. У нас всё готово. Моя секретарша заполнит необходимые пробелы, и мы готовы подписать договор.

- Прекрасно! Мистер Мелман! Могу я попросить вас об одолжении. Я вам выпишу мои персональные два чека, а после нашей встречи, мы идём открывать счёт в банке. Через 2-3 дня наши фонды в банке будут подтверждены, и я вам выпишу чеки с корпоративного счёта. А в договоре, мы можем указать наши имена, с припиской, «В дальнейшем именовать, как корпорация «Блини». Мы только подали регистрационные документы.

- Я вас понимаю, Адам. Я не буду депозитировать ваши чеки, а когда вы мне принесёте чеки с бизнес счёта, мы с вами обменяемся. Милочка, вставьте эту строку, о которой говорит мистер Гардов.

- С вами приятно иметь дело, мистер Мелман. Я вам очень признателен.

- Не хочу путать корпоративные деньги со своими.

- Это очень разумно, и я вас понимаю. Я вижу у нас всё готово! Давайте все распишемся, и я желаю вам всяческого успеха.

Всё расписались и пожали друг другу руки. Лендлорд получил чеки, а компаньоны ключи и экземпляр договора на аренду.

- Ну, ты как, Михаил? Чувствуешь себя бизнесменом?

- Пока нет, но близко.

- Пошли, откроем счёт в банке. Будет ещё ближе.

Процедура открытия счёта в банке, была нудной и долгой. Адам понимал, что того требует инструкция, но он уже стремился бежать и что-то делать. Время раздумий и разговоров прошло. Наступила пора действовать и делать это быстро. Месяц пролетит незаметно, а дел столько, что не знаешь за что хвататься вперёд. Нужно открыть счёт в «Кон Эдисон», на подключения электричества и газа. Искать строителей для ремонта, закупать оборудование и заказывать уличную и внутреннюю световую рекламу, но самое главное, решить, как и что из оборудования покупать и как всё это организовать.

Наконец формальности были закончены. Документы подписаны, большая чековая книга для бизнеса, заказана. Им выдали временную небольшую чековую книжку, без указания имени и адреса распорядителей. Два чека, по $100 тысяч каждый, были отданы банку, на депозитирования на счёт новоявленной компании.

- Спасибо за то, что вы выбрали наш банк. Удачи вам в новом бизнесе.

Адам с облегчением выдохнул, когда они оказались на улице.

- Как это всегда долго и нудно. Но слава б-гу и это позади. Пошли на работу, а то нас, наверняка уже с собаками ищут.

Их действительно ждали и забросали вопросами.

- Ну рассказывайте. Как всё прошло? Подписали договор?

- Всё нормально. Новый бизнес получил название «Блини». Мы уже подписали договор на аренду, и даже открыли счёт в банке. Луис! Мне нужно найти двух человек, для работы. Маленький Мальчик, через неделю, или две, возвращается в зал, официантом. Вместо него, нам на кухню понадобится ученик повара. И мне нужен ещё один, в новый ресторан. Работы будет много. Я буду много времени проводить там, так что все, будьте внимательны. Мы ещё успеем наговориться о новом бизнесе, а пока работаем, как обычно.

- Папа! Я знаю одного парня. Он ищет работу. Я его завтра приведу.

- Молодец, Луис! Но учти, под твою ответственность. Документы обязательно. Значит нам нужно ещё одного. Поспрашивайте у своих друзей. Я могу позвонить в агентство, но там в основном нелегалы, без документов.

- Адам! А когда ты планируешь открыться?

- Если бы я знал, Вил! Там ничего нет. Всё с нуля, а самое главное, я ещё сам не знаю, как это слепить. Хранить упаковку и разные мелочи, мы будем там. А вот где всё делать, ума не приложу. Единственное, что я не хочу, то это создавать ещё одну кухню. Я думал, может поставить нашу креп-машинку у окна. Это было бы хорошее шоу. Она сама лепит блины и складывает в пачки. Но тогда надо и кухню, прилепить к окну. Это неправильно, поскольку люди будут сидеть между туалетом и кухней. А жаль, идея была хорошая. Ладно! Мы с Мишей идём в наши «Блини». Всё замеряем и вернёмся. У вас всё нормально?

- Не переживай! Всё хорошо.

Адам и Миша Швед, открыли своим ключом, помещение будущей «Блини».

- Давай, нарисуем вид помещения, будем замерять рулеткой и записывать все размеры. Здесь всё просто. Ширина и длинна практически – это квадрат. В первую очередь, нам нужно подключить свет и газ. Миша, ты можешь пойти в «Кон Эдисон», и подать заявку на подключение.

- Адам! Лучше ты. Я в этом ничего не понимаю, и боюсь что-то напутать.

- Ладно. Иди работать в ресторан. Я скоро приду.

Адам направился в офис «Кон Эдисон». Он понимал, что на этом этапе, Миша Швед ему не помощник. Придётся делать всё самому. Может это и к лучшему? Исправлять чужие ошибки, всегда труднее. Главное, чтоб потом, когда начнётся работа, он не подставил, не сломался. Адам, на своём опыте убедился, насколько это трудно. Многое, получается не так, как планировалось изначально, и надо на ходу, придумывать, как из этого выкрутиться. Не опускать руки, идти вперёд, как тяжело бы не было. Нельзя бросать начатое дело. Упорство и настойчивость, залог успеха.

В «Кон Эдисон», Адам предъявил договор на аренду, счёт в банке и заполненную заявку.

- Мистер Гардов! Вы наш клиент, уже не первый год. Вы же, владелец ресторана на ист 86-й стрит? У вас не было задолженностей, по платежам. Так что всё в порядке. Мы пошлём инспектора на проверку и, если всё нормально, ваше помещение будет подключено.

Адам возвращался в ресторан, довольный что ещё одна проблема решена.

- Всё в порядке, Адам?

- Не боись! Не боги горшки обжигают. Вот когда мне пришлось подключать газ во «Фрайд Чикен», это было что-то. Газа не было вообще, то есть, газовые трубы были, но счётчик, числился за другим помещением.

- И что ты сделал?

- Что сделал, что сделал? Попросил перевести на моё помещение.

- А так можно?

- Наверное, нельзя. Но если очень хочется, то можно. Ладно, всё это ерунда. Давай блокнот с чертежом нашего помещения. Надо думать, как и что, там размещать. А мне, принеси пожалуйста, чаю.

Ну и как этот ребус решать? Что должен видеть человек, входя в помещение фаст фуда? Прилавок с кассовыми аппаратами и приветливых кассиров. Дальше он ищет глазами световую рекламу с информацией, что он может купить и сколько ему это будет стоить? Значит перегораживаем зал, прилавком. Над ним располагаем световую рекламу. Теперь, в передней части нам нужны столы и стулья, стойка для мусора и использованных подносов. Нужна ещё одна стойка, для ложек вилок, салфеток и специй: кетчуп, соль, перец, сахар и т.д. Нужно отапливать помещение и охлаждать, когда жарко. Отопление даст лендлорд, а вот кондиционер надо вешать, и еще - освещение всего помещения. Нужен ремонт помещения. Значит ищем строителей. Для начала, есть чем заниматься.

- Бойцы! Я поехал на Бауэри. Посмотрю мебель, оборудование и далее по списку. Если у кого-нибудь есть идеи, выкладывайте сейчас.

Но его призыв, не вызвал особого энтузиазма, и он отправился, как обычно, в район, где делали, продавали и могли многое подсказать, на Бауэри стрит. Все что касалось архитектурных решений, рекламных щитов, как уличных, так и внутри помещения, проще всего решали китайские мастерские. Они делали дешевле и быстрее всех. Адам заказал прилавок, показав размеры и оба рекламных щита. Всё должно быть изготовлено, привезено и установлено на месте, в течении двух недель. Выбрать мебель для ресторана, было не просто, но и это Адам решил. Сложнее было с холодильным и кухонным оборудованием. Поскольку, кухня была открытая, и вся на виду, оборудование должно быть новым и выглядеть ухоженным и чистым. Два больших трёх дверных холодильных шкафа, стоили немалых денег, но выбора не было. Полированный, стальной 1,5 метра длины, гридл, должен был решить проблему выпечки блинов. Тепловой стол, с газовым подогревом, и со множеством секций, куда вставлялись металлические контейнеры с крышками, который все фамильярно именовали «баня-мария», предназначался для поддержки всей горячей продукции. Двух секционный духовой шкаф, прекрасно вписался в кухонный интерьер. Дополнив всё шестиконфорочной ресторанной плитой, Адам стал опасаться, что растратит весь запланированный бюджет. А впереди ещё предстояло немала расходов. Надо немного остыть, прийти в себя, и сделать перерыв. Он просил всех, не привозить заказ до следующей недели.

Когда Адам вернулся в ресторан и показал накладные Мише Шведу, тот схватился за голову.

- Адам! А сколько это всё стоило? А если нам не хватит денег, что мы будем делать? Мне взять больше негде!

- Ну если не хватит, придётся всё распродать, правда с большими потерями. Да не смотри на меня, такими испуганными глазами! Я шучу!

- Знаешь, Адам! Шутки у тебя солдатские.

- Ты хотел сказать, дурацкие. Но постеснялся! Ладно, я сейчас подобью итог, и тогда будем вместе рыдать. Только дайте хоть бутерброд с сыром и чаю.

- Ну вот! И ничего страшного! Правда, больше половины денег ушло, но ещё есть порох в пороховницах. Завтра поеду добивать.

- Боже милостивый! Что ещё ты собираешься покупать?

- Я бы взял тебя с собой, но нам нужно привезти в порядок помещение. Нам повезло, поскольку Каспер привёл в порядок пол и освещение в зале, но надо всё освежить. Ты красить умеешь?

- Дома, когда въезжали, всё красил.

- Дома ладно, а здесь надо подойти ответственно. Возьмёшь одного из наших ребят, я куплю сегодня краски и кисти, и завтра с утра, займётесь покраской.

- Там у Луиса, тебя поджидают пару ребят. Они пришли с утра.

- А чего вы молчите? Зови всех сюда!

- Луис! Ты чего мне не сказал? Кто эти ребята?

- Папа! Я не хотел тебе мешать. Они пока помогали нам на кухне. Вот этот – Лопес, я его давно знаю, может работать со мной на кухне. Гарсия привёл Маленький Дядя, он тоже работал на кухне, а сейчас ищет работу.

- Документы есть у них?

- Да, Папа! Я знаю, что без документов ты не берёшь.

- А что они стоят как немые? По-английски говорят?

- Гарсия немного говорит.

- Ладно! Завтра с утра, они пойдут с Мишей, приводить в порядок новое помещение. Пусть захватят одежду, в которой не жалко красить. А документы я потом посмотрю. Переведи им всё, что я сказал.

- Папа! Они всё поняли, и говорят, мучас грацияс!

- Миша! Вот твой отряд на завтра. Если толковые, оставим работать. Ты учи испанский, Гарсия вроде немного говорит по-английски, разберёшься!

Понемногу, всё начинало складываться. Начинался сентябрь

месяц, и Адам, метался с самого утра. Отвозил Надю в школу, забегал в ресторан, затем мчался в новый филиал, забирал ребёнка со школы, кормил и отвозил домой. Затем, мчался на Бауэри, покупал что-то ещё, и снова метался между рестораном и новым «Блини», да ещё успевал развести заказы по магазинам. Он приходил домой поздно и абсолютно уставшим.

- А что твой партнёр Миша? Не может развозить товар или делать другую, какую-нибудь работу? Почему, всё должен делать ты?

- Ната! Ты не понимаешь! Мне проще сделать самому, чем долго объяснять, а потом всё равно делать. Для него, это всё сложно. Он никогда этим не занимался. А у меня сколько опыта накоплено? Ого-го!

- Когда-то и ты занимался всем этим в первый раз. Пусть учится!

- Ладно. Мы скоро откроемся. Он неплохо работал в «Панкейке». Будем надеяться, а это самое главное, работать в «Блини».

Понемногу всё привозилось и устанавливалось. Установленное и подключённое оборудование, выглядело очень презентабельно и облик нового предприятия фаст фуда, явственно выглядел, всё более профессионально.

За неделю до открытия, Адам повесил специальные флажки снаружи и плакат «Гранд Опенинг»! Народ разглядывал картинки рекламы, через большое оконное стекло. Любопытные заходили и спрашивали, когда открытие, и что это за еда? Многие узнавали Адама, и поздравляли с расширением бизнеса. Обещали непременно прийти и попробовать.

- Миша и Гарсия! Мы начинаем готовить. Меню у нас есть. Инструкция как готовить, при какой температуре, тоже есть. С завтрашнего дня будем предлагать людям, просто попробовать, бесплатно. Это хорошая реклама, а для нас, хорошая школа. Лучше потратить немного денег, чем потом терять костюмеров из-за плохой еды и нашей неуёмной жадности.

- Гарсия! Компренде?

- Си сеньор! Я понимаю немножко инглез.

- Ну и слава богу.

Товар и упаковка были завезены. Луис, со своей командой приготовили голубцы и два вида теста. Для тоненьких блинчиков и для дрожжевых блинов. Адам открыл двери настежь, и они стали понемногу готовить все, что было перечислено в меню. Сначала народ только заглядывал, но очевидно стеснялся заходить. Адам, разрезал готовые блинчики напополам и вынеся стол между дверями, поставил тарелочки с продукцией, предлагая всем попробовать. Поначалу люди подходили с некоторой опаской, но очевидно прослышав, что где-то раздают бесплатную еду, подходили всё больше и больше. Некоторые возвращались по несколько раз. Дело пошло веселее. Миша и Гарсия едва успевали жарить всё новые и новые порции, а Адам звонил Луису, подготовить ещё блинчиков с мясом. Первый день прошёл успешно. Все радовались такому успеху.

- Вы, друзья мои, рано возрадовались. Пока мы кормим народ бесплатно, у нас будет большой успех. Давайте доживём до момента, когда за еду надо будет платить. Тогда мы и поймём. Нравится людям или нет. Голосование, всегда проходит деньгами. Но для нас, это очень хорошая школа. Мы проверяем себя, и проверяем оборудование. Завтра, повторим всё с начала.

Наконец подошёл день открытия. Адам понимал, что волноваться особенно не о чем. Всё проверено, и не один раз. Все всё знают, что делать и как, но всё равно, волнение первого дня и неизвестность, что может произойти, давало о себе знать.

- Бойцы, друзья! Вот и наступил «Д» день! Сегодня нас проверят на вшивость. Миша, я вижу, как ты волнуешься. Я сам, немного трушу, но скорее всего, работы сегодня, а наверняка и завтра, и ближайшее время, будет мало.

- Вот спасибо, Адам! Утешил. А на что мы будем жить? Как я понимаю, деньги почти все потрачены. Придёт время платить аренду, да и нам надо приносить зарплату домой. Откуда мы их возьмём.

- Ну не всё так мрачно. Я же тебе говорил, что немного денег осталось. Что-то мы должны торговать. Но даже если не один человек, не зайдёт в эту дверь, то месяц мы продержимся.

- А что дальше, Адам? Может нам рекламки разносить, как все тут делают. Раскладывают под щётки автомобилей разные листовки, с купонами на скидки. Может нам тоже наделать таких листовок, со скидками 10%?

- Идея не нова, но не плохая. Я, когда открывал, «жареную курицу» и пиццерию, тоже печатал рекламу, и мы её разносили и подкладывали, где только можно. Большого прорыва от этого не было, но какую-то пользу, безусловно приносило. Я хочу подождать 2-3 дня, а потом мы, последуем за всеми нашими конкурентами. Давайте не суетиться.

Адам открыл двери, и они в три пары глаз, настороженно вглядывались в открытую дверь, но никто не торопился отведать приготовленную кулинарию. Первым покупателем оказался, сосед, который держал очень популярный овощной магазин, на этом блоге. Это был ещё достаточно молодой грек, который почему-то считал, что Адам, итальянец. Вероятно, потому, что Адам, начал свою карьеру на этом блоке с пиццерии. Грек, не очень хорошо говорил по-английски, что ни в коей мере не мешало ему быть успешным в бизнесе. Иногда, ему приходила помогать жена, высокая красивая гречанка, но ненадолго, поскольку у них был маленький ребёнок. Няня, а может мать одного из них, привозила ребёнка в коляске и мама, уходила, хотя было заметно, с явным сожалением. У них были прекрасная выкладка овощей и фруктов, и грек постоянно их перебирал и переписывал цены, несколько раз на дню. У него были какие-то свои соображения, в какое время и на какие товары, нужно повышать или понижать цены. Адам иногда задумывался, как его кассирши, помнят постоянно меняющиеся цены и иногда ловил себя на мысли, что всё это просто игра.

- Бонджорно! Поздравляю с открытием! Удачи в бизнесе!
- Грация миле! Попробуешь что-нибудь? Он, а хауз!
- Грация! Что-нибудь для моей жены.

Адам сложил блины и пару блинчиков в упаковку, добавил красной икры и маленькую упаковку сметаны.

- Бон аппетит!
- Грация ле!

Они расстались, довольные друг другом.

- Адам! Что это было? И почему вы говорили по-итальянски.

- Это наш сосед, грек с овощного магазина. С соседями надо дружить. Он вообще-то, очень неплохой парень. Он уверен, что я итальянец. Я пробовал его разубедить, но он не захотел.

- Я понял, что ты ему предложил еду за счёт заведения.

- Это вообще хорошая традиция, первому посетителю, бесплатно!

Ланч, хотя и небольшой, но состоялся. Приходили, в основном, те кто ходили к Адаму на ланч. Это были владельцы маленьких бизнесов или магазинчиков в округе.

- Адам. Я рада что вы открыли новый бизнес. Я привыкла ходить к вам на ланч, и мне этого не хватало. У вас есть не большой салат?

- Прошу прощения. Сегодня нет, но с завтрашнего дня, зелёный салат, будет в меню.

Появлялись и новые лица. Небольшая работа была, но и она стихла после 3-х часов. Адам этого ждал и отправил ребят обедать.

- Вы прогуляйтесь до ресторана, а я здесь подежурю. Возьмите на всех у Луиса обед, и приходите сюда. Я думаю до 5-и, будет глухо, а потом люди пойдут с работы и может быть, кто-то и заглянет?

Адам оказался прав. Люди возвращались с работы, и некоторые заходили взглянуть на новое заведение, появившееся на блоке. Некоторые просто так, полюбопытствовать, а другие брали что-то с собой, на ужин. Этот небольшой ручеёк к 9 вечера иссяк, и было ясно, что можно закрываться.

- Вот теперь понятен режим работы. С 11 утра до 9 вечера. Пока так.

- Мы будем работать каждый день?

- Поначалу, наверное, да. Потом, по очереди будем брать выходной день. Посмотрим, какая торговля в выходные. Мы с тобой, хозяева. Нам сам бог, велел работать с утра до вечера, а вот Гарсия, он работник, и ему положен выходной день. Мы его отпустим в воскресенье. А если вдруг, встанет очередь, наймём ещё людей. Боюсь, это не случится в ближайшее время, так что будем крутиться сами. Бизнес покажет сам, а мы подстроимся.

Понемногу работа увеличивалась. Появились постоянные костюмеры и Адам решил взять на работу ещё человека.

- Миша! Я думаю пришла пора взять на работу девушку на кассу.

- Почему именно девушку? Может лучше ещё одного парня? Он будет нам помогать, и сможет заменять Гарсия, в выходные дни.

- Нет! Я думаю надо взять молодую девушку. Нас здесь трое мужиков. Некоторые костюмеры испытывают дискомфорт. Есть очень застенчивые люди, и им проще общаться с женщинами. На кассе, должна стоять молодая девушка. Лучше, если она будет хорошо говорить по-английски и ещё по-русски. Я вижу, как иногда люди хотят что-то спросить, но стесняются. Большинство наших костюмеров, не знают ничего о русской еде и их привело любопытство. Гарсию, спрашивать бессмысленно, а мы, всегда серьёзные и очень занятые мужики. Взять молодую девушку на работу, это правильный ход. Надо дать объявление в русскую газету.

- Здравствуйте! Я звоню по объявлению. Место кассира ещё свободно?

- Пока да! Как у вас с английским языком?

- Я закончила здесь школу. Говорю и пишу свободно.

- Очень хорошо! Приходите на собеседование, скажем завтра в 10:30. Записывайте адрес.

На следующий день, в назначенное время, в дверях появилась молодая особа, довольно симпатичной наружности и одета в деловой костюм.

- Я вчера звонила. Мне назначили на 10:30.

- Проходите! Вы со мной разговаривали. Я, Адам! Мой партнёр, Миша!

- Очень приятно! Я Ирина!

- Присаживайтесь, Ирина! Расскажите немного о себе.

- Наша семья, уже давно живёт в Нью Йорке. Я закончила в этом году школу. Работала в «Макдональдс» и «КФС».

- У меня есть два вопроса! Почему вы не поступаете в колледж? И почему ушли из «Макдональдса» и «КФС»?

- В колледж пока не поступила, потому, что должна помогать маме. У меня есть маленький братик, а он часто болеет. Уходила с прежней работы, по одним и тем же причинам. Там в основном, работают очень молодые ребята и девочки. Менеджеры предпочитают оказывать, не очень нужное внимание, девушкам постарше, вроде меня. Мне проще было уйти.

- Спасибо, за столь деликатную манеру, объяснять ситуацию. А как родители, относятся к тому, что вы должны работать, вместо учёбы.

- Папа от нас ушёл, а мама понимает всё. Но я надеюсь, поступать на будущий год, если смогу получить кредит на обучение.

- Мои сожаления, по поводу ситуации в вашей семье. Может ещё всё наладится? Откуда ваша семья приехала?

- Мы жили в Биробиджане. Оттуда многие уезжали и в основном в Израиль. Но наш папа, захотел ехать в Америку. Все наши друзья и знакомые, в Израиле, а здесь никого близких нет. Папа потерял работу, начал пить. Было всё хуже и хуже, а потом он просто пропал. Мой брат был совсем маленький, мама не работала, и было очень трудно. Потом нам дали квартиру, здесь неподалёку, в «прожект», на 92-й стрит.

- Я отлично знаю где это. У меня там был мой первый ресторан, фаст фуд.

- Адам! Я хорошо вас помню! У вас был тогда, совсем маленький ребёнок.

- Точно! Ребёнок уже подрос, а «фрайд чикен», я продал.

- Про вас, было много разговоров, в нашем «прожект». Говорили, этот русский, открыл много магазинов, на нашем блоке.

- Это правда. Я открывал там «Панкейк Хауз», затем «Секонд Хенд». Не очень давно это и было, а кажется в прошлой жизни. Ладно, Ирина! Мы вас возьмём на работу, с небольшим испытательным сроком. Я уверен, что с вашим опытом, всё будет нормально. Я вижу по документам, что вам уже есть 18 лет.

Будете работать с 11 до 20 часов. Суббота и воскресение, выходные. Первые две недели, испытательного срока, будете получать зарплату по минимуму, а затем, $6 в час. Если устраивает, можете начинать с завтрашнего дня.

- Большое спасибо. У вас есть униформа?

- Вы Ирина, первая женщина в нашем мужском коллективе. Мы все работаем в поварских куртках. Белый верх и чёрный низ, будет уместен. Спасибо, что напомнили про униформу. Я об этом, совсем забыл.

Ирина оказалась удачным и своевременным приобретением для бизнеса. Она оттянула на себя большой кусок работы, общаясь с посетителями и объясняя, что это за еда. Адам смог больше следить за приготовлением и делать какие-то новые блюда. Одно из таких изобретений, не только оказалось успешным, но и привлекло множество новых покупателей. К вечеру, как правило оставалось много нереализованных блинчиков. Адам решил их панировать в сухарях и жарить во фритюре. Это привлекло в ланч, множество школьников. Ирина, едва успевала пробивать на кассе, по $1, за штуку. Адам заказал маленькие узкие пакеты из вощёной бумаги и новый продукт, под названием «пирожок», стал едва ли не самым продаваемым блюдом. Делать его было просто, а разлетался он мгновенно. Бизнес с каждым днём набирал обороты, а для ресторана, становилось всё труднее, его снабжать. Адам понимал, что ситуация ненормальная. Превратить ресторан, просто в подсобную кухню, для производства полуфабрикатов для нового бизнеса, было бы глупой и непозволительной роскошью. Пока он не видел выхода, и пытался производить всё больше заготовку в новом предприятии. Он взял ещё одного работника на кухню, и они все вместе, приходили с утра, и занимались заготовкой блинов и блинчиков, для отправки в магазины. После ланча, Адам, бросал все дела, и носился от магазина к магазину, стараясь вернуться как можно быстрее. После 9 вечера он шёл в ресторан, и там помогал закончить вечернюю работу.

- Адам! А что дальше будет? Мы уже захлёбываемся сейчас. А работа всё прибавляется. Не приведи господь, если сломается Вил или заболеет Луис!

- Типун тебе на язык. Я уже всё голову поломал думая, что делать дальше. Но пока, ничего умного, в голову не приходит. По-хорошему, нам уже сегодня, нужна отдельная «комиссари китчен». Она должна работать на нас и на магазины. А ресторан «Пирог», просто похерить, как балласт. Он своё уже пережил. Как ни жаль, но он тянет нас вниз.

- Ты хочешь зарезать курицу, несущую золотые яйца?

- Невозможно сидеть одной задницей на двух стульях, а тем более на трёх! Я убеждён, без «комиссари китчен», весь этот эксперимент, обречён на неудачу. Нужен большой, оснащённый цех, который может производить много продукции. Его надо строить, чтоб мощности хватило с запасом, минимум на 5 таких точек как «Блини». Плюс магазины, которые мы снабжаем.

- Адам. Это какое же помещение надо арендовать, чтоб строить такую кухню?

- Это самое глупое, что можно сделать. Вложить огромные деньги в оснащение, и потом платить аренду какому-то дяде, который может тебя выгнать, когда аренда закончится. Помещение может быть продано другому человеку, который захочет это использовать для других целей, или для себя.

- А что ты предлагаешь?

- Миша. Я пока ничего не предлагаю. Нужен серьёзный капитал, которого у меня нет. Надо покупать здание, и строить фабрику, по производству продуктов питания. Это единственная гарантия и решение проблемы.

- Адам! Это сколько же денег надо?

- Я думаю, начать можно, имея на руках пол миллиона. Взять в банке рассрочку ещё на столько же. Но на сегодня, для меня, это нереально. Даже если я распродам всё что можно, то может быть, я наскребу 250 штук. Надо искать партнёра, с мозгами и у кого есть деньги.

- Адам! Ты думаешь, что найдёшь такого партнёра?

- У меня есть несколько предложений. На 2-й авеню и 93-стрит, есть большой супермаркет. Владелец это магазина, я его знаю ещё по «фрайд чикен», молодой и толковый парень, его зовут Франк. Он иногда приходит со своей женой ко мне в ресторан. Он мне давно предлагал, построить что-то большое. Есть ещё, несколько костюмеров из ресторана, готовых поучаствовать деньгами. Но всё это, не совсем то.

- А что тебя не устраивает?

- Все они, хотят быть, как это называется, «сайлент партнер», то есть, они вносят деньги, не участвуют в бизнесе, и хотят получать хорошие проценты, на своё вложение. С одной стороны, это очень удобно. Они не вмешиваются в дела бизнеса, а с другой стороны, если что-то случится, я понятно, должен отвечать за всё. Наверное, по-другому не получится. А что, ты так заинтересовался? У тебя что, есть четверть лимона?

- У меня нет. Но есть у тестя. Я поговорю с ним в выходные. Вдруг выгорит.

Адам не придал значения этому разговору. Но поскольку все его мысли постоянно вертелись вокруг решения этой проблемы, он часто высказывался вслух. И дома, и на работе.

- Ната! Что ты думаешь, если я закрою ресторан, и начну строить фабрику?

- Адам! Ты всегда бежишь впереди паровоза. Ты едва справляешься, судя, по твоим словам, с тем что происходит сейчас. Но тебе мало. Ты хочешь убить ресторан, который кормил нас не один год, и опять хочешь влезть в новую авантюру. Абсолютно непродуманную и неясно чем может, это всё закончиться. Но ты никогда, никого не слушал. Поэтому, все разговоры, в пользу бедных. Делай как знаешь!

- Спасибо! Вот и советуйся с тобой!

- Адам! Сделай мне одолжение. Не советуйся. Хочешь закрыть ресторан? Закрывай! Хочешь строить фабрику? Строй! Потом не говори, что я тебя не предупреждала. Как всегда, ты сделаешь по-своему.

Адам понимал, что Ната права. Но что делать то? Ресторан захлёбывается. «Блини», тоже работают на пределе, таща за собой вниз, ресторан. Сколько ещё такое положение может продолжаться, никто предсказать не может. Но произошло событие, которое перечеркнуло все его сомнения.

Адам, как всегда, пришёл первым. Почти сразу зазвонил телефон.

- Адам! Слушай меня внимательно!

- Ната! Что случилось? Ты же никогда не звонишь с работы?

- Слушай и не перебивай. На работе все знают про наш ресторан, и про то, что ты открыл «Блини». Как только я пришла, мне показали большую статью, в Нью Йорк Таймс.

- О, Господи! Что опять? Что-нибудь плохое?

- Наоборот! Статья очень хвалебная. Представляешь, что с тобой будет?

- Всё, пока!

Адам бросил трубку и помчался за газетой. Статья была на 6-й странице. Очень большая и хвалебная, подписанная известным ресторанным критиком, который писал о ресторане в прошлый раз. Называлась она «Русские уже здесь»! Все блюда, с комментариями и ценами, сопровождались хвалебными словами и предрекали этому предприятию, светлое будущее. Адама трясло, как во время лихорадки. Он вбежал в ресторан, не до конца соображая, что он хочет делать.

- Вил, Луис! Идите сюда! Я думаю нам надо, на сегодня закрыть ресторан, и всем работать только на «Блини».

- Да что случилось? Скажи хоть толком?

Адам молча протянул Вилу, газету со статьёй.

- Папа! Скажи, что мне делать? Есть проблема?

- Есть Луис! Большая Проблема! Нас сегодня разорвут!

- Адам! Подожди не паникуй! Статья, действительно сумасшедшая! А что делать с людьми сегодня. У нас много заказов на столы. Если мы закроем ресторан, нам не избежать скандала. Давай мы оставим всё как есть. Луис будет со своими ребятами, делать вам заготовки. Ты звони, что готовить в первую очередь, а мы тут будем всё делать.

- Наверное, ты прав. Луис! Ты сможешь справиться? Извини, но я не могу ничем помочь. Давай завтра, возьмём ещё одного, а лучше двух ребят на работу. Я не знаю, как мы справимся сегодня, но это будет ночной кошмар.

- Папа! Я всё сделаю. Но нам на кухне, и так нет места. Может к вам позвать ещё одного парня. Ты только звони, что надо. Я пошёл к ихос.

- Всё, Вил! Я пошёл! Отмени все посадки. Пусть приходят люди, когда хотят. Может так, будет на кухне полегче.

Новость, сообщённая команде в «Блини», произвела эффект разорвавшейся бомбы. Вопросы, посыпались от всех сразу. Адам подождал пока все утихнут.

- Сегодня будет самый тяжёлый день. Мы ещё под таким напором не работали. Возможно ланч не будет таким напряжённым. Кто-то ещё не читал, кто-то раздумывает, а вот после 5-и будет основной удар. К этому надо готовиться. Я как будто чувствовал, и поставил вторую кассу. Работаем так: Ирина с Гарсия, я с новеньким, Мехикано. Миша готовит. Печёт блины, блинчики, разогревает голубцы, жарит пирожки и далее по списку. Твоя задача, следить за «бане-марией». Там всегда должен быть готовый продукт. Пока я и Ирина, принимаем заказы, помощники прислушиваются и пакуют. Если говорят с собой, всё укладываете в бумажные большие пакеты, если здесь, ставите на подносы. Следите за столами. Они должны быть чистыми. Сегодня, я ругать никого не буду, если сорвётся, заранее извините. Разговоры все потом, сейчас готовим ланч. На всякий случай. Но я думаю, что основной удар, придётся на вечер! Работаем!

Но Адам, оказался неправ! Народ пошёл сразу, и густой толпой. Этот день, Адам вспоминал, как страшный сон. Он работал в сумасшедшем темпе, не останавливаясь ни на секунду. Несколько раз он звонил Луису, прося прислать ещё продуктов. Он с трудом, стараясь не кричать, просил прислать поскорей. Всё было как в тумане. Постоянно стояла очередь, менялись только лица. Он задавал вопросы, хватал подготовленный заказ, получал деньги, выдавал сдачу и ещё краем глаза, успевал смотреть за Ириной.

Поначалу, растерявшаяся, она взяла себя в руки, и также как Адам, громко спрашивала заказ, повторяя для Гарсия, и отпустив очередного покупателя, тут же теребила следующего. В половине четвёртого, широкая река, сменилась жидким ручейком, и Адам оставшись вдвоём с Мишей, отправил остальных, передохнуть и что-то съесть. Через час всё началось сначала, только с ещё большей силой. Вероятно, уже получив определённую закалку, вся бригада отбивала атаки, и даже при этом, изредка перебрасывалась шутками. Вся эта вакханалия продолжалась без перерыва почти до 9 часов, когда Адам, решительно закрыл двери. Все, как-то сразу, обессилено расселись по стульям. Сказалась многочасовая напряжённая работа. Помимо физической усталости, такое напряжение, действовало и на мозг.

- Все герои! Вы все герои! Мы выдержали. Завтра будет легче. Знаете, почему? Мы уже умеем. Мы знаем, как, и что делать. Ужинайте и по домам. Ира, давай мы снимем показания твоей кассы и сдавай выручку.

- Адам снял показания счетчиков на обеих кассах и не мог поверить в результат.

- Адам, у меня не хватает $3,50. Я принесу завтра, извини пожалуйста.

- Ира! Поужинай и иди домой! Не о чём не думай, это мелочь.

- Спасибо, Адам! Но я не хочу есть.

- Каждый может взять себе ужин домой, а ты Ирина, возьми для себя, брата и мамы. И скажи им от моего имени, большое спасибо!

- Всем до завтра! Ещё раз, большое спасибо. Все получат премию, в конце недели. Отдыхайте! Завтра будет полегче, но работы не убавится.

Адам закрыл за работниками дверь, оставшись вдвоём с Мишей!

- Миша! Ты тоже был молодцом! Я видел, как ты старался.

- Ага! А кто меня материл, таким злобным шепотом?

- Правда? Ну извини? Это от избытка эмоций. Я не хотел.

- Да, ладно! Я сам тебя послал, пару раз. Так что мы квиты.

- Вот и хорошо. А то бы я чувствовал себя виноватым. День бы сумасшедший!

- Да уж! Я не верил, что он когда-нибудь кончится. Я жутко устал.

- Миша! Угадай сколько мы торговали?

- Даже не представляю! Но, наверное, много?

- Мы торговали больше, чем выручка «Пирога». А там цены в пять раз выше.

- Вот это да! И завтра будет такая же торговля?

- Судя по моему опыту, после появление такой статьи в Нью Йорк Таймс, работа не утихает месяц, а то и два. Потом часть костюмеров уходит, но многие остаются. Не так часто, но приходят. Главное, не облажаться. Давай, до завтра, а я пойду посмотрю, что делается в ресторане.

Адама там ждали. Все понимали, что у него был очень тяжёлый день.

- Ихос! Мучас грасиас! Муе бьене трабахадорес! Луис, ты герой!

- Спасибо, Папа! Мы старались. Мучисимо трабахо.

- Мне нужен ещё один парень. Если у кого есть знакомые, приводите завтра. Луис, работы будет много. Я сказал Вилу, чтоб принимал заказы на столики в любое время. Наверняка, работы будет поменьше.

- Может как раньше, Папа? Мы знали, что в 7:30 садится 32 человека. Мы всё сделали и есть перерыв. А когда все в разное время, целый вечер будет работа. Не так много, но без перерыва.

- Может ты и прав, Луис! Я подумаю. Буено ночес, ихос!

- Вил! Ты записывал заказы из магазинов.

- Конечно, да. Вот лист, посмотри.

- Эту неделю, заказы будешь развозить ты. Вот ключи от моей машины. Все очень просто. Приезжаешь в магазин, говоришь, что привёз заказ, и всё.

- Ты уже совсем, Адам! Я же не идиот. Развезу без проблем. Лучше расскажи, как день прошёл?

- Ничего толком рассказать не могу. Это был одна, сплошная мясорубка. Я каждую минуту ждал какого-нибудь крушения. Толи еда кончится, толи кто-то начнёт скандалить, что мы медленно обслуживаем. Но самый большой страх, а вдруг кто-то вслух скажет: «Это что за еда, фу!» И всё, конец всему! Но слава богу, всё это наконец закончилось. Не знаю, как мы переживём эту неделю, но самое страшное, позади. Покажи, сколько вы торговали сегодня?

Неплохо! Но «Блини», сегодня побили «Пирог»!

- Адам! Ты серьёзно? Это же грандиозно!

- Согласен! Но ты понимаешь, что это будет и завтра, и послезавтра. Такая нагрузка может убить «Пирог». Отработать день, два в таком режиме тяжело. А если это всерьёз и надолго. У нас ничего не хватит. Ни сил, ни товара, ни площадей, для складирования всего и вся. Люди не могут работать в таком напряжении постоянно. Нужны кардинальные перемены.

- Адам! Не хочешь ли ты сказать, что нужно зарезать курицу, несущую, пусть не золотые, но серебряные яйца?

- Что вы все, заладили про курицу и яйца? А что делать с «Блини»? Оно само не выживет. Я могу набрать больше народу, по ночам делать заготовки. Но где всё хранить, как организовать чёткую работу? Сегодня ребята, бегали с вёдрами и лотками, по улице. На потеху глазеющему народу. Но это ненормально. Нужна «комиссари китчен», транспорт, доставляющий продукцию каждый день. Бригада поваров, работающая, только на заготовку, для магазинов и «Блини», желательно не для одного.

- Ну хорошо, Адам! Но всё понемногу устаканится. Первая волна схлынет, и всё войдёт, более или менее, в какое-то спокойное русло.

- Может и так, а может и нет. Такая газета, как Нью Йорк Таймс, может инспирировать множество других статей. Такое уже было. Я не хочу ничего менять завтра. Посмотрим, как все адаптируются, к этим нагрузкам. Но то, что проблема требует решения, несомненно.

Вся последующая неделя, была очень напряжённая. Адам отвозил Надю в школу и мчался на работу. Машину забирал Вил, и он же ездил за Надей в школу, а затем развозил товар по магазинам. Все работали в жёстком темпе, боясь сорваться и что-то сделать не так. Адам даже думать боялся, о том, что кто-то может заболеть. Он отгонял от себя всякие дурные мысли, боясь сглазить хрупкое, сложившееся состояние. В пятницу, как обычно, Адам раздал всем конверты с зарплатой, добавив каждому по $100, а Луису $200.

- Ирина! Твой испытательный срок, отменяется. Спасибо, и вот твоя зарплата! В субботу, ты и Гарсия выходные. Работы будет наверняка меньше. А Мехикано выходной в воскресенье. У нас есть новенький, как ты сказал, тебя зовут?

- Дельгадо! Это потому, что я худой.

- Ладно. Значит нас будет четверо. Так что, мы справимся. Хорошего отдыха!

Адам и Миша остались одни.

- Давай закрываться и пойдём в ресторан. Чего-нибудь поедим и имеем право выпить по рюмке, за такую боевую неделю. Мы неплохо поработали. Вот смотри, выручка за все дни! Как тебе?

- Адам! Это мы столько наторговали? Я знал, что много, но чтоб столько! А нам положена зарплата? И сколько?

- Я предлагаю, записать нам по $500. Можем выписать себе чеки, а можно взять наличными. Закон разрешает выплату зарплаты работникам, обналичивая чеки. Вил носил нашу выручку в банк, и приносил размен. Я хочу свой чек, положить на свой счёт. Мне нужно платить за квартиру, по кредитным картам и всякие другие расходы.

- Я тоже хочу чек. У меня тоже расходов хватает.

- Смотри, Миша! У нас уже есть на счету небольшая сумма. Я предлагаю её не трогать пока, кто знает, что может случиться? Пусть будет.

- А что вообще ты собираешься делать, Адам?

- Я, честно не ожидал такого! Я надеялся, что будет работа. Потихоньку будет прибавляться и как-то, всё будет идти, само собой. Ураган, который обрушился, показал мне, как я был глуп и нерасчётлив. Мудрая истина, о том, что на двух стульях не усидишь, абсолютно верна. В бизнесе нельзя кроить, мельчить и надеяться на авось. Нужен трезвый расчёт. Если я хочу строить сеть, нужна профессиональная кухня, база с которой производится обслуживание филиалов. Закладываться на возможность снабжать 5, а лучше 10 точек. Производственные, холодильные и складские помещения, должны соответствовать задаче. Иначе будет так, как сейчас. Результат предсказуем!

- Ты хочешь пожертвовать рестораном?

- В голове, я уже пожертвовал. Вопрос времени. Нужны серьёзные деньги.

- Адам! Мы уже говорили как-то о деньгах. Ты говорил, что можешь начать с половиной лимона. А сколько у тебя есть, извини за нескромный вопрос?

- Ну если продать всё, всё что у меня есть и ещё пособирать что можно, тогда, наверное, тысяч $250, соберу.

- Если я достану столько же, ты возьмёшь меня партнёром на всё?

- Миша! Как-то странно всё это. Недавно ты принёс чек, на $100 тысяч, а теперь грозишься, раздобыть ещё $250 штук. Нашёл золотую жилу?

- Я тебе рассказывал про тестя. Он любит дочку и внука. Он прижимистый и не бедный, но я думаю, ради дочери, даст. Тем более в долг.

- Хочу в это верить. А если мы прогорим? Как будешь долг тестю отдавать?

- На нет и суда нет. Он же не будет зятя убивать?

- Надеюсь ты шутишь? Но если серьёзно, принесёшь чек на $250 тысяч, половина моего бизнеса, будет твоя. Всё что есть сейчас, и всё что будет потом. Но помни, бизнес - это всегда риск! А сейчас, пошли ужинать.

В ресторане, их давно ждали. Пятница, всегда была днём зарплаты.

- Привет, Вил! Ты подготовил конверты с зарплатой?

- Конечно! С тех, неприятных пор, зарплату только в конвертах.

- Очень неглупо. Добавь всем в конверт по $100, а Луису и себе - по $200. Давай, я отнесу на кухню. Заодно, скажу ребятам спасибо.

- «Ола ихос! Коместас?»

- «Бьене, Падре! Бьене!»

- «Мучо буено! Грациас! Пага пара трабахо. Покито маз пара тодос!»

- Луис! Спасибо тебе! Я всем прибавил небольшой презент от меня. Скажи всем, от меня и Миши, большое спасибо!

Адам вернулся в зал и когда работники разошлись закрыл двери.

- Ну други! Давайте отметим тяжёлую неделю.

- Адам, я только одну рюмку.

- Я тоже! Я так устал, что ни есть ни пить, не хочется.

- Вил, я знаю, не большой любитель алкоголя. А ты Миша, тоже завязал?

- Нет! Но мне ещё ехать в Бруклин, а завтра опять на работу.

- Миша! Ты теперь хозяин, а не работник. Работаешь за всех и 24 часа. Даже в России, у начальников, был не нормированный рабочий день. Отвечаешь за всё, днём и ночью. А хозяин, ещё отвечает своими деньгами. Ну давайте, по одной, так по одной. Выпьем за будущее, чтоб всё сложилось!

- Адам! Ты про что? Что должно сложиться.

- Я решил искать место, для «комиссари китчен». Ресторан, уже прошлое, которое себя изжило. Миша хвалится, что принесёт миллион баксов, и будем строить большую фабрику!

- Да ладно трепаться! Миша! Он что, прикалывается?

- Да нет, Вил! Но не миллион, а только четверть миллиона.

- Да, ладно! Вы меня разыгрываете, пацаны?

- Вил! Никто тебя не разыгрывает. Без нормального, большого цеха, нам не прожить. Я хочу купить коммерческое здание и превратить его в цех, куда мы переедем, и будем там всё готовить. У ресторана, остался договор аренды, чуть больше года. Я его продлять не буду.

На этом блоке, у нас уже есть готовое предприятие. Оно работает. Только надо его не уронить. Построим цех, и можно будет думать о других филиалах. Концепт, похоже работает.

Они расходились, и каждый думал о своём. Судьба готовила для всех, новый поворот. Это было пугающе.

Суббота начиналась спокойно. Всё было готово к работе. Адам объяснял и показывал новичку, что и как надо делать. Он оказался довольно толковым парнем, с неплохим английским. После двенадцати, потянулись посетители. Приходили они в основном семьями. Никто никуда не спешил и все были довольны. Детям нравились жаренные пирожки, и они макали их в кетчуп, на американский манер. Несмотря на дружелюбную атмосферу, Адам чувствовал, что напряжение нарастает. Народу становилось всё больше, и вскоре, при входе образовалась очередь. Адам прогнал всех на кухню, а сам безостановочно отпускал покупателей, гоняя время от времени ребят, убирать со столов и уносить мешки с мусором. Эта мясорубка продолжалась часов до четырёх и затем потихоньку спала, когда Адам, уже начал паниковать.

- Господи! Я думал, что это никогда ни кончится. Теперь понятно. Это спальный район, и в выходные люди идут семьёй гулять. А заодно и перекусить. И на выходные, нужны ещё два человека. Пережили сегодня, переживём и завтра. Тем более, что завтра работает Ирина. Она очень шустрая. Миша, я думаю нам надо ещё взять девочку и мальчика.

- Адам! А у нас будет выходной? Я тоже хочу побыть с пацаном.

- Давай подождём немного, пока ажиотаж схлынет, а потом решим.

ГЛАВА IX

МЕЧТЫ СБЫВАЮТСЯ

Суббота прошла намного спокойнее. Народ, появился немного позднее, а всё закончилось раньше. Часам к 7 вечера, людской ручеёк стал реже, а к 8 часам и вовсе прекратился. Адам закрыл двери и снял показания счётчиков, кассовых аппаратов. Каково же было его удивление, когда сумма выручки, оказалось выше, чем в субботу.

- Миша! Представляешь, мы торговали больше чем вчера!

- А мне казалось, намного меньше. Вообще не было проблем.

- Миша! Ты понимаешь почему, нам всем, так показалось?

- Наверное, потому, что мы уже привыкли к такому напрягу.

- А я практически уверен, это потому, что работала сегодня Ирина!

- Ну ты даёшь, Адам! Она что, девочка волшебница?

- Вовсе нет. Во-первых, работала ещё одна касса, и именно поэтому, мы смогли обслужить гораздо больше народу. Люди наверняка заглядывали, и увидев длинную очередь уходили. Вдвоём с Ириной, мы раскидывали очередь, гораздо быстрее.

- Может ты и прав, Адам! Какой вывод отсюда?

- Надо брать ещё девочку на кассу. Они быстрее, приветливее и люди охотно подходят к кассиру, где не угрюмый злобный мужик, а милая улыбающаяся девушка. Ты сам, за собой, этого не замечал.

- Может ты и прав! Но у нас и так работает много народу. Всем надо платить зарплату, налоги и всё прочее.

- Всё это так. Но я уверен, мы это ещё просчитаем, увеличение бизнеса, как и его репутация, от этого только выиграют. Я вообще хотел, хоть немного разгрузить «Пирог». Они работают на пределе. Там своей работы невпроворот, а мы ещё подгрузили большой кусок бизнеса. Как минимум, берём ещё кассиршу.

Адам отправил объявление в газету и вскоре появилась ещё одна женщина в коллективе. Её звали Люба. Она сразу подружилась с Ириной, и вообще была очень общительная и дружелюбная. Её судьба, во многом схожая, с судьбой Ирины. Отец с матерью разошлись, и Любе, как и многим подросткам в многодетных семьях, пришлось помогать семье, вместо учёбы, и заботы о своей собственной карьеры.

- Знаешь, Миша! Я часто задумываюсь о том, что иммиграция, вместо того, чтобы укрепить семьи, их разрушила. Как ты думаешь почему?

- Я не знаю, Адам! Может потому, что один сидит дома, и заботится о семье, а другой строит свою карьеру, и у него, или у неё, появляется новая жизнь, новые друзья, другие надежды?

- Миша! Ты уловил самую суть. Там в России, мы были все одинаковые. Бедные, подчас забитые. Жили в основном бытовыми проблемами. Где купить, что достать, как получить квартиру под старость, поэтому жили дружно. Собирались за большим столом по праздникам и веселились, в общем все одинаково. Здесь, все сразу расслоились. Новый язык, у всех разные возможности, разные потребности. Женщины, как правило, если не обременены детьми, добивались успеха, гораздо быстрее, чем мужчины. Они учились следить за собой, быть более женственными. Мужики, при неудаче, опускали руки, и становились ненужной обузой.

- Я тоже слышал много историй, про распавшиеся семьи среди иммигрантов, но как-то не задумывался о причинах. Слава богу, в наших семьях этого не произошло. Были трудные времена. Особенно, когда этот тип, Птица, меня кинул. Но моя жена, меня всегда поддерживала. Кстати, Адам! Я с ней вчера долго говорил по поводу денег. Ей, идея купить здание и построить фабрику нравиться. Я ей вообще про тебя много рассказывал. Она считает, что ты молодец, и многого добьёшься.

- Передай ей, большое спасибо за лестное мнение. А что по поводу денег? На эту тему, как я понял, вы говорили!

- Говорили конечно! Она обещала поговорить с отцом, при удобном случае. Он приходит иногда вечером, поиграть с внуком.

- Ладно. Подождём! У нас земля не горит под ногами, но нужно решать, пока всё ещё, не стало взрывоопасным.

Работы не становилось меньше. Вышла большая статья в газете «Виладж Войс». Хотя это издание, было особенно популярным, в районе, который был известен как «Гринвич Виладж», знаменитый своими богемными обитателями, маленькими ресторанчиками и многочисленными кафе, но тем не менее, оно принесло, какое-то число, довольно экстравагантных, любознательных костюмеров. Среди них выделялась, и надолго прижилась, одна неординарная пара. Он был чернокожий, весьма воспитанный и мягкий человек. Она, толстая, весьма хабалистая и громогласная, хотя и дружественная особа. Было понятно, что командовала этим дуэтом она, а он только подчинялся и виновато улыбался, на её, подчас более чем резкие замечания. Адам не мог представить, что может объединять, этих двух, столь разных на вид людей.

- Чему ты удивляешься, Адам? Секс, конечно!

- Миша! Я это прекрасно понимаю. Но помимо секса, есть же приязнь. Человеческое достоинство, наконец. Она, такая хабалка! Матерится, командует им, как собакой. Он неглупый, симпатичный парень. Послал бы её подальше, и нашёл бы себе, кого-нибудь посимпатичнее. Но ты прав. Чужая душа потёмки. Почему люди сходятся и терпят друг друга, не понять!

Пришла осень, а с ней дожди и холода. Работа не уменьшалась, а наоборот увеличивалась хотя и не очень много. Стало уходить много борща. Если раньше, Луис варил 50 литров на 2-3 дня, то теперь ему приходилось, варить с утра, огромную кастрюлю, практически каждый день. Луис, всегда улыбчивый и доброжелательный, никогда не жаловался.

- Папа! Тодо буено! Ихос компренде. Все говорят спасибо, за добавку «песитос». Мы всё сделаем. Никаких проблем.

Из России по-прежнему ничего не было слышно, и Адам страшился затрагивать эту тему, боясь нарушить хрупкое равновесие. Изредка звонил Стив, интересовался, слышно ли что-нибудь по поводу лекарств? Но поскольку никаких новостей не было, то и говорить особо, было не о чем. Тема с «Голден Гарбидж», тоже пока висела в подвешенном состоянии.

- Они говорят, что работают над этим, и скоро всё будет завершено.

Адам перед сном, недолго смотрел телевизор. В России происходили какие-то, непонятные перемены. Появились странные личности, и общества, призывающие к бунту и требующие власти и перемен. Всё это, напоминало всеобщее помешательство и балаган. Страна бурлила и казалось, что вот-вот, всё это выльется наружу. В этот вечер, как обычно, Адам включил телевизор. На экране, двигались танки, народ громил какие-то витрины. Адам переключил на СНН. То, что он увидел, повергло его в шок. Танки стреляли по зданию, из которого валили клубы чёрного дыма. В первый момент, Адам решил, что на Россию напали неведомые враги. Представить, что российские военные штурмуют собственное правительство, было немыслимо. На танк залез какой-то человек, и как Ленин в 1917 году, толкал речь. Всё это, из далёкой Америки, казалось дурной постановкой плохого спектакля.

- Ната! Ты это видела? Танки стреляют по Белому дому!

- У нас на работе, сегодня об этом только и говорят. Там всегда был сумасшедший дом, средней руки, а это, просто безумие. Как хорошо, что мы все оттуда уехали. Моя мама до этого не дожила. Она была бы сегодня с нами. Я об этом часто думаю.

- Я вижу! Твоя мама и Мурзик! Невозможно сравнивать, эти две потери, но я слышу, как ты иногда по ночам плачешь.

- Я очень любила мою маму! Она меня всегда поддерживала и понимала. Мурзик, меня тоже понимал, и всегда гладил меня своими лапками, когда мне было плохо. Только и прожил с нами три годика.

Адам не знал, как можно утешить человека в таком горе. Можно только надеяться на время, которое, как известно, лучший лекарь.

На следующий день позвонил Стив.

- Адам! Я только что получил звонок, от «Голден Гарбидж»! Они сказали, что пока хотят подождать. Инвестировать деньги, в такую страну, где танки расстреливают собственное правительство, они не хотят. Вот такие дела!

Адама, это сообщение, не повергло в шок. Он вложил в эту идею, много времени, сил и денег. Но сегодня, всё что связанно с Россией, было не ко времени. Адам испытывал облегчение, хотя и переживал крушение всех надежд, последнего времени. На работе, да и не только на работе, все разговоры, так или иначе, вращались вокруг катаклизмов, происходящих в России. Людям трудно было понять, или оценить происходящее в России. Многие спрашивали, подходя к кассе, что они думают о происходящем? Все отделывались разными шутками, ссылаясь на незнание. На самом деле, человеку, не жившему там, представить кто за кого, и вообще, как такое могло произойти, в стране, которая всегда подавляла любое инакомыслие, и вооружённый мятеж, казался немыслимым. Да, и Адаму, и Михаилу, тоже казалось, что всё увиденное, не реально. Такого не должно было случиться. Это смотрелось, как «реалити шоу», происходившем по телевизионному сценарию, дурного вкуса. Это могло произойти где-то в игрушечном государстве Центральной Америки или Африки, но представить, что это происходит в России сегодня, было невозможно. Шло время, и жизнь брала своё. Российское шоу, сменилось телевизионными шоу. Каждый занимался привычным делом. Жизнь продолжается!

- Кто так говорил, Адам?

- Я! Шучу, конечно. Но я, так всегда себе говорю. Что бы не случилось, жизнь не может остановиться и замереть. Всё проходит, хорошее и плохое. Нельзя опускать руки, нельзя зацикливаться на неудачах и своих проблемах. Всегда надо двигаться вперёд. К хорошему или плохому, но всё равно вперёд. Главное, не стоять на месте, и не бояться судьбы. На чём мы остановились? Мы же куда-то собирались двигаться?

- Если ты про моего тестя, то есть новости!

- Что же ты молчишь, выкладывай!

- Я как раз собирался, тебе рассказать. Моя жена, долго уговаривала своего папочку, расписывая какое выгодное вложение капитала, будет для нашей семьи! Он долго отказывался, и вот наконец разродился. Он даст деньги, но только при условии, если увидит подписанный контракт.

- Ну что же. Это только говорит о том, что он не только не глупый, но ещё грамотный и осторожный человек. Я его понимаю. Ему нужны гарантии. Мне тоже нужны гарантии того, что после того как я подпишу контракт, он вдруг передумает, или что-то ещё.

- И что теперь делать, Адам?

- Он должен выписать «мани-ордер», или банковский чек. И то, и другое, нельзя отозвать или изменить. Есть и другой вариант. Мы в контракте сделаем приписку. Вступает в силу, при поступлении указанных сумм, на счёт компании, в течение скажем 5-и дней, с момента подписания.

- Ты, Адам, говоришь прямо как адвокат. Откуда ты это всё знаешь?

- Жизнь учит всему. Передай это своему тестю. Если он согласен, я позвоню бухгалтеру, и он подготовит договор, о продаже 50% компании «Пирог», Михаилу Шведу. А компания «Блини» и так, на 50% принадлежит тебе. Наша будущая компания, останется под этим именем.

- Понял! Я ему всё передам.

Через несколько дней, Миша передал ответ.

- Мой тесть, хочет посмотреть проект договора, и показать своему адвокату. Если всё нормально, он готов выписать чек.

- Миша! Чек должен быть от твоего имени. Я тебе продаю половину компании, а не твоему тестю. А проект договора, ты можешь получить завтра, в офисе моего бухгалтера. Я сейчас, при тебе ему позвоню, и мы всё обговорим. Согласен?

- Адам! Я согласен! Это не мои прихоти. Кто платит, тот и музыку заказывает. Деньги его, и немалые.

- Миша! У меня никаких проблем или негативных эмоций, вопросы твоего тестя не вызывают. Очевидно, что он осторожный человек, и не вполне тебе доверяет. С другой стороны, он молодец и хочет помочь своей дочери, обеспечить какой-то доход. Ладно, я звоню.

- Привет, как оно?

- Если ты про жизнь, то жаловаться грех!

- Слушай, у меня есть покупатель, на 50% моей компании.

- Ты же недавно её открыл, как я понимаю, пополам с новым партнёром.

- Нет! Я говорю о компании «Пирог».

- Вот как? И кто этот, счастливчик?

- Тот же, Михаил Швед. Ты можешь подготовить стандартный договор, о продаже 50% этой компании, но сделать там приписку, что договор вступает в силу, при зачислении средств, на имя компании, с момента подписания, в течение пяти рабочих дней.

- Я конечно, могу это сделать. А почему бы тебе не обратиться в адвокатский офис. Сделать всё более официально. Но если так тебе удобней, то я это сделаю.

- Я не вижу большой разницы, если мы это сделаем в твоём офисе. Ты, и ещё кто-то из твоего персонала, подпишут как свидетели, ты заработаешь свой гонорар, а я сэкономлю массу времени, которого у меня, вообще нет.

- Да я слышал о твоих успехах. О тебе постоянно кто-то пишет. За какую сумму, ты продаёшь половину «Пирога»?

- За $250 тысяч.

- Ого! Хочешь стать миллионером?

- Хотелось бы! Но мы планируем купить здание и организовать там фабрику-кухню, как говаривали в России. Так что до богатства, ещё далеко.

- Теперь понятно. А как твои российские планы?

- Всё накрылось медным тазом. Да, сейчас не до этого.

- Понял! Завтра утром, всё будет готово.

- Спасибо! Я знаю, что на тебя можно положиться. Миша приедет утром, дай ему копию. А если разрешится, мы оба приедем к тебе на подписание.

- Миша! Ты всё слышал? Адрес помнишь?

- Его офис на Кони Айленд авеню. Не очень далеко от моего дома, завтра, перед работой, я к нему заеду.

Всё шло своим чередом, и через неделю, они оба заходили в знакомый офис. Адам, всегда был желанным гостем.

- Поднимайтесь ко мне наверх. Я отсюда слышу, что появился Адам. Почему мои девушки, так весело тебя встречают?

- Всё тебе расскажи! Может я им нравлюсь?

- С чего бы это? Уже давно не красавец, да и занят всегда. Прошу господа бизнесмены, присаживайтесь. Раз вы здесь, то я правильно понимаю, что вы пришли к обоюдному согласию.

- Понимаешь ты правильно, как всегда! Не сочти за грубость, но мы очень спешим. Наше детище брошено на произвол судьбы, и нас ждут наши работники. А они, почти как наши дети.

- У меня всё готово. Ты, Адам подписывай все три экземпляра, и передавай на подпись Мише. Лара, голубушка! Иди сюда будешь свидетелем. Теперь подписываю я, а за мной и Лара!

- А что я буду иметь за это?

- Большое сердечное спасибо, и вот, вкусную шоколадку «Золотой Якорь»!

- Какая прелесть! Это мой любимый российский шоколад!

- Все расписались? Миша, подпиши чек и отдай его Адаму. Надеюсь он пройдёт без проблем.

Адам и Миша распрощались с гостеприимными хозяевами, и помчались на работу, понимая, что их там ждут.

- Миша, я тебя высажу возле работы, открывай и начинайте готовить ланч. Я заеду в банк, депозитирую чек и тоже подойду.

- А как я узнаю, что чек прошёл?

- Во-первых, чек к тебе вернётся, проштампованный банком. Во-вторых, через 2-3 дня, мы пойдём вместе в банк и впишем тебя как одного из владельцев счёта. Если чек не пройдёт, мы оба об этом узнаем.

- Я уверен, что всё будет нормально. Но всё равно, волнуюсь. Сумма ого!

- Сумма большая, но это всего лишь деньги. В бизнесе, деньги тебе не принадлежат. Они, конечно твои, но ты не можешь их тратить. Ты раб «лампы». Ты делаешь, что она приказывает.

- Адам! О какой «лампе» ты говоришь?

- Ты что, не помнишь историю Алладина и волшебной лампы. Там был джин. Могущественный, но раб лампы. Он обязан подчиняться всем приказаниям, исходящим от того, кто владеет лампой. Бизнес, владеет лампой, а ты джин, раб лампы. Понял?

- Я конечно читал, а может видел в кино. Уже не помню. Но сейчас, я всё ещё волнуюсь и не совсем соображаю.

- Понимаю твоё волнение. Это не просто, сделать такой, в общем большой шаг. Ты думаешь о семье, и как может на них, это всё отразиться?

Я уверен, что мы справимся. И всё будет хорошо. Во всяком случае, всё что зависит от нас, мы сделаем, а дальше только Господь может нам помочь! Всё, вылезай! Вон наши дети, уже нас ждут.

Адам в банке проделал несколько операций, положил на депозит компании «Пирог», полученный чек, и перевёл средства со всех своих счетов, туда же. Не хватало $50-и тысяч. Ладно, время ещё есть. Как-нибудь соберу. Работник банка увидев новый баланс на чековом счету, удивился.

- Мистер Гардов! Зачем держать такую громадную сумму, на этом счету? Вы можете поместить свои деньги на более выгодные счета. Вы аннулировали свой накопительный счёт, на котором вы потеряли проценты, поскольку сняли раньше срока.

- Да. Я это понимаю. Но иногда приходиться делать то, что кажется на первый взгляд неразумным. Я собираюсь купить билдинг, в ближайшее время, поэтому хочу иметь все средства под рукой.

- Я вас понял! Удачи вам, во всём!

На работе все занимались заготовкой. Адам включился в общую работу. Ему нравилось работать вместе со всеми. Это создавало правильную атмосферу, и понимание у всех работников.

- Миша! Остальное они доделают без нас. Пошли подышим свежим воздухом. Скоро начнётся работа.

- Адам! Ты ведь вытащил меня на улицу, не просто воздухом дышать?

- А ты молодец! Догадливый! Нет конечно. Я просто хочу тебе сказать, что твой чек в банке. Я тоже перевёл все свои деньги, со всех своих счётов. На данный момент, на счету «Пирога», $450 тысяч, не считая оборотных денег самого ресторана. Должны подойти ещё чеки от наших покупателей. Все магазины, присылают чеки раз в месяц. Как только твой чек обналичится, ты полноправный партнёр на всё, что есть в компании, и всё что будет. Я посчитаю сколько денег должно прийти, за прошедшее время и покрою остаток моего долга.

- Адам! Ты мог всего этого, мне и не объяснять. Я тебе доверяю. И не потому, что я простофиля. Про тебя все говорят, что ты порядочный в делах. Да я и сам это видел, когда связался с Птицей.

- Спасибо! Это всё хорошо. Но поскольку мы теперь партнёры во всём, ты должен вникать во все детали, особенно финансовые. Так будет лучше для тебя и для бизнеса. Всё! Пошли, уже люди идут.

Ланч не оставлял время для разговоров. Все работали чётко, слажено и быстро. Адам дирижировал своей командой, получая явное удовольствие от того, что всё становится более профессиональным.

Ланч закончился, и можно было перевести дух.

- Ребята! Мы с Мишей дежурим, все остальные идут на 30-и минутный ланч. Каждый берет на ланч, то что он хочет. Я пробью всё на кассе, и подпишу эти чеки. Время пошло!

- Миша! Пока ребята обедают, давай поговорим вот о чём. Будем считать, что чек прошёл и деньги у нас на счету.

- Адам! Я не думаю, что он мне дал не обеспеченный чек.

- Я тоже так не думаю. Мы завтра – послезавтра, будем знать правду. Что я хочу сказать! Поскольку деньги лежат на счету, они должны работать, по своему прямому назначению. Иначе быть не может, согласен?

- Конечно, согласен. К чему ты клонишь?

- Мы сколько уже работаем? Где-то около месяца. Коллектив притёрся. Я специально, за всеми следил во время ланча. Никаких проблем и сбоев. Каждый знает, что надо делать. Мы можем двигаться дальше.

- Куда дальше? Ты хочешь что-то менять?

- Ну не совсем так. Но кое-какие перестановки сделать необходимо. Я должен отсюда уйти. Не совсем конечно. Я буду постоянно появляться. Даже буду день или два работать. Тебе тоже нужен выходной, чтоб побыть с семьёй, поиграть с ребёнком.

- Конечно, хотелось бы. А то моя уже иззуделась. Я тебя не вижу! Ребенок растёт без отца. Ну и так далее.

- Её понять можно. Моя дочь тоже выросла с мамой. Это не самое лучшее. Но такова судьба, большинства иммигрантских семей. Мы должны заработать своё место под солнцем этого мира. Ладно! О чём это я? Да, значит я хочу, чтоб ты стал менеджером нашего первого филиала. На этой базе мы должны отрабатывать все аспекты нашего концепта. Что-то новое пробовать, улучшать, то что прижилось. Главное – это кадры! Как говаривал товарищ Сталин: «Кадры решают всё!» Не знаю, кто ему подсказал, эту здравую мысль, но он был прав. У нас есть небольшой костяк. Мы здесь будем обучать работников, для нашего следующего филиала. Это будет правильно.

- Подожди, Адам! Ты хочешь открывать ещё одни «Блини»?

- Разумеется! Правда сначала надо построить, «комиссари китчен». Но это, как бы проще всего. Ну, а цель всего нашего проекта, открывать точки. Свои собственные, или на основе франчайзинга, но открывать «Блини».

- Ну ты шагаешь! Это какие деньги нужны?

- Большие! Но сейчас разговор не об этом. Ты занимаешься этой точкой. Я должен найти билдинг и строить цех, фабрику, «комиссари китчен». Называй как хочешь. Она должна быть способна снабжать целый куст наших предприятий и ещё готовить продукцию для магазинов. Хотя бы поначалу. Нам нужен там приличный оборот, чтоб фабрика, не висела обременительным грузом на филиалах. Каждое предприятие, должно иметь свой баланс и быть прибыльным. Что тебе нужно здесь, чтоб работа шла без всяких проблем и сбоев?

- Если ты уходишь, значит нужен ещё один человек, если не два. Так как ты работаешь, нужно брать двоих.

- Смотри, Миша! Можем взять хоть десять человек, но надо всё считать. Заканчивается месяц и можно сделать баланс. Подбить бабки, попросту. Дебит и кредит. Сколько торговали, веселились. А сколько израсходовали, и чтоб не прослезились. Я грубо прикидывал, вроде всё нормально. Все накладные и отчёты по дням, я отсылаю в бухгалтерию. Они должны сверстать нам баланс за первый месяц. Человека взять надо. Кого ты хочешь? Мальчика или девочку.

- Может парня? С ними попроще.

- Согласен! С ними проще. Я сам люблю работать на кухне, с ребятами. Они там незаменимы. А вот работать в зале, с костюмерами, лучше девочки. Они поопрятнее, полюбезнее и повеселее. Они даже посмышленее наших пацанов. Я наблюдаю, как они работают. И людям, они нравятся больше. Поэтому, я за девочек. Но поскольку мы решили, что это твой филиал, то тебе и решать с кем работать.

- Наверное, ты прав, Адам! Давай возьмём ещё одну девочку.

- Молодец! Главное, как говорят англичане: Не навреди! Ребята возвращаются, имеем законный перерыв. Давай чего-нибудь съедим, и я полистаю воскресный номер Нью Йорк Таймс.

Адам листал толстый воскресный выпуск газеты, и искал объявления о продаже коммерческих зданий. Таких предложений было много, но в основном, многоэтажные большие билдинги, бывшие фабрики, явно давно заброшенные. Он искал одноэтажное здание, желательно где раньше было что-то связанное с производством продуктов питания.

Выбор был невелик, и Адам отметил три здания, в разных районах города. Одно было в Бронксе, судя по описанию, в районе центрального фруктово-овощного оптового рынка. Адам этот район знал неплохо, поскольку раньше там часто бывал. Может это и неплохо.

Овощей будет уходить достаточно много, база рядом, значит можно неплохо сэкономить. Следующее здание находилось где-то в Брукли-не, недалеко от Бруклинского моста. Тоже вроде неплохо. Близко к Манхеттену и рядом с хайвеями. Третье здание, было расположено в районе Квинса, который назывался Вудсайд. Тоже вроде неплохо, но большой метраж, а значит и цена будет выше. Надо начать с Бронкса. А вообще обзвонить всех троих.

- Адам! Я поговорил с нашими девочками, Люба сказала, что у неё есть подружка и она может её завтра привезти. Что скажешь?

- Миша! Я скажу так, ты здесь менеджер и ты принимаешь решения. Если тебе понадобится моя помощь или совет, милости прошу. А так, решай все вопросы сам. Это твоё хозяйство, и твоя ответственность.

- Ну смотри! Если я напортачу, чтоб ты потом не ругался.

- Миша! А ты не портачь! Это тебе стоило больших денег и, как я понимаю, взятых в долг. Может ты и не должен их отдавать, но тебя всегда могут тыкнуть носом. Вот, тебе дали семейные деньги, и во что ты их превратил. Мой совет, всегда думай, это хорошо для бизне-са, не для тебя, а для бизнеса. Возможно ты сделаешь ошибку! Но иначе ты не научишься быть менеджером, более того хозяином. Главное, сделав ошибку, сумей её исправить.

- Я понял, Адам! Люба! Приводи завтра свою подружку.

Адам сел за телефон и обзвонил найденные адреса.

- Хелло! Меня зовут Адам. Я звоню по объявлению. Билдинг в Южном Бронксе. Какой там метраж и сколько хотят за него.

- Хелло, Адам! Я Мигель! Билдинг, о котором ты говоришь, пока на продаже. У меня есть два покупателя, но дело пока ещё не решено. Почему бы тебе не подъехать и не посмотреть. Это 2-х этажное здание. Когда-то там хранили и перерабатывали овощи. Теперь хозяин решил его продать. Цена, $250 тысяч. Когда ты хочешь подъе-хать. Может завтра днём, часа в 3?

- Очень хорошо! Я как раз туда собирался в это время.

- Дать тебе дирекшен, как туда проехать, откуда ты поедешь?

- Нет, Мигель! Спасибо, но я этот район знаю неплохо, найду.

На следующий день, Люба привела с собой подругу.

- Адам! Это Нинель! Можете с ней поговорить/

- Люба! Теперь менеджер здесь, Миша! Все вопросы к нему.

Миша недолго пообщался с новенькой, а потом подошёл к Адаму.

- Ты меня извини. Это последний раз. Вроде она девочка ничего. Работать хочет. Но её сразу нельзя ставить на кассу. Поставить её с ребятами. Пусть пока поучится?

- Вот ты и ответил сам, на свой вопрос. Но я бы поставил её с девчонками. Просто пусть смотрит, как они работают. Впрочем, ты менеджер. Тебе и решать. Я, в два должен уехать. Есть апоинтмент в Бронксе, по поводу здания. Я должен поехать и посмотреть. Цена вопроса $250 тысяч. Как раз по нашим деньгам. Не дорого, но надо видеть, что там есть, и сколько будет стоить приспособить под наши нужды.

Адам ехал по Бронксу, вдоль хайвея, поглядывая на перекрёстках, на таблички с именами улиц, увидев знакомое название, свернул направо и стал двигаться, вдоль улицы, сверяясь с адресом. Район был сугубо индустриальный и здания без окон, из красного кирпича, чередовались с бетонными складскими помещениями. Вокруг не было ни души. Стояла мёртвая тишина, и Адам представил себе, как работники, выходя поздно вечером, должны добираться пешком до ближайшей станции метро. Найдя нужный адрес, он с неприязнью смотрел на бетонную коробку, не испытывая ни малейшего желания, идти и искать кого-то. Он машинально посигналил и вскоре отворилась, ржавая железная дверь и из неё вышел здоровый, толстый и лысый, неопрятный мужик.

- Ты Адам? Проходи, чего сигналишь.

Они прошли в холодное, неосвещённое здание.

- Вот первый этаж. Здесь хранились овощи. Здание больше 10 тысяч квадратных футов. Наверху, на втором этаже офис и бухгалтерия. Пошли покажу. Осторожно, свет отключён. Смотри не упади.

Они поднялись на второй этаж, где тусклый свет падал с грязного немытого окна. Везде валялись бумаги, ящики от столов и ломаные стулья.

- Здесь давно никто не работает. Надо всё убирать и мыть. Смотри, здесь выход на крышу первого этажа.

- А почему вся крыша залита водой?

- На первом этаже было хранилище, а крыша, залитая водой, служила для охлаждения, всего помещения.

Адам уже твёрдо решил бежать отсюда. Всё было отвратительно, но самое мерзкое, что он увидел, это крысиные экскременты повсюду. Вероятно, здесь жили полчища крыс. У Адама, это зрелище, вызывало тошноту и отвращение. Он вырос в после блокадном Ленинграде. Он всегда был крысиный город. Многочисленные подвалы, всегда были залиты водой и кишели крысами. В типичном Ленинградском дворе, где жил Адам, в одном из углов двора, стояли двухэтажные сараи, где каждый жилец имел каморку, и хранил свои дрова. Рядом с сараями, была глубокая помойка, с железной крышкой. Все жильцы этого двора, выносили свои помои и бросали в этот бетонный колодец. Понятно, что никаких мешков или пакетов, тогда и в помине не было. Время от времени, приезжала, жутко пахнущая машина. Рабочие черпаками черпали мерзкую жижу и опрокидывали в чрево прикреплённой цистерны. Крысы шныряли под ногами, и мужики матерились, на чём свет стоит.

- Адам! Ты уже уходишь? Я могу поговорить с хозяином, он может скинет цену на здание. Что скажешь?

- Я подумаю!

Адам ехал, всё ещё дрожа от отвращения. Даже если бесплатно, да ни за что на свете! Этот мерзкий крысятник! Фу, какая пакость!

- Адам! Как съездил? Посмотрел здание? Судя по твоей физиономии, без особого восторга?

- Гнусный, мерзкий, крысиный гроб! И без музыки. Гадко всё и вся! Даже говорить не хочу. И думать тоже.

- Что ты там увидел? Привидение? Ладно, всё. Молчу!

На следующий день, предварительно созвонившись, Адам отправился в Бруклин. Сверяясь с полученными указаниями, которое здесь называли «дирекшен», Адам переехал Бруклинский мост и придерживаясь первой стороны, поехал в индустриальную зону. Все здания были больше похожи на одноэтажные пакгаузы, равномерными прямоугольниками, расставленными, словно военный лагерь. Здесь было немного живее, чем в Бронксе, а сама зона значительно меньше. Недалёко от самого моста, но всё же, попасть туда можно было только на машине. Может собирать всех работников утром у метро, а вечером возить обратно. Сложно, но возможно. Надо сначала посмотреть здание. Оно оказалось не хорошим, и не плохим. 25 ярдов, в ширину и 100 в длину. Пустая коробка, в которую потребуется вложить, серьёзную сумму денег и много работы. Нет. Мне нужно здание, где есть хоть какие-то коммуникации: канализация, достаточно электричества, газ, иначе, с нашими деньгами, мы застрянем посредине стройки, и тогда конец всему. С такими невесёлыми мыслями, он возвращался на работу. Чтоб в огромном Нью Йорке, не нашлось подходящего помещения? Невозможно поверить, хотя я сам в этом убедился. На завтра, остаётся посмотреть помещение на Вудсайде, хотя вряд ли, там есть что-то подходящее.

Адам начинал свою жизнь в Нью Йорке, в районе Джексон Хайтс. Этот район примыкал к Вудсайду, и Адам там не раз бывал. Этот район, был в основном застроен двухэтажными домиками, которые были заселены, в основном латинос. Выходцами из Центральной Америки, в массе своей нелегалами. Там всегда было шумно. Множество заведений торговавших национальной едой, а улицы скорее напоминали больше карнавал, чем благопристойные американские торговые центры. Адам пересёк мост на 59-й стрит, который назывался Квинсборо бридж, и выехал на Квинс бульвар. Этот длиннющий, многокилометровый бульвар, пересекал практически весь район Квинс, и уходил куда-то далеко, в сторону аэропорта. Доехав до Вудсайда, Адам остановил машину и достал записанный «дирекшен». Накануне, он разговаривал с человеком, назвавшимся Ленни. Он назвался риелтором, представляющим хозяев билдинга. Адам повернул согласно указаниям, и поехал вдоль двухэтажных домиков, где по-видимому, и жили испаноязычные граждане Нью Йорка.

В конце блока, Адам обнаружил два больших коммерческих здания, примыкавших друг к другу. На первом стоял адрес, который Адам искал. Он вышел и стал осматривать здание снаружи. Слева располагались две двери, и вход в подвал. Справа были высокие железные ворота, явно ведущие в гараж. Вроде пока всё ничего. Он позвонил в дверной звонок. Дверь отворил, невысокий загорелый человек, с весёлой улыбкой на лице.

- Адам, как я понимаю?
- А вы Ленни?
- Это точно! Прошу! Проходите! Рад знакомству.
- Взаимно. Я не знал, что здесь есть коммерческие здания!
- Это смешанная зона. Здесь всего два здания на этом блоке. В первом, располагается компания, которая занимается кино и аудио оборудованием. Сдают его напрокат, на всякие мероприятия. Чем вы занимаетесь, Адам. Это не праздное любопытство. Как вы заметили, это в основном не коммерческие здания, и если ваша деятельность связанна с шумным или вредным производством, то могут возникнуть проблемы с живущими на этой улице людьми.

- Я занимаюсь производством продуктов питания. Хочу найти место для «комиссари китчен».

- Тогда, я уверен, проблем не будет. Давайте мы пройдём внутрь, и я вам всё покажу. Если будут вопросы, не стесняйтесь, спрашивайте.

Они пошли по длинному коридору, и вошли в большое тёмное помещение. Ленни посветил фонарём. Луч света выхватывал большое пустое помещение и перегородки в дальнем углу.

- Свет, как вы понимаете отключён, но мы можем что-то придумать. Стойте здесь, я сейчас вернусь.

Он ушёл, унося вместе с лучом света от фонарика, единственный источник света. Адам стоял в сплошной мгле, боясь шагнуть куда-нибудь, и расшибиться о возможные препятствия. Где-то далеко раздалось металлическое лязганье и голос Ленни, звавшего Адама, подойти. Какой-то тусклый свет проник непонятно откуда, и Адам, осторожно двинулся на этот полумрак и голос, его призывавший. Вскоре, он увидел Ленни, тянувшего какие-то цепи и металлическую широкую дверь, медленно ползущую вверх.

- Адам! Подержите фонарик, я пытаюсь открыть ворота гаража. Я уверен, это нам даст возможность что-то увидеть. Эти ворота, вообще электрические, но сейчас от этого мало проку.

Поднятые ворота гаража, действительно дали возможность, увидеть насколько большое само помещение, но недостаточно для того, чтоб рассмотреть детали.

- Адам! Я очень извиняюсь. Я говорил хозяйке, что надо включить свет, для того, чтобы покупатель мог всё рассмотреть, но она очень упряма. Давайте закроем гараж, и пойдём в помещение офиса. Там есть чертежи и вы сможете понять на схеме хоть что-нибудь.

Они опустили металлические ворота гаража и прошли через какое-то помещение в большой офис. Там были окна и дневной свет, проникал сквозь немытые окна.

- Смотрите, Адам! Вот схема помещения. Здесь почти 10 тысяч квадратных футов. Это большое помещение.

- Согласен! Помещение действительно громадное. А что здесь было раньше?

- Здесь был цех по производству чёрной икры и деликатесной рыбы.

- Ленни! Вы хотите сказать по упаковке и фасовке икры и рыбы. Производит чёрную икру природа, в виде различных уникальных рыб.

- Я этого не знаю. Муж хозяйки здания, который этим занимался, умер три года назад. Она распродала всё, что было связанно с бизнесом и теперь продаёт билдинг.

- Как давно, билдинг стоит на продаже?

- Больше года! Я ей предлагал снизить немного цену, но она упряма.

- Сколько денег она хочет за билдинг?

- $450 тысяч.

- Ленни! Организуйте нам встречу.

- Хорошо, Адам. Я ей позвоню сегодня, а потом перезвоню вам.

- Прекрасно! Был рад знакомству. Уверен, мы скоро увидимся.

Адам возвращался в Манхеттен, взволнованный увиденным,

обдумывая как вывернуться с деньгами. Судя по всему, владелица, старая упрямая стерва, над которой не капает. В деньгах она не уступит, а это почти вся сумма, которая у них есть. А строиться на какие шиши? Кто знает, сколько может стоить строительство. Конечно, зависит от того, что там есть? Инженерные коммуникации, самое главное и наверняка самое дорогое. Если там был цех по фасовке икры и рыбы, наверняка в цеху есть канализация. Электричество, тоже должно быть, но вот сколько? А нам ещё нужен газ. Это можно выяснить в Кон Эдисон! А отопление? Господи! Сколько проблем! Но если там работали люди, значит какое-то отопление было. Прямо из подвала торчала труба. По таким трубам заправляют топливо, для отопления зданий.

В общем, дело ясное, что дело тёмное. Нужен свет, для того, чтоб рассмотреть всё, а тогда понимать и оценивать. Но бабуся продаёт здание. Не то что, там внутри. А просто строение. Всё что тебе надо, строй сам. Адам не заметил, как добрался до ресторана.

- Миша! Я кажется нашёл, что нам нужно!

- Это куда ты сегодня ездил, в Вудсайд?

- Да! Место неплохое. Рядом с Квинс бульваром. Недалёко есть станция метро, а это значит, работникам добираться, не будет проблем. Рядом хайвэй, и недалёко до любого района на машине. Человек выбирал место с умом.

- Адам! О каком человеке ты говоришь?

- Он уже помер, а здание осталось его жене. Она хочет за него, $450 кусков, и не хочет уступать ни цента.

- Адам! Это же все деньги что у нас есть!

- Я знаю! Но уж больно соблазнительное место. В жизни не угадаешь, чем там человек занимался.

- Наркоту выращивал и продавал?

- Почти! Это был икорный цех. Человек покупал икру, и перефасовывал в свою тару. Наверняка покупал икру, в России или Иране в больших банках, и перекладывал в мелкие баночки и имел неплохие бабки.

- Вот это бизнес! Может нам тоже этим заняться?

- Время ушло. Сейчас многие на Брайтоне, этим занимаются. И я слышал, что очень по-крупному. Один человек жаловался, что вложил $3 лимона, и целый год, до Кристмасса, ждал пока распродаст.

- Да уж. Не с нашими деньгами туда лезть.

- А что ты думаешь делать?

- Пойду с утра в банк и попрошу под здание ссуду. Я слышал, что под недвижимость, дают ссуду под неплохой процент. Это здание упускать нельзя. Всё что я видел до сих пор, просто грязные сараи, в жутких местах.

Весь день, Адам находился под впечатлением увиденного, и с утра отправился в банк.

- Мистер Гардов! Рад вас видеть! Чем я могу вам помочь?

- Спасибо! Я хочу купить коммерческое здание, в районе Квинса, и хотел бы узнать какой кредит я могу получить и под какие проценты?

- К сожалению, вынужден вас огорчить. Мы не выдаём кредиты под коммерческую недвижимость. И вряд ли вы сможете, где бы то ни было его получить, ну разве кроме, что называется «лон шарк». Но я вам не советую. Это не чистоплотный и нелегальный бизнес, под кошмарные проценты.

- Естественно, я не собираюсь занимать деньги, ни у каких криминальных, как вы назвали «кредитных акул», но мне нужны деньги на покупку здания.

- Вы можете получить персональный заём, для своих собственных нужд. Давайте глянем на вашу кредитную историю. Мы сможем представит вам кредит в размере $50 тысяч, под 16% годовых.

- Нет, такой дорогой кредит мне не нужен, да ещё такой небольшой суммы. А что касается кредита, на покупку жилья?

- Мы называем это – моргидж. Он выдаётся под конкретное жильё, под небольшой процент, сроком на 15-30 лет.

- Нет, спасибо! Меня всё это не устраивает. Пойду поищу в другом месте.

- Мне очень жаль, мистер Гардов. Но я думаю, что вы вряд ли найдёте то, что вы ищите. Банки не кредитуют коммерческую недвижимость, разве под очень надёжный залог. Например, срочный сертификат.

- То есть, вы закрываете мои собственные деньги, а под них даёте мне кредит. Очень смешно! И я ещё должен платить проценты!

- Я сожалею, мистер Гардов!

Адам вышел из банка, не понимая, что же делать дальше. Такого он не ожидал. Удар был слишком болезненным! Но он осознавал, что большого выбора у него не было. Он вернулся в банк, и заполнил документы, на получения персонального кредита.

- Мистер Гардов! Нам нужны, ваши налоговые декларации, за последние 3 года. Мы сообщим о нашем решении.

- Адам! Ты чего такой? Что-нибудь случилось?

- Нет ты представляешь? Банки, оказывается не кредитуют коммерческую недвижимость. Мне предложили персональный кредит в $50 штук, под жуткие проценты.

- Чего-то я не понимаю. Люди покупают бог знает какие здания. Не за наличные же? Берут кредиты в банках!

- Эти люди, имеют огромные кредиты, поскольку они не бедные. У них есть имущество в залог, или поручители. Что есть у нас? Мы иммигранты. У нас нет домов, бриллиантов, надёжных поручителей, ничего.

- Адам! Что ты собираешься делать. Этот билдинг мы не можем купить!

- Миша! Я не собираюсь сдаваться. Я что-то придумаю!

Но сколько он не перебирал различные варианты, ничего толкового придумать не мог. Позвонил Ленни, и сказал, что хозяйка может завтра, подъехать к зданию к 3-м часам.

- Хорошо. Спасибо, Ленни! Я буду в 3 часа.

- Адам! И что ты ей скажешь? Снизить цену?

- Нет, Миша! Она на это не пойдёт. Но если она хочет продать билдинг, она должна дать нам свой собственный кредит. Мы можем выплатить сейчас половину, а остальные в рассрочку, скажем на 5 лет.

- Думаешь она согласится?

- А что ей терять? Билдинг останется её, пока мы не выплатим кредит. Она ещё может нажить проценты на кредит. А нам, терять нечего!

На следующий день, ровно в 3 часа, Адам подъехал к зданию. Перед ним стояли припаркованные две машины. Адам постучал в дверь и Ленни пропустил его внутрь. В офисе, за столом сидела немолодая женщина, со строгим и внимательным взглядом.

- Миссис Зельдман, позвольте представить вам, мистера Гардова.

- Очень приятно! Ленни вас всячески расхвалил. Вы хотите купить мой билдинг? Сколько вы готовы, за него предложить?

- Миссис Зельдман! Я рад нашей встрече. Ленни сказал, что вы хотите получить за здание $450 тысяч! Я готов эту сумму вам предложить!

- Я не знаю, что сказал вам Ленни, так дела не делаются. Вы должны мне сделать предложение, там уж моё дело, соглашаться или нет. Я права, Ленни?

- Абсолютно, миссис Зельдман. Очевидно, это первый билдинг, который покупает мистер Гардов. Он просто не знает правил игры.

- Прошу прощения, господа! Я действительно этих правил не знаю. Мне озвучили сумму в $450 тысяч, и я согласился с ней.

- Мистер Гардов! А я хочу $455 тысяч!

- Миссис Зельдман. Я готов вам заплатить эту сумму, но с небольшим условием. Я выплачу $255 тысяч наличными, а остальную сумму, с небольшими процентами, я выплачу в течении 5-и лет.

- Это как так? А почему бы вам не взять недостающую сумму в банке? Я же не банк, чтоб давать вам кредит!

- Я был в банке, миссис Зельдман. К сожалению, банки не дают кредит под коммерческие здания. А я иммигрант, и в Америке не так давно. У меня есть, довольно известный ресторан, на верхнем ист сайде, и недалеко от него, мы открыли «фаст фуд». Я собираюсь создать сеть подобных предприятий, и для этого, подыскиваю помещение под «комиссари китчен».

- Адам мне рассказывал о своём бизнесе, миссис Зельдман. Я навёл справки, это действительно очень популярное место. О нём много пишут.

- Не знаю! Мне надо подумать! Я должна посоветоваться со своим адвокатом.

Прошла неделя! Адам не находил себе места. Он подбегал к телефону при каждом звонке. Но тот, от которого он ждал звонка больше всего, не звонил.

- Адам! Да брось ты так переживать! Найдётся другой билдинг. Может быть даже лучше, чем этот. Не сошёлся же свет клином на этом здании.

Пришёл ответ из банка. Кредит был подтверждён.

- Миша! Ты не понимаешь. Это здание, то что надо. Удачно расположено. Там было пищевое производство и наверняка, оно отвечало всем требованиям. Надо было, как-то её уговорить. Может пообещать больше процентов. Мы теряем драгоценное время, а могли бы уже двигаться вперёд. Время, дороже денег. Я просматриваю газеты. Ничего толкового там нет. А тут ещё банк, подтвердил мой кредит. Мне только этого не хватало!

Звонок прозвенел, когда Адам уже совсем потерял надежду.

- Адам? Это Ленни! Миссис Зельдман готова согласиться, но она хочет дать вам рассрочку только на 3 года, под 10% годовых.

- Ленни! Передай ей, что я согласен.

- Если так, подъезжай к офису её адвоката, запиши адрес, к 10 утра, в понедельник. Привези банковский чек, на сумму $255 тысяч, на миссис Е.Зельдман. Кто должен быть указан в договоре?

- Договор должен быть на компанию «Пирог». Президент компании А.Гардов, вице-президент, М. Швед! Мы оба приедем!

- Миша! Ты умеешь молиться?

- Пока только думаю об этом. Я всё слышал. А ты зря так переживал.

- Да! А кто говорил, найдётся другой билдинг, не переживай?

- Я не хотел тебя расстраивать.

- Ладно. Всё это ерунда. Только бы она не передумала. Встречаемся в офисе её адвоката. Я напишу тебе адрес. А я, завтра зайду в банк, и подготовлю банковский чек. Надо предупредить Вила, чтоб он открыл «Блини» в понедельник. Мы приедем не раньше 12 часов.

Теперь все мысли Адама, были только о том, как быстрее попасть в билдинг и всё проверить и перемерять. Никогда так близко, он ещё не подходил к осуществлению первого большого шага, на пути к своей мечте. Построить что-то стоящее, что даст возможность быть успешным и независимым.

В офисе адвоката, собрались все заинтересованные стороны.

- Мистер Гардов. Вы привезли банковский чек на сумму $255 тысяч, выписанных на имя моей клиентки? Передайте это мне, пожалуйста. Вы ознакомились с условиями договора, о предоставляемой вам отсрочки остальной суммы договора, сроком на три года, с 10% годовых? Если да, распишитесь вы и ваш партнер, на каждой странице договора.

- Вам будут переданы документы на билдинг, для предоставления в департамент билдингов. Титул на билдинг, останется у миссис Е.Зельман, до момента окончательной оплаты, за купленное здание.

После подписания документов, всеми заинтересованными сторонами, и свидетелем в лице, Ленни, все пожали друг другу руки, желая удачи. Церемония была закончена и Адам, и Миша вышли на улицу.

- Миша! Не могу поверить, что всё так буднично и просто.

- Адам! Ты что хотел? Чтоб нас встречал оркестр?

- Да нет! Но даже выпить, по этому поводу нельзя! Надо ехать на работу.

- Хочешь, давай после работы, соберёмся и отметим.

- Да ерунда всё это. Подумаешь, купили мы с тобой билдинг. А с другой стороны, почему бы и не отметить. Это же в первый раз.

Вечером, после закрытия, троица встретилась за накрытым столом.

- Друзья мои! Миша и Вил, мы наконец в бизнесе. С кучей долгов и радостных надежд, на яркое будущее. Я верю, что мы сможем прорваться. Сегодня у нас есть, всё что необходимо для начала. Все большие бизнесы, начинались с долгов. Правда говорят, что все большие капиталы нажиты нечестным путём. Но время изменилось. Я не хочу торговать наркотиками, или грабить банки, я просто хочу заработать, достаточно большие деньги, чтоб моя семья, могла не бояться, если я дам дуба. Выпьем за наше будущее!

- Адам! Я поздравляю вас с Мишей. Чем могу, я помогу. Жаль, что я профукал, не за грош, свою жизнь.

- Вил! Прошу тебя. Не начинай! Если всё будет хорошо, то и для тебя найдётся достойное место. Ты отвечаешь за «Пирог». Миша отвечает за «Блини», а я отвечаю за строительство фабрики. Мы прорвёмся!

Беседа за накрытым столом, затянулась допоздна.

Всю последующую неделю, Адам мотался между департаментом билдингов и компанией «Кон Эдисон». Последняя, пообещала включить электричество через 3 дня, а инспекция газа была назначена на следующую неделю.

Адам с понятным нетерпением, ждал включения электричества. Он ходил в здание будущей фабрики, каждый день, как на работу. Приобретённый мощный фонарь, выхватывал разрозненные пятна, но общей картины составить он не мог. Адам, уже многое смог изучить, и увиденное, тем более подстёгивало его нетерпение. В назначенный день, он пришёл раньше обычного. Внутри здания располагалась небольшая прихожая, с большим электрическим шкафом. Фонарь высвечивал множество больших и малых автоматов, с надписями, отвечающими, за тот или иной узел в здании. Адам щёлкнул рычагом большого автомата и в прихожей, включилась неяркая лампочка. Это что такое? Наверное, дежурный свет. Теперь был виден весь электрический шкаф с надписями напротив каждого автомата. Всё было сделано основательно и профессионально. Адам щёлкнул автомат с надписью, офис. Толкнув стеклянную дверь, он оказался в большом офисе, который выглядел ещё больше, при свете множества потолочных ламп, дневного света. Из офиса открывались двери к двум небольшим кабинетам, а третья вела прямо в цех. Кабинеты были проходными, с дверями, на противоположной стороне. Эти двери также открывались в тёмный цех. Надо взять чертёж, и всё на нём отметить. Адам включил автомат с надписью, цех. Открывшаяся картина, поражала своим огромным пустым пространством. И как же здесь разместить кухню? Даже большую? Это же как стадион. Ладно, что это за помещения, отмеченные цифрами 1,2 и 3? Да это же холодильные камеры! В углу стоял огромный бойлер, похожий на тот, что в здании, где жил раньше Адам, давал отопление на всё здание. По углам висели огромные калориферы, явно для отапливания помещения. Но главное, это был пол. Он был бетонный, с решётками на многочисленных сливах, сделанный явно, для того, чтобы можно было мыть, прямо со шланга.

Помимо шланга, подключенного к водопроводу, был противопожарный щит, со всеми необходимыми аксессуарами. Длинные пожарные рукава, замотанные в тугое кольцо, длинный топор, крюк и пожарное ведро.

Адам обследовал длиннющий гараж, в который легко могли поместиться две грузовые машины. В гараже, на стеллажах, стояли два компрессора, для холодильных камер. Третью, и самую большую холодильную камеру, Адам обнаружил при входе в цех. Две раздевалки для персонала и туалеты, дополняли, всё что необходимо для работы в этом здании.

Адам вновь вышел в цех. Нам повезло! Эта не хитрая фраза, которую он повторял раз, за разом, открывая для себя всё новые уголки в здании. Всё это было необходимо для работы. О некоторых он даже не задумывался, а сейчас, когда находил, удивлялся, почему мысли об этом, не приходили ему в голову.

Стоя посреди зала, он только сейчас осознал, насколько большая и сложная задача стояла перед ним. Здесь были все необходимые инженерные коммуникации, преподнесённые на блюдечке. Оставалось спланировать кухню, купить оборудование, разместить и подключить. Ну ещё десятки мелочей, которые появятся при строительстве. Но это всё будет потом!

www.ingramcontent.com/pod-product-compliance
Lightning Source LLC
Chambersburg PA
CBHW061921130726
47908CB00016B/599